KB093458

우리가
불 속에서
잃어버린 것들

LAS COSAS QUE PERDIMOS EN EL FUEGO
by Mariana Enriquez

우리가
불 속에서
잃어버린 것들

마리아나 엔리케스 소설

엄지영 옮김

Las cosas
que perdimos
en el fuego

H

차례

다시 어린 시절로 돌아갈 수만 있다면
얼마나 좋을까.
야생에 가깝고, 억세며,
자유로운 소녀로 말이다.

_에밀리 브론테, 『폭풍의 언덕』

지금 나는 내 마음속에 있어요.
나는 잘못 들어간 집에 갇혀 있다고요.

_앤 섹스턴, 「정신병에 걸린 그해」

일러두기

1. 본문의 각주는 모두 옮긴이 주이다.
2. 본문의 굵은 글씨는 원서에서 이탤릭체로 강조된 것이다.

더러운 아이

콘스티투시온[ᵛ]에는 할아버지 할머니가 사시던 집이 한 채 있다. 내가 거기서 살겠다고 하자, 식구들은 모두 나를 정신 나간 사람으로 취급한다. 그 집은 커다란 석조 건물로, 초록색 철문이 비레예스가를 향해 나 있다. 실내는 아르데코[ᵛᵛ] 스타일로 장식된 데다, 바닥에는 오래된 모자이크 타일이 깔려 있다. 그런데 바닥이 얼마나 닳았는지, 왁스칠만 하면 금세라도 스케이트장이 될 정도로 반질반질했다. 그렇지만 나는 그 집이 무척이나 마음에 들었다. 내가 어릴 적에 그 집을 법률 사무실로 임대해준 적이 있

ᵛ 부에노스아이레스 동남부에 위치한 구區로, 같은 이름의 기차역이 있다.

ᵛᵛ 1910년대에서 1930년대에 걸쳐 프랑스 파리를 중심으로 발전한 예술 양식. 이전의 아르누보가 주로 곡선을 사용한 데 비해, 현대 도시 생활에 알맞은 실용적이고 단순한 디자인을 특징으로 한다.

다. 그 소식을 듣고 내가 얼마나 상심했는지, 또 갑자기 기다란 창문과 비밀의 정원 같은 안마당이 얼마나 보고 싶었는지, 지금도 선하게 기억난다. 한동안 그 집 대문 앞을 지나갈 때마다 더 이상 마음대로 들어갈 수 없다는 생각에 혼자서 분한 마음을 삭이곤 했다. 사실 나는 할아버지가 그렇게 그립지는 않았다. 같이 놀아주기는커녕, 거의 웃지도 않고 늘 입을 굳게 다물고 계시던 분이니까 말이다. 그래서인지 할아버지가 돌아가셨을 때 울음조차 나오지 않았다. 하지만 할아버지가 돌아가시고, 적어도 몇 년 동안 그 집에 들어갈 수 없게 되었을 때 나는 그만 펑펑 울고 말았다.

법률 사무실이 나간 뒤, 치과가 개업했다. 그리고 마지막으로 여행 잡지사가 들어왔지만, 2년도 채 버티지 못하고 문을 닫았다. 그 집은 아름답고 아늑할 뿐 아니라, 지은 지 오래된 데 비해 상태가 아주 양호했다. 하지만 더 이상 그 동네로 이사 오려는 사람이 아무도, 아니 거의 없었다. 여행 잡지사만 하더라도 그 당시치고 임대료가 싸니까 들어온 거지, 다른 이유는 없었다. 덕분에 숨통이 조금 트이는가 싶더니, 결국 얼마 가지 못해 파산했다. 설상가상으로 사무실에 도둑들이 침입해서 컴퓨터와 전자레인지, 심지어는 그 무거운 복사기까지 다 들고 가는 사건이 벌어졌다.

콘스티투시온에는 주로 남부 지방에서 올라오는 기차

들이 모여드는 역이 있다. 19세기만 해도 콘스티투시온은 부에노스아이레스의 귀족들이 모여 살던 곳이라서, 할아버지 집처럼 유서 깊은 저택들이 많이 남아 있는 편이다. 예전에는 훨씬 더 많은 저택들이 있었지만, 대부분 호텔이나 요양원으로 바뀌었거나 역의 건너편, 즉 바라카스*처럼 폐허로 방치된 채 있다. 1871년 황열병이 도시를 휩쓸자, 귀족 가문들은 이를 피해 도시의 북쪽으로 달아났다. 하지만 그 후 콘스티투시온으로 돌아온 사람은 아무도, 아니 거의 없었다. 시간이 흐른 뒤, 할아버지처럼 돈 많은 상인 가족들이 다양한 조각 장식과 청동 노커가 달린 석조 저택을 하나둘씩 구입하기 시작했다. 그렇지만 동네는 오랫동안 사람이 살지 않아 텅텅 빈 채로 방치된 탓에 을씨년스럽기까지 했다.

세월이 갈수록 그곳의 사정은 점점 악화되고 있다.

만약 누구든 거기 사정에 훤하고 또 일정이나 시간대를 잘 알고 있다면 딱히 위험할 건 없다. 아니, 그다지 위험하지는 않을 것이다. 나는 금요일 밤에 가라이 광장**을 거

* 부에노스아이레스 동남부에 위치한 구로, 콘스티투시온구의 바로 아래에 있다. 1871년 황열병이 휩쓸고 난 뒤 주민 대부분이 도시 북쪽으로 이주하자, 이탈리아인들을 위시한 가난한 이주 노동자들의 주거지와 공장 지역으로 변모했다.

** 콘스티투시온 지구에 있는 녹지 공간으로, 부에노스아이레스에서 가장 오래된 광장 중의 하나이다.

닐다 보면 사람들이 싸우는 장면을 심심치 않게 목격할 수 있다는 것을 알고 있다. 외부의 침입자들로부터 자기 영역을 지키고, 빚쟁이들을 끝까지 뒤쫓는 세바요스 거리의 삼류 마약 거래상들과 인사불성이 되어 작은 일에도 쉽게 흥분하면서 병을 들고 달려드는 마약 중독자들, 그리고 술기운과 피로로 비틀거리면서도 자기 구역을 지키려고 애를 쓰는 여장 남자들❦이 바로 그들이다. 대로를 따라 집에 걸어오다 보면, 오히려 솔리스가를 통해 오는 것보다 강도를 당할 위험이 크다는 것을 나는 알고 있다. 가로등도 별로 없지만, 있는 것마저 대부분 부숴져 있어 어두컴컴한 솔리스가에 비해 대로가 훨씬 환한데도 말이다. 그들의 수법을 알려면 우선 동네를 훤히 꿰고 있어야 한다. 나는 대로를 따라 집으로 걸어오다가 강도를 당한 적이 두 번이나 있다. 두 번 모두 어린 남자아이들이 어디선가 달려오면서 내 핸드백을 빼앗고 나를 바닥에 내동댕이쳤다. 처음 강도를 당하고 나서는 경찰에 신고했다. 두 번째로 당했을 때는 그래봐야 아무 소용도 없다는 것을 이미 알고 있었다. 실제로 경찰은 어린 강도들로부터 모종의 도움을 받는 대가로, 그 녀석들이 대로에서 활개치고 돌아다니도록—대신 고속도로에 진입하는 다리까지로 범위를 한정시켜놓

❦ 원문에는 의상/복장 도착증transvestitism으로 되어 있다. 여기서는 문맥상 '여장 남자'로 옮긴다.

았다—내버려두었다. 그렇지만 이 동네를 안심하고 다닐 수 있는 몇 가지 비결이 있다. 언제든지 예상치 못한 일이 일어날 수는 있지만, 나는 그 요령을 완벽하게 터득했다. 우선 겁을 먹어서는 안 된다. 가급적 친한 친구와 붙어 다니고, 같은 동네 사람을 만나면 설령 그가 범죄자라고 해도—정말로 범죄자일 경우라면—먼저 인사를 건네는 것이 좋다. 마지막으로 고개를 빳빳이 들고 앞을 잘 보면서 걸어가야 한다.

그래도 나는 그 동네가 마음에 든다. 왜 그런지는 아무도 모른다. 하지만 나는 그 이유를 알고 있다. 그 동네만 가면 나도 모르게 대담해질 뿐 아니라 정신이 말똥말똥해진다. 변두리 지역을 제외하면, 이 도시에서 콘스티투시온보다 더 여유 있고 정이 넘칠뿐더러, 더 열정적이고 거대하면서도, 더 살기 편한 곳은 별로 없다. 사실 콘스티투시온은 그 자체로 살기 편한 곳은 아닐지도 모른다. 하지만 과거의 화려한 모습을 그대로 간직한 저택들이 늘어서 있는 골목은 여전히 아름답다. 골목길을 따라 걷다 보면, 한동안 주인을 잃고 폐허처럼 변했다가 이교도들이 차지한—이들은 저 벽 안에서 옛 신들을 찬양하는 노랫소리가 울려 퍼졌다는 사실조차 모른다—신전 같은 느낌이 절로 난다.

이곳은 거리에도 많은 사람들이 살고 있다. 물론 우리 집에서 2킬로미터쯤 떨어진 콩그레소 광장[✱]만큼은 아니지만 말이다. 연방 의회 건물 앞은 실제 캠핑장을 방불케 할 정도로 사시사철 북적거린다. 매일 밤 자원봉사단이 와서 사람들에게 무료 급식을 하고 어린아이들의 건강 상태를 확인하며, 겨울에는 담요를, 그리고 여름에는 물을 나눠준다. 행인들은 그 장면을 애써 외면하려 하지만, 자기도 모르게 힐끔힐끔 쳐다보기 마련이다. 반면 콘스티투시온의 노숙자들은 그러한 도움을 거의 받지 못한 채 방치된 상태에서 살고 있다. 예전에 우리 집 앞 길모퉁이에 식료품점 건물이 있었는데 지금은 아무도 들어가지 못하게 벽이고 창문이고 죄다 벽돌로 막아버렸다. 바로 그 앞에서 어떤 젊은 여자가 아들과 함께 살고 있다. 그녀는 또 아이를 가졌는데, 겉모습만 보면 임신 초기인 듯하다. 그런데 우리 동네의 비쩍 마른 마약쟁이 엄마들 중에서 그녀를 아는 이는 아무도 없다. 다섯 살쯤으로 보이는 아들은 학교에도 가지 않고, 하루 종일 지하철 승객들에게 엑스페디토 성인[**] 판화를 주면서 돈을 구걸한다. 어느 날 밤, 시내에서 지하

[*] 부에노스아이레스 몬세라트구에 위치한 곳으로, 정면에 아르헨티나 연방 의회당이 자리 잡고 있다.

[**] 성 엑스페디토, 혹은 성 엑스페디투스는 활동 연도와 장소가 불분명한 순교자이다. 독일과 시칠리아 지방에서는 18세기 이전부터 엑스페디토 성인을 공경해오는데, 특히 긴박한 상황에 처할 때 그에게 기도한다고 전한다. 성 엑스페디토는 흔히 십자가와 종려가지를 들고 있는 젊은 전사의 모습으로 묘사된다.

철을 타고 집으로 돌아오던 중에 그 아이를 본 적이 있다. 녀석은 사람의 마음을 불안하게 만드는 수법을 쓴다. 우선 승객들에게 판화를 건넨 다음, 때가 잔뜩 낀 손을 내밀며 악수를 청한다. 그러곤 승객들의 손을 꼭 쥔 채 잠깐 악수를 한다. 녀석의 행색도 꼬질꼬질하지만 몸에서 역겨운 냄새가 진동하는 탓에, 승객들은 불쾌감과 수치심을 억지로 참는 기색이 역력하다. 하지만 그 아이를 불쌍히 여겨 당장 집으로 데려가 씻겨주고 사회복지사에게 연락할 만큼 인정 많은 이는 아무도 없다. 사람들은 말없이 악수한 뒤, 돈을 주고 판화를 살 뿐이다. 그러면 아이는 인상을 찌푸리면서, 잔뜩 쉰 목소리로 말한다. 그도 그럴 것이, 녀석은 늘 감기에 걸려 있는 데다, 콘스티투시온 지구나 지하철에서 다른 꼬마들과 가끔 담배를 피워대기 때문이다.

그러던 어느 날 밤, 우리는 함께 지하철역에서 집까지 걸어갔다. 녀석은 내게 한 마디도 안 했지만, 어쨌든 우리는 같이 갔다. 내가 나이와 이름 등 시시콜콜한 걸 물어보았지만, 아이는 아무 대답도 하지 않았다. 그 꼬마 아이는 온순하지도, 붙임성이 있지도 않았다. 그런데 우리 집 앞에 도착하자, 놀랍게도 녀석이 내게 인사를 했다.

"안녕히 가세요." 아이가 내게 말했다.

"안녕, 잘 가." 나도 그에게 작별 인사를 건넸다.

더러운 아이와 엄마는 길바닥에 낡은 매트리스 세 개를 깔고 잔다. 아무리 낡은 매트리스라도 세 개를 쌓아놓으면 웬만한 침대와 같은 높이가 된다. 아이의 엄마는 검은색 쓰레기봉투에 몇 벌 안 되는 옷을 담아놓고, 뭐가 뭔지 구분도 안 되는 잡동사니 짐을 배낭 속에 가득 채워놓았다. 그녀는 길모퉁이에서 꼼짝도 않은 채, 언제나 음산하면서도 단조로운 목소리로 구걸을 한다. 솔직히 말해, 나는 아이의 엄마가 마음에 들지 않는다. 그건 그녀가 파코❦를 피우면서 임신한 배에 재를 떨어뜨려 화상을 입거나, 단 한 번도 자기 아들—더러운 아이—을 살갑게 대해준 적이 없는 무책임한 엄마라서가 아니다. 내가 그 여자를 싫어하는 데는 그보다 더한 이유가 있다. 공휴일이던 지난 월요일, 나는 친구인 랄라의 집에서 머리칼을 자르다가 그 얘기를 꺼냈다. 랄라는 미용사지만, 오래전부터 미용실에 나가지는 않는다. 원장이라는 사람들이 너무 싫어서 그래. 이유를 물어보면 그녀는 이렇게 말하곤 한다. 자기 아파트에서 아는 손님만 받으면 돈도 더 많이 벌 수 있고, 무엇보다 마음이 편해서 좋다는 것이다. 하지만 랄라의 아파트를 미용실로 쓰기에는 약간의 문제가 있다. 우

❦ paco. 코카인을 만들 때 생성되는 찌꺼기로, 중독성이 강하다. 마약으로 분류되지는 않지만, 지속 시간이 짧고 효과가 강력해서 아르헨티나 빈민층에서 널리 퍼져 있어 심각한 사회 문제로 부각된다.

선 보일러의 상태가 엉망이라서, 온수가 나오다가 중단되는 경우가 많다. 나도 염색을 하고 머리를 감다가 갑자기 찬물이 쏟아지는 바람에 놀라서 소리를 지른 적이 종종 있다. 그럴 때면 그녀도 놀라 눈이 휘둥그레져서 변명하기 바쁘다. 하여간 배관공들은 다 사기꾼이라니까. 이런 것 하나 제대로 못 고치면서 돈은 무지 달라 그러니 말이야. 나중에 또 고장이 나서 고쳐달라고 하면 요 핑계 조 핑계 대면서 안 오려고 해. 그녀가 없는 말을 지어내는 것 같지는 않다.

"말도 마. 아주 무서운 여자야." 그녀는 낡은 헤어드라이어로 내 머리를 말리다가 갑자기 흥분하면서 소리를 질렀다. 그 바람에 하마터면 두피에 화상을 입을 뻔했다. 게다가 두꺼운 손가락으로 내 머리를 매만질 때는 머리카락이 다 빠질 듯이 아프다. 오래전, 랄라는 여자가, 그것도 브라질 여자가 되기로 결심했다. 그러나 그녀는 남자고, 우루과이 사람이었다. 그래도 지금은 우리 동네 최고의 여장 남자 미용사로 인정받고 있는 터라, 더 이상 몸을 팔지 않는다. 랄라가 거리에서 몸을 팔 때만 해도, 포르투갈어 억양이 섞인 발음으로 말을 하면 남자들을 유혹하기가 훨씬 수월했다. 이제는 더 이상 그럴 필요도 없지만, 그동안 너무 익숙해진 탓인지 포르투갈어로 전화를 하는 경우가 종종 있다. 그리고 화가 나면, 그녀는 두 손을 하늘로 뻗은 채, 자기가 모시는 신령인 폼바 지라[*]에게 복수나 자비를 내려달라고 포르투갈어로 주문을 외우기도 한다. 랄라는 미용실로 쓰는 방 한구석, 언제나 채팅 프로그램이 켜져 있는 컴퓨터 바로 옆에 자그마한 제단까지 마련해놓았다.

"무섭기로 따지면 너도 만만치 않은 것 같은데."

"그 정도가 아니야. 보기만 해도 온몸에 소름이 돋는다니까. 난 잘 모르기는 하지만, 왠지 저주받은 여자 같아."

"왜 그런 소릴 하는 거야?"

"내가 그런 게 아니라니까. 동네를 지나다가 사람들이 수군거리는 소리를 들었다고. 그 여자는 돈을 벌기 위해서라면 무슨 일이든 마다하지 않는다는 거야. 심지어는 주술사들의 모임에도 나간다지 뭐니?"

"랄라, 주술사라니, 뜬금없이 그게 뭔 소리야? 지금 세상에 주술사가 어디 있다고 그래. 누가 그런 터무니없는 말을 하는 거야?"

그러자 그녀는 내 머리를 확 잡아당겼다. 실수로 그런 것 같지는 않았다. 그녀는 곧장 내게 사과했다. 미안, 일부러 그런 거야.

"너 **정말** 이 동네에서 무슨 일이 있는지 모르는 거니? 넌 여기 살잖아? 그런데 얘기하는 걸 보면 마치 딴 세상에

[*] 브라질 흑인들의 주술신앙인 웅방다Umbanda와 킹방다Quimbanda의 주술사들이 모시는 신령.

서 온 사람 같다니까."

그녀의 말이 귀에 조금 거슬리기는 했지만, 틀린 말은 아니다. 솔직히 말해, 그녀가 말끝마다 나를 자꾸 이 동네와 연관시키는 것이 짜증스럽다. 중산층 여자가 왜 하필 부에노스아이레스에서 가장 위험한 동네에 살려고 하는지, 왜 그렇게 무모한 짓을 하는지 이해할 수가 없다는 투다. 그런 말을 들을 때마다, 나는 한숨부터 나온다.

"랄라, 네 말이 맞아. 그런데 그 여자는 우리 집 건너편에, 그것도 길바닥에 매트리스를 놓고 살아. 그리고 꼼짝도 않는단 말이야."

"너는 하루 종일 바쁘게 사니까, 그 여자가 뭘 하는지 몰라. 더구나 그 여자가 밤에 무슨 짓을 하는지 한 번도 안 내다보잖아. 그런데 이 동네 사람들은 굉장히……, 뭐라고 하지? 그러니까 너 없는 자리에서 너를 헐뜯더라고."

"은밀하게?"

"맞아, 바로 그거야. 너는 어째 모르는 말이 없니? 부러워 죽겠다, 얘. 안 그래, 사리타? 아주 고상한 여자라니까."

사리타는 15분 전부터 뒤에서 자기 차례를 기다리고 있지만, 그다지 지겨워하는 표정은 아니다. 그녀는 잡지를 뒤적거렸다. 랄라와 마찬가지로, 사리타도 여장 남자다. 솔리스가에서 몸을 팔고는 있지만, 아주 예쁘게 생겼다.

"사리타, 이 손님한테도 말해줘. 저번에 나한테 했던

이야기 있잖아."

하지만 사리타는 무성영화의 여주인공처럼 입을 삐죽 내민다. 나한테 아무 말도 하고 싶지 않은 눈치다. 사실 나도 그게 편하다. 동네에 떠도는 괴담 따윈 듣고 싶지 않으니까. 뻔히 거짓말인 줄 알면서도, 듣다 보면 이야기에 빠져든다. 하지만 이젠 어떤 이야기를 들어도 무섭지는 않다. 적어도 낮 시간 동안만큼은 말이다. 그런데 밤에는 사정이 다르다. 밀린 일을 끝내느라 밤늦게까지 집중하면서 깨어 있다 보면 사람들이 골목에서 수군거리던 이야기들이 떠오르는 경우가 있다. 그럴 때면, 대문과 발코니의 문이 제대로 잠겼는지 꼭 확인한다. 그러곤 가끔 창밖으로 거리를, 특히 더러운 아이와 엄마가 죽은 듯이 잠들어 있는 길모퉁이를 멍하니 바라보곤 한다.

어느 날 밤, 저녁을 먹고 일어서려는데 현관 벨소리가 났다. 이상한 일이었다. 랄라 말고 그 시간에 나를 찾아올 사람은 아무도 없으니까 말이다. 랄라는 언젠가 너무 외로워 못 견디겠다면서 밤중에 찾아와, 함께 구슬픈 란체라 음악❦을 들으면서 위스키를 마신 적이 있다. 나는 누군지 보려고 창밖을 내려다보았다. 이 동네에서 자정이 다

❦ 아르헨티나의 민요, 또는 그에 맞추어 추는 춤. 4분의3 박자나 8분의6 박자로 빠른 왈츠풍이다.

된 시간에 현관 벨이 울린다고 곧장 문을 열어주는 사람은 없다. 그런데 뜻밖에도 더러운 아이가 문 앞에 서 있었다. 나는 달려가 열쇠를 찾아서 문을 열어주었다. 언제부터 울었는지, 녀석의 꼬질꼬질한 얼굴에 눈물 자국이 선명히 나 있었다. 아이는 안으로 뛰어 들어오더니, 허락이라도 구할 생각이었는지 갑자기 식당 앞에서 걸음을 멈추었다. 아니면 더 들어가기가 겁이 나서 그랬는지도 모른다.

"왜 그러니?" 내가 물었다.

"엄마가 안 돌아왔어요." 아이가 말했다.

평소처럼 걱걱하게 쉬어 있지는 않았지만, 그래도 다섯 살짜리 아이의 목소리라고는 믿어지지 않았다.

"널 혼자 내버려두었다는 거야?"

네, 녀석은 고개를 끄덕였다.

"무서워서 그래?"

"배고파요." 아이가 대답했다. 녀석의 두 눈은 잔뜩 겁에 질려 있었다. 하지만 워낙 세상에 닳고 닳은 아이라 낯선 사람 앞에서는, 특히나 길바닥에 사는 자기와 달리, 으리으리하고 화려한 집을 가진 사람 앞에서는 절대로 자신의 약점을 드러내지 않으려고 했다.

"그랬구나." 내가 말했다. "어서 들어와."

아이는 맨발이었다. 저번에 봤을 때만 해도 아이는 새 슬리퍼를 신고 있었다. 너무 더워서 벗은 걸까? 아니면 자는데 누가 몰래 훔쳐 간 걸까? 하지만 아이에게 물어보고 싶지는 않았다. 나는 아이를 자리에 앉게 한 다음, 오븐에 치킨라이스를 넣었다. 밥이 다 되기를 기다리는 동안, 나는 집에서 만든 빵에 치즈를 발라 주었다. 아이는 심각한 표정으로 가만히 내 눈을 쳐다보면서 빵을 먹었다. 배는 고팠지만, 며칠 굶은 것 같지는 않았다.

"엄마는 어디 가셨니?"

아이는 어깨를 으쓱했다.

"그럼 이렇게 너를 혼자 두고 떠날 때가 많아?"

아이는 다시 어깨만 으쓱할 뿐, 아무 말도 하지 않았다. 나는 어깨를 잡아 흔들고 싶었지만, 이내 그런 생각을 한 내가 부끄러워졌다. 지금은 병적인 호기심이나 채울 때가 아니라 어떻게든 저 아이를 도와줘야 할 것 같았다. 그렇지만 입을 굳게 다물고 있는 녀석을 보자, 은근히 부아가 치밀었다. 이렇게 시무룩하고 더럽지 않고, 귀엽고 사랑스러운 아이라면 얼마나 좋을까. 내 마음을 아는지 모르는지, 녀석은 치킨라이스를 우물거리며 천천히 맛을 음미하고 있었다. 게다가 코카콜라를 꿀꺽꿀꺽 마시고 늘어지게 트림을 하면서, 더 달라고 말했다. 그런데 후식으로 마땅히 줄 게 없었다. 지난번 대로변의 아이스크림 가게 앞을 지나갈 때, 늦은 시간이었는데도 문이 열려 있던 기억이 났다. 특히 여름철에는 자정이 넘어서도 영업을 했던 것 같다. 나는 아이에게 가게에 같이 가겠느냐고 물었다. 그러자 녀석은 반색하며 그러겠다고 했다. 순간 아이는 자그마한 이를 드러내며 활짝 웃었다. 아랫니 하나가 빠지려는지 흔들거리고 있었다. 이 늦은 시간에 밖에, 그것도 대로에 나가려니 덜컥 겁이 났다. 하지만 다행히 아이스크림 가게는 평소 별 탈이 없는 곳이라서, 강도 사건이나 싸움이 일어나지 않았다.

나는 지갑을 빼놓고 바지 주머니에 돈을 집어넣고 나갔다. 거리로 나가자, 아이는 내게 손을 내밀었다. 하지만 지하철에서 승객들한테 하는 것처럼 심드렁한 표정으로 그러지는 않았다. 녀석은 내 손을 꼭 쥐었다. 아직 겁이 나서 그런지 몰라. 우리는 길을 건넜다. 아이와 엄마가 자던 매트리스는 여전히 비어 있었다. 배낭도 없었다. 아이의 엄마가 가져갔을 수도 있지만, 지나가던 이가 주인이 없으니까 그냥 가져가버렸는지도 모른다.

아이스크림 가게는 세 블록이나 떨어져 있었다. 나는 일부러 세바요스 거리를 따라 걸었다. 늘 그렇지는 않겠지만, 그곳이 다른 데에 비해 조용하고 안전하다고 느꼈기 때문이다. 몸매가 별로거나, 엄청 뚱뚱하고 나이 든 여장 남자들이 주로 그 거리에서 일을 한다. 마땅한 슬리퍼가 없어 더러운 아이를 맨발로 데리고 나온 것이 내내 마음에 걸렸다. 거리에는 언제나 유리 조각과 깨진 병 조각이 널려 있어서 다치기 십상이었기 때문이다. 하지만 녀석은 많이 다녀봤는지 한 치의 망설임도 없이 걸어나갔다. 그날 밤, 거리에는 여장 남자들이 거의 없었다. 대신 제단이 곳곳에 세워져 있었다. 생각해보니 1월 8일, 가우치토 힐[♈]의 기일이었다. 코리엔테스[♆] 출신의 가우치토 힐은 전국에서, 특히 가난한 사람들이 사는 동네에서 추앙받는 대중의 성자로 도시 전체뿐 아니라 공동묘지에도 제단이 설치된다. 전해 내려오는 이야기에 따르면, 안토니오 힐은 19세기 말, 부대를 탈영해 도망 다니던 중 어느 경찰관에게 살해당했다고 한다. 경찰은 그를 나무에 거꾸로 매단 뒤 목을 베었다. 그런데 도망 다니던 가우초[❋]는 죽기 전에 경찰에게 말했다. "만약 당신의 아들이 낫기를 바란다면, 나를 위해 기도해주시오." 그런데 그의 말대로 멀쩡하던 아들이 병들었다

♈ 아르헨티나 대중에게 추앙받는 전설적 영웅. 본명은 안토니오 마메르토 힐 누녜스(Antonio Mamerto Gil Núñez, 1840?~1878)로, 신통력과 예지력을 가지고 있을 뿐만 아니라, 로빈 후드처럼 사회적 약자와 가난한 사람들의 편에 서서 살았던 가우초였다. 1월 8일은 그가 정부군에게 부당하게 처형된 날로, 아르헨티나 대중들, 특히 가난한 이들은 가우치토 힐을 기려 거리와 마을에 제단을 세우고 그의 명복을 비는 풍습이 있다. 가우치토는 안토니오 힐에 대한 대중의 사랑을 표현하기 위해 붙인 애칭이다.

♆ 아르헨티나 북동부에 위치한 주로, 파라과이와 맞닿아 있다.

❋ 아르헨티나, 우루과이, 브라질의 팜파스에서 유목 생활을 하던 목동. 대부분 스페인인과 인디언의 혼혈로, 아르헨티나와 우루과이의 독립에 커다란 역할을 했으나 독립 후에는 농장의 일꾼이나 도시의 날품팔이 노동자로 전락했다.

는 소식을 들은 뒤, 경찰이 안토니오 힐을 위해 기도하자 아들은 씻은 듯이 나았다고 한다. 경찰은 나무에 묶여 있던 그의 시신을 풀어 땅에 고이 묻어주고, 그가 피를 쏟은 자리에 제단을 세웠다. 그 제단은 지금도 그 자리에 남아서, 매년 여름이면 수천 명의 사람들이 몰려드는 순례지가 되었다.

길을 가다 나는 뜻하지 않게 기적의 힘을 가진 가우초 이야기를 더러운 아이에게 들려주었다. 우리는 어느 제단 앞에서 걸음을 멈추었다. 거기에는 하늘색 셔츠 차림에 빨간 스카프를 목에 두르고—머리에 두른 띠도 빨간색이다—빨간색 십자가를 등에 진 석고상이 있었다. 제단 위에는 빨간 천이 여러 개 걸리고, 주변으로 자그마한 빨간 깃발도 꽂혀 있었다. 제단을 뒤덮은 빨간색은 그가 흘린 피의 색깔이고, 불의에 맞서다 목이 베인 그의 삶을 떠올리게 해준단다. 그렇다고 섬뜩하거나 무시무시한 느낌이 들지는 않잖아. 가우치토 힐은 행운을 가져다주고 병을 치료해줄 뿐 아니라, 궂은일도 마다하지 않고 도와주지만, 아무것도 바라지 않아. 대신 이런 식으로 그를 기념해주고, 가끔 술을 조금 따라주면 되니까. 어떤 이들은 50도를 넘나드는 더운 날씨인데도, 코리엔테스주 메르세데스의 성지까지 순례를 떠나기도 한단다. 마음속 깊이 그를 숭배하는 사람들은 걸어서 가기도 하고, 말이나 버스를 타고 전국 각지에서 몰려들지. 심지어는 저 남쪽 끝에 있는 파타고니아에서도 온다니까. 사방에 밝힌 촛불 덕분에 어둠에 묻혀 있던 아이의 모습이 명멸했다. 나는 꺼져 있던 촛불에 불을 붙여 가우치토 힐에게 바친 뒤, 담배에 불을 붙였다. 그런데 더러운 아이가 왠지 불안해 보였다.

"다 봤으면 아이스크림 가게에 가자꾸나." 나는 그에게 말했다. 하지만 그게 아니었던 모양이다.

"저 가우초는 좋은 분이에요." 아이가 입을 열었다. "그런데 다른 이는 그렇지 않아요."

아이는 환하게 켜진 촛불을 바라보며 나지막한 목소리로 말했다.

"다른 이라니? 누굴 말하는 거야?" 내가 물었다.

"해골 말이에요. 저 너머에 해골이 많이 있어요."

우리 동네에서 '저 너머'는 기차역 맞은편, 그러니까 승강장을 지나 남쪽으로 이어진 철로와 둑이 시야에서 사라지는 곳을 가리킨다. 거기에는 가우치토 힐보다 덜 인자한 성인들을 위한 제단이 세워져 있다. 랄라는 덜 위험한 낮 시간을 이용해 폼바 지라에게 바칠 제물, 즉 알록달록한 접시와 자기 손으로 닭을 잡지 못해 슈퍼마켓에서 산 닭고기를 들고 그 둑으로 걸어 다닌다. 그녀에 따르면, '저 너머'에는 빨갛고 검은 촛불이 켜진 작은 해골 성상聖像, 즉 산 라 무에르테[*]가 한 무더기 쌓여 있다고 한다.

"하지만 그건 나쁜 성상이 아니야." 나는 더러운 아이에게 말했다. 그러자 아이는 말도 안 되는 소리라는 듯이 눈을 동그랗게 뜨고 나를 쳐다보았다. "물론 그 성상에게 나쁜 마음을 먹고 빌면 우리에게 해를 줄 수도 있지. 하지만 그 성상 앞에서 나쁜 일이 일어나게 해달라고 비는 사람은 거의 없단다. 대부분 우리를 잘 보살펴달라고 비는 거야. 그럼 너는 저 너머에 엄마를 따라간 거니?"

"네. 그런데 가끔 혼자서 갈 때도 있어요." 아이가 대답했다. 그러곤 빨리 아이스크림 가게로 가자는 듯 내 손을 잡아끌었다.

밤인데도 날씨가 후덥지근했다. 아이스크림이 얼마나 많이 녹아 내렸는지 가게 앞 인도가 끈적거렸다. 안 그래도 시커먼 맨발에 아이스크림 찌꺼기까지 묻었으니 얼마나 더러울지, 생각만 해도 찝찝했다. 아이는 안으로 냅다 뛰어 들어가더니, 애늙은이 같은 목소리로 밀크와 초콜릿을 섞은 아이스크림콘 큰 사이즈를 달라고 말했다. 나는 아무것도 주문하지 않았다. 너무 더워서 그런지 아무것도 먹고 싶은 생각이 없었다. 만약 아이의 엄마가 돌아오지

❦ 산 라 무에르테San La Muerte, 즉 죽음 성인은 파라과이와 아르헨티나 북부(코리엔테스와 미시오네스주), 그리고 브라질 남부의 대중들이 숭배하는 해골 성상을 말한다. 주로 손에 낫을 든 남성 해골 상을 하고 있다.

않으면 저 녀석을 어떻게 해야 할지 판단이 서지 않았다. 아이를 데리고 경찰서에 가야 할까? 아니면 병원에? 엄마가 돌아올 때까지 집에 데리고 있어야 할까? 이 도시에는 사회복지 사업이라는 게 있을까? 그래. 겨울에 노숙자들이 거리에서 얼어 죽을 위험이 있는 경우, 신고할 수 있는 전화번호가 있었다. 하지만 그 이상은 기억이 나지 않았다. 아이가 손가락으로 흘러내린 아이스크림을 정신없이 핥는 동안, 내가 그동안 다른 이들에게 얼마나 무관심했는지, 그리고 이런 불행한 이들의 삶을 얼마나 당연하게 여겼는지, 문득 깨달았다.

아이스크림을 다 먹자, 더러운 아이는 앉아 있던 벤치에서 일어나 뒤도 돌아보지 않고 엄마와 함께 살고 있던 길모퉁이 쪽으로 걸어가기 시작했다. 나는 말없이 녀석을 따라갔다. 가로등이 모두 꺼진 탓에 거리는 칠흑같이 어두웠다. 열대야가 기승을 부리는 밤이면 어김없이 가로등 불이 나가곤 했다. 하여간 거리를 오가던 자동차 불빛 덕분에 녀석이 그런대로 잘 보였다. 아이의 얼굴뿐만 아니라, 새카만 발, 그리고 대충 세워놓은 제단의 촛불도 언뜻언뜻 보였다. 가던 내내 아이는 내게 손을 내밀지도, 말을 건네지도 않았다. 우리는 길모퉁이에 도착했다.

언제 돌아왔는지, 아이 엄마가 매트리스 위에 누워 있었다. 비라도 오는 것처럼 두꺼운 운동복에 후드까지 뒤집어쓰고 있었다. 마약 중독자들이 다 그렇듯이, 그녀도 온도에 대한 감각이 없는 모양이었다. 반면에 셔츠가 너무 짧아서, 안 그래도 남산만 해진 배의 맨살이 훤히 드러나 있었다. 더러운 아이는 엄마에게 꾸벅 인사를 하고 매트리스에 걸터앉았다. 하지만 아무 말도 하지 않았다.

아이의 엄마는 화가 머리끝까지 나 있었다. 그녀는 울부짖으며—그녀가 내던 소리를 달리 표현할 방법이 없다—내게 다가왔다. 그 순간, 우리 집에서 기르던 강아지가 떠올랐다. 언젠가 엉덩이뼈가 부러졌을 때 강아지는 고통을 이기지 못해 저 여자처럼 미친 듯이 울부짖었다. 하지만 아이 엄마는 이제 고함을 치는 대신 낮은 소리로 으르렁거리기 시작했다.

"이 망할 년아, 내 아들을 어디에 데려간 거야? 아이를 어떻게 하려고, 응? 내 아이 몸에 손댈 생각 하지 마!"

그 여자는 이가 하나하나 보일 정도로 가까이 다가왔다. 자세히 보니, 잇몸에서 피가 흘렀고, 파이프를 피우다 그랬는지 입술에는 군데군데 덴 자국이 있었다. 그리고 입을 열 때마다 타르 냄새가 코를 찔렀다.

"저 아이에게 아이스크림을 사줬다고요!" 나도 고함을 질렀다. 하지만 여자의 손에 들린 깨진 유리병을 보자 나도 모르게 뒷걸음질 쳤다. 나를 공격할 생각이었다.

"어서 꺼져, 이 개 같은 년아! 안 그러면 이걸로 찔러버릴 테니까!"

그런데도 아이는 마치 아무 일도 아니라는 듯이 바닥만 내려다보고 있었다. 나를 처음 보는 것처럼, 나는 물론 자기 엄마도 전혀 모르는 사람인 듯한 표정으로 말이다. 나는 녀석의 뻔뻔한 태도에 화가 치밀었다. 저런 배은망덕한 녀석이 있나! 나는 속으로 분노를 터뜨렸다. 나는 재빨리 그 자리를 피했다. 집 안으로 뛰어 들어갔지만, 손이 덜덜 떨려서 열쇠를 찾기도 어려웠다. 안으로 들어가자마자 전등을 모조리 켰다. 천만다행으로 우리 구역에는 전기가 나가지 않았다. 혹시 저 여자가 사람을 시켜서 대문을 따고 들어오지나 않을지, 그리고 나를 찾아내 두들겨 패는 건 아닐지 무서웠다. 도대체 저 여자는 무슨 생각으로 저러는 걸까? 이 동네에서 저 여자를 잘 아는 사람이 있을까? 곰곰이 따져보니 저 여자에 대해 아는 게 하나도 없었다. 잠시 후, 나는 2층으로 올라가 발코니에 몸을 숨긴 채 여자를 살펴보았다. 그녀는 매트리스에 누워 담배를 피우고 있었다. 더러운 아이는 곁에서 잠든 모양이었다. 나는 책 한 권과 물 잔을 들고 침대로 갔지만, 책은커녕 텔레비전도 눈에 들어오지 않았다. 선풍기가 돌아가면서 더운 공기를 휘저어놓는 바람에 방 안의 공기가 더 후덥지근하게 느껴졌다. 그래도 선풍기 돌아가는 소리 덕분에 거리에서 나는 소음이 거의 들리지 않는 게 그나마 다행이었다.

다음 날 아침, 나는 출근하기 전에 억지로 아침을 먹었다. 이제 막 해가 떴는데도 벌써 숨이 턱턱 막힐 만큼 더웠다. 대문을 닫고 밖을 나서니 왠지 허전한 느낌이 들었다. 맞은편 길모퉁이에 매트리스가 감쪽같이 사라진 것이다. 더러운 아이와 엄마는 물론, 비닐봉지나 지저분한 얼룩도, 그리고 담배꽁초 하나 없이 깨끗했다. 아무 흔적도 남기지 않고 사라졌다. 원래 그 자리에 아무것도 없었던 듯이 말이다.

그들이 자취를 감춘 지 일주일 만에 몸뚱이만 나타났다. 그날은 하루 종일 얼마나 더웠던지 발이 퉁퉁 부어올라 퇴근길에 걸음을 옮기기조차 힘들었다. 천장이 높고 방이 널찍널찍해서 찜통더위가 아무리 기승을 부려도 시원한 집이 너무 그리웠다. 그런데 동네 어귀에 들어설 무렵 웅성거리는 소리가 들리기 시작했다. 자세히 보니 경찰차 세 대와 범죄 현장에서 사람들의 출입을 통제하기 위해 둘러치는 노란색 테이프가 있고, 그 주위로 잔뜩 몰려든 사람들이 보였다. 그들 가운데 하얀색 하이힐을 신고 금발 트레머리를 한 랄라가 단연 눈에 띄었다. 너무 놀란 탓인지 그녀는 깜박 잊고 왼쪽 눈에 가짜 속눈썹도 붙이지 않았다. 왠지 얼굴의 좌우가 비대칭을 이루고 있는 것처럼, 아니 아예 얼굴 한쪽이 마비된 것처럼 보였다.

"무슨 일이야?"

"어린아이를 찾아냈나 봐."

"죽었대?"

"있잖아, 목이 잘린 채로 발견됐다지 뭐니! 얘, 혹시 네 전화 잠깐 써도 될까?"

랄라는 벌써 몇 달째 통신 요금을 내지 못해서 전화를 사용하지 못하고 있었다. 나는 랄라를 데리고 집에 들어가 함께 침대에 누워 텔레비전을 봤다. 천장에서는 선풍기가 위험해 보일 정도로 빨리 돌아가고 있었고, 혹시 거리에서 무슨 일이 생기면 내다보려고 발코니 창문을 열어두었다. 나는 오렌지주스에 얼음을 띄운 물병을 쟁반에 받쳐 침대 위에 올려놓았다. 랄라는 침대에 누운 채 리모컨을 손에서 놓지 않았다. 텔레비전 화면에 우리 동네가 나오자 낯설게만 느껴졌다. 이리저리 분주히 뛰어다니며 소리 지르는 기자들의 목소리가 들리자, 우리는 침대에서 일어나 창밖으로 얼굴을 빼꼼 내밀었다. 거리에는 여러 방송사의 취재 차량이 줄지어 서 있었다. 바로 코앞에서 벌어진 사건을 굳이 텔레비전으로 확인하려고 했다는 것이 이상하게 보일 수도 있다. 하지만 우리 둘은 이 동네의 생리를 너무나도 잘 알고 있었다. 이곳에서는 어떤 일이 일어나든, 적어도 처음 며칠 동안—그 사건의 진실은 말할 것도 없고—입도 뻥긋하지 않는 것이 불문율이다. 첫째로는, 만에 하나 범죄 사건에 연루된 누군가의 결백이 밝혀질 경우를 대비해 일체 언급을 하지 않는 것이다. 설령 이번처럼 어린 아이를 끔찍하게 살해한 범죄라 할지라도 말이다. 어쨌든 간에, 이 동네에서 사건이 일어나면 우선 입을 다문다. 그러다 몇 주가 지나야 사건과 관련된 이야기들이 떠돌기 시작한다. 하지만 아직은 그럴 때가 아니다. 지금은 오히려 텔레비전을 보면서 기다리는 편이 낫다.

랄라와 밤을 새운 날치고 그날은 조금 일찍, 그러니까 저녁 8시 무렵부터 오렌지주스로 시작해서 피자와 맥주로 이어지다가 결국 예전에 아버지가 선물하신 위스키로 끝이 났다. 그사이 텔레비전에서는 단신 보도만 내보내고 있었다. '솔리스가의 폐쇄된 주차장에서 한 아이의 사체가 발견되었습니다. 아이는 목이 잘린 채 숨져 있었는데, 머리가 시신 바로 옆에 놓여 있었다고 합니다.'

밤 10시, 드디어 속보가 올라왔다. '아이의 것으로 보이는 머리는 살갗이 벗겨진 채 뼈가 훤히 드러났지만, 머리카락은 그 주변 어디에서도 발견되지 않았다고 합니다. 또한 아이의 눈꺼풀은 실로 꿰매져 있었고, 혀는 심하게 깨물린 상태였다고 경찰은 전했습니다. 하지만 사망한 아이가 스스로 깨문 것인지 아니면—이 대목에서 랄라는 자기도 모르게 비명을 질렀다—다른 사람의 소행인지는 아직 확인되지 않고 있습니다.'

뉴스 프로그램은 밤늦은 시간까지 매번 다른 기자를 등장시키고 현장 생중계를 하면서 사건 보도를 계속했다. 한편 경찰은 방송사 카메라 앞에서 여전히 아무 말도 하지 않았지만, 브리핑을 통해 언론사에 지속적으로 정보를 제공했다.

자정 무렵까지 시신을 인수하러 온 사람은 아무도 없었다. 게다가 시신에서 고문을 당한 흔적이 다수 발견되었다는 보도가 나왔다. 상체가 온통 담뱃불로 지진 자국으로 뒤덮여 있다는 것이다. 현장을 조사한 검시관들의 1차 보고서에 따르면, 성폭행의 가능성이 높은 것으로 보고 있는 가운데, 범행 시간은 새벽 2시경으로 추정된다고 했다.

그런데 그 시간까지도 시신을 거두러 오는 이는 없었다. 가족조차도 말이다. 어머니와 아버지는커녕, 형제, 삼촌이나 사촌, 아니면 이웃이나 아는 이조차 오지 않았다. 아무도 오지 않았다.

텔레비전에서 뉴스가 흘러나오고 있었다. '목이 잘린 아이는 다섯 살에서 여섯 살로 추정됩니다. 그러나 살아 있을 때 극심한 영양실조에 시달린 탓에 정확한 나이를 파악하기는 어려운 실정입니다.'

"텔레비전에 그 아이의 모습이 나왔으면 좋을 텐데." 나는 랄라에게 말했다.

"정신 나갔어? 목이 잘린 아이를 어떻게 보여준다고

그래? 그런데 그 아이를 봐서 뭐 하려고? 너는 가끔 섬뜩한 소리를 해서 사람을 놀라게 한다니까. 하긴 넌 예전부터 좀 괴상한 아이였어. 비레예스 거리의 궁전에 사는 기분 나쁜 백작 부인 같단 말이야."

"그게, 랄라, 아무래도 아는 아이 같아서 그래."

"누굴 안다는 건데? 저 아이 말이야?"

나는 그렇다고 대답하자마자 울음을 터뜨리고 말았다. 술에 취하기도 했지만, 그보다는 목 잘린 아이가 더러운 아이임에 틀림없다는 확신이 든 것이다. 나는 랄라에게 그 아이와 만난 이야기를 해주었다. 녀석이 우리 집 현관 벨을 눌렀던 그날 밤 말이다. 내가 왜 그 아이를 데리고 있지 않았던 걸까? 그 불쌍한 것을 엄마에게서 떼어낼 방법을 왜 생각하지 않았던 거지? 아니면 왜 아이를 씻겨주지도 못했던 걸까? 집에 멋지게 생긴 커다란 욕조도 있잖아. 사실 나는 별로 쓰지도 않아. 어쩌다 욕조에 몸을 담그고 목욕을 즐길 때도 있지만, 대부분 샤워만 달랑 하고 나오기 바쁘니까. 그런데 왜 아이를 씻겨줄 생각을 못 한 거지? 왜 아이의 몸에 덕지덕지 낀 때라도 벗겨주지 못했을까? 아이가 목욕하면서 가지고 놀게 노란 오리 인형하고 비눗방울 막대기라도 사줄 생각을 왜 못 한 거지? 천천히 목욕을 시킨 다음, 아이스크림 가게로 갈 수도 있었잖아. 하긴 시간이 너무 늦었지. 하지만 이 도시에는 24시간 문을 여는 슈퍼마켓도 있어. 그런 데 가서 슬리퍼 한 짝이라도 사 줄 수 있었잖아. 그런데도 왜 그 어린아이를 맨발로 걷게 내버려두었을까? 그것도 어두운 밤거리를 말이야. 엄마한테 돌아가지 못하도록 미리 손을 써야 했어. 그 여자가 깨진 병을 들고 나를 위협했을 때 경찰에 신고라도 했으면 저런 일이 없었을 것 아냐. 그랬더라면 그 여자를 잡아갔을 테고, 그러면 내가 그 아이를 데리고 있거나, 아니면 아이를 원하는 집안에 입양을 시키도록 도와줄 수도 있었겠지. 하지만 나는 그러지 않았어. 미친 듯이 날뛰는 엄마를 말리지 않았다고, 배은망덕한 녀석이라고 화나 냈지. 나는 겁에 질려 아무 말도 못 하는 아이한테 화나 냈다고! 엄마라고 해야 마약쟁이고, 다섯 살밖에 안 된 나이에 길바닥에 사는 아이한테 말이야!

아니야. 길바닥에 **살았지**. 이젠 죽었으니까. 그것도 목이 잘린 채!

갑자기 속에 있는 것이 모두 올라올 것 같았다. 나는 랄라의 부축을 받아 변기에 토했다. 그런 뒤 랄라는 두통약을 사러 밖으로 달려 나갔다. 나는 술에 취해, 그리고 겁에 질려 토했다. 하지만 내가 토한 것은 주차장에서 대체 무슨 이유에서인지 강간을 당하고 목이 잘려 죽은 아이가 더러운 아이라는 확신이 들었기 때문이다.

"랄라, 왜 어린아이한테 그런 짓을 한 걸까?" 나는 그녀의 팔에 안겨 몸을 잔뜩 웅크린 채 물었다. 우리는 다시 침대에 누워 천천히 새벽 담배를 피웠다.

"우리 공주님, 죽은 아이가 네가 말한 그 꼬마인지는 모르겠지만, 내일 해가 밝으면 같이 검찰에 가자. 그러면 네 마음이 좀 편해질 테니까."

"그럼 나랑 같이 가줄 거야?"

"물론이지."

"그런데 랄라, 왜 어린아이한테 그런 몹쓸 짓을 한 걸까?"

랄라는 침대 옆에 있던 접시에 담뱃불을 비벼 끄고는 위스키를 잔에 따랐다. 그리고 거기에 코카콜라를 섞은 다음, 손가락으로 얼음을 휘휘 저었다.

"내 생각으로는 그 아이가 아닌 것 같아. 놈들은 아이를 죽이고…… 보란 듯이 길거리에 내팽개쳐놓았어. 아무래도 누군가에게 보내는 경고 신호 같아."

"그럼 마약 조직의 복수극이란 말이야?"

"그놈들 말고는 그렇게 잔혹하게 사람을 죽이지는 않으니까."

우리는 한동안 아무 말도 하지 않았다. 겁이 났다. 콘스티투시온에 그런 마약 조직이 있었단 말인가? 예전에 멕시코에 관한 글을 읽은 적이 있다. 그때 나는 머리 없는 시체 10구가 다리에 대롱대롱 매달려 있고, 차에서 여섯 개의 머리를 국회 건물 계단에 집어 던졌으며, 공동묘지에서 73구의 시신—그중 몇몇은 목이 잘렸고, 또 몇몇은 팔이 잘린 상태였다—이 널브러져 있었다는 글을 읽고 한동안 충격에서 벗어나지 못했다. 꼭 그때와 같은 기분이었다. 랄라는 말없이 담배를 피우면서 알람 시간을 맞추었다. 내일 아침 곧장 검찰에 가서 더러운 아이에 대해 아는 대로 이야기하기 위해 회사에 결근하기로 결심했다.

다음 날 아침, 머리가 여전히 지끈거렸지만 나는 랄라와 내가 마실 커피를 준비했다. 그녀는 욕실을 써도 되느냐고 물었다. 잠시 후, 샤워기에서 뿜어져 나오는 물소리가 났다. 나는 그녀가 적어도 한 시간은 욕실에 있으리라는 걸 알고 있었다. 나는 다시 텔레비전을 켰다. 신문에도 별다른 소식은 나오지 않았다. 인터넷도 사정은 다르지 않을 것 같았다. 굳이 창을 열어 보지 않더라도, 온갖 헛소문과 헛소리로 도배되어 있을 게 뻔하니까 말이다.

텔레비전 뉴스 진행자는 어떤 여인이 목 잘린 아이의 시신을 수습하러 왔다는 소식을 전했다. 노라라는 이름의 여자가 갓 태어난 아기를 안고 몇몇 친척과 함께 시체 안치소에 도착했다는 내용이었다. '갓 태어난 아기'라는 말을 듣자, 심장이 방망이질하듯이 뛰었다. 그렇다면 죽은 아이는 더러운 아이가 틀림없었다. 여태까지 엄마가 아이를 찾지 않은 것은 하필 사건 당일 밤—이 무슨 우연의 일치란 말인가!—에 출산을 했기 때문이다. 그건 충분히 가능한 일이다. 엄마가 출산하러 병원에 간 사이에 더러운 아이는 홀로 남아 있었을 것이고, 그렇다면……

그렇다면 뭐란 말인가? 랄라의 말마따나 그것이 누군가에게 보내는 경고 신호, 아니면 복수극이라고 해도, 그토록 오랜 세월 동안 우리 집 앞 길바닥에서 잠을 잤던 가엾은 저 여인이 그 대상이었을 리는 없다. 기껏해야 스무 살밖에 안 되는 저 마약쟁이 여자한테 무슨 복수를 한단 말인가? 그렇다면 혹시 아이의 아버지일까? 바로 그거야. 아이의 아버지. 그럼 더러운 아이의 아버지는 대체 누구란 말인가?

그 순간, 텔레비전 화면이 심하게 흔들리기 시작했다. 촬영 기사와 기자들이 숨을 헐떡거리면서 어디론가 달려가고 있었다. 그들은 이제 막 검찰청을 나오던 여자에게 달려들어 질문을 퍼부어대느라 사방에서 아우성을 쳤다.
"노라 씨, 노라 씨. 누가 나치토한테 그런 짓을 했다고 보십니까?"

"녀석의 이름이 나치토였구나." 나는 혼잣말로 중얼거렸다.

그러더니 갑자기 노라의 얼굴이 클로즈업되었다. 그녀는 아이를 잃은 슬픔에 악을 쓰며 통곡했다. 그런데 그 여자는 더러운 아이의 엄마가 아니었다. 전혀 다른 여자였다. 나이는 30대로 보이는 데다, 흰머리가 많고 피부는 까무잡잡했을 뿐 아니라, 상당히 뚱뚱한 편이었다. 물론 출산을 하느라 평소보다 살이 불었겠지만, 그렇더라도 그 여자는 더러운 아이의 엄마와 거의 정반대의 스타일이었다.

그 여자는 알아들을 수 없는 소리로 악을 쓰다가, 결국 정신을 잃고 쓰러졌다. 누군가 뒤에서 그녀를 붙잡았다. 생긴 걸로 봐서는 여동생이 분명했다. 나는 황급히 다른 채널로 돌렸다. 하지만 거기도 똑같은 장면이 나오고 있었다. 여자가 고래고래 소리를 지르자, 결국 어느 경찰이 마이크를 가로막고 대기하던 경찰차에 그녀를 태웠다. 그사이 새롭게 밝혀진 사실이 많이 있었던 모양이다. 나는 랄라에게 새로운 소식을 알려주었다. 내가 이야기를 하는 동안, 랄라는 변기에 앉은 채 면도를 하고 화장을 고친 다음 트레머리를 머리에 붙이고 있었다.

"그 아이의 이름은 이그나시오래. 나치토[*] 말이야. 그리고 아이의 가족들이 지난 일요일에 이미 실종 신고를 했다더라고. 가족들도 텔레비전에서 이번 사건을 보기는 했는데, 그게 자기 아이인 줄은 꿈에도 몰랐다는 거야. 그도 그럴 것이 그 아이, 그러니까 나치토는 카스텔라르[**]에서

[*] 이그나시오의 애칭.

[**] 부에노스아이레스주 모론군郡의 자치시. 수도에서 서쪽으로 30킬로미터 정도 떨어져 있다.

실종되었다니까. 카스텔라르 사람들인가 봐."

"거기가 여기서 얼마나 먼데! 그 어린아이가 어떻게 여기까지 왔단 말이니? 얘, 정말 소름 끼치는 일이네. 그건 그렇고 벌써 예약을 죄다 취소했는데 어쩌지? 이 시간 이후로는 머리를 자를 일은 없는 셈이지."

"그리고 배꼽도 꿰매버렸더래."

"누구? 그 아이 말이니?"

"응. 귀도 잡아 뜯은 것 같아."

"맙소사, 이 동네 사람들 이제 잠은 다 잤네. 앞으로 우린 모두 범죄자 취급을 당할 거라고. 그런데 이건 그냥 범죄가 아니라 악마의 소행 같아."

"벌써 사람들이 수군대나 봐. 악마의 짓이라고 말이지. 그런데 이건 악마의 소행이 아니야. 들리는 말로는 희생 제의, 그러니까 산 라 무에르테에게 바치는 제물인 것 같다더라고."

"폼바 지라여, 우리를 굽어 살피소서! 마리아 파질랴[*]여, 우리를 보호하소서!"

"그 아이가 내게 산 라 무에르테에 대해 들려주었다고 어제 너한테 말했잖아. 그런데 그 아이가 아니야, 랄라. 하지만 그 애는 알고 있었어."

[*] 폼바 지라는 지역마다 여러 형태와 이름으로 등장하는데, 그중 하나가 마리아 파질랴María Padilha이다.

랄라가 갑자기 내 앞에 무릎을 꿇더니, 커다란 검은 눈으로 나를 빤히 쳐다보았다.

"공주님, 어디 가서 그런 말을 하시면 절대 아니 되옵니다. 한 마디도요. 검찰은 물론, 그 누구한테도 말이죠. 어젯밤에는 내가 잠깐 정신이 나가서 공주님을 검사 앞에 모시고 가려고 했습니다. 그건 절대로 아니 되옵니다. 우리 두 사람이 무덤까지 가져가야 할 비밀입니다. 아무쪼록 저의 무례한 표현을 용서해주옵소서."

나는 그녀의 말을 듣고만 있었다. 어쩌면 그녀의 말이 옳은지도 모른다. 사실 나는 딱히 할 말도, 누군가에게 들려줄 말도 없으니까 말이다. 나는 사라져버린 거리의 아이와 밤길을 걸었을 뿐이다. 거리의 아이들이 하루아침에 사라지는 일은 비일비재하다. 어쩌면 부모들이 다른 동네로 옮기면서 아이들을 데려간 것인지도 모른다. 아니면 아이들은 어린 도둑 떼나 자동차 유리닦이 무리에 들어갔을 수도 있고, 마약 운반책이 되었는지도 모른다. 특히 마약을 운반하는 아이들은 경찰에 걸릴 위험이 크기 때문에 계속 동네를 바꿔야 한다. 이런 아이들은 보통 지하철역에 모여 노숙을 한다. 어쨌든 거리의 아이들은 한곳에 오래 머무는 경우가 드물다. 일정한 시간이 지나면 언제나 다른 곳으로 떠나기 마련이다. 이런 아이들은 대개 기회만 있으면 부모에게서 벗어나려고 한다. 하지만 더 좋은 곳으로 떠나는 아이들도 있다. 이런 경우는 대부분 이들을 불쌍히 여긴 먼 친척이 나타나 저 먼 곳, 주로 남쪽에 있는 자기 집으로 데려간다. 집이라고 해봐야 흙길에 지은 것에 불과할뿐더러, 다섯 형제들이 바글거리는 방을 함께 써야 하지만, 그래도 그런 곳에는 비바람을 피할 수 있는 지붕이 있다. 하지만 이렇게 엄마와 아들이 어느 날 갑자기 자취를 감춘 경우는 거의, 아니, 전혀 없다. 더군다나 아이가 목이 잘린 채 발견된 주차장은 그날 밤 나와 더러운 아이가 갔던 길도 아니다. 그렇다면 아이가 말한 산 라 무에르테는? 그건 그저 우연의 일치였을 뿐이다. 랄라의 말에 따르면, 이 동네에는 산 라 무에르테를 섬기는 사람들이 의외로 많다고 한다. 특히 파라과이에서 이주해 온 이들과 코리엔테스 출신들이 산 라 무에르테를 열렬히 신봉한다고 한다. 그렇다고 그들이 그런 끔찍한 살인을 저질렀다는 건 아니다. 특히 폼바 지라는 머리에 뿔이 돋아 있고 삼지창을 든 모습이 영락없는 악마 여인이다. 랄라가 폼바 지라를 섬긴다고 해서 악마 같은 살인자가 되는 것일까?

물론 아니다.

"랄라, 며칠만 더 내 곁에 있어줄 수 있어?"

"공주님의 부탁인데 당연히 들어드려야지. 내가 잘 곳은 내가 알아서 치울 테니까 걱정하지 말라고."

랄라는 우리 집을 무척이나 좋아했다. 그녀는 우리 집

에 오기만 하면 음악을 크게 틀어놓은 채, 머리에 터번을 두르고 담배를 피우면서 천천히 계단을 내려오곤 했다. 그럴 때면 흑인 팜파탈로 변신해 이렇게 말했다. "나는 조세핀 베이커[♈]야." 그러곤 콘스티투시온 지역에 조세핀 베이커를 조금이라도 아는 여장 남자가 자기밖에 없다며 안타까워했다. 요즘 새로 들어온 아이들이 얼마나 멍청하고 머리가 비었는지, 너는 잘 모를 거야. 빈 깡통이나 마찬가지라니까. 갈수록 수준이 더 떨어져서 걱정이야. 이제 여기도 끝장이라고.

사건이 일어난 후로는 예전처럼 마음대로 거리를 돌아다닐 수가 없었다. 나치토 살인 사건은 콘스티투시온 지역에 마취 작용을 일으킨 듯했다. 밤에도 싸우는 소리가 일절 들리지 않았을뿐더러, 마약 거래상들도 몇 블록 남쪽으로 활동 무대를 옮겼다. 그리고 시신이 발견된 곳 주변으로 언제나 경찰들이 쫙 깔려 삼엄한 경비를 펴고 있었다. 일간지와 수사관들이 주장하듯, 그곳은 범죄 현장이 아닌데도 말이다. 누군가가 이미 죽은 아이를 오래된 주차

♈ Joséphine Baker(1906~1975). 미국 출신의 프랑스 댄서이자 연예인으로, 1920년대 재즈 시대의 상징적 존재였다. 특히 당대의 지식인과 예술가들에게 인기가 높아 '검은 비너스' '검은 진주'라는 별명으로 불렸다.

장에 버리고 간 것뿐이다.

동네 사람들은 더러운 아이와 엄마가 자던 길모퉁이에 '목 잘린 아이'—사람들은 그 아이를 그렇게 불렀다—를 위한 제단을 마련해주었다. 그리고 그 위에 〈나치토를 위한 정의〉라고 쓰인 사진 한 장을 올려놓았다. 물론 좋은 의도로 그렇게 한 것은 인정하지만, 형사들은 주민들이 받은 충격에 대해 반신반의하는 입장이었다. 오히려 사람들이 누군가를 숨겨주고 있다고 의심하는 눈치였다. 그래서 검찰에서는 몇몇 주민들을 불러 조사하도록 지시하기도 했다.

나 또한 소환되어 진술을 해야만 했다. 나는 혹시 랄라가 걱정할까 봐 그런 사실을 알리지도 않았다. 다행히 랄라에게는 소환 통보가 가지 않았다. 진술이라고 해봐야 잠깐 동안 면담한 것에 불과했다. 게다가 나는 그들의 귀가 번쩍 뜨일 만한 어떤 말도 하지 않았다.

그날 밤, 나는 깊이 잠들었어요.

아뇨. 자면서 아무 소리도 못 들은걸요.

물론 우리 동네에는 거리의 아이들이 여럿 있죠.

그들은 내게 나치토의 사진을 보여주었다. 나는 본 적이 없다고 고개를 저었다. 그건 거짓말이 아니었다. 통통한 편인 데다 볼에 보조개가 패고 머리를 단정하게 빗어 넘긴 사진 속의 아이는 동네의 아이들과 전혀 달랐으니까.

나는 콘스티투시온에서 그런 꼬마(더군다나 미소 짓고 있었다!)를 단 한 번도 본 적이 없었다.

아뇨. 거리나 어떤 이의 집에 사교邪教 제단이 있다는 소리는 못 들어봤어요. 물론 본 적도 없고요. 가우치토 힐 제단 말고는요. 세바요스 거리에 있는 것 말이에요.

가우치토 힐이 목이 잘려 죽은 걸 알고 있었냐요? 네, 물론이죠. 그거야 온 국민이 아는 전설이니까요. 제 생각에는 이번 사건이 가우치토 힐과 아무런 관련도 없는 것 같은데, 혹시 형사님들은 그렇게 보시는 건가요?

아니에요. 물론 제 말에 꼭 대답하실 필요는 없어요. 어쨌든 제 생각은 그렇다는 거예요. 하지만 저는 그들이 어떤 의식儀式을 치르는지 전혀 몰라요.

저는 그래픽 디자이너예요. 어느 신문사에서 일하고 있죠. 구체적으로 말씀드리면, 주말 특집으로 들어가는 「패션&여성」 섹션을 담당하고 있어요. 왜 하필 콘스티투시온에 사느냐고요? 그 집은 우리 집안 대대로 내려오는 거예요. 아주 아름다운 집이죠. 우리 동네에 들를 기회가 있으면 꼭 보고 가세요.

물론 새로운 소식이 들리면 꼭 연락드릴게요. 당연하죠. 그럼요. 우리 동네 사람이라면 다 그렇겠지만, 밤마다 잠이 안 와서 힘들어요. 다들 두려움에 떨고 있으니까요.

그들은 분명 나를 의심하지는 않았지만 동네 주민들

의 이야기를 들어야만 했다. 지하철을 타면 다섯 블록을 걸어야 하기 때문에, 나는 일부러 버스를 타고 집으로 돌아왔다. 사건이 일어난 뒤로, 나는 웬만하면 지하철을 타지 않았다. 혹시라도 더러운 아이와 부딪칠까 봐 겁이 났기 때문이다. 이와 동시에, 나는 그 아이를 꼭 다시 보고 싶다는 병적인 강박관념에 시달렸다. 그 후로 여러 사진과 증거가 신문에 실렸다. 심지어 시신의 사진을 낸 신문도 있었다. 그 신문은 거짓 스캔들을 일으키고 대중의 공포심을 유발하기 위해 목 잘린 아이의 사진을 1면에 실음으로써 엄청난 판매부수를 기록했다. 그럼에도 불구하고, 나는 여전히 죽은 아이가 더러운 아이라고 믿고 있었다.

그게 아니면, 더러운 아이가 그다음으로 죽을 거라고 믿었다. 물론 이를 이성적인 판단이라고 보기 어렵다는 것쯤은 나도 잘 알고 있었다. 아무튼 나는 다시 머리끝만 분홍색으로 염색하기로 한—족히 몇 시간은 걸리는 일이다—그날 오후, 미용실에 가서 랄라에게 내 생각을 모두 털어놓았다. 그날따라 랄라의 미용실에서는 자기 차례를 기다리면서 잡지를 뒤적거리거나, 손톱에 매니큐어를 칠하면서 문자 메시지를 보내는 사람이 아무도 없었다. 모두 목 잘린 아이에 관한 이야기뿐이었다. 신중한 침묵의 시간이 이미 지났는데도, 용의자에 대해 아무도 언급하지 않았다. 서로의 눈치를 보면서 다 알고 있는 이야기만 할 뿐이었다. 사리타는 자기 고향인 차코[*]에서도 이와 비슷한 사건이 있었는데, 여자아이가 살해당했다고 했다.

"사람들이 그 아이를 발견했는데, 머리가 시신 옆에 놓여 있더래. 그리고 겁탈까지 당한 터라, 정말 눈 뜨고는 못 볼 지경이었대. 그 어린것이 무슨 죄가 있다고. 게다가 똥을 뒤집어쓰고 있었다지 뭐니?"

"사리타, 부탁이야. 이제 그만 좀 해." 랄라가 말했다.

"내가 없는 말을 지어내는 줄 아니? 나는 사실 그대로 말했을 뿐이야. 이건 주술사들이 저지른 짓이 분명해."

"경찰은 마약 조직의 소행으로 보고 있어." 내가 말했다.

"온 나라가 마약쟁이 주술사들로 우글거리고 있다니까." 사리타가 말했다. "너는 차코에서 어떤 일이 일어나는지 상상도 못 할 거야. 거기 사람들은 자기를 지켜달라고 의식을 치러. 그래서 사람 머리를 잘라서 왼편에 둔다니까. 이런 식으로 제물을 바치면, 그 머리가 자기들을 보호해줄 테니까 경찰한테 절대 잡히지 않을 거라고 믿는 거야. 그 사람들은 단순한 마약쟁이가 아니야. 더군다나 그들은 여자까지 판다니까."

"그럼 여기, 콘스티투시온에도 그런 자들이 있다는 거니?"

[*] 아르헨티나 북부에 위치한 주로, 코리엔테스와 인접해 있다.

"그런 이들은 어느 곳에나 있어." 사리타가 말했다.

그날 밤, 꿈속에 더러운 아이가 나타났다. 내가 발코니로 나갔는데, 길 한복판에 녀석이 서 있었다. 그런데 저쪽에서 트럭 한 대가 전속력으로 다가오고 있었다. 나는 아이에게 어서 피하라고 손짓을 했다. 하지만 아이는 누런 이를 드러내고 웃으면서 나와 발코니만 쳐다보고 있었다. 결국 트럭은 아이를 치고 말았다. 나는 트럭 바퀴에 배가 깔리면서 축구공처럼 터지는 모습을 지켜봐야만 했다. 트럭은 길모퉁이까지 아이의 내장을 질질 끌고 갔다. 거리 한복판에는 아이의 머리만 덩그러니 남아 있었다. 아이는 여전히 눈을 동그랗게 뜬 채 웃고 있었다.

나는 마침내 악몽에서 깨어났다. 온몸에 식은땀이 흐르고, 벌벌 떨렸다. 거리에서 나른한 쿰비아[❦] 음악 소리가 들려왔다. 서서히 술주정꾼들끼리 싸우는 소리, 음악 소리, 아이들이 일부러 시끄러운 소리를 내려고 소음기를 제거한 오토바이 소리 등, 동네의 일상적인 소리가 다시 들려오기 시작했다. 경찰은 수사 상황을 언론에 발표하지 말라는 함구령을 내렸다. 이는 수사가 계속 난항을 겪고 있다는 의미였다. 그사이 나는 엄마를 여러 차례 찾아뵈었

❦ 콜롬비아와 파나마 연안에서 유래한, 4박자 리듬의 민속 춤곡. 전통적으로는 참가자들이 손에 촛불을 들고 춤을 추며, 여자들은 포예라pollera라는 치마를 입는다.

다. 그때마다 엄마는 당장 집으로 들어오라고 했지만, 나는 번번이 거절했다. 그러면 엄마는 나더러 정신 나간 년이라고 욕을 퍼부어댔고, 우리는 서로 악을 쓰며 싸웠다.

그날 밤, 나는 퇴근 후 직장 동료의 생일 파티가 있어서 집에 늦게 돌아왔다. 여름이 끝나가던 무렵이었다. 나는 버스를 타고 가다 혼자 걷고 싶어서 몇 정거장 전에 내렸다. 이제 집으로 걸어오는 길은 훤히 알고 있었다. 동네 사정만 조금 알면 콘스티투시온을 돌아다니기는 그다지 어렵지 않다. 나는 담배를 피우면서 걸었다. 바로 그때 그 여자가 눈에 띄었다.

더러운 아이의 엄마는 늘 그랬듯이 수척한 모습이었다. 임신한 동안에도 그녀는 상당히 여윈 편이었다. 뒤에서 보면 그녀의 배가 어떤지 도저히 짐작하기 어려울 정도다. 전형적인 마약 중독자의 체격이다. 저기 어떻게 아기가 들어 있나 싶을 정도로 허리는 여전히 잘록했고, 몸에 지방이 붙지 않아 허벅지도 더 이상 굵어지지 않았다. 임신 9개월 때도 다리가 얼마나 가늘던지 마치 막대기 두 개로 농구공을 떠받치고 있는 듯한 모양새였다. 이런 표현이 가능하다면, 그 무렵에는 마치 농구공을 삼킨 여자 같았다. 이제 남산만 한 배가 사라지자, 더러운 아이의 엄마는 소녀 같은 모습으로 돌아왔다. 그 여자는 나무에 기댄 채

가로등 불빛 아래에서 파코 파이프에 불을 붙이고 있었다. 경찰이 오든—목 잘린 아이 사건 이후로 경찰은 이 지역에 대한 감시를 대폭 강화했다—주변에 마약쟁이들이 얼쩡거리든 여자는 전혀 신경 쓰지 않는 눈치였다.

나는 그녀에게 천천히 다가갔다. 그 여자도 나를 곧바로 알아보는 듯했다. 곧바로! 그녀는 실눈을 뜨고 나를 빤히 쳐다보았다. 당장이라도 달아나려는 눈치였지만, 무슨 이유에서인지 가만히 있었다. 어쩌면 현기증이 나서 그랬는지도 모른다. 몇 초 동안 망설이던 끝에 나는 그녀에게 성큼성큼 걸어가 앞을 가로막았다. 그러곤 앞에 버티고 서서 우격다짐하듯 물었다. 나는 그녀를 나무 쪽으로 밀치고 움직이지 못하도록 팔을 붙잡았다. 그 여자는 갑작스러운 내 공격에 맞설 만큼 힘이 남아 있지 않았다.

"네 아들은 어디 있지?"

"무슨 아들 말이야? 이거 놓으라고!"

우리 둘은 소리 낮춰 말했다.

"네 아들 말이야. 무슨 말인지 잘 알 텐데."

더러운 아이의 엄마가 입을 열자, 지독한 입 냄새에 구역질이 났다. 배고픔의 냄새와 햇볕 속에 그대로 내버려 둔 과일처럼 달짝지근하면서도 썩은 냄새가 마약 특유의 약 냄새와 타는 냄새와 뒤섞이면서 코를 찔렀다. 마약 중독자의 몸에서는 언제나 고무 타는 냄새와 공장에서 내뿜는 유독가스 냄새, 그리고 기름에 오염된 물의 악취와 독성 화학물질의 냄새를 풍긴다.

"나한텐 아들이 없어."

나는 그 여자를 나무에 대고 누르면서, 목덜미를 움켜잡았다. 그때 그녀의 표정이 고통으로 일그러졌는지 기억은 나지 않지만, 하여간 나는 손톱으로 목을 꽉 누르고 있었다. 어쨌든 간에 그 여자는 몇 시간 지나고 나면 아무것도 기억하지 못할 테니까 신경 쓸 필요가 없었다. 그 순간만큼은 나도 경찰이 전혀 두렵지 않았다. 아무리 경찰이라 해도 여자들 싸움에 끼어들 리 만무했다.

"당장 사실대로 말해. 얼마 전까지 임신 중이었잖아."

더러운 아이의 엄마가 라이터로 나를 위협하려고 했지만, 나는 재빨리 그녀의 속셈을 알아차렸다. 가냘픈 손에 든 불꽃이 천천히 내 머리로 다가오고 있었다. 내 머리를 태울 작정이군, 망할 여편네 같으니. 내가 있는 힘껏 그녀의 손목을 잡자, 라이터가 길바닥으로 떨어졌다. 그 여자는 더 이상 저항하지 않았다.

"난 아들이 없단 말이야!" 그녀가 고함을 질렀다. 사나우면서도 기분 나쁜 그녀의 목소리를 듣자 정신이 번쩍 들었다. 내가 지금 무슨 짓을 하고 있는 거지? 우리 집 앞에서 죽어가는 가엾은 여자의 목을 졸라 죽이려는 건가? 어쩌면 엄마의 말이 옳았는지도 모른다. 아마 내가 집을 옮기는 편이 나았을지도 모른다. 엄마 말마따나, 내가 그 집에 너무 집착했던 건지도 모른다. 거기에 살면 나를 찾아오는 사람이 없어 세상과 격리되어 살 수 있고, 그러면 우울한 기분에 젖어, 정말이지 엿 같고 더러운 그 동네에 관한 감상적인 이야기를 쓸 수도 있다고 생각했으니까 말이다. 엄마가 그렇게 고함지르자, 나도 다시는 엄마하고 말하지 않겠다고 맞받아쳤다. 그런 내가 지금 젊은 마약쟁이 여자의 목을 조르고 있다. 그 순간, 엄마의 말에도 일리가 있다는 생각이 들었다.

넌 궁전에 사는 공주가 아니라, 미쳐서 탑 속에 갇힌 거라고.

마약쟁이 여자는 그 틈을 타 내 손을 뿌리치고 달아나기 시작했다. 하지만 목이 졸려 숨이 넘어가기 직전이라서 빨리 뛰지는 못했다. 반 블록쯤 달아난 그녀는 가로등 불빛 아래에서 멈춰 서더니 몸을 홱 돌렸다. 그 여자는 나를 바라보며 웃고 있었다. 희미한 불빛에 비친 그녀의 잇몸에서 피가 흘렀다.

"아이들은 그들에게 줘어!" 그녀가 내게 소리쳤다.

그 여자는 내 눈을 빤히 쳐다보면서 고함을 질렀다. 나를 알고 있다는 눈빛으로 말이다. 그 순간, 온몸에 소름이 돋았다. 그러곤 두 손으로 홀쭉해진 배를 어루만지면서 큰 목소리로 또박또박 말했다.

"배 속에 있던 이 아이도 그들에게 바쳤지. 그들에게 둘 다 주겠다고 약속했으니까."

나는 그녀를 향해 달렸다. 하지만 이번에는 그녀가 재빨리 달아났다. 아니면 그 여자가 갑자기 빨라진 건지도 모른다. 그녀는 고양이처럼 잽싸게 가라이 광장을 가로질러 갔다. 나도 간신히 그녀를 뒤쫓고 있었지만, 대로에 서 있던 차들이 신호가 바뀌자 달리기 시작했다. 앞서가던 그녀는 차들 사이로 아슬아슬하게 빠져나가 찻길을 건넜지만, 나는 걸음을 멈추어야 했다. 쉬지 않고 달린 탓에 숨을 쉴 수도 없었다. 다리가 후들후들 떨렸다. 그때 누군가 다가오더니 저 여자한테 강도를 당했는지 물었다. 나는 혹시 사람들이 저 여자를 쫓아갈지도 모른다는 생각에 그렇다고 대답했다. 하지만 그런 일은 일어나지 않았다. 그들은 단지 내게 이것저것 묻기만 했다. 괜찮으세요? 저 여자가 무엇을 훔쳐 갔죠? 택시라도 잡아드릴까요?

네, 택시를 잡아주세요. 나는 말했다. 내 앞에 택시 한 대가 멈추어 섰다. 택시에 타자, 나는 거기서 다섯 블록밖

❦ 원문인 "¡ Yo se los di!"에서 'se'는 스페인어로 '그에게'와 '그들에게'라는 뜻을 모두 지닌 간접 목적격 대명사이다. '그에게'로 해석될 경우, 산 라 무에르테에게 아이들을 제물로 바쳤다는 뜻이 되는 반면, '그들에게'는 마약 중독자-주술사에게 주었다는 의미가 된다. 이처럼 중의적인 의미가 이 작품의 미스터리한 성격을 강화한다. 하지만 여기서는 문맥상 '그들에게'로 옮긴다.

에 떨어지지 않은 집으로 가자고 했다. 다행히 운전기사는 투덜거리지 않았다. 이 동네에서는 가까운 곳이라도 택시를 타고 가는 경우가 흔하니까 대수롭지 않게 여겼는지 모른다. 아니면 너무 늦은 시간이라 불평하기도 귀찮았는지 모른다. 그의 표정으로 봐서는 내가 마지막 손님인 것이 분명했다.

나는 서둘러 들어와 문을 잠갔다. 하지만 시원한 방과 나무 계단, 안마당, 고색창연한 타일 바닥, 높은 천장을 보고도 마음이 놓이지 않았다. 스위치를 올렸지만, 전등이 깜박거렸다. 전구가 나갈 모양이네. 나는 생각했다. 밤새 어둠 속에서 보내야겠군. 마침내 불이 들어왔다. 하지만 전구가 오래되고 전압도 낮은 탓에 누르스름한 불빛이 비추고 있었다. 나는 바닥에 앉은 채 문에 등을 기댔다. 나는 더러운 아이가 끈적거리는 손으로 문을 조용히 두드리는 소리를, 아니면 그의 머리가 계단으로 굴러떨어지는 소리를 기다리고 있었다. 나는 더러운 아이가 다시 찾아와 집 안으로 들여보내달라고 하기만을 기다리고 있었다.

오스테리아 호텔

담배 연기 때문에 구역질이 났다. 그녀는 엄마가 차 안에서 담배를 피울 때마다 속이 거북했다. 하지만 그럴 때면 엄마가 늘 기분이 언짢았기 때문에 감히 담뱃불을 꺼 달라고 할 엄두도 내지 못했다. 그녀는 숨이 턱 막혔다. 자기도 모르게 들이마신 연기가 코로 빠져나오면서 눈에 들어가 눈이 매웠다. 뒷자리에 앉은 여동생 랄리는 귀에 이어폰을 꽂은 채 음악을 듣고 있었다. 아무도 말을 하지 않았다. 플로렌시아는 차창을 통해 로스사우세스[*]의 저택들을 물끄러미 바라보며 터널과 저수지, 그리고 불그스레한 빛을 띤 언덕이 나타나기만을 기다렸다. 사나가스타[**]에

[*] 아르헨티나 북서부에 위치한 라리오하주의 도시. 원래 명칭은 '산블라스델로스사우세스'이다.

[**] 아르헨티나 라리오하주에 위치한 도시.

있는 집으로 갈 때마다 거기를 지나치기 때문에 1년에도 여러 차례 보게 되지만, 그곳의 풍경은 절대 질리는 법이 없었다.

하지만 이번 여행은 달랐다. 좋아서 가는 게 아니었다. 아빠가 거의 강요하다시피 해서, 세 모녀는 라리오하시를 떠날 수밖에 없었다. 전날 밤, 플로렌시아는 엄마 아빠가 심하게 다투는 소리를 들었다. 그런데 오늘 아침, 이미 결정은 내려져 있었다. 딱 선거 때까지만 떠나 있기로 말이다. 라리오하주의 수도 시의원에 출마한 아빠가 선거운동을 하는 동안, 나머지 식구들은 사나가스타시에 가 있기로 했다. 사실은 랄리가 문제였다. 랄리는 주말마다 나가 술에 취해 돌아오는 것도 모자라, 사귀는 남자들도 여럿이었다. 열다섯 살인 랄리는 늘 검은 머리카락을 허리께까지 축 늘어뜨리고 다닌다. 그녀는 원래 예쁜 얼굴이다. 화장을 조금 더 연하게 하고, 긴 손톱에 새빨간 매니큐어만 칠하지 않는다면, 그리고 힐을 신고 다닌다면 훨씬 더 예쁠 텐데, 언니로서는 그게 늘 불만이었다. 언젠가 랄리는 새로 산 부츠를 신고 온 적이 있다. 자기 딴에는 조심한다고 그랬겠지만, 구부정한 자세로 어기적거리며 걷는 모습을 보자 플로렌시아는 절로 웃음이 나왔다. 특히나 눈꺼풀에 바른 파란색 아이섀도와 싸구려 진주 귀걸이는 우스꽝스럽기 짝이 없었다. 플로렌시아는 아무리 그래도 동생을 쫓아다니는 남자가 많다는 것을 잘 알고 있었다. 반면 선거 기간 동안 자기 딸이 그런 차림으로 라리오하시를 돌아다니는 것을 아버지가 아주 못마땅해한다는 사실도 말이다. 하지만 학교에서 아이들이 동생에 대해서 이러쿵저러쿵하면 플로렌시아는 그냥 넘어가지 못했다. 그래서 학교 수업이 끝난 후 그 아이들과 주먹다짐까지 벌인 적도 여러 번 있었다. 네 여동생, 꼭 창녀같이 하고 다니던데. 남자들만 보면 꼬리 치고 다닌다면서. 네 동생 되게 밝히게 생겼더라. 남자애들한테 잘 준다면서, 이런 식으로 욕설을 퍼붓곤 했다. 놀랍게도 그녀의 동생에게 입에 담지 못할 악담을 퍼부어대던 건 언제나 여자아이들이었다. 언젠가 플로렌시아는 여자아이들과 광장에서 싸우고 입술이 터진 채 집으로 돌아온 적이 있다. 욕실에서 세수를 하던 중, 그녀는 부모에게 어떤 거짓말로 둘러댈지 궁리했다. 체육 시간에 배구를 하다가 공에 얼굴을 맞아서 그렇게 됐다고 할까 했지만, 아무리 생각해도 터무니없는 소리 같았다. 그렇게 자기를 지켜주려고 애를 썼는데도 동생은 그녀에게 고맙다는 말 한 마디 하지 않았다. 고마워하기는커녕, 말도 걸지 않았다. 사실 랄리는 아이들이 자기에 대해 뭐라고 하든, 플로렌시아가 자기를 위해 싸우든 말든 전혀 개의치 않는 눈치였다. 자기 세계에 빠져 사는 랄리에게 플로렌시아가 안중에 있을 리가 없었다. 랄리는 언제나 방 안에 틀어박혀 이 옷 저 옷을 입어보거나, 눈물이나 쥐어짜는 한심한 노래를 들으면서 시간을 보냈다. '당신은 내가 오는 모습을 보게 될 거예요. 당신은 내가 부르는 노래를 듣게 될 거예요. 그러면 당신은 내게 열쇠를 달라고 하지도 않고 내 방으로 들어올 거예요. 멀리 떠나면, 그리고 시간이 흐르면 당신이 내 마음에 준 상처도 까마득히 잊히겠죠.' 랄리는 하루 종일 같은 노래만 들었다. 같이 있다 보면 정말 그녀를 죽이고 싶은 마음이 들 정도였다. 플로렌시아는 동생과 성격이 맞지 않았다. 아무리 그렇다고 해도 동생이 창녀 취급을 당하는데 가만히 있을 수는 없는 노릇이었다. 플로렌시아는 누구든지 간에 창녀라고 손가락질당하는 꼴을 가만히 앉아 보고만 있지는 않았을 것이다. 꼭 동생이 아니라 모르는 사람이 놀림을 당했더라도 그녀는 싸웠을 것이다.

그래서인지 그 당시에는 아무도 플로렌시아에게 몹쓸 악담을 퍼부으려고 하지 않았다. 그녀도 그런 점을 분명히 알고 있었다. 그녀는 저수지와 포예라델라히타나[*]를 잘 보기 위해 창문을 내렸다. 저 산자락을 볼 때마다, 피의 폭

[*] 사나가스타 입구에 자리한 점토질의 습곡. 수직으로 난 물결 모양의 주름이 장관을 이룬다. 여러 지층으로 이루어져 다양한 빛깔을 지니지만, 전체적으로 불그스레한 빛을 띠고 있어서 '집시 여인의 치마'라는 이름이 붙었다.

포가 흘러내리다 엉겨 붙은 것 같은 느낌이 들었다. 습기를 거의 머금지 않은 공기가 그녀의 입 안을 가득 채웠다. 사람들은 그녀를 두고 레즈비언이니, 못 돼먹었다느니, 병적이니 하면서 수군거릴 것이다. 그보다 더 심한 말을 퍼부어댈지 누가 알겠는가?

엄마, 이 노래 좀 틀어주세요, 네? 배터리가 다 나가서 그래요. 랄리가 말했다.

안 돼. 그런 노래만 들으면 내 머리가 쪼개질 것 같단 말이야. 더구나 난 운전 중이잖아.

엄마 때문에 짜증 나 죽겠어.

랄리, 혼나기 전에 입 다물고 있어.

어쩌자고 저러는 거지? 플로렌시아는 또 무슨 일이 터질까 봐 조마조마했다. 엄마는 원래 사나가스타를 그다지 좋아하지 않았다. 대부분의 라리오하 사람들처럼, 그녀의 가족도 여름이면 시골로 피서를 갔다. 라리오하는 여름마다 온도가 50도까지 치솟아 낮잠도 잘 수 없을 정도다. 그럴 때면 차라리 죽는 게 낫다 싶은 생각이 들었다. 그녀의 엄마는 언제나 우스파야타[*]나 해변으로 가자고 졸랐다. 엄마는 사나가스타라면 머리를 절레절레 흔들었다. 그도 그럴 것이, 사나가스타에는 번듯한 레스토랑 하나 없는 데

[*] 아르헨티나 멘도사주와 칠레의 산티아고 사이에 있는 행정구역. 안데스 산맥에 위치해 절경을 자랑한다.

다, 사람들도 폐쇄적이고 쌀쌀맞을뿐더러, 공예품 시장에 가도 늘 같은 물건밖에 없었다. 여기는 하나도 변한 게 없다니까! 엄마는 매년 열리는 어린 성모 마리아 행렬이나 사방에 널린 동굴 성지라면 진절머리를 쳤다. 그리고 교회가 세 개나 있는 마을에 커피를 마실 만한 바 하나 없다면서 분노를 터뜨리곤 했다. 이를 듣던 이가 오스테리아에 가면 커피를 마실 수 있다고 하자, 엄마는 펄펄 뛰며 화를 냈다. 엄마는 오스테리아를 끔찍이도 싫어했다. 심지어는 사장인 엘레나가 상냥하게 구는 것도 못마땅해했다. 그녀의 눈에는 가식적이고 잘난 체하는 것으로 보였던 모양이다. 엄마는 오스테리아에 가서 통닭이나 먹고, 오스테리아의 카지노에서 룰렛이나 슬롯머신을 하고, 또 오스테리아에서 유럽 관광객이나 만나는 것이 유일한 낙이라는 사실에 몸서리를 쳤다. 우리 집에 수영장이라도 있으니, 엄마는 늘 이렇게 말했다, 얼마나 다행인지 몰라. 그마저 없었다면 오스테리아의 풀장에 가야 했을 테니까 어쩌면 미쳐버렸을지도 모른다. 어떻게 된 마을에 그릴 식당 하나 없다니. 엄마는 투덜대곤 했다. 사나가스타에는 정말 그릴조차 없었다.

그들은 6시 반경, 오후 첫 버스와 동시에 사나가스타에 도착했다. 해가 서산으로 뉘엿뉘엿 넘어가면서, 산과 언덕의 색깔이 바뀌고 있었다. 계곡에 우거진 푸른 나무도 벨벳처럼 보드라운 이끼색으로 변했다. 랄리는 계속 울고 있었다. 그녀는 사나가스타를 끔찍이도 싫어했다. 화가 난 나머지 그녀는 중학교를 마치면 곧장 남자 친구가 사는 코르도바로 달아나리라 마음먹고 있었다. 플로렌시아는 랄리가 전화로 친구에게 가출 계획을 털어놓는 것을 우연히 엿들었다.

집 안은 아주 시원했지만, 추위를 잘 타는 엄마는 난로를 켰다. 플로렌시아는 정원에 나갔다. 그녀의 아버지는 주말 별장을 지을 때 수영장도 만들고 나무도 심기 위해서 터를 넓게 잡았다. 그리고 집을 작게 짓는 대신, 개들이 마음껏 뛰어놀고, 정자와 꽃밭을 만들 수 있을 정도로 정원을 넓게 조성했다. 아버지는 엄마보다 꽃을 더 좋아했다. 엄마는 꽃보다 오히려 선인장을 더 좋아했다. 플로렌시아는 해먹 의자에 앉아, 정원을 화려하게 수놓고 있는 색깔을 하나씩 찾아보았다. 오렌지 빛깔, 자홍색 꽃, 청록색의 풀장, 초록색 선인장, 장밋빛 집. 그녀는 가장 친한 친구인 로시오에게 문자 메시지를 보냈다. 그녀는 사나가스타에 살고 있었다. '도착했어. 어서 나와.' 둘은 할 말이 많았다. 그녀가 오기 전, 로시오는 자기 집에 문제가 생겼다고 이메일을 보냈다. 그녀의 아빠에게 무슨 문제가 생긴 모양이었다. 로시오의 엄마는 이미 돌아가셨고, 형제도 없기 때문에 가족이라고 해봐야 아빠밖에 없으니까 말이다. 로시오에게서 답장이 왔다. '거리 매점으로 나와. 아까 보니까 문을 열었더라고.' 플로렌시아는 엄마에게 알리지도 않은 채, 코카콜라 사 먹을 돈만 갖고 뛰어나갔다. 사나가스타에서 플로렌시아가 가장 좋아하는 일은 아무한테도 알리지 않고 밖으로 나가는 것이다. 그래도 엄마 아빠가 화내거나 놀라지 않으니까 말이다.

어디서 낙엽 태우는 냄새가 났다. 하루 중 가장 아름답고 아늑하게 느껴지는 시간이었다. 로시오는 주로 밤 시간에 샌드위치와 엠파나다[✽]를 파는 거리 매점의 플라스틱 의자에 앉아서 기다리고 있었다. 그녀는 단이 풀어진 청 반바지와 하얀 셔츠 차림에 머리를 풀고 있었다. 테이블 아래 가방이 있었다. 플로렌시아는 그녀의 뺨에 입을 맞추고 자리에 앉으려는데, 그녀의 맨다리에서 눈을 뗄 수가 없었다. 금빛 솜털에 저녁 햇살이 비추자, 마치 다리에서 헤어오일이 흘러내리는 것처럼 보였다. 둘은 2리터짜리 코카콜라를 주문했다. 플로렌시아는 그녀에게서 자세한 사정을 듣고 싶었다.

로시오의 아버지는 오래전부터 오스테리아에서 관광 가이드로 일했다. 투숙객들을 고고학 공원과 저수지, 그리고 살라망카 동굴[✽]로 안내하는 것이 그의 일이었다. 그

[✽] 빵 반죽 안에 채소, 고기, 생선 등 다양한 속을 넣고 오븐에 찌거나 튀기는 스페인과 라틴아메리카의 전통 요리로, 만두와 비슷하다.

는 호텔 사장이 가장 아끼는 직원이기도 했다. 그래서 그가 이전에 사용하던 밴 차량이 고장 나자, 사장은 자신이 타던 사륜구동 차를 그에게 선뜻 내주기도 했다. 로시오의 아버지는 원할 때면 언제나 호텔 레스토랑에서 무료로 밥을 먹을 수 있었고, 풀장과 테이블 축구 게임을 마음대로 이용할 수 있었다. 항간에서는 그가 엘레나의 정부情夫라는 소문이 돌기도 했다. 그런 얘기가 나올 때마다, 로시오는 어림없는 소리 말라는 듯이 손사래를 치면서 말했다. 우리 아빠는 그 속물 같은 오스테리아 사장하고 농담도 안 하려고 한다니까. 예전에 플로렌시아는 로시오 아빠의 안내를 받으며 로시오와 함께 사나가스타의 관광지를 모두 구경한 적이 있다. 그녀의 아버지는 최고의 가이드였다. 세심하고 친절할 뿐만 아니라, 재미있기까지 해서 뜨거운 햇살을 받으며 언덕을 올라가는 동안에도 힘들어하는 이가 아무도 없었다.

엘레나라는 여자가 네 아빠를 내쫓았다니, 믿을 수가 없어. 무슨 일이 있었던 거니?

로시오는 입술 위에 밤색 콧수염처럼 묻어 있던 콜라를 닦았다.

* 사나가스타의 산에 위치한 동굴로, 입구 근처에 가면 음악과 소름 끼치는 웃음소리가 들린다고 전한다. 예로부터 악마의 소굴이라는 전설이 내려오며, 라리오하의 주술사들이 모이는 장소로 유명하다.

엘레나가 돈 문제 때문에 히스테리를 부리면서부터 일이 꼬이기 시작한 거야. 로시오는 플로렌시아에게 저간의 사정을 말해주었다. 그러다 아빠가 부에노스아이레스에서 온 관광객들한테 오스테리아 호텔의 내력을 말해준 게 화근이 된 셈이지. 호텔이 들어서기 전에 거기가 경찰학교였잖아.

하지만 너네 아빠는 마을 역사를 이야기할 때 늘 그 얘기를 하셨잖아. 플로렌시아가 말했다.

그렇지. 하지만 엘레나는 전혀 몰랐던 모양이야. 관광객들이 그 말을 듣고서 귀가 솔깃해진 거지. 그 사람들은 궁금했던 나머지, 엘레나에게 직접 물어본 거야. 아빠가 경찰학교 얘기를 했다는 걸 알고 엘레나는 펄펄 뛰면서 화를 냈어. 아빠와 심하게 다투다가 결국 쫓아낸 거라고.

왜 그렇게 화가 난 거야?

아빠 말로는 혹시라도 관광객들이 오해할까 봐서 그랬다나 봐. 군사 독재 시절에 경찰학교였으니까 말이야. 학교 다닐 때 배웠잖아. 기억 안 나니?

뭘? 거기서 사람들을 죽이기라도 했니?

아빠가 그러는데, 거기는 경찰학교였을 뿐, 사람을 죽이지는 않았대. 그런데도 엘레나는 그걸 가지고 계속 닦달한다는 거야.

로시오는 엘레나가 자기 아빠를 쫓아내기 위해 괜히

독재 정권 시절의 경찰학교 얘기를 들먹인 거라고 했다. 그 여자가 오스테리아 호텔을 산 게 불과 10년 전 일인데, 그 전에 거기서 무슨 일이 있었든 무슨 상관이냐는 얘기였다. 안 그래도 아빠하고 사이가 틀어져서 심사가 뒤틀린 터에, 마침 그걸 빌미로 쫓아냈다는 것이다. 사실 그녀는 돈에 쪼들려 직원들을 내보내야 될 처지였다. 그뿐만 아니라, 엘레나는 그녀의 아빠가 가지고 있던 오스테리아 호텔 열쇠를 빼앗고, 그가 망가뜨리지도 않은 밴 차량의 수리비도 청구했다. 사실 그 차는 너무 오래돼서 더 이상 쓸 수도 없었다. 그녀는 또한 엘레나의 아빠가 자기 허락 없이 관광객들을 모아 가이드를 할 경우, 소송을 걸겠다고 위협했을 뿐만 아니라, 마지막 달 봉급도 주지 않았다.

너희 아빠가 관광객들을 데리고 가이드를 하는 거야 당연히 너희 아빠 마음이지, 그 여자가 무슨 상관이야?

그런데 아빠는 그러지 않으려고 해. 괜히 문제를 일으키고 싶지 않은 거야. 게다가 아빠는 사나가스타 사람들이라면 신물이 난대. 웬만하면 여기를 떠나고 싶어 해.

로시오는 자기 잔에 남아 있던 콜라를 다 마시고, 매점의 개를 불렀다. 개는 곧장 다가왔지만, 먹을 것 대신 쓰다듬어주기만 하자 실망한 기색이 역력했다.

나는 여기를 떠나고 싶지 않아. 난 여기가 좋단 말이야. 너와 다른 여자아이들하고 라리오하에서 고등학교를 마치고 싶어.

플로렌시아는 혹시 하는 심정으로 자기에게 다가온 개의 귀를 쓰다듬어주려고 몸을 숙였다. 덕분에 자기 얼굴을 조금이라도 가릴 수 있었다. 울음이 터지기 일보 직전이었지만, 로시오에게 그런 모습을 보여주고 싶지 않았다. 만약 로시오가 사나가스타를 떠나면, 플로렌시아도 같이 따라갈 생각이었다. 그녀가 가는 곳이라면 어디든지 상관없었다. 그런데 그 순간, 플로렌시아의 귀에 희소식이 들렸다. 어쩌면 그건 그녀가 살면서 들었던 가장 좋은 소식이었는지도 모른다.

나는 아빠한테 그냥 여기서 살자고 졸랐어. 그랬더니 아빠는 어쨌든 사나가스타를 떠날 거라고 하더라고. 그런데 아빠가 뭐라고 했는지 아니? 라리오하시로 간다는 거야. 거기 관광청에 일자리가 하나 났는데, 그걸 이제야 말하지 뭐니? 그땐 정말 믿어지지가 않더라니까.

플로렌시아는 너무 기뻐서 입술을 꽉 깨물었다. 그러곤 한참 후에야 간신히 입을 열었다. 너무 잘됐다. 그녀는 복받치는 감정을 삼키려고 남은 콜라를 모두 들이켰다. 여기서 이러지 말고, 우리 장미 광장으로 가자. 로시오가 말했다. 거기 장미들이 꽃망울을 터뜨리기 시작했어. 꽃이 얼마나 예쁜지 너는 잘 모를 거야.

플로렌시아와 로시오가 남은 콜라를 들고 일어나자,

매점의 개도 꼬리를 흔들며 따라나섰다. 이미 밤이 다 되어서인지, 사나가스타 시내의 아스팔트 거리에는 가로등이 환하게 들어와 있었다. 몇몇 집 창문으로 로사리오 기도를 하기 위해 모인 사람들—주로 여자들—의 모습이 보였다. 플로렌시아는 저런 모임이 왠지 무섭게만 느껴졌다. 특히 촛불을 켤 때, 그리고 가물거리는 불빛이 사람들의 얼굴과 지그시 감은 눈에 비출 때가 그랬다. 그럴 때마다 장례식에 온 듯한 느낌이 들었다. 플로렌시아의 가족 중에는 로사리오 기도를 하는 이가 아무도 없다. 그럼 점에서 그녀의 가족은 참 드문 편이었다.

로시오는 벤치에 앉더니 마침내 입을 열었다. 플로르,[❦] 너한테 할 이야기가 있어. 아까 매점에 있을 때 말하려고 했는데, 혹시 누가 엿들을지 몰라서. 너 있잖아, 나 하나만 도와줘야겠어.

뭔데? 어서 말해봐.

안 돼. 그 전에 먼저 나를 도와준다고 약속해야 돼.

알았어.

그럼 보여줄 테니까, 잠깐 기다려.

로시오는 광장까지 메고 왔던 가방을 열어 그녀에게 보여주었다. 가로등 불빛 아래에서 가방 안을 들여다본 플

❦ 플로렌시아의 애칭.

로렌시아는 깜짝 놀라 뒷걸음질 쳤다. 안에는 무슨 고기 같은 것이 들어 있었다. 죽은 동물의 사체 같기도 하고, 아니면 사람 몸의 일부 같기도 해서 오싹한 기분이 들었다. 다행히 그런 끔찍한 것은 아니었다. 자세히 보니 초리소❦였다. 플로렌시아는 우선 한숨 돌리기 위해, 그리고 하얗게 질린 자신의 얼굴을 보고 로시오가 놀리지나 않을까 싶어 이렇게 물었다. 그래서 뭘 하려고? 나더러 저걸 불에다 구워달라는 거니?

무슨 소리야, 바보야? 저걸로 엘레나를 골탕 먹일 생각이라고.

로시오가 자신의 계획을 설명하는 동안, 눈에서는 엘레나에 대한 증오의 빛이 번득였다. 그녀는 엘레나가 아빠의 연인이었다는 것을 알고 있는 눈치였다. 물론 경찰학교 문제로 둘이 다툰 것은 사실이지만, 진짜 원인은 다른 데 있다는 것 또한 알고 있었다. 로시오는 그런 사실을 시인하지 않았지만, 엘레나에 관해 이야기하는 그녀의 표정과 목소리에서 이를 분명히 알 수 있었다. 로시오는 망신을 당한 엘레나의 모습을 상상하면서, 기쁨에 겨워 목소리마저 파르르 떨렸으니까 말이다. 그녀는 어떤 수를 쓰더라도 엘레나에게 응징을 가함으로써, 돌아가신 엄마의 명예를

❦ 다진 돼지고기와 고추를 창자 속에 넣고 훈제한 스페인식 소시지.

지켜주고 싶었던 것이 분명했다. 플로렌시아는 온 정신을 집중했다. 과거에 사람들이 자기에게 해주었던 말, 즉 어떤 것이든 진심으로 바라면 반드시 이루어질 수 있다는 말이 떠올랐다. 그녀는 로시오가 자기를 믿고 사실대로 털어놓기를 바랐다. 그렇게만 해준다면, 둘은 정말 떼려야 뗄 수 없는 사이가 될 텐데. 하지만 로시오는 진심을 털어놓지 않았다. 오히려 저녁을 먹고서 랜턴을 들고 오스테리아 뒤쪽에서 만나자고 했다. 플로렌시아는 하는 수 없이 그렇게 하자고 했다.

수영장은 항상 열려 있었기에 그쪽으로 해서 들어갈 수 있었다. 거기만 그런 게 아니라, 사나가스타에서는 아무도 문을 잠그지 않았다. 그 무렵은 관광 비수기여서, 수영장을 말발굽 모양으로 둘러싼 오스테리아 호텔 건물 전체가 닫혀 있었다. 대신 직원들은 거리와 마주한 앞쪽 건물만 사용했다. 이 두 건물 사이에 카지노가 있었는데, 가끔씩 특별한 행사를 열기 위해서 임대하는 경우를 제외하면 그 시기에는 대부분 문이 닫혀 있었다. 오스테리아는 특이한 모양을 하고 있었다. 실제로 병영과 아주 흡사했다.

플로렌시아와 로시오는 소리를 내지 않으려고 맨발로 들어갔다. 그들은 로시오의 아빠가 가지고 있던 호텔 뒷문 열쇠와 객실 마스터키를 몰래 들고 왔다. 아빠는 분명히 돌려주려고 했는데, 정신없이 싸우다가 그만 깜박 잊었을 거라고 로시오는 생각했다. 얼마 전에 그 열쇠 꾸러미를 보자마자 로시오의 머릿속에 좋은 아이디어가 떠올랐다. 일단 야간 관리인이 앞쪽 건물의 방에서 잠든 틈을 이용해 건물 안으로 들어간다. 그리고 객실을 돌아다니면서 매트리스에 구멍을 낸다. 객실에 있는 매트리스는 발포 고무로 되어 있어서, 굳이 잘 드는 칼이 없어도 쉽게 구멍을 낼 수 있다. 그런 다음 구멍마다 초리소를 한 개씩 집어넣고, 다시 이불로 침대를 덮는다. 두어 달만 지나면 고기 썩는 냄새가 방 안에 진동할 테지만, 악취의 원인을 찾기 위해서는 꽤나 많은 시간이 걸릴 것이다. 플로렌시아는 로시오의 계획을 듣자 섬뜩한 생각이 들었다. 하지만 로시오는 영화에서 그런 수법을 봤다면서 천연덕스럽게 말했다.

그들이 문을 열자마자 검둥개가 나타났다. 녀석은 오스테리아의 개들 중에서 문을 지키는 역할을 하고 있었다. 다행히도 녀석은 로시오의 얼굴을 알고 있던 터라 그녀에게 다가와 손을 핥아주었다. 로시오는 녀석을 안심시키기 위해 초리소 한 조각을 던져주었다. 그러자 검둥개는 얼른 초리소를 물고 선인장 근처로 가버렸다. 그들은 별문제 없이 안으로 들어갔다. 복도는 한 치 앞도 안 보일 정도로 어두웠다. 랜턴을 켜자, 플로렌시아는 지금껏 한 번도 경험하지 못했던 두려움을 느꼈다. 그 정도 불빛이면 자신들을 향해 달려오는 사람의 얼굴이나 구석에 숨어 있는 이의 발 정도는 충분히 볼 수 있을 듯했다. 하지만 그런 일은 일어나지 않았다. 대신 복도 양옆으로 늘어선 방문과 의자들, 화장실이라고 쓰인 표지판과 컴퓨터가 꺼져 있는 인터넷룸, 그리고 작년 차야 카니발[♈]의 모습을 담은 사진 등이 불빛 속에서 차례대로 드러났다. 차야 카니발이 열리는 시기만 되면, 오스테리아는 언제나 투숙객들로 만원을 이루었다. 그래서 호텔 측은 수영장에서 흥겨운 차야 페스티벌을 마련하곤 했다.

로시오는 플로렌시아에게 어서 서두르라는 신호를 보냈다. 포니테일로 머리를 단정하게 묶고, 짙은 색 스웨터—사나가스타는 계절에 상관없이 밤만 되면 춥다—를 입은 로시오의 실루엣이 짙은 어둠을 배경으로 더 아름답게 보였다. 텅 빈 건물의 정적 속에서 거친 숨소리만 들렸다. 왜 그런지 또 마음이 조마조마해서 견딜 수가 없어. 로시오는 그녀의 귀에 대고 속삭였다. 그러더니 랜턴을 들고 있지 않은 플로렌시아의 손을 잡아 자기 가슴에 갖다 대면서 말했다. 가슴이 얼마나 두근거리는지 몰라. 로시오가

♈ 매년 2월—아르헨티나의 2월은 한여름이다—라리오하 지방에서 열리는 카니발. 차야Chaya는 케추아어로 '물에 젖게 하다'는 의미를 담고 있다. 차야에서는 차야 스타일의 음악에 맞추어 신나는 물싸움 놀이가 벌어진다.

그녀의 손을 꼭 쥐고 있었지만, 플로렌시아는 가만히 있었다. 따뜻한 온기가 손으로 전해졌다. 플로렌시아는 갑자기 이상한 느낌이 들었다. 소변이 마렵고, 개미가 배꼽 아래로 기어 다니는 것 같았다. 로시오는 잡고 있던 그녀의 손을 놓고, 어느 방으로 들어갔다. 하지만 플로렌시아는 여전히 야릇한 느낌에 사로잡힌 채, 옴짝달싹하지도 못했다. 불빛이 흔들리자 플로렌시아는 두 손으로 랜턴을 잡아야 했다.

로시오는 가져온 부엌칼로 매트리스를 째기 시작했다. 그녀가 말한 대로 매트리스는 쉽게 갈라졌다. 그 구멍으로 초리소를 집어넣는 일도 별로 힘들지 않았다. 매트리스 옆쪽에 칼로 짼 부분이 훤히 드러났다. 하지만 둘이서 그 위로 침대 시트를 덮자 감쪽같았다. 매트리스 속에 고기 조각이 있으리라고는 아무도 눈치채지 못할 것 같았다. 적어도 얼마 동안은 말이다. 그들은 다른 두 방도 똑같이 해놓았다. 슬슬 겁이 난 플로렌시아가 말했다. 이만하면 됐으니까 그만 나가자. 무슨 소리야. 초리소가 아직 여섯 개나 남았는데. 자, 다른 방으로 가자. 로시오가 말했다. 플로렌시아는 어쩔 수 없이 그녀를 따라가야 했다.

그들은 거리가 내다보이는 방으로 들어갔다. 그런데 유리창 밖의 페르시아나[*]가 완전히 닫혀 있지 않아서 가로등 불빛이 방 안으로 새어 들어오고 있었다. 그들은 밖으로 불빛이 새어 나가지 않도록 각별히 조심해야 했다. 그 시간에 사나가스타 시내를 돌아다닐 사람은 아무도 없었지만, 혹시 주변에 누가 있을지도 모를 일이었다. 혹시 누군가 오스테리아에 도둑이 든 줄 알고 총이라도 쏘면 어쩌지? 그럴 수도 있었다. 아무튼 그들은 매트리스를 갈라 초리소를 넣고, 그 위에 다시 감쪽같이 침구를 정리했다.

아, 힘들어. 로시오가 말했다. 우리 잠깐만 쉬었다 하자.

너 미쳤니?

아무 일 없을 테니까, 걱정 말고 쉬기나 해.

그들은 방금 정리한 더블 침대 위에 누웠다. 그런데 그때 밖에서 무슨 소리가 들리자 둘은 깜짝 놀라며 몸을 웅크렸다. 너무 갑작스럽기도 했지만, 도저히 있을 수 없는 일이었다. 분명 승용차나 소형 트럭의 엔진 소리였는데, 어찌나 시끄럽던지 거리에서 난 것이라고는 믿어지지 않았다. 녹음된 소리가 틀림없었다. 그런데 잠시 후, 다른 자동차 소리가 들리더니 누군가가 쇠막대기 같은 것으로 페르시아나를 두드리기 시작했다. 시끄러운 엔진 소리와 창문 두드리는 소리도 모자라, 이제는 오스테리아 건물 주변으로 몰려드는 사람들의 발자국 소리와 고함치는 소리

❦ 폭이 좁은 나무나 플라스틱 판을 발 모양으로 연결하여 위로 올리거나 내릴 수 있도록 한 일종의 덧문. 스페인이나 라틴아메리카에서 여름의 강한 햇살을 막기 위해 창문 안이나 밖에 설치한다.

까지 들렸다. 겁에 질린 로시오와 플로렌시아는 어둠 속에서 꼭 껴안은 채 비명을 질렀다. 그곳으로 달려온 사람들은 창문과 페르시아나를 일제히 두드렸고, 트럭인지 밴인지 승용차인지는 모르겠지만 하여간 자동차 헤드라이트로 그들이 있는 방 안을 비추었다. 페르시아나 틈으로 헤드라이트 불빛이 새어 들어왔다. 그 자동차는 아예 정원 위로 올라와 있었다. 건물 앞에서는 사람들이 부산하게 뛰면서 손과 쇠막대기 같은 것으로 쉴 새 없이 유리창을 두드렸다. 그리고 사람들이 연이어 고함치는 소리가 들렸다. 누군가가 말했다. "자, 어서 서둘러!" 그때 유리창이 깨지는 소리가 나면서 사람들이 더 크게 소리치기 시작했다. 플로렌시아는 당장이라도 소변이 나올 것만 같았다. 이제 더 이상 참을 수 없었다. 이제 더는. 그리고 너무 무서워 숨을 쉬기도 어려운 터라 비명조차 나오지 않았다.

자동차 헤드라이트가 꺼지면서, 방문이 발칵 열렸다.

로시오와 플로렌시아는 일어나려고 했지만, 너무 떨려서 몸이 말을 듣지 않았다. 플로렌시아는 당장이라도 정신을 잃을 것만 같았다. 그녀는 로시오의 어깨에 얼굴을 파묻은 채, 그녀를 있는 힘껏 껴안았다. 방 안으로 두 사람이 들어왔다. 그중 한 명이 불을 켰다. 아이들은 눈이 부셔 실눈을 뜨고 문 쪽을 쳐다보았다. 오스테리아의 주인인 엘레나였다. 다른 한 명은 야간에 호텔을 관리하는 여자였다. 너희들 대체 여기서 뭘 하는 거야! 두 여자아이를 알아본 엘레나가 소리를 질렀다. 관리인 여자는 그제야 그들을 겨누고 있던 권총을 내렸다. 화가 머리끝까지 난 엘레나가 아이들의 어깨를 붙잡고 일으켜 세웠지만, 아이들이 이상하리만큼 겁에 질려 있다는 것을 알아차렸다. 마치 그녀가 자기들을 죽이기라도 하는 것처럼 비명을 질러대고 있었으니까 말이다. 저렇게 악을 쓰고 소리를 질러대는 걸 보면 무슨 꿍꿍이속이 있었던 것이 분명했다. 단지 엘레나에게 겁을 먹어서 저럴 리는 없었다. 무언가를 숨기고 있는 눈치였다. 하지만 엘레나는 그게 무엇인지 전혀 짐작이 가지 않았다. 몇 가지 물어보았지만, 아이들은 울기만 했다. 아이들은 혹시 오스테리아의 경보 장치가 울렸는지, 조금 전에 시끄러운 소리가 어디서 난 건지, 그리고 창문을 두드리던 사람들이 누구인지 그녀에게 물어보았다. 경보 장치라니, 그게 무슨 소리야? 엘레나는 놀란 표정으로 여러 번 물었다. 어떤 사람들이 창문을 두드렸다는 거니? 하지만 아이들은 그녀의 말을 곧이곧대로 받아들이지 못하는 눈치였다. 더구나 두 아이 중 하나, 그러니까 라리오하 시의원에 출마한 변호사의 딸은 침대 위에 오줌을 다 지리고 말았다. 마리오의 딸은 초리소가 가득 든 가방을 가지고 있었다. 맙소사! 대체 그게 뭐니? 왜 그렇게 소리를 질러대고 그러는 거지? 관리인인 텔마는 아이들이 5분이나 울부짖었다고 했다.

먼저 입을 연 아이는 마리오의 딸이었다. 이제 마음이 가라앉았는지 비교적 담담하게 말했다. 자동차가 이쪽으로 달려오는 소리를 들었어요. 그러곤 헤드라이트로 방 안을 비추었죠. 그다음에 사람들이 뛰어오더니 창문을 마구 두드리더라고요. 그 말을 듣고 엘레나는 화를 버럭 냈다. 이 망할 것이 어디서 거짓말이야? 우리 오스테리아 호텔을 망하게 하려고 귀신 이야기를 지어낸 거지? 안 그래도 마리오가 그러는 바람에 우리가 얼마나 큰 피해를 입었는지 알아? 어째 하는 짓이 제 아버지랑 똑같니? 도와줬더니 보답은 못 할망정 원수로 갚아? 네 아버지가 이렇게 하라고 시켰지? 그렇지? 엘레나는 더 이상 아이들의 말을 들으려고 하지 않았다. 대신 변호사의 아내와 마리오에게 전화를 걸어, 아이들이 지금 오스테리아에 있으니까 어서 데려가라고 했다. 이번만은 용서해주겠어. 그녀가 으르렁거리며 말했다. 하지만 다시 이런 일을 저지르면 경찰서에 보내버릴 테니까 알아서 해.

꼭 껴안고 있던 로시오와 플로렌시아는 부모들이 호텔에 도착하고서야 비로소 떨어졌다. 내일 전화할게. 그들은 헤어지면서 이야기를 나누었다. 정말이야, 우리가 들어오고 나서 경보 장치가 울린 거라고. 아냐, 그건 경보 사이렌 소리가 아니야. 두 아이는 귀에 대고 소곤거렸다. 부모들이 무슨 일인지 당장 말하라고 노발대발해도 눈 하나 깜짝하지 않았다. 어차피 말해봐야 믿지도 않을 테니까. 플로렌시아의 엄마는 아이의 오줌 싼 바지를 갈아입혔다. 아무 말도 하지 않았지만, 얼굴에는 수심이 가득했다. 내일 일어나서 다 말해주렴. 엄마는 화를 꾹 참고 조용히 말했다. 아이가 여전히 겁에 질려 있어서 더 이상 닦달할 수도 없었다. 아, 그리고 그 친구는 더 이상 만나지 마. 네 아빠가 라리오하시로 돌아오라고 할 때까지 집에서 한 발짝도 나가면 안 돼. 플로렌시아는 억울했지만, 아무 말도 못 했다. 아이, 빌어먹을! 어쩌다 이 지경이 된 거지?

침대에 누운 플로렌시아는 이불을 얼굴까지 푹 뒤집어썼다. 그러곤 나이트테이블의 전등을 밤새 켜두기로 했다. 엄마가 앞으로 로시오를 만나지 말라고 했지만, 사실 그건 전혀 무섭지 않았다. 휴대전화 데이터도 아직 많이 남아 있는 데다, 시간이 지나면 엄마도 잊어버릴 테니까 말이다. 지금 당장은 자는 게 문제였다. 사람들이 뛰어오는 소리와 자동차 엔진 소리가 아직도 귓가에 생생한 데다, 헤드라이트 불빛이 눈앞에 어른거렸다. 도대체 그 사람들은 누구였을까? 그런데 눈 깜짝할 사이에 어디로 사라진 거지? 언젠가 다시 우리를 잡으러 오면 어쩌지? 혹시 라리오하까지 따라오면 어쩐다? 그녀는 일부러 문을 반쯤 열어두었다. 그런데 복도에 검은 그림자가 어른거리자, 등줄기에서 식은땀이 흘렀다. 자세히 보니 동생이었다.

무슨 일이야?

아무 일도 아니니까 참견하지 마.

오줌까지 쌌다면서. 무슨 일이 있었구나.

제발 혼자 있게 해줘.

랄리는 입을 삐쭉거리더니 그녀에게 미소를 지었다.

언젠가 언니 입으로 다 털어놓을 수밖에 없을 텐데, 뭘 그렇게 까다롭게 굴어? 그리고 이 거지 같은 집에서 나랑 일주일 동안이나 갇혀 지내야 한다고. 이제 당분간 로시오는 잊어버리는 게 좋을 거야.

엿이나 먹어.

언니나 엿 먹으라고. 그리고 좋은 말로 할 때 내게 털어놓는 게 좋을걸? 그러지 않으면……

그러지 않으면?

말하지 않겠다면, 엄마한테 다 일러야지 뭐. 언니가 레즈비언이라고. 길거리에서 로시오하고 진하게 키스를 나누다 사람들한테 들켰다고 말이야.

랄리는 기분 나쁜 웃음을 흘리며 손가락으로 플로렌시아를 가리키더니 문을 닫았다.

마약에 취한 세월

1989년

그해 여름에는 여섯 시간씩 번갈아 전기가 끊겼다. 전력난이 워낙 심각한 상황이라 정부가 고육지책으로 내린 결정이었다. 하지만 우리들은 그것이 무슨 뜻인지 도무지 이해할 수가 없었다. 우리 아버지들의 말에 따르면, 대규모 정전 사태를 피하기 위해 필요한 조치를 발표한 것이라고 했다. 그러니까 거실에 비상등 하나만 켜두라는 거지. 캠핑 갔을 때처럼 말이야. 그들은 늘 같은 말만 되풀이했다. 그럼 대규모 정전 사태라는 건 뭐예요? 앞으로 영원히 어둠 속에서 살게 될 거라는 뜻인가요? 그런 모습은 상상하기도 어려웠을뿐더러, 너무 기가 막혀 헛웃음만 나올 지경이었다. 어른들은 참 한심해. 우리는 속으로 어른들을 비웃곤 했다. 그런 것 하나도 제대로 해결을 못 하니 말이야. 우리 엄마들은 늘 부엌에서 눈물을 훔쳤다. 수중에 돈 한 푼 없어 월세조차 못 내는 처지인 데다, 전기마저 안 들어오니 그럴 만도 했다. 인플레이션이 계속되면서, 월급을 받아도 빵과 싸구려 고기를 사고 나면 남는 게 없었다. 하지만 우리는 그런 부모들의 모습을 보면서도 전혀 안타까운 마음이 들지 않았다. 오히려 주변에서 일어나고 있던 모든 것이 전력 부족만큼이나 어리석고 우스꽝스러워 보였다.

당시 우리에게는 안드레아의 남자 친구가 타고 다니던 소형 트럭이 있었다. 우리 셋 중에서는 안드레아가 가장 예쁘게 생겼는데, 청바지를 잘라 멋진 반바지로 만들 만큼 손재주도 좋고, 엄마에게 훔친 돈으로 배꼽티를 사서 입고 다닐 정도로 대담했다. 남자 친구의 이름이 무엇이든, 그건 별로 중요하지 않다. 중요한 것은 그가 주중에 물건을 배달하는 용도로 이용하던 트럭을 가지고 있었다는 점이다. 하지만 주말이 되면, 그 트럭은 우리 것이나 마찬가지였다. 우리는 파라과이에서 들여온 독한 마리화나를 피우곤 했다. 그 마리화나는 말리면 오줌하고 농약을 섞은 냄새가 났지만, 값이 싸고 효과가 만점이었다. 우리는 셋이서 마리화나를 나누어 피우다가 정신이 해롱해롱해지면 트럭 짐칸으로 올라가곤 했다. 거기는 원래 사람이 타는 자리가 아니라 이집트콩과 완두콩 깡통을 싣던 자리라서, 창문이나 전등 같은 것이 아예 없었다. 우리는 뒤에 앉아서 안드레아의 애인에게 더 빨리 몰아라, 브레이크를 밟으라는 등의 주문을 했고, 도시 입구의 로터리에 이르면 그곳을 뱅뱅 돌라고 졸라댔다. 그리고 코너에서는 속도를 높이라는 둥, 과속 방지턱이 보이면 최대한 빨리 달려서 차가 위로 튀어 오르도록 하라는 둥, 잠시도 그를 가만히 두지 않았다. 우리가 계속 귀찮게 구는데도, 그는 군말없이 모두 받아주었다. 그건 그가 안드레아를 마음속 깊이 사랑하고 있는 데다, 언젠가 그녀도 자기를 사랑해주리라는 희망을 품고 있었기 때문이다.

그가 차를 모는 동안, 우리는 뒤에서 신이 나 소리를 지르면서 서로 엎어지고 자빠지곤 했다. 웬만한 롤러코스터나 술보다 훨씬 더 재미있었다. 우리는 바닥에 대자로 뻗은 채 머리를 부딪힐 때마다 그것이 최후의 순간이 될 수도 있다는 섬뜩한 느낌에 사로잡혔다. 가끔 안드레아의 남자 친구가 정지 신호에 걸려 차를 멈추면, 우리는 어둠 속에서 손을 더듬으면서 모두 살아 있는지 서로 확인하곤 했다. 그러고 나면 우리는 땀에 흠뻑 젖은 채, 또 가끔 피투성이가 된 채 깔깔거리며 웃었다. 트럭 안에서는 위산胃酸 냄새와 양파 냄새가 났고, 가끔은 우리가 나누어 쓰던 사과 샴푸 향기도 났다. 자매는 아니지만, 우리들끼리 나눠 쓰는 물건들이 많았다. 옷이나 헤어드라이어, 제모 왁스

같은 것들은 네 것 내 것 없이 같이 썼다. 사람들은 우리가 서로 비슷하게 생겼다고 하지만, 그건 착시 현상에 지나지 않는다. 우리는 얼굴이나 몸매보다 행동거지와 말투가 정말 판에 박은 듯 똑같았다. 안드레아는 얼굴이 예쁘고 키도 클 뿐 아니라, 다리도 길고 늘씬하다. 파울라는 믿기 어려울 정도로 아름다운 금발 머리에 눈같이 흰 피부를 지니고 있었다. 그래서인지 햇볕을 오래 쬐면 술에 취한 것처럼 얼굴이 벌겋게 변했다. 반면 나는 배도 볼록 나온 데다, 안드레아처럼 허벅지 사이가 넉넉히 벌어져 있지도 않아서 걸을 때마다 살이 쓸려 짜증이 났다.

그렇게 한 시간이 지나면 안드레아의 남자 친구는 우리를 내리게 했다. 지루하기도 했지만, 무엇보다 경찰 단속에 걸리면 여자애들을 납치한 것으로 오해받을까 두려웠기 때문이다. 그는 우리 중 어느 한 명의 집 앞에 내려줄 때도 있었고, 가끔 이탈리아 광장❦에 내려주기도 했다. 거기에 내리면 우리는 수공예품 노점의 히피들에게서 푼토 로호❧라는 이름의 독한 마리화나를 사곤 했다. 그러고 나면 히피 한 명이 5리터짜리 토마토 깡통에 큼직큼직한 과

❦ 부에노스아이레스 북쪽의 팔레르모구에 있는 작은 광장으로, 시내 대중교통의 중심지이기도 하다.

❧ 콜롬비아에서 주로 재배되는 마리화나의 종자로, 환각 효과가 아주 강한 것으로 알려져 있다.

일 덩어리를 넣어 만든 클레리코♥를 마셨다. 원래는 바나나, 오렌지, 사과를 가늘고 길게 썰어야 제맛이 나는데, 그는 너무 게으른 데다 언제나 술에 취해 있어서 대충 썰어 넣기 일쑤였다. 언젠가 한번은 자몽 하나가 통째로 나온 적도 있다. 그런데 우리 중 하나가 크리스마스 새끼돼지 요리 먹듯이 그걸 입 안에 욱여넣고는 노점 사이를 뛰어다녔다. 밤늦은 시간이라, 노점상들은 공동 발전기를 돌려 좌판 위에 놓인 수공예품들을 환하게 비추고 있었다.

그런 날이면 우리는 광장 노점이 문을 닫고 몇 시간 지난 뒤에야 집에 돌아왔다. 그해 여름, 우리가 늦게 들어오든 말든 아무도 신경 쓰지 않았다. 단전 시간은 애당초 정부가 발표했던 것보다 길어질 때가 많았다. 그래서 우리는 푹푹 찌는 더위를 식히기 위해 안마당과 골목에 나가 전지를 넣은 라디오를 들으면서 기나긴 밤을 보내야 했다. 그런데 날이 갈수록 전지의 수명이 더 빠르게 닳는 것 같았다.

1990년

대통령은 임기를 다 채우지도 못한 채 자리에서 물러났다. 신임 대통령은 선거에서 압도적인 차이로 당선되기

♥ 와인이나 시드라에 설탕과 얼음, 그리고 레몬과 여러 열대 과일을 섞어 만든 음료. 아르헨티나와 우루과이 등지에서 12월 말에서 1월 초 사이 축제 기간 동안 주로 마신다.

는 했지만, 그에게 열렬한 지지를 보내는 사람은 아무도 없었다. 분노한 시민들과 투덜거리는 부모들—우리는 그 어느 때보다 그들을 경멸했다—의 일그러진 얼굴에는 체념의 빛이 어려 있었다. 신임 대통령은 전화 가입 신청을 해도 몇 년이나 걸리던 관행을 없애겠다고 약속했다. 통신 회사가 일을 얼마나 엉망으로 하는지, 10년 전에 신청을 했는데 아직도 연락이 오기만을 기다리는 이웃도 있었다. 그래서 기사가 와서 전화기를 설치하면 너무 기쁜 나머지 그 자리에서 잔치를 벌이기도 했다. 언제쯤 오겠다는 연락조차 없었으니 그럴 만도 했다. 우리는 운 좋게도 모두 전화가 있어서, 심심하면 전화기를 붙들고 몇 시간이고 수다를 떨곤 했다. 아버지들이 고함을 지르면서 전화를 끊어버릴 때까지 말이다. 어느 일요일 저녁, 전화로 이야기를 나누던 중에 파울라가 이제 부에노스아이레스에 가서 놀아야 한다고 목소리를 높였다. 그러려면 우선 친구들과 함께 시내에서 밤을 새우고 놀 거라고 집에 거짓말을 해야 돼. 그런데 실제로는 토요일 아침 일찍 버스를 타고 부에노스아이레스로 가는 거지. 거기서 밤새 놀다가 새벽에 터미널로 돌아가서 차를 타면 아침 일찍 집에 도착할 수 있으니까 말이야. 그렇게 하면 집에서는 전혀 눈치채지 못할 거라고.

그녀의 말대로, 집에서는 아무도 눈치채지 못했다.

나는 볼리비아 바에서 일하던 웨이터를 보고 첫눈에 반했다. 하지만 그는 내 마음을 받아주지 않았다. 이봐, 나는 호모라고. 이 동네에서 모르는 사람이 없을 정도지. 이런 빌어먹을! 그게 나하고 무슨 상관이야! 나는 악을 쓰며 그에게 덤벼들었다. 나는 진을 거의 1리터나 마셨다. 그날 밤, 누구하고 잤는지 지금도 기억이 나지 않는다. 돌아오는 버스에서 잠이 깼는데, 이미 훤한 대낮이었던 데다 셔츠는 토한 자국으로 얼룩져 있었다. 그래서 집에 들어가기 전에 셔츠라도 빨려고 안드레아의 집부터 들러야 했다. 사나운 몰골을 하고 들어왔는데도 안드레아의 집에서는 내게 무슨 일이냐고 묻는 이가 아무도 없었다. 그녀의 아버지는 늘 술에 취해 있었다. 그래서 안드레아는 아버지가 밤에 들어오지 못하도록 언제나 방문을 잠갔다. 우리가 안드레아의 집에 놀러 가면, 주방에 있는 편이 더 나았다. 그녀의 아버지는 와인에 넣을 얼음을 꺼낼 때만 주방에 왔기에 우리와 부딪칠 일이 거의 없었기 때문이다.

주방에서 우리는 앞으로 절대 남자 친구를 사귀지 않기로 맹세하곤 했다. 그럴 때마다 우리는 손가락을 살짝 베어 흘린 피와 입맞춤으로 맹세했다. 정전으로 어둠 속에 묻힌 채, 우리는 술에 취한 그녀의 아버지를 생각하며, 그리고 혹시라도 피를 흘리며 껴안고 있는 우리의 모습이 그에게 발각되면 어떻게 할 것인지를 생각하면서 다짐을 했다. 그녀의 아버지는 키가 크고, 힘이 셌지만, 늘 비틀거리면서 걸었다. 그래서 만에 하나 그가 주방에 불쑥 들어오면 밀치고 도망가기는 어렵지 않을 듯했다. 그러나 안드레아는 그러고 싶어 하지 않았다. 그녀는 유독 남자들에게 약했다. 하여간 나는 다시는 사랑에 빠지지 않겠노라고 약속했고, 파울라는 어떤 일이 있어도 남자가 자기 몸에 손대는 일이 없도록 하겠다고 말했다.

어느 날 밤, 우리는 평소보다 일찍 버스를 타고 부에노스아이레스에서 돌아오고 있었다. 그런데 우리 앞에 앉아 있던 여자아이가 갑자기 자리에서 벌떡 일어나더니 운전사한테 가서 내려달라고 말했다. 깜짝 놀란 운전사는 급정거를 하면서 여자아이에게 정거장이 없다고 대답했다. 우리는 페레이라 공원을 지나가고 있었다. 그 공원은 부에노스아이레스와 우리가 살던 도시 한가운데 있었는데 엄청나게 넓은 면적을 차지했다. 한때는 1만 헥타르가 넘는 어마어마한 규모의 농장이었지만, 페론*이 소유주들에게서 강제로 빼앗아 공원으로 만들었다. 생태 보호구역으로 지정된 그곳은 햇빛이 거의 들어오지 않을 정도로 우거진 숲이라 습하고 음산한 느낌마저 준다. 그 공원 한가운데로

* Juan Domingo Perón(1895~1974). 대통령으로 재임하면서 가난한 자들을 위한 정책, 즉 '페론주의'라는 포퓰리즘 정책을 통해 아르헨티나 내에 극심한 계급대립의 불씨를 일으켰다.

아스팔트 도로가 나 있었다. 하지만 그 여자아이는 내려달라고 떼를 썼다. 그 바람에 많은 승객들이 잠에서 깼다. 어떤 남자가 말했다. "그런데 얘야, 이 시간에 어디 가려고 그러니?" 하지만 우리와 엇비슷한 나이에 포니테일로 머리를 단정하게 묶은 여자아이는 그 남자를 무섭게 노려보았다. 무서운 눈빛에 기가 죽었는지, 남자는 입을 다물었다. 그런데도 여자아이는 마녀 같은, 아니 살인자와도 같은 눈빛으로 그를 계속 노려보고 있었다. 그 아이의 눈빛에는 사람을 압도하는 힘이 있는 것만 같았다. 운전사는 하는 수 없이 아이를 내려주었다. 차에서 내리자마자 아이는 숲으로 달려가기 시작했다. 아이가 뽀얀 먼지 구름 속으로 사라지자, 운전사는 다시 시동을 걸었다. 어느 부인이 운전사에게 큰소리로 따져 물었다. "지금 이 시간에 어린 여자아이를 내려주면 어떡해요? 무슨 일을 당할지도 모르는데 말이에요." 운전사와 부인은 버스가 터미널에 도착할 때까지 으르렁거리며 말다툼을 벌였다.

우리는 그 여자아이와 그 눈빛을 잊을 수 없었다. 아무도 그 아이를 해칠 수 없을 것 같았다. 그 점에 대해서만큼은 장담할 수 있었다. 오히려 누군가에게 해를 끼칠 사람이 있다면, 그건 그 여자아이일 것이다. 그 아이한테는 손가방도, 배낭도 없었다. 가을밤이라 날씨가 쌀쌀한데도, 그 아이는 여름옷을 입고 있었다. 언젠가 우리는 그 여자

아이를 찾으러 간 적이 있다. 그 무렵, 작은 트럭을 몰고 다니던 안드레아의 남자 친구는 이미 우리의 삶에 존재하지 않았다. 대신 다른 남자아이, 즉 자기 아버지의 차를 몰던 파울라의 동생이 있었다. 우리는 그 여자아이가 정확히 어디서 내렸는지 알 수 없었다. 하지만 풍차가 있는 곳에서 그리 멀지 않았다(공원 안에는 네덜란드식 풍차가 하나 있었는데, 실제로는 뭘 만드는 곳이 아니라 관광객들을 상대로 초콜릿을 파는 가게였다). 숲으로 들어가자 샛길과 과거 대농장의 일부였던 집이 나타났다. 요즘에는 완전히 복원되어서 박물관으로 이용하기도 하고, 결혼식 피로연이 열리기도 하지만, 그 당시에는 공원 관리인이 머물고 있었다. 텅 비어 있던 그 집은 소나무 사이에 몰래 숨어 숨을 참고 있는 것처럼 보였다.

어쩌면 공원 관리인의 딸인지도 몰라. 파울라의 동생이 말했다. 그는 집으로 돌아오는 내내 우리를 놀려댔다. 얼마나 멍청하면 멀쩡한 사람을 귀신이라고 믿는 거야?

하지만 나는 지금도 그 여자아이가 그 누구의 딸이었다고 믿지 않는다.

1991년

예나 지금이나 고등학교 시절은 지나도 지나도 끝이 없는 느낌이 든다. 그 무렵 우리는 가방에 휴대용 위스키병을 넣고 다니기 시작했다. 우리는 화장실에 숨어 몰래 위스키를 마시고, 우리 엄마의 화장대 서랍에서 에모티발[❦]을 훔쳐 오곤 했다. 에모티발은 엄마가 우울하고 잠이 안 올 때마다 먹는 알약이었다. 그걸 먹어도 특별히 눈에 띄는 효과는 없었지만, 온몸이 나른해지면서 잠이 쏟아졌다. 그래서 수업 시간에 입을 헤벌린 채 코까지 골면서 자곤 했다. 우리가 오전 시간마다 인사불성이 되자 화가 난 선생님들은 부모님을 학교에 모셔 오라고 했다. 다행히 부모들은 우리가 밤에 워낙 늦게 자니까 수면부족 때문에 그런 거라면서 대수롭지 않게 여겼다. 우리 부모들은 인플레이션이나 돈 부족에 대해서는 어느 정도 만성이 되었는지 덜 불안해했지만, 예나 다름없이 어리석은 생각만 하고 있었다. 그 무렵, 정부에서는 달러당 1페소[❦❦]로 페소화 가치를 절상하는 화폐 개혁을 단행했다. 정부의 말을 액면 그대로 믿는 이는 아무도 없었지만, 여기 가도 달러, 저기 가도 달러 하다 보니 우리 부모들뿐 아니라 모든 어른이 흥분에 들떠 있었다.

그렇지만 우리는 여전히 가난을 면치 못했다. 우리 집은 월세를 들어 살고 있던 반면, 파울라네는 집을 가지고

❦ 아르헨티나에서 판매되는 신경과민, 우울증, 불면증 치료제로 로라제팜이 주원료이다.

❦❦ 아르헨티나의 화폐단위.

있었지만, 공사가 절반만 끝나 있었다. 더구나 낡은 방이 서로 연결된 구조라서, 파울라로서는 불편한 점이 하나둘이 아니었다. 우선 남동생들의 방이 더 큰 것도 못마땅했지만, 화장실에 갈라치면 그들의 방을 통과해야만 했다. 그러다 보면 가끔 동생들이 수음하는 모습을 보고도 그냥 지나치는 일도 있었다. 안드레아의 아파트는 자기 집이었지만, 돈이 없어 각종 공과금을 제때 내지 못했다. 그래서 전기 공급이 끊어지지 않으면, 전화가 끊겼다. 그녀의 어머니는 간병인 외에 일자리를 구하지 못했고, 늘 취해 있던 아버지는 포도주와 담배 사는 데에 돈을 다 써버렸다.

우리도 언젠가 부자가 될 수 있다고 믿었다. 부자가 된다는 건 언제나 미래의 일이니까 말이다. 적어도 히메나를 만나기 전까지는 그렇게 믿었다. 히메나는 파타고니아[*] 에서 전학 온 아이였는데, 아버지가 석유와 관련된 일을 하고 있었다. 그녀의 집에 초대받았을 때, 우리는 하나라도 놓치지 않기 위해 집 안을 뱅뱅 돌다가 구석에 부딪히기도 했다. 사진기만 가져왔더라도 전부 사진을 찍고 싶을 정도로 예쁜 집이었다. 거실에는 부유식물과 조류藻類, 그리고 수련 등이 떠 있는 연못이 있고 그 위로 작은 다리가 놓여 있었다. 모든 방에는 타일이 아니라 나무 바닥이 깔

[*] 남아메리카 대륙의 남단에 위치한 지방으로 남극에 면해 있다.

려 있었다. 그리고 하얀 벽에는 멋진 그림이 걸려 있었다. 뒷마당에는 수영장이 있었는데, 그 주변으로 장미꽃이 가득 핀 꽃밭과 하얀 자갈밭 길이 나 있었다. 밖에서 보면 그리 예쁜 집이 아니지만, 안으로 들어가보면 정말 눈이 튀어나올 정도로 멋있었다. 공기 중에 감돌던 은은한 향기와 빨간 벨벳 천으로 덮인 안락의자, 그리고 올이 풀리거나 닳지 않고 깨끗한 카펫 등, 어디 한구석 나무랄 데가 없었다. 그러자 곧바로 히메나가 미워지기 시작했다. 그 아이는 못생긴 데다, 턱에 세로로 이어진 상처가 나 있었다. 그래서 학교에서는 '엉덩이 얼굴'이라고 불렸다. 우리는 그 아이에게 엄마 돈을 훔치라고 꼬드겼다. 그녀에게 그런 일은 누워서 떡 먹기나 마찬가지였다. 그리고 그 돈으로 마약을 사라고 했다. 가끔은 약국에 가서 환각제를 사라고 할 때도 있었다. 지금이야 꿈도 못 꿀 일이지만, 그 당시만 해도 약사한테 가서 우리 동생이 자폐증이다, 혹은 아버지가 정신병 환자라고 속이면 처방전 없이도 약을 살 수 있었다. 당시 우리는 어떤 이가 정신이상 환자에게 주는 약의 이름을 말할 때마다 노트에 받아 적은 덕에 적어도 몇 가지 약은 훤히 알고 있었다. 언젠가 우리가 함께 파란색 알약을—물론 그 후로 영원히 끊었지만—먹고 나자, 가엾은 히메나는 갑자기 정신이 회까닥 돌아버렸다. 그래서 자기 방의 고급 나무 바닥에 불을 지르겠다는 둥, 집 안에 눈알이 둥둥 떠다닌다는 둥, 헛소리를 늘어놓기 시작했다. 그런데 우리는 그녀의 모습을 보고도 그리 놀라지 않았다. 그전 해에 수공예품 노점에서 일하던 히피 한 명이 환각 버섯을 너무 먹고 병원으로 실려 가는 모습을 똑똑히 봤기 때문이다. 그는 키가 몇 센티미터밖에 안 되는 난쟁이들이 자꾸 자기 목에 화살을 쏘아댄다고 하소연했다. 있지도 않은 화살을 뽑아낸다고 목을 긁어대다가, 결국에는 손톱으로 경동맥을 끊어버리고 만 것이다. 그는 로메로 정신병원에 입원했는데, 그 후로 아무 소식도 들려오지 않았다. 한때 그는 파울라에게 푹 빠져 있었다. 그는 그녀를 영혼의 동반자라고 부르며 따라다녔지만, 정작 파울라는 생일 파티 때 피우려고 그에게서 마약을 훔치기도 했다. 그는 젊은 나이에도 이가 거의 다 빠지고 없었다. 그래서 친구들은 그를 예레미야라고 놀려댔다.

결국 히메나는 병원에 실려 가 위를 세척해야만 했고, 우리가 모든 죄를 뒤집어쓰고 말았다. 사람들이 욕하든 말든 우리는 전혀 신경 쓰지 않았다. 다만 우리가 필요할 때마다 그녀가 갖다주던 돈이 아쉬웠을 뿐이다. 그때부터 우리는 마음속으로 부자들을 증오하기 시작했다.

1992년

다행히 록사나가 나타났다. 우리 골목으로 새로 이사

온 아이였는데, 나이는 열여덟 살이었고 혼자 살고 있었다. 그녀의 집은 골목길 끝에 있었다. 당시 우리는 굉장히 날씬했기에 문이 닫혀 있어도 대문 철창 사이로 들어갈 수 있었다. 록사나는 절대 집에서 밥을 먹지 않았다. 텅 빈 찬장에는 굶어 죽기 일보 직전의 벌레들이 빵 부스러기라도 있을까 싶어 열심히 돌아다녔고, 냉장고에는 코카콜라 한 병과 달걀 몇 개만 덩그맣게 놓여 있었다. 먹을 게 없다는 건 우리에게 좋은 일이었다. 그 당시 우리는 최대한 적게 먹겠다고 서로 다짐한 상태였다. 우리는 마치 죽은 아이처럼 가볍고 창백해지고 싶어 했다. 눈 위를 걸어도 발자국이 남지 않을 정도로 말이야. 우린 그렇게 말하곤 했다. 물론 우리가 사는 도시에 눈이 내리는 경우는 전혀 없었다.

한번은 록사나 집에 들어갔더니, 식탁 위 찻주전자—그녀는 언제나 마테차를 끓여 마셨다—옆에 커다란 흰 전구 같은 것이 놓여 있었다. 마치 점쟁이들이 사용하는 미래를 보여주는 거울, 즉 수정 구슬처럼 보였다. 하지만 그건 수정 구슬이 아니라 코카인이었다. 알고 지내던 친구의 것인데, 그가 팔기 전에 조금이라도 떼어내 가질 생각이었다. 조심만 하면 얼마나 모자란지 구매자들이 눈치채지 못할 듯했다.

그녀는 우리더러 면도칼로 마법의 구슬을 갉아내라고 했다. 그러곤 라이터로 자기 접시를 데우면서 가루를 들이마시는 방법을 가르쳐주었다. 이렇게 하면 가루가 눅눅해지지 않아서 접시에 달라붙지 않고 콧속으로 잘 들어가거든. 그녀가 설명했다. 정말 대단했다. 머릿속에 하얀 빛이 퍼지고 혀가 마비되면서 하늘을 날아갈 듯한 기분이 들었다. 우리는 처음에 식탁에서 코카인을 흡입하다가, 나중에는 록사나 방으로 들어갔다. 그녀가 방 한가운데 거울을 놓자, 우리는 그 주변에 빙 둘러앉았다. 우리가 몸을 숙이자 거울은 연못처럼, 그리고 군데군데 페인트칠이 벗겨져 얼룩진 벽은 숲처럼 보였다. 거울에 비친 우리 모습이 마치 물을 마시려고 고개를 숙이는 것 같았다. 다 마시고 나면, 담뱃갑 속에 든 은박지나 비닐봉지에 코카인을 약간 담아서 나갔다. 나는 볼펜을 자주 이용했던 반면, 파울라는 전용 금속 빨대를 가지고 있었다. 안드레아는 코카인을 마시면 심장이 벌렁거려서 마리화나를 주로 피웠다. 록사나는 지폐를 동그랗게 말아서 가루를 마셨는데, 그럴 때면 늘 거짓말을 늘어놓곤 했다. 한번은 자기 사촌이 멕시코에 있는 나스카 라인을 답사하러 간 후 실종되어 종적을 알 수 없다고 말했다. 하지만 우리 중 그 누구도 나스카 유적이 멕시코가 아니라 페루에 있다고 면박을 주지는 않았다. 그녀는 또 어떤 놀이공원에 간 적이 있는데, 그곳에는 문을 열면 계속 다른 방으로 이어지다가, 결국 자기가 찾는 방이 나오는 놀이기구가 있다고 했다. 거기에는 방만 해도 수백 개가 넘고 면적이 수 헥타르나 된다고 말했다. 하지만 우리 중 그 누구도 『꿈의 박물관』[♈]이라는 어린이 책에서 그런 비슷한 내용을 읽은 적이 있다고 말하지 않았다. 그녀는 주술사들이 페레이라 공원에 모여 밀짚 인간을 숭배하는 의식을 치른다고 했다. 그 공원에서 의식을 치른다는 말을 듣고 흠칫하며 놀랐지만, 우리 중 그 누구도 그녀가 설명한 내용이 어느 토요일 저녁 텔레비전에서 본 영화의 한 장면과 흡사하다고 말하지 않았다. 그건 어느 잉글랜드 섬에 다시 다산과 풍년이 들도록 여자아이들만 골라 죽인다는 내용의 호러 영화였다.

어떨 때 우리는 코카인을 마시는 대신, LSD를 알코올과 함께 복용하곤 했다. 그럴 때면 전깃불을 다 끄고 향만 피워놓은 채 놀았다. 어둠 속에 타는 향은 마치 밤하늘을 수놓는 반딧불이처럼 보였다. 그 장면을 보자 나는 울컥 눈물이 솟았다. 갑자기 도시에서 멀리 떨어진 곳에 있던 정원 딸린 기와집이, 연못에는 두꺼비가 뛰어놀고 나무 사이로 반딧불이들이 날아다니던 그 집이 떠올랐기 때문이다.

그러던 어느 날 저녁, 우리는 향을 피워놓고 놀다가 핑크 플로이드의 〈움마굼마〉를 틀었다. 그런데 집 안에 있

♈ *El museo de los sueños*. J. R. R. 톨킨, C. S. 루이스와 자주 비견되는 환상적인 작품들을 쓰는, 스페인의 아동 문학가 호안 마누엘 히스베르트(Joan Manuel Gisbert, 1949~)의 1984년도 작품이다.

는 무언가가 우리를 추적하는 느낌이 들었다. 어쩌면 황소일 수도 있었고, 아니면 이빨처럼 날카로운 뿔이 달린 멧돼지일지도 몰랐다. 우리는 놀라 달아나다가 서로 부딪히는 바람에 다치고 말았다. 다시 트럭에 탄 것 같았지만, 이번에는 악몽 속이었다.

1993년

졸업반 때, 안드레아는 새 남자 친구를 만났다. 펑크 밴드에서 노래를 부르던 남자였다. 그 남자를 만나고부터 안드레아는 완전히 딴사람이 되었다. 그녀는 목에 개목걸이를 걸고 다니고, 팔에 별과 해골 모양의 문신을 했다. 게다가 금요일 밤에도 우리와 어울리지 않았다.

나는 그녀가 그 남자와 잠자리를 같이했다는 것을 눈치챘다. 안드레아의 몸에서는 예전과 다른 냄새가 났고, 우리를 쳐다볼 때도 깔보는 듯한 눈빛으로 억지웃음을 지었다. 나는 그녀에게 배신자라고 퍼부어대면서 셀리나 이야기를 했다. 셀리나는 학교 친구였는데—우리보다 덩치가 조금 컸다—네 번째 낙태를 한 끝에 병원으로 가는 길에 피를 흘리며 세상을 떠났다. 우리 나라에서 낙태는 불법이라서, 수술을 한 여자들은 아이를 길거리에 버리는 경우가 허다했다. 더구나 산부인과 병원에는 개들이 있었다. 수술한 흔적을 남기지 않으려고 태아를 개들에게 준다는 이야기도 들렸다. 안드레아는 화난 표정으로 우리를 쏘아보면서 말했다. 죽든 말든 난 상관없어. 결국 우리는 광장에서 그녀를 울리고 말았다.

파울라와 나도 화가 머리끝까지 치밀어 버스를 타고 페레이라 공원에 가기로 했다. 그 여자아이를 찾으러 다시 숲으로 간 것이다. 이제 안드레아가 없으니 그 아이가 우리의 세 번째 친구가 될 수 있을까? 그 무렵 고속도로가 완공된 탓에 공원을 운행하는 버스는 죄다 고물뿐이었다. 좌석에는 기름때가 덕지덕지했고, 휘발유와 땀 냄새가 뒤섞여 머리가 아플 지경이었다. 그리고 탄산음료를 흘렸는지—어쩌면 오줌이었는지도 모른다—바닥이 끈적거렸다. 우리는 해 질 녘 공원에 내렸다. 그 시간에도 몇몇 가족이 남아 있었다. 꼬마들은 풀밭 위를 이리저리 뛰어다녔고, 남자아이들은 축구를 하고 있었다. 꼬마 녀석들 때문에 시끄러워 죽겠네. 파울라가 투덜거렸다. 우리는 소나무 아래에 앉아 밤이 되기를 기다렸다. 그때 랜턴을 든 경비원이 지나가면서 안 갈 거냐고 물었다.

네, 곧 갈 거예요. 우리가 대답했다.

다음 버스는 30분 후에 지나갈 거란다. 정거장에 가서 기다리는 게 낫지 않겠니?

곧 갈 거예요. 나는 그에게 미소를 지어 보였다. 하지만 파울라는 웃지 않았다. 너무 말라서 이를 드러내고 웃으면 해골처럼 보인다는 것을 자기도 잘 알고 있었기 때문이다.

전갈이 나올지도 모르니까 조심해라. 그가 말했다. 혹시라도 물린 것 같으면 소리를 질러. 내가 당장 달려올 테니까.

나는 다시 미소를 지었다.

불볕더위가 기승을 부리던 그해 9월에는 전갈이 유난히 많이 출몰했다. 거기 있다가 잘못 물리면 죽을 수도 있겠다는 생각이 들었다. 그렇게 되면 다리 사이로 피를 흘리며 태아와 함께 죽어간 셀리나처럼 우리를 기억할 테지. 나는 풀밭 위에 드러누워 전갈의 독을 생각했다. 그사이, 파울라는 나무 사이를 돌아다니며 나지막한 목소리로 물었다. "거기 있니?" 그러더니 내게 달려왔다. 나무 사이에서 바스락거리는 소리가 들려서 가봤거든. 그런데 흰 그림자가 휙 지나가더라고. 그림자가 어떻게 흴 수가 있니? 내가 말했다. 정말 하얗더라니까. 그녀는 자신 있게 말했다. 우리는 기운이 다 빠질 때까지 걸었다. 밥을 안 먹다 보니 힘이 빠질 때가 자주 있었다. 하지만 지금 이 경우 기운이 없는 것쯤은 문제되지 않았다. 우리의 친구, 증오의 눈빛으로 쳐다보던 그 여자아이를 꼭 찾고 싶었기 때문이다.

하지만 끝내 그 아이를 찾지 못했다. 그렇다고 길을 잃지는 않았다. 다행히 달빛이 밝아 큰길까지 어렵지 않게 나갈 수 있었다. 가는 길에 파울라는 하얀색 리본 머리끈을 발견했다. 그녀는 그것이 페레이라 공원에 사는 우리 친구의 것이라고 믿었다. 어쩌면 우리에게 메시지를 남긴 건지도 몰라. 그녀가 말했다. 그럴 리 없어. 나는 생각했다. 공원에 소풍을 온 아이가 잃어버린 게 분명해. 하지만 나는 아무 말도 하지 않았다. 파울라는 그 리본 머리끈이 부적이라도 되는 양 흡족한 표정을 지으며 그 아이가 보낸 메시지라고 확신했기 때문이다. 그 순간, 갑자기 다리에 따끔한 통증이 느껴졌다. 하지만 전갈한테 물린 것도 아니고, 죽을 리도 없었다. 쐐기풀에 베여 다리에 피가 송송 맺혀 있었다.

1994년

파울라는 록사나의 집에서 자기 생일 파티를 열었다. 파티의 흥을 돋우기 위해서 우리는 최근에 네덜란드에서 몰래 들여왔다는 LSD를 구했다. 판매상들끼리는 드라곤시토*라는 이름으로 통하는 마약이었다. 보통 수입산 LSD보다 효과가 더 강한지 알 수가 없어서 우리는 평소의 4분의1 만 복용했다. 그리고 우리는 안드레아의 남자 친구가 기분 나빠 할 줄 알면서도 레드 제플린의 음반을 틀었

* Dragoncito. 드라곤, 즉 용dragón에 축소사를 붙인 말로, 우리말로 옮기자면 '작은 용'이라는 뜻이 된다.

다. 오히려 그의 기분을 상하게 만들고 싶었다. 그는 음악이 거의 끝나갈 때쯤 도착했다. 마음만 먹으면 CD를 살 수 있었지만, 우리는 그 당시에도 여전히 LP 판을 들었다. 텔레비전과 스테레오 장비, 그리고 사진기와 캠코더 등 전자기기는 그리 비싸지 않았다. 오래가지 못할 거야. 우리 부모들은 늘 그렇게 말하곤 했다. 지금 달러당 환율이 1페소라고 하지만, 그게 사실인지 아닌지 알 수도 없어. 우리 부모나 다른 아이들 부모들은 입만 열면 재앙이 닥칠 것이라느니 다시 대규모 정전 사태가 일어날 것이라느니, 끔찍한 참화가 일어날 것이라느니, 마치 세상의 종말이 오기라도 한 것처럼 한숨을 내쉬기 일쑤였다. 우리는 어른들의 그런 모습이 지긋지긋하기만 했다. 이제 그들은 인플레이션 때문이 아니라, 일자리가 없다고 징징거리기 시작했다. 마치 자기들한테는 아무 잘못도 없다는 듯이 말이다. 우리들은 그런 유치한 사람들이 너무 싫었다.

안드레아와 그녀의 펑크 가수 남자 친구가 도착했을 때, 마침 가장 히피 스타일에 가까운 노래가 흘러나오고 있었다. 〈캘리포니아에 가면 머리에 꽃을 꽂으세요〉[*]라는

[*] 원제목은 〈샌프란시스코에 가면 머리에 꽃을 꽂으세요San Francisco (Be sure to wear some flowers in your head)〉로, 스콧 매켄지의 첫 앨범인 〈스콧 매켄지의 목소리The voice of Scott Mackenzie〉(1964)에 수록되어 있다. 실제로 이 노래는 샌프란시스코에 오면 히피 문화에 동참한다는 뜻으로 머리에 꽃을 꽂으라는 메시지를 담고 있다.

노래였다. 그는 들어오자마자 인상을 찌푸리며 투덜거렸다. 짜증나게 누가 이런 노래를 틀어놓은 거야? 늘 사근사근한 파울라의 남동생이 그에게 LSD를 권했다(펑크 가수를 망가뜨리고 싶지 않았기에 딱 4분의1 만큼만 주었다). 따지고 보면 LSD야말로 히피 문화의 상징이잖아. 파울라의 동생이 말하자, 펑크 가수도 수긍했다. 맞아, 그렇지만 나는 그게 화학적이고 인공적인 느낌이 들어서 더 좋아. 어쨌거나 나는 화학적으로 만든 게 더 좋으니까. 가령 분말 주스나 알약, 나일론 같은 것 말이야.

우리는 록사나의 방에 있었다. 벽에 걸린 거울을 힐끗 보니, 집 안에 사람들이 무척이나 많았다. 마약을 하러 모인 집이 늘 그렇듯이, 대부분 처음 보는 얼굴이었다. 냉장고에서 맥주를 꺼내거나 변기에 토하는 이, 때로는 열쇠를 훔치거나 파티가 끝나가는데 통 큰 척하면서 마실 것을 사오는 사람들의 얼굴이 꿈결처럼 아스라하게 보였다. LSD를 복용하면 온몸에 약한 전류가 흐르는 것 같았다. 우선 손가락이 떨렸고, 손을 눈앞에 갖다 대면 손톱이 파랗게 보였다. 안드레아가 우리에게 돌아왔다. 우리가 〈레드 제플린 III〉를 틀자, 그녀는 춤을 추고 싶어 했다. 그러곤 눈과 얼음으로 덮인 땅에 관해서, 또 신의 망치에 관해 소리치기 시작했다. 사랑을 주제로 한 블루스 곡인 〈너를 사랑했기에〉가 나오자, 그녀는 펑크 가수 남자 친구를 돌아보았다. 그는 방 한구석에 웅크린 채 벌벌 떨고 있었다. 그는 검지로 무언가를 가리키면서, 계속 같은 말을 횡설수설했다. 음악 소리가 너무 커서 정신이 하나도 없어. 그의 처참한 꼴을 보자 속으로 웃음이 나왔다. 여전히 입언저리가 뒤틀려 있기는 했지만, 예전의 거만한 모습은 더 이상 찾아보기 어려웠다. 더구나 선글라스를 벗고 있었는데, 얼마나 겁을 먹었는지 동공이 커져 눈동자가 온통 검게 보였다. 그 모습을 보니 불쌍하다는 생각까지 들었다.

나는 천천히 그에게 다가가, 페레이라 공원의 여자아이처럼 증오의 눈빛으로 그를 노려보았다. 그러자 갑자기 온몸에 전기가 흐르면서 머리털이 곤두섰다. 머리카락이 마치 전선으로 둔갑했거나, 너무 가벼워져서 하늘로 붕 뜨는 느낌이 들었다. 텔레비전을 끄고 가까이에 있으면, 정전기 때문에 머리카락이 화면에 달라붙을 때와 똑같은 느낌이었다.

겁나서 그런 거니? 나는 그에게 물었다. 그는 당황한 기색이 역력했다. 그는 귀엽게 생긴 편이었다. 그 때문에 안드레아가 우리 곁을 떠난 것인지도 모른다. 그는 귀엽고 순진했다. 나는 그의 턱을 잡고 다른 손으로 머리를, 정확히 말하면 주먹으로 관자놀이 부근을 때렸다. 그러자 젤을 발라 단정하게 빗어 넘긴 그의 머리카락이 이마 위로 쏟아지듯 흘러내렸다. 뒤에 앉아 있던 파울라는 LSD 상자를 자를 때 썼던 가위를 그에게 집어 던졌다. 나는 파울라가 공원에서 주운 하얀색 리본 머리끈을 하고 있었다는 걸 그제야 알아차렸다. 그런데 가위가 하필 펑크 가수의 눈썹 위에 부딪히면서 검붉은 피가 흘러내렸다. 우리는 안드레아의 전 남자 친구가 몰던 트럭을 타고 가다가 갑작스러운 급브레이크에 모두 이마가 찢어진 경험이 있던 터라 그 고통을 누구보다 잘 알고 있었다. 피가 흰색 셔츠에 방울방울 떨어지는 것을 보고, 그는 질겁했다. 분명 우리와 똑같은 것을—LSD의 영향으로 조금 왜곡되었을지도 모르겠지만—봤을 텐데도, 그는 피를 처음 본 어린애처럼 소스라치게 놀랐다. 그의 손은 온통 피범벅이 되었고, 벽에도 피로 얼룩이 졌다. 그리고 우리들은 손에 칼을 쥐고 그를 에워싸고 있었다. 공포에 사로잡힌 그는 밖으로 달아나려고 했지만, 문을 찾지 못했다. 안드레아가 그의 뒤를 쫓아가며 무슨 말을 하려고 했지만, 그는 전혀 알아듣지 못했다. 펑크 가수 남자 친구는 가까스로 안마당에 나갔지만, 화분에 발이 걸려 넘어지고 말았다. 그는 땅바닥에 주저앉아 얼굴이 새파랗게 질린 채 바들바들 떨기 시작했다. 그가 겁에 질려서 그랬을 수도 있고, 아니면 경기를 일으켰던 건지도 모른다. 음악이 끝나도 주변은 여전히 어수선했다. 누군가는 큰 소리로 웃으며 고함을 질렀고, 전갈이 기어다니는 환각에 비명을 지르는 이도 있었다. 어쩌면 집에 들어온 벌레나 작은 동물을 보고 놀란 것인지도 모른다.

우리는 펑크 가수를 둘러싼 채 서 있었다. 그는 눈을 반쯤 감고, 가슴이 피투성이가 된 채 바닥에 쓰러져 꼼짝도 하지 않았다. 파울라는 장난감처럼 생긴 칼을 청바지 주머니에 집어넣었다. 칼이라고 해야 빵에 잼을 바르는 나이프에 불과했다. 이제 이 칼도 더는 필요 없을 거야. 그녀가 말했다.

죽었니? 안드레아가 물었다. 순간 그녀의 눈에서 번쩍하며 빛이 났다.

저기, 집 안에 있는 누군가가 다시 레코드를 틀었다. 그런데 마치 저 먼 곳에서 나는 것처럼 아득하게 들렸다. 파울라는 갑자기 리본 머리끈을 풀어 손목에 묶으면서 소리쳤다. 우리 모두 춤추러 집에 들어가자. 우리는 안드레아가 바닥에 쓰러져 있는 남자 친구를 버리고 우리 곁에 돌아오기를 기다리고 있었다. 그래서 우리 셋 모두 약에 취한 채 파란 손톱을 흔들며, 더 이상 아무도 비춰주지 않는 거울 앞에서 신나게 춤을 출 수 있기를 말이다.

아델라의 집

나는 하루도 거르지 않고 아델라를 생각한다. 만약 낮 시간 동안 그녀의 모습이—얼굴의 주근깨, 누런 이, 어깻죽지, 지나치게 가느다란 금발 머리카락, 영양 가죽으로 만든 반장화—떠오르지 않는 날이면 반드시 밤중 꿈속에 나타난다. 꿈속에서 아델라는 제각각 다른 모습으로 나타났지만, 늘 비가 내렸고 오빠와 내가 빠지는 적이 없었다. 오빠와 나는 노란색 우비를 입고 폐가 앞에 선 채, 정원에서 우리 부모님과 낮은 목소리로 이야기를 나누던 경찰들을 물끄러미 바라보고 있었다.

우리가 그 여자아이와 친구가 된 것은 라누스[*]의 음산한 동네에서 단연 돋보이는 잉글랜드 스타일의 저택에

[*] 부에노스아이레스시의 남쪽 지역.

살던 그 아이가 응석받이로 자라난, 이를테면 변두리의 공주였기 때문이다. 그 아이의 집은 우리가 사는 곳과는 비교도 안 될 만큼 크고 화려해서 마치 성처럼 보였다. 저택에 살던 이들은 영주였던 반면, 우리를 포함해서 코딱지만 한 정원이 딸린 네모난 시멘트 집에 살던 동네 사람들은 농노나 다름없었다. 우리가 그 여자아이와 친해진 것은 그녀의 아빠가 미국에 여행 갔다가 선물로 사다준 고급 장난감을 가지고 있었기 때문이다. 그리고 그 아이는 매년 1월 3일이면—공현절 직전이고 설날이 며칠 지난 후다❦—한낮의 태양이 마치 선물 포장지처럼 은빛으로 반짝이는 수영장가에서 화려한 생일 파티를 열었기 때문이다. 또한 우리 동네의 모든 사람이 여전히 흑백텔레비전을 보고 있던 시절에 그 아이는 영사기를 가지고 있었고, 거실의 하얀 벽을 스크린 삼아 영화를 보았기 때문이다.

하지만 나와 오빠가 그 여자아이와 친구가 된 것은 무엇보다 아델라가 팔이 한쪽만 있었기 때문이다. 아니, 그 아이에게 한쪽 팔이 없었기 때문이라고 말하는 편이 더 좋을 듯하다. 그녀는 왼팔이 없었다. 그나마 왼손잡이가 아닌 것이 다행이었다. 팔만 없는 게 아니라, 왼쪽 어깨 아래

❦ 공현절公現節 혹은 주님 공현 대축일은 예수의 출현을 축하하는 기독교 교회력의 한 절기이다. 세 명의 동방박사가 아기 예수를 찾은 때로, 날짜상으로는 1월 6일이다.

로는 아무것도 없었다. 물론 옹이처럼 불거진 마디가 어깻죽지에 붙어서 남은 살과 함께 움직이기는 했지만, 아무 쓸모도 없었다. 아델라의 부모님 말로는 태어날 때부터 그랬다고 했다. 일종의 선천적 장애였던 셈이다. 동네 아이들은 아델라가 나타나면 무서워 슬슬 피하거나, 얼굴을 찌푸리기 일쑤였다. 또 어떤 아이들은 그 아이를 보고 괴물이나 추물醜物, 혹은 희귀종이라고 놀려댔다. 조만간 그 아이를 서커스단에서 데려갈 거라는 둥, 의학 서적에 사진이 실릴 거라는 둥, 떠들어대기도 했다.

아이들이 어떤 말을 해도 아델라는 일체 신경 쓰지 않았다. 그 아이는 의수義手를 다는 것조차 싫어했다. 오히려 남들이 자기를 쳐다보는 것을 즐겼고, 자신의 장애를 애써 숨기지 않으려 했다. 누군가가 혐오스러운 눈길로 자기를 바라보면, 그 아이는 왼쪽 어깻죽지로 그의 얼굴을 문지르거나 옆에 붙어 앉아 그의 팔을 비벼댈 정도로 대담했다. 그러면 상대는 대부분 모욕감을 이기지 못해 울먹거렸다.

우리 엄마는 아델라가 참 특별한 아이라면서 칭찬을 아끼지 않았다. 용감하고 의지가 강할 뿐 아니라, 정이 많아서 모두의 모범이 될 만한 아이라는 것이다. 그런 어려움을 겪고도 얼마나 잘 자랐는지 몰라. 그런 걸 보면 그 아이의 부모가 참 대단한 사람이라는 생각이 들어. 하지만 아델라는 자기 부모가 늘 거짓말을 한다고 투덜대곤 했다.

자기 팔에 관해서 말이다. 그 아이의 말에 따르면, 태어날 때부터 팔이 그렇지는 않았다고 했다. 그럼 왜 그렇게 된 거니? 그럴 때마다 우리 남매는 그 아이에게 물어보곤 했다. 그러면 그 아이는 기다렸다는 듯이 자기 주장을 늘어놓았다. 아니, 자기의 주장들이라고 하는 편이 정확할 것 같다. 어떨 땐 집에서 기르던 개—검은색 도베르만인데 이름은 인페르노❦였다—가 갑자기 물어서 그렇게 된 거라고 했다. 아델라에 따르면, 그런 일은 도베르만종에게서 자주 일어난다고 했다. 도베르만은 뇌의 크기에 비해 두개골이 너무 작은 편이어서, 늘 두통에 시달리다가 결국 고통을 이기지 못하고 미쳐버린다는 것이다. 결론적으로 뇌가 뼈에 너무 심하게 눌린 나머지 정신착란을 일으킨다는 주장이었다. 아델라는 자기가 두 살 때 그런 일을 당했다고 했다. 그 아이는 두려움에 떨며 그때의 상황을 떠올렸다. 말로 표현할 수 없을 정도로 큰 고통, 으르렁거리는 소리, 살을 씹어 먹을 때 턱뼈에서 나던 소리, 그리고 수영장 물과 주변의 잔디밭을 붉게 물들인 피. 그 아이의 아버지는 총 한 방으로 개를 쏘아 죽였다. 개가 날카로운 이빨로 어린 아델라를 물고 뜯던 와중에 단방에 쓰러뜨린 것을 보면, 정말 대단한 사격 솜씨라고 할 수밖에 없었다.

❦ Inferno. 스페인어로 '지옥'이라는 뜻이다.

오빠는 그 아이가 하는 말을 믿지 않았다.

"그럼 흉터가 어디 있나 보여줘."

그러면 그 아이는 뾰로통한 표정으로 오빠를 쏘아보았다.

"지금은 깨끗이 나아서 안 보여."

"말도 안 돼. 흉터는 절대 지워지지 않는다니까."

"어쨌든 개의 이빨 자국은 없어. 의사들이 개한테 물린 곳 위를 다 잘라냈거든."

"그거야 그렇겠지. 그래도 흉터는 남게 되어 있어. 그렇게 말끔히 지워질 리는 없다고."

오빠는 그러면서 셔츠를 걷어 올리더니 충수염 수술 자국을 그 아이에게 보여주었다.

"그건 너나 그렇지. 넌 돌팔이 의사들한테 수술받았나 보구나. 나는 수도에서 가장 좋은 병원에서 치료받았거든."

"웃기지 마!" 오빠가 놀리자, 그 아이는 끝내 울음을 터뜨렸다. 우리 동네에서 그 아이를 화나게 하는 것은 우리 오빠밖에 없었다. 하지만 오빠와 아델라가 정말로 싸운 적은 단 한 번도 없었다. 오빠는 오히려 그 아이의 거짓말을 즐기는 것 같았다. 아델라 또한 오빠가 자꾸 트집을 잡아도 싫어하지 않는 눈치였다. 나는 옆에서 듣기만 했을 뿐, 절대 끼어들지 않았다. 오후에 학교가 끝나면 둘은 그렇게 시간을 보내곤 했다. 그러던 중 아델라와 오빠가 호러 영화 몇 편을 보기 시작하면서 모든 것이 변해버렸다.

그때 둘이서 어떤 영화를 처음 봤는지 나는 모른다. 나도 같이 보려고 했지만 허락을 받지 못했기 때문이다. 엄마는 내가 너무 어리다면서 영화를 못 보게 했다. 하지만 아델라도 나하고 동갑이란 말이에요. 나도 물러서지 않고 졸랐다. 그거야 아델라네 엄마 아빠가 결정할 문제지, 우리가 관여할 일이 아니야. 하여간 너는 안 돼. 엄마의 입장은 단호했다. 엄마하고 말로 싸워봐야 아무 소용도 없을 듯했다.

"그런데 왜 파블로 오빠는 보게 해주는 거죠?"

"그거야 너보다 나이가 많으니까 그렇지."

"파블로는 남자잖아!" 그때 아빠가 끼어들며 소리쳤다. 남자니까 당연히 봐도 된다는 투였다.

"엄마 아빠 다 미워!" 나는 소리를 지르며 방으로 뛰어들어갔다. 침대에 엎드려 울다가 결국 잠이 들었다.

하지만 아델라와 오빠는 그런 내 모습이 가여웠던지 영화를 보고 나서 내게 줄거리를 알려주었다. 물론 엄마 아빠는 못마땅해했지만 그것마저 막을 수는 없었다. 영화 이야기가 끝나고 나면, 둘은 다른 이야기도 들려주었다. 나는 그 무렵 그 아이와 함께 보냈던 오후의 시간들을 지금도 잊을 수가 없다. 아델라가 골똘히 생각에 잠겨 이야기를 할 때면 검은 눈동자에서 불길이 이글거리는 듯했다. 그리고 갑자기 그림자들이 빠르게 밀려와 정원을 가득 채우면서 우리를 놀리듯이 손짓을 했다. 아델라가 거실의 커다란 유리창을 등지고 앉아 있었을 때, 나는 그 뒤에서 너울너울 춤추던 그림자들을 보았다. 나는 그 아이에게 아무 말도 하지 않았다. 하지만 아델라는 모두 **알고 있었다**. 우리 오빠도 무언가 이상한 낌새를 눈치채고 있었는지, 그건 잘 모르겠다. 속내를 감추는 데는 오빠가 우리보다 한 수 위였으니까 말이다.

오빠는 끝까지, 최후의 순간까지 모든 것을 숨길 줄 알았다. 결국 그에게 남은 것이라고는 훤히 드러난 갈비뼈, 바스러진 두개골, 그리고 무엇보다 철로 사이에 나뒹굴던 왼팔뿐이었다. 그의 팔은 사고—아니, 자살!—라고 보기에 어려울 정도로 몸에서, 그리고 열차에서 깨끗이 떨어져 나가 있었다(왜 그런지 모르겠지만, 나는 지금도 그의 자살 이야기가 나오면 사고라고 말한다). 마치 누군가가 인사치레로, 아니면 모종의 메시지를 보내기 위해 몰래 그 팔을 철로 사이에 갖다놓은 듯했다.

솔직히 말하면, 나는 그때 들었던 것들 중에서 어떤 것이 진짜 영화 이야기고, 어떤 것이 아델라와 파블로 오빠가 지어낸 이야기인지 기억나지 않는다. 어쨌든 우리가 그 집에 들어간 이후로, 다시는 호러 영화를 볼 수 없었다. 20년이 지난 지금까지도 나는 여전히 공포증에 시달리고 있다. 우연히, 혹은 실수로 텔레비전에 나오는 무서운 장면을 보는 날에는 수면제를 먹어야 잠을 잘 수 있을 뿐 아니라, 며칠 동안 구역질이 멎지 않는다. 그리고 한쪽 팔이 없이 거실 소파에 앉아 어딘가를 빤히 응시하는 아델라와 동경하는 눈빛으로 그 아이를 쳐다보던 오빠의 모습이 떠오른다. 그때 아델라와 파블로 오빠한테서 많은 이야기를 들었지만, 대부분 잊어먹었다. 아직도 기억나는 게 있다면, 악마에 홀린 어떤 개 이야기—확실히 아델라는 동물 이야기를 지어내는 데 약했다—와 자기 아내를 토막 내서 냉장고에 숨겨놓은 어느 남자의 이야기 정도밖에 없다. 토막 난 여자의 몸은 밤에 몰래 기어 나와, 팔과 다리, 몸통과 머리가 집 안 여기저기를 굴러다니거나 기어 다니다가, 결국 죽은 여자의 손이 살인자 남편에게 복수하기 위해 그의 목을 졸라 죽였다—아델라는 절단된 신체나 절단 수술에 관한 이야기를 지어내는 데도 약했다—. 그리고 언제나 생일 파티 사진에 등장하는 아이 유령 이야기도 기억난다. 잿빛 피부에 왠지 기분 나쁜 미소를 짓고 있는 아이가 손님들 틈에 끼어 있는데, 정작 그 아이를 아는 사람이 아무도 없다는 이야기였다.

그중에서도 내가 가장 좋아하던 것은 폐가에 관한 이야기였다. 심지어 나는 그 망상이 언제부터 시작되었는지도 알고 있다. 그건 다 우리 엄마 때문이었다. 어느 날 오후, 학교를 마치고 집에 온 오빠와 나는 엄마를 따라 슈퍼마켓에 갔다. 그런데 슈퍼에서 반 블록 정도 떨어진 폐가 앞을 지날 무렵, 엄마가 갑자기 걸음을 재촉했다. 무언가 이상한 낌새를 알아차린 우리는 엄마에게 왜 그렇게 뛰어가느냐고 물었다. 엄마는 우리를 보며 큰 소리로 웃었다. 그때 엄마가 웃던 모습이 지금도 눈에 선하다. 여름날 오후 엄마의 젊은 모습, 머리에서 은은하게 풍기던 레몬 샴푸 향기, 그리고 박하 껌처럼 시원한 웃음소리.

"엄마는 바본가 봐! 저 집만 보면 왠지 무서워서 그래. 그러니까 신경 쓰지 말렴."

엄마는 어른답게, 또 엄마로서 행동하려고, 우리를 안심시키려 애를 썼다.

"왜요?" 파블로가 물었다.

"아무것도 아니야. 버려진 집이라서 그런가 봐."

"그런데요?"

"얘야, 별일 아니니까 너무 신경 쓰지 마."

"말해주세요. 어서요!"

"저 안에 도둑이나 무서운 사람이 숨어 있을까 겁이 나서 그런 거야."

오빠는 더 자세한 내막을 캐내려고 했지만, 엄마는 더 이상 해줄 말이 없었다. 그 집은 엄마 아빠가 이 동네로 이사 오기 전부터, 그러니까 파블로 오빠가 태어나기 한참 전부터 비어 있었다고 한다. 우리가 여기로 이사 오기 불과 몇 달 전에 그 집에 살던 노부부가 죽었다고 하더구나. 같이 죽은 거예요? 오빠는 궁금해서 못 견디겠다는 눈치였다. 너도 참 병이구나. 이제부터라도 영화를 못 보게 해야겠어. 한 분이 먼저 돌아가시고 얼마 지나지 않아 다른 분도 세상을 뜨셨대. 오랜 세월을 함께 보낸 부부들한테 그런 경우가 흔하단다. 보통 한 분이 돌아가시면 남은 분도 오래 버티지 못하시거든. 그런데 지금도 자식들이 상속을 놓고 싸움을 벌이고 있어. 상속이 뭐예요? 이번에는 내가 물었다. 그건 부모의 재산을 물려받는 거야. 엄마가 말했다. 저 집을 서로 차지하려고 다투는 중이란다. 그런데 저런 후진 집을 가지려고 서로 싸운다고요? 파블로가 말했다. 그러자 엄마는 화들짝 놀라며 오빠를 꾸짖었다. 어디서 그런 나쁜 말을 배운 거니?

"그게 뭐가 나쁜 말이에요?"

"그건 내가 더 말하지 않아도 잘 알고 있을 텐데."

"'후지다'는 나쁜 말이 아니라고요."

"파블로, 제발 이제 그만 좀 하렴."

"알았어요. 하지만 저 집은 정말 무너지기 일보 직전

이에요, 엄마."

"누가 알겠니? 하지만 저 땅을 서로 차지하려고 하는 모양이야. 집안 문제니까 자기들끼리 알아서 하겠지."

"내 생각에는 저 집 안에 유령들이 있는 것 같아요."

"너, 정말! 보자 보자 하니까 못 하는 소리가 없구나. 영화를 보더니 애가 이상해졌어."

그때만 해도 나는 엄마 아빠가 더 이상 영화를 못 보게 하려는 줄 알았다. 하지만 엄마는 다시 그 얘기를 꺼내지 않았다. 그리고 그다음 날, 오빠는 아델라에게 폐가 이야기를 들려주었다. 그 소식을 듣자, 아델라는 얼굴에 희색을 감추지 못했다. 우리 동네에 흉가가 있다니! 여기서 두 블록도 채 떨어지지 않은 곳에 말이야. 그 아이는 기쁨에 겨워 어쩔 줄 몰랐다. 당장 가보자. 그 아이가 말했다. 우리는 와 하고 소리를 지르며 저택의 나무 계단을 뛰어 내려갔다. 나무 계단은 한쪽 면이 초록색, 노란색, 그리고 빨간색 유리창으로 되어 있는 데다, 바닥에 카펫이 깔려 있어서 아름다웠다. 팔이 없는 아델라는 한쪽 벽에 붙어서 내려오느라 우리보다 몇 발짝 뒤처졌다. 하지만 나름 빨리 뛰려고 애를 썼다. 그날 오후 그 아이는 멜빵이 달린 하얀 옷을 입고 있었다. 뛰어가면서 왼쪽 멜빵이 어깻죽지로 흘러내리자, 그 아이는 마치 이마로 흘러내린 머리를 쓸어 올리듯이 아무렇지도 않게 끈을 끌어 올렸다.

얼핏 보기에는 여느 집과 전혀 다를 바가 없었지만, 자세히 들여다보면 무언가 으스스하고 불길한 기운이 감돌고 있었다. 창문이란 창문은 모두 벽돌을 쌓아 완전히 막아놓았다. 아무도 들어오지 못하게 하려는 걸까? 아니면 아무것도 나가지 못하게 하려고 저런 걸까? 철문은 짙은 밤색으로 칠해져 있었다. 아델라가 말했다. 피가 엉겨 붙어 있는 것 같아.

무섭게 왜 그런 말을 해? 나는 쭈뼛쭈뼛 망설이다가 겨우 입을 열었다. 그 아이는 나를 보고 씩 웃었다. 그 아이의 누런 이가 드러났다. 나는 팔이 없어서가 아니라, 누런 이 때문에 그 아이를 볼 때마다 역겨운 생각이 들었다. 저 아이는 이를 안 닦는 모양이야. 그 밖에도 그 아이의 얼굴은 마치 일본 게이샤 화장을 한 것처럼 핏기 하나 없이 창백해서 어딘지 모르게 건강치 못한 병색이 두드러져 보였다. 그 아이는 혼자서 자그마한 정원 안으로 들어갔다. 그러곤 문으로 이어지는 작은 길 위에서 갑자기 걸음을 멈추더니, 뒤를 돌아보며 말했다.

"너희도 알아차렸니?"

아델라는 우리의 대답을 기다리지도 않고 계속 말했다.

"이상하잖아. 아무도 안 사는데, 어떻게 풀이 이렇게 짧을 수가 있지?"

그러자 오빠가 그 아이를 따라 정원으로 들어갔다. 하지만 겁이 나는지, 바깥 인도에서 현관문으로 이어지는 타일 통로에 서서 꼼짝도 하지 않았다.

"맞아." 오빠가 말했다. "풀이 높게 자라 있어야 정상인데 말이야. 클라라, 이리 들어와."

나도 안으로 들어갔다. 잔뜩 녹이 슨 철문 안으로 들어서려니 온몸에 소름이 돋았다. 하지만 그 후에 일어난 일의 충격 때문인지, 돌이켜보면 그 순간이 그리 끔찍했던 것 같지 않다. 바로 그 순간, 나는 분명 무언가를 느꼈다. 정원에서 으스스한 한기가 느껴졌다. 그리고 무언가가 정원을 휩쓸고 지나간 듯, 풀이 다 타버린 것처럼 보였다. 더 이상 자라지 못한 채 모두 누렇게 말라 있었다. 그 흔한 잡초 한 포기는커녕, 나무 한 그루도 보이지 않았다. 한겨울인 데다 극심한 가뭄 때문에 정원은 황폐할 대로 황폐한 상태였다. 게다가 집 안에서 윙윙거리는 소리가 났다. 귀에 거슬리는 모기 소리, 특히 커다란 모기가 내는 소리와 비슷했다. 그리고 땅이 가볍게 흔들리고 있었다. 나는 겁이 덜컥 났지만, 아델라와 오빠가 놀릴까 봐 도망치지 않았다. 하지만 당장이라도 집으로 달려가 엄마한테 말하고 싶었다. 엄마, 엄마 말이 맞아요. 아주 무서운 집이에요. 도둑놈들이 숨어 있지는 않지만, 안에 커다란 짐승이 있는지 땅이 흔들리더라고요. 무언가가 안에 갇혀 못 나오고 있는 게 분명해요.

그 후로 아델라와 파블로 오빠는 내내 그 집 얘기만 했다. 둘은 동네를 돌아다니며 그 집에 관해서 꼬치꼬치 캐물었다. 거리 노점상 아저씨한테는 물론, 클럽에도 갔다. 그리고 대문 앞에 앉아 해 지는 광경을 보고 있던 후스토 노인과 길모퉁이 가게를 운영하던 스페인 사람들, 그리고 채소를 팔던 행상들에게도 물었다. 하지만 그 누구에게서도 중요한 정보를 얻지는 못했다. 그러나 벽돌을 쌓아 막아버린 창문과 누렇게 말라 죽은 정원만 보면 왠지 등골이 오싹해지거나, 마음이 우울해지기도 하고, 아니면 괜히 겁이—특히 밤에—난다는 데는 이견이 없었다. 동네 사람들 대부분이 그 집에 살던 노부부를 기억하고 있었다. 러시아, 혹은 리투아니아 출신이었는데, 말수는 적지만 굉장히 정이 많은 분들이었지. 그럼 그 자식들은요? 몇몇 사람들은 부모의 유산을 서로 차지하려고 싸우고 있다는 얘기를 한 반면, 평소에는 물론 두 분이 편찮으실 때조차 찾아오지 않았다고 한 이들도 있었다. 그 자식들을 본 사람은 단 한 명도 없었다. 자식들이 정말 있다면, 불가사의한 인물들이 아닐 수 없었다.

"그렇다면 창문을 벽돌로 막은 사람이 있을 것 아니에요?" 오빠가 후스토 노인에게 물었다.

"물론이지. 하지만 그건 자식들이 아니라, 미장이들이 와서 한 거란다."

"혹시 그 일을 한 미장이들이 자식들일지도 모르잖아요."

"그건 그렇지 않아. 그 미장이들은 피부가 검었단다. 하지만 노인들은 피부가 하얗고 금발이었지. 너하고 아델라처럼, 그리고 네 엄마처럼 말이다. 내가 보기에는 폴란드 사람들인 것 같아. 하여간 그쪽 사람들이 분명해."

집 안에 들어가보자고 한 건 오빠였다. 제일 먼저 내게 그러자고 했다. 오빠, 정신 나갔어? 저런 데를 왜 들어가? 하지만 오빠는 이미 그 집에 완전히 정신이 팔려 있었다. 저 집에서 무슨 일이 있었는지 알아내야겠어. 그리고 안에 뭐가 있는지도 살펴보고 말이야. 오빠는 어떤 일이 있어도 들어가보고야 말겠다는 강한 집념을 보였다. 열한 살짜리 아이한테 어디서 그런 의지가 생겼는지 알다가도 모를 일이다. 그 집이 오빠에게 무슨 짓을 했는지, 또 어떻게 오빠를 홀렸는지, 나로서는 그때나 지금이나 도저히 납득이 가지 않는다. 아무튼 오빠가 제일 먼저 그 집에 홀려 정신을 차리지 못했으니까 말이다. 그 후로 아델라가 오빠한테 옮아 같은 증세를 보였다.

아델라와 오빠는 바싹 마른 정원 사이로 난 노랗고 빨간 타일 보도 위에 앉아 있곤 했다. 녹슨 철문은 항상 열린 채로 그들을 반갑게 맞이했다. 물론 나도 따라갔지만, 언제나 철문 밖 인도에서 기다렸다. 그들은 나란히 앉은 채, 문을 빤히 쳐다보았다. 마치 염력으로 문을 열 수 있기라도 하듯이 말이다. 그들은 그 자리에서 꼼짝도 않은 채, 아무 말 없이 몇 시간을 보내곤 했다. 그 앞을 지나가던 행인이나 이웃들도 그들을 크게 신경 쓰지 않았다. 봤어도 별로 대수롭지 않게 여겼거나, 아예 그들을 못 본 경우도 있었다. 나는 혼자서 발만 동동 구르면서도, 엄마에게 모든 걸 말할 엄두가 나지 않았다.

어쩌면 그 집이 내가 이야기를 못 하도록 입을 막아버렸던 건지도 모른다. 아니면 내가 오빠와 아델라를 구하지 못하도록 그 집이 무슨 마법을 부렸는지도 모른다.

우리는 계속 아델라의 집 거실에서 모였지만, 더 이상 영화 이야기를 꺼내지 않았다. 이제 파블로와 아델라는—특히 아델라는—계속 그 집 이야기만 했다. 그런데 그런 이야기는 어디서 들은 거야? 어느 날 오후, 나는 그들에게 물었다. 그들은 내 말을 듣고 당황한 듯 서로의 얼굴만 멀뚱히 쳐다보았다.

"그 집이 우리한테 해준 이야기들이야. 그럼 너는 아무것도 못 들었다는 거니?"

"딱하네." 파블로 오빠가 말했다. "얘한테는 집의 목소리가 안 들리는 모양이야."

"상관없어." 아델라가 말했다. "우리가 대신 들려주면 되잖아."

그러곤 내게 집이 해준 이야기를 하나씩 전해주었다.

우선 눈에 눈동자가 없지만 장님은 아닌 노파 이야기.

뒷마당의 빈 닭장가에서 의학 서적을 모두 태워버린 노인 이야기.

정원과 똑같이 말라 죽어 있었지만, 쥐구멍처럼 생긴 작은 구멍들이 곳곳에 나 있던 뒷마당 이야기.

집에서 살고 있던 것들을 위해 물을 계속 똑똑 떨어뜨려주던 수도꼭지 이야기.

파블로 오빠는 집 안으로 들어가기를 꺼리는 아델라를 설득하느라 애를 먹었다. 무언가 이상했다. 이제는 아델라가 겁을 먹은 것 같았다. 서로 입장이 바뀐 셈이었다. 그런데 돌이켜보면, 결정적인 순간에는 그 아이가 상황을 더 잘 이해했던 것 같다. 오빠는 안으로 들어가보자고 졸랐다. 그러곤 그 아이의 오른팔을 덥석 잡더니, 흔들어대기까지 했다. 결국 파블로 오빠와 아델라가 사귄다는 소문이 학교에 쫙 퍼졌다. 아이들은 손가락을 목구멍에 넣고 토하는 시늉을 하기도 했다. 네 오빠가 그 괴물하고 사귄다면서. 아이들은 나만 보면 놀려댔다. 하지만 아델라와 파블로 오빠는 들은 척도 하지 않았다. 그건 나도 마찬가지였다. 그 당시 나는 자나 깨나 그 집 생각뿐이었기 때문이다.

마침내 둘은 여름 마지막 날에 들어가기로 결정했다. 어느 날 오후, 그 아이의 집 거실에서 이야기를 나누던 중, 아델라가 그렇게 말했다.

"여름 마지막 날로 정하자, 파블로." 그 아이가 말했다. "그러니까 이번 주야."

그들은 나더러 같이 가자고 했다. 나는 혼자 있기가 불안해서 같이 가겠다고 했다. 아무리 오빠가 있다고 해도, 그 어두운 집 안에 단둘이 들어갈 수는 없을 것 같았다.

우리는 저녁을 먹고 밤에 들어가기로 정했다. 일단 몰래 집을 빠져나오는 게 급선무였다. 하지만 여름에는 늦게라도 집을 나오기가 그다지 어렵지 않았다. 우리 동네 아이들은 저녁 늦게까지 골목에 나와 놀았기 때문이다. 물론 지금은 사정이 다르다. 이제는 위험한 빈민가로 변해, 해가 지면 주민들은 일절 바깥출입을 하지 않는다. 괜히 나갔다가 강도를 당하기 일쑤고, 골목길에 끼리끼리 모여 포도주를 마시다가 급기야는 총질까지 해대는 일이 허다하기 때문이다. 아델라가 살던 저택은 이미 누군가에게 팔려 다가구 주택으로 쪼개 쓰고 있다. 그리고 정원에는 헛간을 만들어놓았다. '그게 더 나을지도 몰라.' 그 집을 떠올리면 그런 생각이 든다. 창고는 그 집에 드리워졌던 음산한 어둠을 가리고 있다.

어린 여자아이들이 길 한복판에서 고무줄놀이를 하고 있었다. 차 한 대가 다가오자—당시 우리 동네에 차가 드나드는 일은 드물었다—아이들은 놀이를 멈추고 길 한쪽으로 물러섰다. 저 먼 곳에서는 남자아이들이 공을 차고 있었다. 아스팔트가 새로 깔린 길에서는 몇몇 아이들이 롤러스케이트를 타고 있었다. 우리는 아이들 눈에 띄지 않게 그 사이를 지나갔다.

아델라는 누렇게 말라 죽은 정원에서 기다렸다. 어디선가 새어 나온 불빛이 그 아이의 얼굴을 비추고 있었는데, 의외로 담담한 표정이었다. 안에 불이 켜져 있었어. 그 장면이 내 눈앞을 스쳐 지나간다.

그 아이가 문을 손으로 가리키자, 나는 너무 무서워 입에서 신음 소리가 절로 새어 나왔다. 자세히 보니 문이 반쯤 열려 있었다.

"어떻게 된 거지?" 파블로가 물었다.

"와보니까 이렇게 열려 있었어."

오빠는 메고 있던 가방을 벗어 열었다. 안에는 렌치와 드라이버 세트, 그리고 레버까지 들어 있었다. 모두 오빠가 세탁실에 있던 아빠의 연장 상자에서 찾아낸 것들이었다. 이제 이런 것들은 필요가 없겠구나. 오빠는 부스럭거리며 랜턴을 찾고 있었다.

"그것도 필요 없어." 아델라가 말했다.

우리는 어리둥절한 표정으로 그 아이를 쳐다보았다. 아델라가 문을 열자, 집 안에 불이 켜져 있는 것이 보였다.

그때 우리 셋이서 손을 꼭 잡고 전등에서 나오는 듯한 불빛 아래로 걸어 들어가던 모습이 떠오른다. 그런데 정작 전등이 매달려 있어야 할 천장에는 낡은 전선들이 마른 나뭇가지처럼 보기 흉하게 삐져나와 있었다. 불빛은 햇빛처럼 환했다. 바깥은 이제 깜깜한 밤이었다. 그리고 금방이라도 폭풍과 함께 여름비가 쏟아질 듯 날씨가 음산했다. 집 안에 들어서자 한기가 느껴졌고, 소독약 냄새가 코를 찔렀다. 더구나 불빛 때문인지 마치 병원에 들어온 듯한 느낌을 주었다.

집 안은 특별하게 이상한 점이 없었다. 작은 현관홀에는 전화 테이블과 우리 할아버지 집에 있던 것과 똑같은 검은색 전화기가 놓여 있었다.

전화벨이 울리지 않아야 할 텐데. 제발 벨 소리가 안 나게 해주세요. 부탁이에요. 그 순간 눈을 질끈 감은 채, 아주 작은 소리로 간절히 빌던 내 모습이 기억난다. 다행히 전화벨은 울리지 않았다.

우리 셋은 다음 방으로 건너갔다. 막상 들어와보니 안은 밖에서 볼 때보다 훨씬 넓었다. 다시 윙 하는 소리가 났다. 아무래도 액자 뒤에 벌레들이 모여 사는 모양이었다.

아델라는 무섭지도 않은지 안으로 성큼성큼 걸어 들어갔다. 파블로는 세 걸음마다 그 아이에게 사정을 해야 했다. "기다려. 좀 천천히 가라니까." 그 아이는 잠시 걸음을 멈추곤 했지만, 정말 우리의 말을 듣고 그랬던 건지 지금도 모르겠다. 그러곤 갑자기 뒤를 돌아보았는데 마치 어디에 홀린 아이처럼 보였다. 혼이 반쯤 나간 것처럼 멍한 눈으로 우리를 쳐다보면서 "응, 응"이란 말만 되풀이했다. 그 순간 나는 그 아이가 우리에게 말하고 있지 않다는 것을 직감했다. 파블로 오빠도 마찬가지였다고 했다. 나도 그런 느낌이 들었어.

그다음 방은 거실이었다. 거기에는 먼지가 뿌옇게 앉은 겨자색 의자들이 놓여 있었다. 벽 앞에는 여러 칸으로 된 유리 장식장이 놓였다. 장은 아주 깨끗했을 뿐 아니라, 가까이 가야만 볼 수 있을 정도로 작은 장식품이 칸칸마다 가지런히 놓여 있었다. 가까이 다가서자, 우리가 내쉬던 숨결로 인해 아래쪽 유리에 김이 뽀얗게 서렸던 기억이 난다. 유리 장식장은 천장까지 이어져 있었다.

처음에는 그 안에 있던 것이 무엇인지도 모르고 봤다. 반원형의 누런빛이 도는 흰 물체였는데, 너무 작아서 쉽게 알아볼 수가 없었기 때문이다. 어떤 것들은 둥근 모양이었지만, 뾰족하게 생긴 것들도 있었다. 왠지 만지고 싶지 않았다.

"저건 사람 손톱이야." 파블로 오빠가 말했다.

그때 갑자기 윙윙거리는 소리가 거실 안에 메아리치면서 귀가 먹먹해졌다. 나는 결국 참았던 울음을 터뜨리고 말았다. 나는 파블로 오빠를 꽉 껴안았지만, 여전히 곁눈질로 그곳을 힐끔거렸다. 그 위 칸에는 사람의 치아가 진열되어 있었다. 아빠 이처럼 아말감으로 때운 어금니들이 가지런히 놓여 있었다. 그리고 앞니도 있었는데, 그걸 보자마자 교정기를 처음 꼈을 때가 떠올라 나도 모르게 몸을 움찔했다. 학교에서 내 앞자리에 앉던 록사나처럼 유난히 큰 앞니도 있었다. 세 번째 칸을 보려고 고개를 드는 순간, 갑자기 불이 나갔다.

칠흑 같은 어둠 속에서 아델라가 비명을 지르기 시작했다. 나도 머리털이 곤두서고 심장이 두방망이질 치는 통에 귀가 멍해졌다. 다행히 오빠가 내 어깨를 꽉 껴안고 있어서 그나마 안심이 되었다. 그 순간, 갑자기 벽에 둥근 빛이 떠올랐다. 랜턴 불빛이었다. 나는 떨리는 목소리로 말했다. "나가자. 어서 여길 나가자고." 그런데 파블로 오빠는 출구와 정반대 방향으로 걷기 시작했다. 오히려 집 안쪽으로 들어가고 있었다. 나는 하는 수 없이 오빠 뒤를 좇아갔다. 당장이라도 밖으로 뛰쳐나가고 싶었지만, 오빠와 아델라를 두고 갈 수는 없었다.

오빠는 랜턴 불빛을 이리저리 비추어보았다. 그러자

불빛 속에서 무언가 반짝거리는 것이 보였다. 자세히 보니 의학 서적 한 권이 바닥에 펼쳐져 있었다. 놀랍게도 천장 부근에 거울이 하나 매달려 있었다. 누가 본다고 저기 거울을 달아놓은 걸까? 그리고 하얀 옷이 한 무더기 쌓여 있었다. 갑자기 파블로 오빠가 걸음을 멈추며, 랜턴을 이리저리 비추어보았지만 다른 벽은 보이지 않았다. 그렇다면 그 방은 아예 끝이 없거나, 끝이 있다고 해도 랜턴으로 비출 수 없을 만큼 멀리 있다는 얘기였다.

"이제 나가자. 당장 나가자니까." 나는 오빠에게 다시 말했다. 그때는 얼마나 무서웠는지 오빠를 버려두고 나 혼자라도 도망칠 생각이었다.

"아델라!" 파블로 오빠가 소리를 질렀다.

하지만 어둠 속에서 그 아이의 목소리는 들리지 않았다. 그 무한하고 영원한 방 어디에 있었던 걸까?

"여기야."

그 아이의 목소리였다. 소리는 작았지만, 가까이에서 들렸다. 그 아이는 우리 바로 뒤에 있었다. 우리는 뒤돌아섰다. 파블로 오빠가 소리 난 곳으로 불빛을 비추자 그 아이의 모습이 나타났다.

아델라는 유리 장식장이 있는 방에서 아직 나오지 않았던 모양이다. 그 아이는 문 앞에 선 채로 우리에게 오른손을 흔들었다. 그러곤 갑자기 몸을 돌리더니, 옆에 있던 문을 열고 들어가면서 잠가버렸다. 오빠가 달려가 손잡이를 돌려보았지만, 문은 굳게 닫혀 있었다.

나는 그때 파블로 오빠가 무슨 생각을 하고 있었는지 잘 안다. 오빠는 아델라가 들어간 방문을 열기 위해, 밖에 놓아둔 가방 안의 연장을 가져오려고 했다. 나는 그 아이를 꺼내고 싶지 않았다. 나는 당장이라도 그 집을 나가고 싶은 마음에 오빠를 따라 뛰어나갔다. 밖에는 비가 내리고 있었다. 그리고 메마른 풀밭 여기저기에 흩어져 있던 연장은 비를 맞아 어둠 속에서 반짝이고 있었다. 누군가가 가방을 뒤져 그것들을 꺼낸 모양이었다. 오빠와 나는 놀라 눈이 휘둥그레진 채로 한동안 꼼짝도 않고 서 있었다. 그런데 바로 그 순간, 누군가가 안에서 문을 닫아버렸다.

윙윙거리던 소리도 더 이상 나지 않았다.

그때 파블로 오빠가 문을 열려고 얼마나 오랫동안 낑낑댔는지 잘 기억나지 않는다. 문 여는 데만 정신이 팔려 있던 오빠는 내 비명 소리를 듣고서야 내가 있다는 것을 알아차렸다.

엄마 아빠는 경찰에 신고를 했다.

지금도 매일, 그리고 거의 매일 밤마다 추적추적 비가 내리던 그날 밤이 떠오른다. 우리 엄마 아빠, 아델라의 부모님과 경찰이 그 집 정원에 있었다. 그리고 우리는 노란

우비를 입은 채 비를 맞고 있었다. 집에서 나온 경찰들은 아무 흔적도 찾지 못한 듯 고개를 저었다. 아델라의 엄마는 결국 정신을 잃고 쓰러졌다.

아무도 그 아이를 찾지 못했다. 아이는 살았는지, 죽었는지 흔적도 없이 사라지고 말았다. 경찰은 우리에게 다가오더니 집 안이 어떻게 생겼는지 설명해보라고 했다. 우리는 본 대로 자세히 반복해서 말해주었다. 내가 수상한 불빛과 유리 장식장에 관해 이야기하자, 엄마는 내 따귀를 때렸다. "왜 거짓말을 하는 거지? 저 집에는 쓰레기하고 부스러기밖에 없단 말이야!" 엄마가 내게 고함을 질렀다. 아델라의 엄마는 흐느껴 울며 말했다. "부탁이야. 아델라가 어디 있는지 말해줄래? 우리 아델라가 어디로 간 거니?"

저 집에 있어요. 우리는 기어 들어가는 목소리로 그 아이의 엄마에게 말했다. 문을 열고 자기 혼자 방 안으로 들어갔으니까, 지금도 그 안에 있을 거예요.

그런데 경찰들의 말로는 집 안에 문이 하나밖에 남아 있지 않았다고 했다. 더구나 방이라고 할 만한 것이 전혀 없었다는 것이다. 저 집은 빈껍데기나 마찬가지예요. 경찰이 말했다. 집 안의 벽이란 벽은 모두 허물어져 있었으니까요.

나는 그때 '빈껍데기cáscara'가 아니라 '가면máscara'으로 들었던 것이 기억난다. 저 집은 가면이나 마찬가지예요.

내 귀에는 그렇게 들렸다.

어쩌면 우리가 거짓말을 한 건지도 모른다. 아니면 너무 잔인한 장면을 보고 큰 충격을 받아 헛소리를 한 것일 수도 있다. 어른들은 우리가 집 안에 들어간 것조차 믿지 않으려 했다. 특히 엄마는 오빠나 내 말이라면 어떤 말도 믿지 않았다. 경찰이 우리 동네에 있던 모든 집 안을 샅샅이 뒤졌는데도, 엄마는 우리 말을 믿지 않았다. 그 사건은 텔레비전 뉴스에도 나왔다. 우리는 아델라의 실종 사건을 다룬 텔레비전 뉴스는 물론, 잡지 기사도 보았다. 아델라의 엄마는 우리 집을 여러 번 찾아와 물었다. "얘들아, 사실대로 말해줄 수 있겠니? 기억나는 게 있으면 모두……"

그때마다 우리는 다시 자초지종을 말해야 했다. 아델라의 엄마는 이야기를 듣는 내내 눈물을 멈추지 못했다. 오빠도 울먹이면서 말하곤 했다. 제가 아델라한테 같이 들어가자고 했어요. 아델라를 들어가게 만든 건 바로 저예요.

어느 날 밤, 누군가 안으로 들어오려는지 문에서 딸깍거리는 소리가 났다. 그 소리를 들은 아빠는 잠에서 깼다. 아빠는 움츠린 채 침대에서 일어나 도둑을 잡으러 갔다. 하지만 붙잡고 보니 도둑이 아니라 파블로 오빠였다. 아무리 열쇠를 돌려도 문이 열리지 않아—그 자물쇠는 늘 말썽을 부렸다—오빠가 애를 먹고 있었다. 그때 오빠는 가방에 연장과 랜턴을 가지고 있었다. 그날 밤, 아빠와 오빠가 몇 시간 동안 서로 소리를 질러대는 통에 잠을 이루지 못했다. 오빠는 아빠에게 제발 여기를 떠나자고 사정했다. 그러지 않으면, 당장 미쳐버릴지도 모른다는 말도 했다.

결국 우리는 다른 곳으로 이사를 갔지만, 아무 소용이 없었다. 정신이 이상해진 오빠는 결국 스물두 살의 젊은 나이에 자살로 생을 마감했다. 나는 처참하게 찢겨 나간 오빠의 시신을 두 눈으로 봐야만 했다. 오빠가 우리 집에서 멀리 떨어진 베카르역* 부근에서 달려오던 기차를 향해 몸을 던졌을 때, 하필 엄마 아빠는 해변에서 휴가를 보내고 있었다. 그래서 시신을 확인하기 위해 사고 현장에 갈 사람은 나 말고 아무도 없었다. 오빠는 유서 한 장 남기지 않았다. 살아생전 오빠는 늘 아델라 꿈을 꾸었다. 오빠의 꿈에 나타난 아델라의 모습은 너무 섬뜩해서 소름이 끼칠 정도였다. 손톱은 물론 이도 없이, 입에서 피를 흘리고 있고 손에서도 피가 뚝뚝 떨어지는 모습이었다.

파블로 오빠가 스스로 목숨을 끊은 후, 나는 혼자서 그 집을 찾기 시작했다. 나는 그때와 마찬가지로 누렇게 타들어가는 정원에 들어간다. 그리고 검은 구멍처럼 뚫린 창문으로 안을 들여다본다. 경찰이 15년 동안 쌓여 있던

* 부에노스아이레스주의 산이시드로군에 있는 기차역.

벽돌을 모두 허물어버린 후로 창문은 그렇게 늘 열려 있었다. 집 안에 햇볕이 들면, 대들보와 군데군데 구멍이 난 천장, 그리고 쓰레기로 뒤덮인 바닥이 보인다. 동네 아이들은 그 안에서 무슨 일이 있었는지 모른다. 누군가가 스프레이로 바닥에 아델라의 이름을 갈겨써놓았다. 바깥벽에도 온통 낙서 천지였다. 아델라는 어디 있는 걸까? 이런 낙서도 있었고, 다른 곳에는 매직펜으로 쓴 작은 글씨가 깨알같이 쓰여 있었는데, 도시 괴담을 모방해서 지어낸 듯했다. 자정이 되면 한 손에 촛불을 들고 거울 앞에 서서 아델라의 이름을 세 번 외치면, 그 아이가 무엇을 봤는지, 그리고 누가 그 아이를 데려갔는지 거울에 그대로 나타난다는 내용이었다.

물론 오빠도 가끔 그 집을 찾아가던 터라, 그 낙서를 보았다. 어느 날 밤, 오빠가 몰래 의식을 행했지만 거울에는 아무것도 나타나지 않았다. 그러자 화가 치민 오빠는 주먹으로 욕실 거울을 깨뜨려버렸다. 결국 우리가 병원에 데려가서 상처를 꿰매야 했다.

나는 집 앞을 서성거렸지만, 막상 들어갈 용기가 나지 않는다. 내 앞을 가로막고 있는 문에 낙서가 쓰여 있었다. 조심해! 여기 아델라가 살고 있어. 이 동네에 사는 어느 꼬마 녀석이 재미 삼아, 아니면 제 딴에 용기를 내서 쓴 모양이다. 하지만 나는 그 말이 사실이라는 것을 알고 있다. 이곳은 아델라가 살고 있는 집이니까 말이다. 하지만 나는 아직 그 아이를 만날 마음의 준비가 되어 있지 않다.

파블리토가 못을 박았다 :
페티소 오레후도를 떠올리며

그가 파블로 앞에 모습을 드러낸 것은 밤 9시 30분에 출발한 투어 버스 안이었다. 정확히 말하면 그들이 탄 버스가 에밀리아 바실(토막 살인범) 소유의 레스토랑에서 이야 무라노(독살 살인범)가 살던 건물로 가는 동안, 이야기가 잠시 중단되었던 바로 그때 벌어진 일이었다. 그의 회사에서 제공하는 부에노스아이레스 관광 상품들 중에서 가장 인기를 끈 것은 범죄 및 범죄자 투어였다. 일주일에 총 네 번 진행하는 투어는 두 번은 버스로, 나머지 두 번은 도보로 다녔고, 두 번은 영어로, 두 번은 스페인어로 이루어졌다. 파블로는 범죄 투어 가이드로 발령 났을 때, 비록 월급은 전과 똑같았지만(물론 일만 잘하면 언젠가 월급이 오르리라는 것도 알고 있었다) 자기가 승진했다는 것을 알았다. 새로운 도전을 한다는 생각에 마음이 설렜다. 물론 그 이전에 한 '마요 대로[*] 아르누보 건축 기행' 투어도 재미있었지만, 얼마 지나지 않아 슬슬 지루해지기 시작한 참이었다.

관광객이 지루해하지 않도록 하려면 우선 유머와 서스펜스를 적당히 섞어 이야기를 감칠맛 나게 해야 했다. 그러기 위해서 그는 투어에 포함된 열 가지 범죄 사건을 철저히 연구했다. 그 덕분인지 파블로는 겁을 먹거나 충격을 받은 적이 전혀 없었다. 오히려 그것을 보았을 때도, 공포에 사로잡히기보다 놀랐을 뿐이었다. 그건 틀림없이 그였다. 의심의 여지가 없었다. 촉촉하게 물기가 감도는 커다란 눈은 선하고 다정한 듯 보였지만, 실제로 백치처럼 초점을 잃고 멍하게 풀어져 있어 어두운 구덩이 같았다. 칙칙한 빛깔의 조끼와 작은 키, 그리고 빈약해 보일 정도로 좁은 어깨와 손에 들고 있던 가는 밧줄. 그는 흔히 피올린[**]이라고 불리는 그 밧줄을 경찰에게 보여주면서, 그걸로 어떻게 피해자들을 묶고 목을 졸라 죽였는지 태연하게 설명했다. 그리고 유난히 크고 끝이 뾰족하지만 왠지 친근감이 드는 귀. 그의 본명은 카예타노 산토스 고디노였지만, 흔히 페티소 오레후도[***]라는 별명으로 더 잘 알려져 있

[*] 부에노스아이레스 중심부에 있는 대로로, 마요 광장과 콩그레소 광장을 연결한다.

[**] 삼으로 가늘게 꼰 줄.

었다. 그는 투어뿐 아니라, 아르헨티나 경찰의 전과 기록에 올라 있는 이들 중에서도 가장 유명한 인물이었다. 그는 어린아이들과 작은 동물들을 무참하게 살해한 범인이었다. 그는 글을 읽을 줄도, 숫자를 셀 줄도 몰랐을뿐더러, 요일을 구별하지도 못했다. 게다가 죽은 새들로 가득 찬 상자를 침대 아래 놓고 살기도 했다.

아무리 그래도 그가 거기에, 파블로의 눈앞에 나타날 리는 없었다. 페티소 오레후도는 1944년, 세계 최남단 티에라델푸에고의 우수아이아에 있던 교도소에서 사망했다. 그런데 그런 그가 어떻게 2014년 봄에 나타날 수 있다는 말인가? 그것도 자신이 저지른 살해 현장을 둘러보는 버스 투어의 유령 승객으로 말이다. 하지만 눈을 씻고 봐도 그가 분명했다. 버스에 나타난 유령은 당시에 남아 있던 사진 속의 모습과 똑같았다. 더군다나 투어 버스는 언제나 실내등을 켜고 다녔기에 잘못 봤을 리도 없었다. 그는 통로 끝에 서 있었다. 자신의 존재를 증명하려는 듯 가는 밧줄을 손에 든 채, 담담한 눈빛으로 가이드인 그를, 파블로를 빤히 바라보고 있었다.

파블로는 한동안 관광객들에게 페티소 오레후도 이야기를 들려주었다. 보름이 지나자 파블로는 그 이야기가 무

* 페티소 오레후도Petiso Orejudo는 '키가 작고 귀가 유난히 큰 남자'라는 뜻이지만, 여기서는 별명이기에 원어 그대로 옮긴다.

척이나 마음에 들었다. 하지만 페티소 오레후도가 호시탐탐 기회를 노리던 부에노스아이레스가 너무 오래전인 데다 지금과 너무 달라서인지, 그런 인물 이야기로 승객들을 불안에 떨게 만들기는 쉽지 않았다. 그런데 페티소가 나타나면서부터 무언가 알 수 없는 힘이 그의 마음을 사로잡는 것 같았다. 물론 파블로 외에는 아무도 그를 보지 못했지만 말이다(관광객들은 여전히 열심히 수다를 떨고 있었지만, 그가 거기 서 있는 것을 알아차린 이는 아무도 없었다). 파블로는 눈을 질끈 감으며 머리를 세차게 흔들었다. 그가 눈을 떴을 때, 밧줄을 손에 쥔 살인자의 모습은 온데간데없이 사라졌다. 아무래도 내가 미쳐가는 모양이야. 페티소가 자기 앞에 나타난 것이 얼마 전에 태어난 아들 때문이라는 생각이 들자 파블로는 곧장 돌팔이 심리치료사를 찾아갔다. 고디노가 어린아이들만 골라 살해했다는 점을 고려하면 그렇게 생각한 것도 무리는 아니다. "모두 어린아이들이었습니다." 투어를 하던 중에 파블로는 그가 그런 끔찍한 범죄를 저지른 동기를 당시 법의학자들의 말을 빌려 설명했다. 고디노가家의 첫 번째 아들이자 페티소의 형은 이탈리아의 칼라브리아에서 태어난 지 열 달 만에 목숨을 잃었다. 가족 모두 아르헨티나로 이민을 오기 직전에 벌어진 일이었다. 페티소는 어린 나이에 세상을 떠난 형에 대한 기억에서 벗어나지 못했던 셈이다. 자신이 저지른 많은 범죄에서—살해를 하려다 미수에 그친 적이 훨씬 더 많았을 걸로 추정된다—그는 장례식을 따라 했다. 경찰에 체포된 후, 그는 형사들에게 이런 말을 했다고 한다. "아무도 죽음의 세계에서 돌아오지 않아요. 우리 형도 끝내 돌아오지 않았으니까요. 그냥 땅속에서 썩어 문드러질 뿐이죠."

투어 중 한 코스—로리아가와 산카를로스 대로가 만나는 사거리—에 들를 때마다 파블로는 페티소가 처음으로 장례식 흉내를 내며 범행을 저질렀던 이야기를 들려주었다. 그곳은 페티소가 리니에르스 거리의 콘벤티요❦에 살던 이웃집 여자아이 아나 네리를 폭행한 현장이었다. 당시 아나 네리는 불과 18개월밖에 안 된 아이였다. 그들이 살던 콘벤티요 건물은 이미 철거되었지만, 그곳은 투어에서 가장 중요한 코스가 되었다. 파블로는 당시 가난에서 벗어나기 위해 유럽을 도망쳐 부에노스아이레스에 도착한 이민자들이 얼마나 열악한 환경에서 살았는지 관광객들에게 간단히 설명해주었다. 그들은 더럽고 시끄러울 뿐만 아니라, 환기도 제대로 되지 않아 1년 내내 습하고 악취가 코를 찌르는 싸구려 단칸방에서 북적거리며 살아야 했다. 하지만 그곳은 페티소가 범행을 저지르기 가장 이상적인 환

❦ 부에노스아이레스로 이주해 온 가난한 외국 노동자들이 모여 살던 다세대 주택으로 주로 판자나 함석판으로 만들었다. 주거 환경이나 위생 상태가 매우 열악했다.

경이기도 했다. 왜냐하면 집 안이 워낙 불편하고 어수선해서 가급적이면 아이들을 밖으로 내보낼 수밖에 없었기 때문이다. 사실 아무리 가난한 사람이라고 해도 그런 지저분한 곳에서 하루하루를 살아간다는 것은 여간 견디기 힘든 일이 아니었다. 그래서 어른들도 거리에서 대부분의 시간을 보냈지만, 특히 아이들은 아주 어린 나이부터 여기저기를 쏘다니는 버릇이 생길 수밖에 없었다.

아나 네리. 페티소는 그 아이를 공터로 끌고 간 뒤, 돌멩이로 머리를 내리쳤다. 그는 정신을 잃고 쓰러진 아이를 땅에 묻으려고 했다. 마침 주변을 순찰하던 경찰이 이를 발견하고 다가오자, 그는 다른 사람에게 폭행당해 쓰러진 아기를 도우려고 했을 뿐이라고 거짓말을 둘러댔다. 하지만 페티소 오레후도도 아홉 살에 불과한 아이였기 때문에 경찰은 그의 말을 의심하지 않았다.

아나는 그로부터 여섯 달이 지난 후에야 겨우 의식을 회복했다.

하지만 장례식을 흉내 낸 범행은 그걸로 끝나지 않았다. 1908년 9월, 학교를 그만둔 직후—그가 간질 발작을 일으킨 직후였는데, 그 원인에 대해서는 끝내 밝혀지지 않았다—페티소는 세베리노 곤살레스라는 아이를 사그라도 코라손 초등학교 앞 공터로 데리고 갔다. 거기에는 작은 말 사육장이 하나 있었다. 페티소는 물을 담아둔 구유에 아이를 빠뜨린 뒤 나무 뚜껑으로 덮어버리려고 했다. 구유를 관으로 이용한 걸 보면 이전보다 수법이 더 치밀해졌다는 것을 알 수 있었다. 그때도 주변을 지나가던 경찰이 이를 발견했기에 망정이지, 하마터면 아이가 목숨을 잃을 뻔했다. 하지만 이번에도 페티소는 물에 빠진 아이를 구했을 뿐이라고 거짓말로 얼렁뚱땅 넘어갔다. 그러나 그 무렵 페티소는 자제력을 완전히 잃고 말았다. 9월 15일, 그는 생후 20개월 된 훌리오 보테라는 아이를 제물로 삼았다. 페티소는 콜롬브레스 거리 632번지에 있던 집 앞을 서성거리던 아이를 발견했다. 그는 들고 있던 담뱃불로 아이의 눈썹을 지졌다. 그로부터 두 달 후, 페티소의 행패를 보다 못한 부모는 자기들 손으로 아이를 경찰에 넘겨버렸다. 그해 12월, 페티소는 결국 마르코스 파스[♈]의 소년원에 수감되었다. 거기 있는 동안 글을 조금 배우기는 했지만, 요리사가 한눈을 판 사이에 고양이와 신발을 팔팔 끓는 솥에 던져버리는 등, 못된 짓을 일삼았다. 마르코스 파스의 소년원에서 3년의 형기를 마치고 나온 페티소는 살인을 저지르려는 욕구가 그 어느 때보다 강했다. 그래서 그는 출소 직후 자신이 그토록 바라던 살인의 꿈을 처음으로 이루게 되었다.

♈ 부에노스아이레스주 서쪽에 위치한 도시.

파블로는 투어 코스가 끝날 무렵이면 언제나 페티소가 경찰에 체포된 뒤 조사 과정에서 나눈 대화를 들려주며 이야기를 마무리 지었다. 페티소의 이야기는 관광객들의 마음에 깊은 인상을 남긴 듯 보였다. 파블로는 사실감을 살리기 위해 종이에 써 온 대로 읽어주었다. 늘 같은 이야기를 읽어주었지만, 페티소가 처음 버스에 나타난 날 밤에는 왠지 불안한 느낌이 들었다. 하지만 파블로는 용기를 내서 그 이야기를 읽어주기로 결심했다. 페티소는 밧줄을 만지작거리면서 그를 빤히 쳐다볼 뿐, 위협적인 행동을 하지는 않았다.

"그런 끔찍한 범행을 저지르고 양심의 가책을
느낀 적은 없습니까?"
"왜 그런 질문을 하는지 이해할 수가 없군요."
"양심의 가책이나 후회가 뭔지도 모른다는 겁니까?"
"네, 모릅니다."
"히오르다노와 라우로라, 그리고 바이니코프,
그 어린것들을 죽이고 나서 그 어떤 슬픔이나 고통도
느끼지 못했단 말입니까?"
"네, 나리. 전혀요."
"당신에게 어린아이들을 죽일 권리라도 있다고 생각
하는 겁니까?"

"나만 아이들을 죽인 게 아니라고요. 다른 사람들도 그러잖아요."

"그럼 어린아이들을 죽인 이유가 대체 뭡니까?"

"재미있으니까요."

그가 마지막 대화를 읽을 때마다, 승객들은 술렁이며 분노를 터뜨리곤 했다. 그러다가도 주제를 바꿔 이야 무라노의 이야기로 넘어가면, 언제 그랬냐는 듯 귀를 쫑긋 세우고 들었다. 이야 무라노는 자기 돈을 빌려 갔다는 이유로 가장 친한 친구들을 차례로 독살한 인물이었다. 결국 그녀는 욕심 때문에 살인을 저지른 것이므로 쉽게 이해할 수 있었다. 반면에 페티소의 범행 동기는 상식으로 도저히 이해할 수 없는 것이어서, 듣는 이들의 마음을 불편하게 만들었다.

그날 밤, 퇴근하고 집에 돌아온 파블로는 버스에서 페티소의 유령을 봤다고 아내에게 말하지 않았다. 물론 동료들에게도 말하지 않았다. 직장에서 공연히 소란을 일으키고 싶지 않아서 그런 거니까 마음에 거리낄 것이 없었다. 하지만 아내에게 유령 이야기를 할 수 없다는 사실이 괜스레 마음에 걸렸다. 2년 전이었더라면, 당연히 이야기를 했을 것이다. 그때였더라면, 앞뒤 가리지 않고 무엇이든 속 시원하게 털어놓았을 것이다. 그런데 첫아이가 태어나면서부터 부부 사이에 너무나 많은 것이 변해버렸다.

아기의 이름은 호아킨으로, 당시 생후 6개월째였다. 하지만 파블로는 여전히 "아가"라고 불렀다. 파블로는 아기를 무척이나 사랑했지만—적어도 사랑한다고 믿었다—정작 아기는 그에게 별 관심을 보이지 않은 채 여전히 엄마한테만 매달렸다. 사정이 그런데도 그녀는 그에게 신경을 쓰기는커녕 아예 모른 체했다. 그사이 그녀는 완전히 딴사람이 되어 있었다. 무엇에 홀린 사람처럼 하루 종일 멍한 표정만 하고 있는 데다, 두려움에 떨면서 모든 것을 의심했다. 그는 가끔 그녀가 산후 우울증을 겪는 것이 아닌가 하는 생각이 들었다. 또 기분이 언짢은 날이면 아기가 태어나기 전의 시절을 아련한 그리움과 약간의 분노까지 뒤엉킨 마음으로 떠올리곤 했다.

이제는 모든 것이 완전히 달라졌다. 예를 들어, 그녀는 그의 말을 조금도 귀담아듣지 않았다. 그녀는 미소를 짓고 고개를 끄덕이면서 듣는 척했지만, 속으로는 아기에게 당근과 호박을 사 먹일 생각을 하거나 아기의 엉덩이가 빨개진 게 일회용 기저귀 때문인지, 아니면 발진으로 인한 것인지 곰곰이 따지고 있었다. 그녀는 그의 말을 듣지 않았을뿐더러, 회음 절개 수술 후에 상처가 아물지 않은 데다 통증이 가시지 않아 그와 잠자리하기도 꺼렸다. 게다가 아기는 늘 부부의 침대에서 함께 잤다. 아기가 잘 방을 따로 마련해두었지만, 그녀는 '유아 급사 증후군' 때문에 겁이 나는지 혼자 재울 엄두도 내지 못했다. 그녀가 아기들의 돌연사에 대해 이야기할 때면, 파블로는 몇 시간이고 꼼짝없이 들어야만 했다. 그는 틈나는 대로 그녀를 진정시키려고 애를 썼지만 아무 소용도 없었다. 예전에 그녀는 무서움을 전혀 타지 않던 사람이었다. 가끔 그를 따라 산 정상에 올라갔다가, 밖에 눈이 쌓이면 대피소에서 아무렇지도 않게 잠을 잘 정도였다. 그뿐만 아니라, 그와 아무 버섯이나 먹었다가 주말 내내 환각에 빠진 적도 있었다. 그토록 대담하던 여자가 아이에게 닥치지도 않은—아마 결코 닥치지 않을—죽음이 무서워 눈물을 흘리다니, 정말 믿어지지 않는 일이었다.

파블로는 왜 아이를 가지려고 했는지, 그 이유가 정확하게 기억나지 않았다. 그의 아내는 아기 이야기 말고는 일절 꺼내지 않았다. 당연히 이웃 사람들이나, 영화, 가족 문제, 정치, 직장, 그리고 음식과 여행 이야기 따위는 그들의 대화에서 사라진 지 오래였다. 그녀는 아이 외에는 전혀 관심이 없던 터라, 다른 이야기만 나오면 듣는 척하고 한 귀로 흘려보냈다. 그런 그녀가 유일하게 반응을 보인 것이 바로 페티소 오레후도였다. 그 이름만 나오면, 그녀는 꾸벅꾸벅 졸다가 깬 사람처럼 화들짝 놀라곤 했다. 마치 머릿속으로 백치 살인자의 눈이 떠오르는 것처럼, 밧줄을 들고 있는 그의 가녀린 손가락을 보기라도 한 것처럼 소스라치게 놀란 표정을 지었다. 그녀는 파블로의 생각이 온통 페티소에게 사로잡혀 있다고 했지만, 그는 그렇게 생각하지 않았다. 다만 페티소에 비하면 부에노스아이레스 호러 투어의 다른 살인자들이 너무 싱겁게 느껴졌을 뿐이다. 정치적인 이유로 투어에 포함되지 않은 독재자들을 제외하면, 사실 부에노스아이레스에서 자신 있게 내놓을 만한 살인자들은 아무도 없었다. 파블로가 말한 몇몇 살인자들은 그저 잔혹한 범죄를 저질렀을 뿐, 병리학적 폭력으로 분류하면 세상에서 흔히 볼 수 있는 이들이었다. 하지만 페티소는 달랐다. 여느 살인자들과는 다른 무언가를 가지고 있었다. 그는 욕망 외에 다른 동기가 없었다. 어떤 면에서 그의 존재는 우리 현실의 메타포처럼 보였다. 그는 독립 100주년을 맞이한 자랑스러운 아르헨티나의 어두운 이면이자, 곧 도래할 불행과 재앙의 징후와 같은 존재였다. 그리고 이 나라에서 흔히 볼 수 있는 대저택과 대농장 뒤에 더 위험한 것들이 꿈틀거리고 있다는 경고 신호이자, 그들이 꿈에 그리던 화려한 유럽으로부터 좋은 것만 오리라고 믿던 편협한 아르헨티나 엘리트들의 등을 향해 날아가던 비수와도 같은 존재였다. 그런데 정작 페티소는 이에 대해 조금도 모르고 있었다는 점이 놀라울 따름이었다. 그는 그저 어린아이들을 공격하고 아무 데나 불을 지르는 것이 좋아서 그랬을 뿐이다. 사실 그는 방화광이기도 했다. 그는 치솟는 불길 속으로 소방관들이 들어가는 모습을 보면서 짜릿한 쾌감을 느꼈다. 후일 그는 자신을 조사하던 경찰관들에게 이렇게 말했다고 한다. "무엇보다 소방관들이 사나운 불길에 휩싸여 쓰러지던 모습을 보면서" 가장 즐거웠다고 말이다.

그의 아내를 가장 화나게 만들었던 것은 바로 불 이야기였다. 그녀는 그의 말이 끝나기가 무섭게 자리를 박차고 일어나더니, 자기 앞에서 더 이상 페티소 이야기를 꺼내지 말라고 고함을 질러댔다. 그녀는 아기를 꼭 껴안은 채 그에게 소리를 질렀다. 마치 페티소가 당장 눈앞에 나타나 아이를 공격하기라도 할 것처럼 말이다. 그러곤 아기와 함께 방 안에 틀어박혀 나오지 않았다. 그는 하는 수 없이 혼자서 저녁을 먹었다. 그는 속으로 그녀에게 온갖 욕설을 퍼부었다. 실제로 그것은 매우 놀라운 이야기였다. 그가 보기에 사회적으로 커다란 물의를 일으킬 정도는 아니었지만, 그 수법이 아주 잔인했기 때문이다. 사건은 1912년 3월 7일에 일어났다. 유대계 리투아니아 출신 이민자의 딸로 당시 다섯 살이던 레이나 보니타 바이니코프는 엔트레리오스 대로[*]에 살았는데, 어느 날 집 주변에 있던 구두가게 쇼윈도를 들여다보고 있었다. 그때 아이는 하얀색 옷을 입고 있었다. 페티소는 쇼윈도에 진열된 예쁜 구두를 바라보던 아이에게 천천히 다가갔다. 그의 손에는 불이 붙은 성냥이 들려 있었다. 그가 성냥을 가까이 갖다 대자, 옷에 불이 붙었다. 그때 길 건너편에 있던 아이의 할아버지가 불길에 휩싸인 손녀를 보고 다급해진 나머지 찻길로 뛰어들었다. 하지만 손녀에게 다다르기도 전에 달려오던 자동차를 피하지 못하고 그만 현장에서 즉사했다. 당시 자동차의 속도가 굉장히 느렸던 점을 감안하면, 참으로 기이한 사건이었다.

레이나 보니타도 사건 후 이루 말할 수 없는 고통을 겪다가 결국 16일 만에 세상을 떠났다.

사실 파블로는 레이나 보니타 살인 사건이 그다지 마음에 들지 않았다. 그가 가장 좋아하던 것은—어폐가 있지만 본인 입으로 한 말이니 어쩌겠는가—당시 세 살이던 헤수알도 히오르다노 살인 사건이었다. 투어에서 관광객들을 가장 공포에 떨게 했던 것은 분명 이 이야기였다. 파블로가 이 사건을 좋아하는 것도 바로 그 때문이었는지 모른다. 그는 이 이야기를 하고 나서, 하얗게 질린 승객들의 반응을 기다리는 것이 재미있었다. 하지만 페티소는 그때 치명적인 실수를 저지르는 바람에 사건 직후 경찰에 체포되고 말았다.

❦ 부에노스아이레스 동쪽을 남북으로 잇는 주요 간선도로.

페티소는 늘 그랬듯이 헤수알도를 공터로 데려갔다. 그런 뒤 밧줄로 아이의 목을 열세 번이나 감아 조르기 시작했다. 그러나 아이는 울고 소리치면서 예상외로 완강하게 저항했다. 페티소는 그러다가 예전처럼 일을 망치겠다 싶어 아이의 입을 꽉 틀어막았다고 경찰에 진술했다. "나는 여기, 이빨로—그러면서 손으로 자기 입을 가리켰다—그 아이를 꽉 물었어요. 그러곤 고양이가 쥐를 잡은 다음 그러듯이 아이를 물고 마구 흔들었죠." 그러자 승객들은 머릿속으로 그 광경을 떠올리며 몸서리를 쳤다. "하느님 맙소사." 그들의 입에서 탄식이 절로 나왔다. 하지만 더 이상 이야기를 하지 말라고 사정하는 이는 아무도 없었다. 헤수알도의 목을 졸라 죽인 페티소는 함석판으로 시신을 덮고 유유히 현장을 빠져나왔다. 숙원을 이루었음에도 불구하고, 왠지 마음이 썩 개운치만은 않았다. 어떤 생각이 그의 머릿속을 어지러이 맴돌고 있었다. 그래서 그는 잠시 후 다시 범행 현장으로 돌아갔다. 그는 손에 못을 들고 있었다. 그는 이미 죽은 아이의 머리에 그 못을 박았다.

그다음 날, 그는 치명적인 실수를 저지르고 말았다. 왜 그랬는지 모르지만, 그는 자기 손으로 죽인 아이의 장례식에 갔다. 나중에 말하기로, 그는 그 아이의 머리에 아직 못이 박혀 있는지 보기 위해서 거기 갔다고 했다. 죽은 아이의 아버지가 신고한 후 부검이 이루어졌는데, 그는 경찰과 함께 현장을 참관하는 자리에서 그런 사실을 털어놓았다. 페티소는 아이의 시신을 보자 기이한 행동을 했다. 아직 부패가 시작된 단계가 아니었는데도 그는 시신을 보자 역겨운 듯이 코를 막고 침을 뱉었다. 게다가 무슨 이유에서인지—수사 기록에는 이런 내용이 전혀 언급되지 않았다—검시관들이 그에게 옷을 벗으라고 했다. 놀랍게도 페티소의 성기는 딱딱하게 발기된 상태였는데, 그 길이가 18센티미터나 되었다. 당시 나이가 열여섯 살에 불과했는데도 말이다.

파블로는 아내에게 그런 이야기까지 할 수 없었다. 한번은 페티소의 마지막 범행에 관해 듣고 관광객들이 어떤 반응을 보였는지 그녀에게 말하려고 했다. 하지만 아내는 이야기가 시작되기도 전에 이미 딴생각을 하고 있는 눈치였다. 그의 말을 들으려고 하기는커녕, 오히려 아기가 더 크기 전에 더 넓은 집으로 이사를 가자고 말했다. 아이만큼은 아파트에서 키우고 싶지 않다는 이유에서였다. 우선 아이가 안심하고 뛰어놀 수 있는 조용한 동네에 아늑한 안마당과 수영장, 그리고 놀이방을 갖춘 집이어야 한다는 조건을 달았다. 물론 그녀는 부에노스아이레스처럼 크고 북적거리는 도시에서 그런 동네가 있을 리도 없을뿐더러, 그들의 형편상 부유하고 한적한 교외 지역으로 이사를 간다는 것이 애당초 무리임을 잘 알고 있었다. 자신이 바라던 바를 일일이 나열하던 그녀는 갑자기 그에게 직장을 옮기라고 말했다. "그건 안 돼." 그가 말했다. "나는 관광학으로 석사학위까지 받았어. 그리고 지금까지 모든 일이 순조롭게 풀리고 있잖아. 이제 와서 하던 일을 그만둘 수는 없어. 지금 하는 일이 재미있기도 하지만, 근무시간이 그리 긴 편도 아니니까 말이야. 더군다나 지금 일을 한창 배우는 중이기도 하고."

"하지만 쥐꼬리만 한 월급으로 어떻게 새집을 장만하려고 그래?"

"아니, 내 월급이 뭐가 어때서 그래?" 파블로는 결국 화를 버럭 내고 말았다.

파블로는 한 가족이 충분히 먹고살 만큼 돈을 벌고 있다고 생각했다. 이 여자는 누구일까? 그는 시간이 갈수록 그녀가 낯설게만 느껴졌다. 결혼 전만 해도, 그녀는 파블로와 함께라면 모텔이든, 거리든, 나무 아래든, 어디든 가리지 않고 살 수 있다고 맹세했다. 그 모든 것이 아이 때문이었다. 아기가 태어나면서 그녀는 너무 많이 변해버렸다. 대체 왜 그렇게 된 걸까? 혹시 아이 때문일까? 한창 재롱을 피울 나이였지만, 아이는 늘 떨떠름한 표정을 짓다가 틈만 나면 잠을 잤다. 그러다가도 한번 깨어나면 쉬지 않고 울어댔다. 그렇게 돈을 벌고 싶으면 당신도 일을 하면 되잖아? 언젠가 파블로는 아내에게 짜증 섞인 말을 쏘아붙였다. 그러자 그녀의 표정이 심하게 일그러지더니 갑자기 미친 듯이 소리를 지르기 시작했다. 나는 하루 종일 아이를 봐야 하잖아! 그런데 위로는 못 해줄망정 어떻게 그런 말을 할 수 있지? 그럼 이 어린것을 보모나 정신 나간 당신 엄마한테 맡기고 나가란 말이야? 우리 엄마가 정신이 나가다니, 왜 저러는 거지? 파블로는 속으로 화를 삭였다. 아내와 소리치며 싸우지 않으려고 그는 담배를 피우러 밖으로 나갔다. 그런데 그게 전부가 아니었다. 아내는 그가 아파트 안에서 담배를 피우지 못하게 했다.

아내와 크게 다툰 그다음 날, 페티소가 다시 투어 버스에 나타났다. 이번에는 파블로와 좀 더 가까운 곳, 운전사 바로 옆에 있었다. 물론 운전사의 눈에는 그의 모습이 보이지 않았다. 파블로는 평소와 특별히 다른 점을 느끼지 못했지만, 왠지 좀 불안했다. 그는 혹시라도 자기 말고 페티소의 유령을 볼 수 있는 승객이 있을까 봐 마음이 조마조마했다. 그러면 버스 안이 아수라장으로 변할 테니까 말이다.

그가 손에 밧줄을 들고 나타난 것은 투어의 마지막 코스인 파본 대로[▼]의 어느 집에 도착했을 무렵이었다. 바로 그 집에서 어떤 여자가 엽기적인 방법으로 피살된 채 발견되었다. 그녀는 페티소의 손에 살해된 이들 중에서 가장 나이가 많은 축에 속했을 뿐 아니라, 범행 수법 또한 이루 말할 수 없이 단연 엽기적이었다. 열세 살의 아르투로 라우로라는 자기 셔츠로 목이 졸려 죽었다. 그의 시신은 어느 폐가 안에서 발견되었다. 그는 성폭행을 당한 흔적은 없었지만, 바지가 벗겨진 채 엉덩이에는 시커먼 멍이 들어 있었다. 버스에서 파블로가 그 이야기를 하는 동안, 바로 옆에 서 있던 페티소의 유령은 나타났다가 감쪽같이 사라졌고, 또 연기나 안개로 이루어진 듯 바르르 떨리다가 곧 희미해지기도 했다.

그러던 어느 날 밤, 승객 한 명이 그에게 질문을 던졌다. 호러 투어를 시작한 이래 그런 일은 처음이었다. 파블로는 내키지 않았지만 그에게 거짓 웃음을 지어 보였다. 그 승객은—억양으로 미루어 카리브 출신 같았다—페티소가 피살자의 머리에 또 못을 박은 적이 있는지 알고 싶어 했다. 아뇨. 그것 말고는 없었습니다. 파블로가 대답했다. 제가 알고 있는 한, 딱 한 번뿐이었습니다. 그것참 이상하군요. 그 남자가 의아한 표정을 지으며 말했다. 그러곤 만일 페티소가 더 오랫동안 범죄를 저질렀다면, 못은 아마 그의 범죄에 있어서 시그니처가 되었을 거라고 말했다. 그랬을지도 모르죠. 파블로가 상냥하게 대답했다. 그 순간 페티소의 유령이 연기처럼 사라졌다. 하지만 그거야 알 수 없는 일이죠. 안 그런가요? 카리브 남자는 턱을 쓰다듬었다.

❦ 부에노스아이레스 남쪽을 동서로 연결하는 주요 간선도로. 현재는 이폴리토 이리고옌 대로로 이름이 바뀌었다.

파블로는 일을 마치고 집에 돌아오는 내내 못에 대한 생각에 빠져 있었다. 그러던 어느 순간 어릴 때 어머니가 가르쳐준 발음 놀이가 문득 떠올랐다. '파블리토가 못을 박았다. / 파블리토가 박은 못은 어떤 것일까? / 아주 작은 꼬마 못.'[*] 그가 아파트 문을 열자 몇 달째 똑같은 모습이 눈앞에 나타났다. 끄지 않고 내버려둔 텔레비전, 애니메이션 〈벤 10〉의 주인공이 그려진 접시, 그리고 먹다 남은 호박, 반쯤 빈 병, 불이 켜져 있는 방. 그는 방 안을 들여다보았다. 아내와 아이가 침대에서 함께 자고 있었지만, 처음 보는 광경처럼 낯설게만 느껴졌다.

파블로는 곧 태어날 아이를 위해 손수 꾸민 방으로 걸어갔다. 방 안이 휑하니 비어 있어서 썰렁한 냉기가 감돌았다. 아기용 침대도 캄캄한 어둠에 묻혀 있었다. 마치 아이가 죽은 후, 슬픔에 빠진 가족이 손대지 않고 그대로 놓아둔 방처럼 을씨년스럽기만 했다. 파블로는 아내가 늘 걱정하듯이 아이가 죽으면 어떻게 될지 생각해보았다. 그는 답을 알고 있었다.

그는 텅 빈 벽에 몸을 기댔다. 몇 달 전—아이가 태어

[*] 원문은 다음과 같다. 〈Pablito clavó un clavito. / ¿Qué clavito clavó Pablito? / Un clavito chiquitito.〉 이는 아이들에게 같은 모음이나 자음이 연속되는 말, 혹은 까다로운 발음이 반복되는 말들을 빨리하게 하는 놀이이다. 하지만 우리말 번역으로는 이러한 발음 표현이 불가능하기 때문에, 여기서는 단어의 의미 그대로 옮기기로 한다.

나기 전, 그리고 아내가 딴사람으로 변하기 전—, 그는 그 벽에다 모빌을 걸어놓을 생각이었다. 매일 밤 침대에 누운 아기가 빙글빙글 돌아가는 우주를 보면서 얼마나 신기해할지 생각만 해도 가슴이 설레었다. 달과 태양, 그리고 목성, 화성, 토성 등 모든 행성과 위성, 별들이 어둠 속에서 반짝거릴 테니까 말이다. 하지만 아내가 아기를 그 방에 혼자 재우지 않으려고 하는 바람에 그의 계획도 물거품이 되고 말았다. 아내를 아무리 설득해도 소용이 없었다. 손으로 벽을 쓰다듬던 그는 못을 발견했다. 모빌을 걸어두려고 했던 바로 그 못이었다. 그는 못을 단번에 뽑아 주머니에 집어넣었다. 그는 페티소 이야기의 극적 효과가 높아질 수 있으리라고 생각했다. 그는 헤수알도 히오르다노 피살 사건을 이야기할 때, 정확히 말해 페티소가 현장에 돌아와 이미 죽은 아이의 머리에 못을 박는 그 장면에서 못을 꺼낼 생각이었다. 어쩌면 그가 꺼내 든 것이 사건 100년이 지난 후에 그대로 보존된 바로 그 못이라고 믿는 승객이 있을지도 모를 일이었다. 작은 승리감을 만끽하던 그의 얼굴에 희미하게 미소가 떠올랐다. 그러곤 손가락 사이에 그 못을 쥔 채, 아내와 아이로부터 멀리 떨어진 거실 소파에서 자기로 했다.

거미줄

브라질과 파라과이와 가까운 북부 지방은 공기가 너무 습해서 숨 쉬기조차 힘들다. 세차게 흐르는 강물 위로는 모기떼가 득실거리고, 구름 한 점 없이 파란 하늘은 순식간에 검은 먹구름으로 뒤덮이기도 한다. 대부분의 사람들은 그곳에 도착하자마자 숨이 턱 막히기 마련이다. 마치 누군가 가슴이 으스러지도록 꽉 껴안는 것처럼 말이다. 더군다나 모든 것이 느리다. 시에스타 시간 무렵이면 인적이 없는 거리를 자전거만 드문드문 지나갈 뿐이다. 아이스크림 가게들은 손님 하나 없이 죄다 텅텅 비어 있는데, 천장에 달린 선풍기만 느릿느릿 돌아간다. 매미들은 어딘가에 숨은 채 신경질적으로 울어댄다. 나는 한 번도 매미를 본 적이 없다. 이모는 매미라면 치를 떨었다. "생긴 것은 커다란 파리 같은데, 울 때는 초록색 날개가 파르르 떨리면서 반들반들하고 새까만 눈으로 사람을 빤히 보고 있단다." 나는 매미라는 이름이 영 마음에 들지 않는다. 차라리 애벌레일 때 이름인 굼벵이로 계속 부르면 더 좋을 텐데. 그러면 여름에 녀석들이 울 때마다 파라나[✽] 강변에서 자라는 자카란다[✽✽] 나무의 보랏빛 꽃이나, 계단과 멋지게 늘어진 버드나무가 있는 하얀 석조 저택이라도 떠오를 텐데. 하지만 매미라는 이름만 들으면, 푹푹 찌는 더위와 상한 고기, 정전, 그리고 광장 벤치에 앉아 핏발 선 눈으로 사람들을 노려보는 술주정뱅이가 떠오른다.

나는 올 2월에 이모와 이모부의 등쌀에 못 이겨 코리엔테스[✽✽✽]에 있는 이모 집을 찾았다. 너는 결혼을 하고서 남편 얼굴도 안 보여주니? 어떻게 그럴 수가 있어? 누가 네 남편을 훔쳐 가기라도 할까 봐 꼭꼭 숨겨놓고 있는 거야? 아니에요. 그럴 리가요. 나는 웃으며 대답했다. 남편을 뭐하러 숨기겠어요? 저도 남편을 보여드리고 싶죠. 조만간 찾아뵐 테니까 조금만 기다리세요, 이모.

[✽] 브라질의 상파울루에서 시작돼서 리오플라타강을 이루며 남쪽으로 흐르는 강. 주변으로 넓은 분지를 형성하며 남아메리카에서 가장 중요한 강의 하나로 꼽힌다.

[✽✽] 카리브와 남아메리카의 열대 및 아열대 지역에서 주로 자라는 나무로, 가로수로 흔히 심는다.

[✽✽✽] 아르헨티나 북부에 위치한 주로, 파라나강의 좌안에 있으며 주도는 코리엔테스이다. 본문에 나오는 코리엔테스는 도시를 말한다.

하지만 이모의 말이 맞았다. 나는 남편을 숨기고 있었으니까.

이모와 이모부는 내가 열여섯 살 때 어이없는 사고로 돌아가신 엄마—엄마는 이모가 가장 아끼던 동생이었다—를 대신해서 나를 보살펴주신 유일한 분들이다. 엄마를 잃은 충격에서 헤어나지 못하고 있었을 때, 두 분은 코리엔테스의 자기 집에 와서 같이 살자고 권했다. 하지만 나는 싫다고 했다. 그러자 두 분이 자주 나를 찾아오셨다. 두 분은 매달 생활비를 꼬박꼬박 보내주었을 뿐만 아니라, 하루도 빠짐없이 내게 전화를 했다. 그리고 사촌들은 주말마다 우리 집에 머무르며 나와 함께 보냈다. 아무리 그래도 버림받은 느낌을 지울 수는 없었다. 외로움을 이기지 못해 나는 너무 일찍 사랑에 눈을 떴고, 성급하게 결혼을 하고 말았다. 그래서 지금은 후안 마르틴과 짜증스럽고 권태로운 결혼 생활을 이어가고 있다.

나는 일단 남편을 이모, 이모부에게 인사시키기로 했다. 혹시라도 다른 사람들의 눈에는 남편이 다르게 보이는지 알고 싶어서였다. 하지만 저택의 넓은 정원에서 식사를 하는 동안, 실낱같은 희망조차 와르르 무너지고 말았다. 거미가 다리를 기어 올라오자 후안 마르틴은 "악" 하고 비명을 질렀다. ("다리에 붉은 십자가 무늬만 없으면 괜찮을 걸세." 카를로스 이모부가 입에 담배를 문 채 말했다. "그것 말고는 독이 없으니까 말이야.") 그러곤 맥주를 얼마나 많이 마셨는지 혼자 술에 취해 자기 사업이 잘나가고 있다는 둥, 지방은 '너무 뒤처져 있다'는 둥, 묻지도 않은 말을 주워섬기며 추태를 떨었다.

식사를 마치고, 남편은 카를로스 이모부와 위스키를 마셨다. 그사이 나는 주방에 가서 이모를 도왔다.

"얘야, 저 정도 되는 것만으로도 다행으로 여겨라. 왈테르 같은 인간도 있으니까 말이다. 내게 손찌검을 한 그 작자 말이야." 이모의 말을 듣자, 나는 참았던 울음을 터뜨리고 말았다.

네. 나는 고개를 끄덕이며 대답했다. 후안 마르틴은 난폭하지도 않지만, 질투심이 많은 것도 아니다. 다만 그가 혐오스러울 뿐이다. 나는 그가 하는 말을 들을 때마다 구역질이 났고, 그와 섹스를 할 때마다 고통스러웠지만 이를 악물고 참아야 했다. 그리고 그가 언제 아이를 갖고 집을 어떻게 고치는 등의 계획을 밝힐 때마다 나는 잠자코 듣고 있어야 했다. 앞으로 얼마나 더 그렇게 살아야 하는 걸까? 나도 모르게 세제가 잔뜩 묻은 손으로 눈물을 훔치자, 눈이 따가워 견딜 수 없었다. 그 바람에 눈물이 더 쏟아졌다. 이모는 내 머리를 잡고 수도꼭지 아래 댄 다음, 10분 동안 수돗물로 눈에 들어간 세제를 씻어내게 했다. 그때 이모의 장녀이자 내가 제일 좋아하는 사촌인 나탈리아가 주방에 들어왔다. 나탈리아는 늘 그랬듯이 까무잡잡한 피부에 길게 기른 검은 머리를 헝클어뜨린 채, 헐렁한 흰 셔츠를 입고 있었다. 눈이 따가워 계속 깜박거리면서 그녀를 보았다. 담배를 피우며 화분을 들고 오는 나탈리아의 모습이 뿌옇게 보였다. 코리엔테스에서는 모두 담배를 피웠다. 누군가 담배는 건강에 좋지 않으니까 끊으라고 하면, 그들은 어리둥절한 표정으로 그를 빤히 쳐다보다 싱긋 웃고 말 것이다.

나탈리아는 주방 테이블에 화분을 올려놓으며 이모—그녀의 엄마—에게 진달래를 심었다고 말했다. 그러곤 내 머리에 입을 맞추며 인사를 건넸다. 남편은 나탈리아가 마음에 들지 않는 모양이었다. 그녀에게 육체적 매력이 없다고 여기는 것 같았다. 내 눈에는 나탈리아만큼 아름다운 여자가 없는데, 어떻게 그런 어처구니없는 생각을 할 수 있는 걸까. 그러나 그가 나탈리아를 무시하는 이유는 다른 데 있었다. 그건 그녀가 카드 점을 보고, 민간요법을 알고 있을 뿐만 아니라, 무엇보다 영혼과 교감할 수 있는 능력을 가지고 있기 때문이었다. 당신 사촌은 정말 무식하더군. 후안 마르틴이 내게 말했다. 나는 그를 증오했다. 그래서 그녀에게 전화해서 물약 제조법을 알려달라고 할까 생각한 적이 있다. 심지어는 독약을 만들어달라고 전화를 할까 생각하기도 했다. 하지만 그러다 결국 유야무야

넘어가고 말았다. 위 속의 하얀 돌멩이가 커지면서 숨도 못 쉬고 밥도 못 먹을 정도가 되었을 때, 사소한 문제는 그냥 넘어갔던 것처럼 말이다.

"내일 아순시온[❦]에 갈 거야. 난두티[❦❦] 테이블보를 사야 하거든." 나탈리아가 말했다.

나탈리아는 돈을 벌려고 시내 중심가에서 작은 공예품 상점을 운영했다. 그녀는 좋은 난두티—여인들이 가늘고 고운 색실로 나무 수틀에 짜 넣는 파라과이의 전통 레이스—를 고르는 안목이 뛰어난 것으로 유명했다. 상점 뒤쪽에 작은 테이블이 하나 있었는데, 그녀는 거기서 손님이 원하는 대로 스페인 카드 점이나 타로 점을 봐주기도 했다. 단골들 말로는 그녀가 족집게처럼 잘 맞힌다고 했다. 나는 그녀에게 한 번도 점을 봐달라고 한 적이 없어서, 그 말이 사실인지 아닌지 알 수가 없었다.

"나랑 같이 가는 게 어때? 남편도 데려가면 되잖아. 남편은 아순시온에 가봤니?"

"아니, 안 가봤을 거야."

나탈리아는 슬리퍼를 질질 끌면서 정원으로 가더니, 카를로스 이모부와 후안 마르틴의 볼에 키스를 하며 인사

❦ 파라과이의 수도로 아르헨티나와의 국경 지대에 위치한다.

❦❦ ñandutí. 과라니어로 '거미줄'이라는 뜻이 있다.

했다. 그러곤 잔에 위스키를 따르고 얼음을 듬뿍 넣었다. 나는 눈이 퉁퉁 부은 채 주방에서 나왔다. 그런데도 후안 마르틴은 왜 그런 바보 같은 짓만 골라서 하느냐면서 면박을 주었다. 이봐. 만약 각막이 손상된 거라면, 지금 당장 비행기를 타고 부에노스아이레스로 돌아가야 한다고.

"부에노스아이레스는 왜요? 여기 있는 병원도 좋은데요." 나탈리아가 잔의 얼음을 휘저으며 그에게 물었다. 그러자 얼음이 유리잔에 부딪히면서 댕그랑댕그랑거리는 소리가 났다. 한낮의 찌는 더위 속에서 종소리처럼 시원한 느낌을 주었다.

"그거야 비교가 안 되죠."

"그러니까 부에노스아이레스 출신이라 그거군요." 말을 마친 뒤, 그녀는 우리와 함께 아순시온에 가자고 했다. "운전은 내가 할 거예요." 그녀가 말했다. "돈만 있으면 거기 가서 좋은 물건을 마음껏 살 수 있어요. 모두 싸니까 말이죠. 여기서 300킬로미터 정도 되는데, 아침 일찍 출발하면 내일 돌아올 수도 있어요."

그는 그러겠다고 했다. 그러곤 곧장 낮잠을 자러 갔는데, 같이 들어가자는 말 한 마디 하지 않았다. 나로서는 차라리 그게 더 고마웠다. 나는 더운 정원에서 나탈리아와 남아 있었다. 이모는 위스키를, 나는 차가운 맥주를 마셨다. 나는 독한 술이라면 질색이다. 나탈리아는 새로 만난 애인 이야기를 들려주었다. 코리엔테스주에서 규모가 가장 큰 슈퍼마켓 체인 사장의 아들이란다. 그녀가 만나는 애인은 언제나 돈이 많았다. 다분히 감상적으로 말하면, 다른 이들과 마찬가지로 나탈리아도 애인이 부자라는 것을 그리 중요하게 여기지 않았다. 그렇지만 그녀는 새로 사귄 애인이 경비행기를 가지고 있다는 말에 귀가 솔깃했다. 지난주에 그가 모는 비행기를 타고 하늘을 날았다고 했다.

"막상 하늘로 올라가니까 너무 멋있는 거야. 비행기가 약간 흔들리는 게 좀 아쉽기는 했지만. 비행기가 작을수록 더 흔들린다더라고."

"아, 그래? 그런 줄 미처 몰랐어." 내가 말했다.

"나도 마찬가지야. 그런 것도 모르다니 우린 바본가 봐. 조금만 생각해봐도 쉽게 알 수 있는 일인데 말이야. 그런데 하늘 높이 올라갔을 때, 무시무시한 일이 일어났지 뭐니?" 그녀가 계속 말했다. "북쪽 벌판 위를 날던 중에 아래를 힐끔 내려다보니까 큰불이 났더라고. 어떤 집에 불이 붙었는데, 벌건 불길과 함께 검은 연기가 치솟고 있었어. 보니까 집이 서서히 무너지고 있더라고. 나는 눈을 동그랗게 뜨고 계속 지켜봤지. 그런데 갑자기 비행기가 선회하는 바람에 더 이상 볼 수가 없었어. 그러고 나서 10분 뒤에 다시 그곳을 지나갔거든. 그런데 그사이에 불이고 뭐고 다 사라졌지 뭐니?"

"네가 장소를 잘못 봤겠지. 비행기를 타고 있으면 아무래도 땅의 위치를 정확히 알아보기 힘들잖아."

"그게 아니야. 불에 타서 시커멓게 그을린 자국하고 집의 잔해는 그대로 있더라니까."

"그럼 그사이에 불이 꺼졌나 보지."

"말도 안 돼. 소방관들이 그 5분 사이에 왔다 갔다고? 얘, 거긴 벌판 한가운데였다고. 내가 봤을 때 불길이 하늘 높이 치솟고 있었어. 더구나 비도 오지 않았고. 전혀! 그렇게 큰불이 10분 만에 꺼질 리가 없다니까."

"애인한테 말해봤니?"

"물론이지. 그런데 나보고 정신 나갔냐고 하더라니까. 자기는 아무것도 못 봤다는 거야."

우리는 한동안 서로의 눈만 빤히 쳐다보았다. 나는 나탈리아의 말이라면 대부분 믿었다. 언젠가 그녀는 나더러 할머니 방에 들어가지 말라고 한 적이 있다. 할머니가 방에서 담배를 피우고 계신다는 이유에서였다. 그런데 나의 할머니, 그러니까 우리 할머니는 이미 10년 전에 돌아가셨다. 어쨌든 나는 그녀의 말을 듣고 안으로 들어가지 않았다. 그런데 신기하게도 어디선가 할머니가 즐겨 피우시던 독한 아바나산 궐련 냄새가 풍겨왔다.

"어쨌거나 그게 사실인지 확인을 해봐야겠네. 어디 물

어보든지."

"그러고 싶지는 않아."

"왜?"

"예전에 불이 났던 건지, 아니면 앞으로 일어날 건지 알고 싶지는 않거든."

우리는 새벽 5시에 출발했다. 하마터면 후안 마르틴을 놔두고 우리끼리만 갈 뻔했다. 그의 말에 따르면, 안 그래도 더운데 정전으로 선풍기가 꺼지는 바람에 잠을 제대로 못 잤다고 했다. 하지만 정작 밤새 한숨도 못 잔 사람은 바로 나였다. 오히려 어둠 속에서 그가 코를 골면서 잠꼬대하는 소리까지 들었으니까 말이다. 그는 늘 저렇게 거짓말을 늘어놓으며 아이처럼 투정을 부렸다. 시간이 흘러도 나아진 것은 거의 없었다. 사촌 나탈리아는 80년대에 가장 유행하던 르노 12 승용차를 가지고 있었다. 아침 해가 11번 국도 위로 떠오를 무렵, 나는 자동차 와이퍼에 끼인 채 죽어 있는 실잠자리들을 보았다. 대부분의 사람들은 실잠자리와 보통 잠자리를 구분하지 못한다. 물론 같은 과科에 속하기는 하지만 실잠자리는 다르다. 보통 잠자리보다 더 징그럽게 생긴 데다, 양옆으로 벌어진 눈은 무섭기까지 하다. 그리고 쭉 뻗어 있어 어딘가 남자의 성기를 연상시키는 몸은 잠자리보다 더 길다. 더구나 동작도 더 굼뜬 편이다. 솔직히 말해 나는 실잠자리만 보면 소름이 돋곤 했다. 그래서 몇 년 뒤, 사랑스러운 이미지의 돌고래와 나비 문신과 두 눈이 멀어 보기에도 끔찍한 잠자리 문신을 새기는 것이 10대 청소년들 사이에서 유행이라는 얘기를 듣고 깜짝 놀랐다. 어떤 이들은 잠자리를 '아구아실'[*]이라고 부르기도 한다. 여름철 푹푹 찌다가 비가 쏟아지기 직전에 떼를 지어 나타나서 그런 이름이 붙은 것 같다. 나는 그 이름을 들을 때마다 '알구아실', 즉 법원 소속의 사법 경찰관이 떠오른다. 나 말고도 잠자리를 '알구아실'로 부르는 사람이 적지 않다.[**] 아마 잠자리를 공중의 경찰관쯤으로 여기는 모양이다.

아순시온으로 가는 길은 단조롭고 지루했다. 이따금씩 늪지와 야자나무들이 보이다가, 또 어떨 땐 밀림이 나타나기도 했다. 그리고 소도시와 마을도 드문드문 보였다. 후안 마르틴은 가는 내내 뒷자리에서 잠만 잤다. 나는 가끔씩 백미러로 그를 살펴보았다. 단정하게 다듬은 머리와 악어가 그려진 라코스테 셔츠를 입고 있는 그의 모습은 부잣집 도련님처럼 매력적이었다. 나탈리아는 기다란

[*] aguacil. 잠자리라는 뜻과 함께, 어원상으로 보면 물agua, 혹은 비를 몰고 오는 곤충이라는 뜻을 지닌다.

[**] alguacil. 사법 경찰관을 뜻하는 동시에, 실제로 잠자리라는 뜻도 지닌다.

벤슨&헤지스 담배를 피우고 있었다. 하지만 우리는 아무 말도 하지 않았다. 차가 워낙 빨리 달리고 있던 데다, 소음이 심해서 대화를 하려면 고함을 질러야 했기 때문이다. 사실 나는 내 결혼 생활에 대해 그녀에게 솔직하게 털어놓고 싶었다. 후안 마르틴이 얼마나 잔소리가 많은지 그녀를 붙들고 하소연이라도 하고 싶은 심정이었다. 식사가 조금이라도 늦는 날이면 쓸모없는 여자라는 둥, "늘 거기 멀뚱히 서서 아무 일도 안 하고 빈둥거리기만 하는" 여편네라는 둥, 심한 말을 서슴없이 쏟아내기 일쑤였다. 뭘 고르다가 조금 꾸물대기라도 하면, 나 때문에 소중한 시간을 허비했다고 생난리를 쳤다. 하긴 그는 단호하고 결단력이 있는 성격이었다. 가령 내가 어떤 레스토랑에 갈지 10분만 미적거려도, 그날 밤 내내 온갖 잔소리와 질책에 시달려야 했다. 그럴 때마다 나는 싸우지 않으려고, 그리고 관계가 더 이상 악화되지 않도록 그에게 용서를 빌었다. 나는 남편에게 어떤 불만이 있어도 절대 입 밖에 내지 않았다. 예를 들어 그는 식사 후에 트림을 하거나, 그렇게 사정을 해도 용변 후에 변기의 물을 내리지도 않았고, 또 어떤 것이 마음에 들지 않으면 공연히 트집을 부렸다. 그리고 유머 감각을 좀 기르면 좋지 않겠느냐고 말을 꺼내면, "이 나이에 무엇 하러!"라고 버럭 화를 내는 등, 매사에 인내심이 부족했다. 그렇지만 나는 한 마디 불평도 하지 않고 묵묵히 그의 곁을 지켰다. 식사를 하기 위해 중간에 차를 멈추었을 때, 나는 나탈리아와 함께 옥수수 수프를 먹은 반면, 후안은 하루도 거르지 않고 먹던 샐러드와 스테이크를 주문했다. 그는 다른 음식은 아예 입에 대지도 않으려고 했다. 기껏해야 비엔나 슈니첼[❦]이나 셰퍼드 파이[❦❦] 정도였고, 주말에 한해서 피자를 먹기도 했다.

그는 따분한 남자였고, 나는 멍청했다. 나는 트럭 운전사에게 제발 나를 차로 치어서 도로에 내장이 다 튀어나오게 해달라고 부탁하고 싶었다. 가끔 아스팔트 위에 두 토막 난 채로 죽어 있던 개들처럼 말이다. 한번은 새끼를 밴 개가 빠른 속도로 달려오던 차를 미처 피하지 못해 깔려 죽은 모습을 본 적이 있다. 갈가리 찢긴 어미의 배에서 나온 강아지들은 꿈틀대며 죽어가고 있었다. 차마 눈 뜨고 볼 수 없을 만큼 끔찍한 광경이었지만, 차라리 그렇게 되고 싶은 충동이 일기까지 했다.

이제 파라과이 국경까지 한 시간도 채 남지 않아서 우리는 미리 여권을 꺼내놓았다. 키가 크고 얼굴이 까무잡잡한 군인들이 출입국 관리소를 지키고 있었다. 그중 한 명은 이미 술에 얼큰하게 취해 있었다. 그들은 별 신경 쓰지 않

[❦] 송아지 고기로 만든 커틀릿.

[❦❦] 다진 고기를 으깬 감자에 싸서 구운 파이.

고 우리를 통과시켜주었지만, 우리 차의 꽁무니를 보면서 자기들끼리 낄낄거리고 무언가를 쑥덕댔다. 군인들의 저런 태도는 충분히 예측했던 일이고, 비교적 양호한 편이기도 했다. 저곳을 군인들이 지키고 있는 것은 두려움을 불러일으킴으로써 사전에 불상사를 예방하기 위해서였다. 후안 마르틴은 그제야—검문소를 통과한 지 한참 지났다—저자들을 당국에 고발해야 한다고 목소리를 높였다.

"저 사람들도 공무원인데, 누구한테 고발한다는 거죠?" 나탈리아가 물었다. 나는 누구보다 그녀를 잘 알고 있었기에 그녀의 목소리에서 조롱 이상의 무언가를 느꼈다. 그건 경멸감이었다. 잠시 후, 나탈리아는 도저히 믿지 못하겠다는 눈빛으로 나를 바라보았다. 하지만 우리 셋 중 누구도 입을 열지 않았다. 나탈리아는 아순시온을 여러 번 와본 터라 예상보다 빨리 메르카도 4번 지구❦에 도착했다. 그녀는 일부러 두 블록 전에 차를 세우고, 시장 길을 따라 걸어갔다. 가는 내내 시계 및 테이블보 행상과 구걸하는 아이들, 그리고 휠체어에 앉은 딸과 엄마가 우리를 끈질기게 따라붙었다. 그사이 국방색 군복을 입은 군인들이 거의 쓰지 않은 듯한 구형 무기를 든 채 그들을 주시하고 있었다.

❦ 파라과이의 수도 아순시온에 위치한 대규모 재래시장 지구. 주로 채소와 청과물, 식료품, 의류 상점과 식당 등이 즐비하다.

무덥고 온갖 냄새가 뒤범벅된 시장에 들어서자 몸이 멍하게 굳어버리는 것 같았다. 나는 오렌지 노점상 앞에서 멈춰 섰다. 거기서는 오렌지를 '토롱하스'라고 부르는데, 꼭지가 못생긴 배꼽처럼 생겼고 맛이 좀 싱겁다. 시장 입구 부근의 상점에는 내가 끔찍이도 싫어하는 파리 떼가 들끓었다. 내가 파리를 싫어하는 것은 역겨워서라기보다 잡을 줄을 몰랐기 때문이다. 과일 위로 새까맣게 몰려든 작은 파리들을 보고 있으면 마치 어둠의 파편들이 날아다니는 것 같았다. 왜냐하면 그것들은 워낙 작아서 웬만큼 가까이에 있지 않으면 날개나 다리, 혹은 몸의 특징이 제대로 보이지 않기 때문이다. 오렌지를 팔던 여자가 가격을 3과라니♈에서 2과라니, 결국 1과라니까지 깎아주었지만, 나는 끝내 사지 않았다. 짐꾼들은 과일이나 텔레비전, 더블 데크 카세트 플레이어나 옷을 담은 상자를 등에 지고 시장 안을 이리저리 뛰어다니고 있었다. 아무 말 없이 걷던 후안 마르틴과 달리, 납작한 가죽 샌들에 하얀 셔츠를 걸친 나탈리아는 거침없이 발길을 옮기고 있었다. 그녀는 더워서 머리를 뒤로 묶었는데, 마치 바람이 그녀에게만 불기라도 하듯 꽁지머리가 좌우로 흔들거렸다.

"이건 전부 불법 거래야." 조용히 걷던 후안 마르틴이

♈ 파라과이의 화폐단위. 2020년 현재, 1과라니는 약 0.00015달러의 가치를 지닌다.

갑자기 큰 소리로 말했다. 그러자 주변에 있던 상인과 노점상들의 시선이 일제히 그에게로 향했다. 나는 깜짝 놀라 급히 걸음을 멈추고 그의 팔을 붙잡았다. "여기서 그런 말을 하면 어떡해." 나는 그의 귀에 대고 소곤거렸다.

"모두 범죄자들이라고. 어쩌자고 나를 이런 데 데리고 온 거야? 여기 당신 가족이라도 있어?"

그 순간 나는 눈물이 앞을 가리면서 구역질이 났다.

"그건 나중에 이야기하고, 일단 입 다물고 있어." 나는 부글거리는 속을 가라앉히며 말했다.

"알았어." 그가 말했다.

"여기에 범법자들이 많은 거 사실이야. 그러니까 함부로 입을 놀리다가는 쥐도 새도 모르게 죽는다고."

나는 그를 위아래로 훑어보았다. 보트슈즈,[*] 셔츠 겨드랑이에 남은 땀자국, 그리고 머리에 얹은 선글라스. 나는 더 이상 그를 사랑하지도, 그에게 마음이 끌리지도 않았다. 할 수만 있다면 그를 스트로에스네르[**]의 병사들에

[*] 배의 갑판 위에서 미끄러지지 않도록 고무 밑창을 단 모카신 모양의 신발.

[**] 알프레도 스트로에스네르 마티아우다(Alfredo Stroessner Matiauda, 1912~2006). 1954년 군부 쿠데타로 집권해 35년간 파라과이를 지배한 독재자이다. 경제개발과 반공을 국시로, 자본가 계급의 이익을 옹호하고, 자신의 장기 집권을 위해 반대파를 무자비하게 탄압한 것으로 악명이 높다. 결국 브라질에 망명한 뒤, 그곳에서 사망했다.

게 넘겨 알아서 처리하라고 하고 싶은 심정이었다.

나는 벌써 난두티 편물을 파는 부인의 가게로 들어간 나탈리아를 서둘러 쫓아갔다. 가게 안에는 젊은 여자 한 명이 화려한 색깔로 수를 놓고 있었다. 귀가 먹먹할 정도로 시끄러운 데다, 끝없이 이어진 시장에서 그 상점만큼 조용한 곳은 없었다. 지나가던 사람들이 걸음을 멈추고 가격을 물어보면, 주인은 나직한 목소리로 대답해주었다. 시끄러운 라디오 소리와 차마메[*] 음악, 그리고 푹푹 찌는 오전에 값싼 물건을 찾아 아순시온까지 찾아온 관광객들을 위해 어떤 남자가 연주하던 하프 소리가 뒤엉켜 북새통을 이루는 가운데, 사람들은 그녀의 목소리를 용케도 알아들었다. 나탈리아는 천천히 가게 안을 둘러보았다. 여러 가지 테이블보를 꼼꼼히 살펴보던 그녀는 마침내 다섯 벌을 골랐다. 그중에서도 내 마음에 가장 들었던 것은, 하얀 천의 가운데와 가장자리에 온갖 색깔의 실로—보라색, 파란색, 청록색, 초록색, 빨간색, 오렌지색, 노란색—화려하게 수놓은 테이블보와 베이지에서 밤색에 이르기까지 갈색 색조만 이용해서 훨씬 더 우아한 느낌을 주던 테이블보였다. 그 밖에도 냅킨 다섯 벌과 테이블 가운데에 까는 장식

[*] 아르헨티나 북동부, 특히 코리엔테스주에서 비롯된 민속음악과 춤. 2018년 아르헨티나는 차마메를 유네스코 무형문화유산 후보로 신청했다.

천 서른 개, 그리고 드레스나 셔츠, 특히 윗도리에 붙일 예쁜 장식도 여러 장 샀다. 그 윗도리는 시장 제일 안쪽까지 들어가 힘들게 구했다. 나는 후안 마르틴이 따라오든 말든 신경 쓰지 않고 오로지 나탈리아 뒤만 보고 쫓아갔다. 그 사이 왜 그곳 사람들은 난두티를 '거미줄'이라고 부르는지 궁금해졌다. 완성품을 보면 공작 꼬리 깃털, 아니 아름다우면서도 어쩐지 으스스한 느낌을 주는 깃털의 눈동자—우아하지만 늘 피곤한 듯 터덜터덜 힘없이 걸어가는 공작 위로 무언가를 감시하는 듯한 눈동자가 여기저기 박혀 있다—와 비슷한데 왜 그런 이름이 붙은 걸까? 그건 아마 수 놓는 방법 때문인 듯했다.

"마르틴 씨, 윗도리 하나 안 살 거예요?" 나탈리아가 그에게 물었다. 이번에는 이름은 빼고 성으로만 불렀다.

마르틴은 기분이 좋지 않았지만, 억지로 웃는 척했다. 나는 저 표정이 무엇을 의미하는지 잘 알고 있었다. '나는 뭐든 다 할 수 있다'는 저 남자 특유의 허세였다. 그러다 상황이 불리해지기만 하면, 내 면전에 대고 온갖 모욕과 폭언을 퍼붓곤 했다. 나는 할 만큼 했어. 그런데 당신은 도와줄 생각도 안 하더군. 남의 일처럼 팔짱 끼고 보고만 있으니 원. 그는 결국 나탈리아의 등쌀에 떠밀려 윗도리를 샀지만, 입어보려고 하지도 않았다. 우선 집에 가서 세탁하고 입을 거야. 그는 원망스러운 듯이 나를 노려보며 말했다. 옷에 무슨 독이라도 묻어 있는 것처럼 말이다. 그는 나탈리아의 손에 있던 비닐봉지 하나를 받아서 들고 갔다. 안에 천밖에 없었기 때문에 전혀 무겁지 않았다. 그러고 나서 그가 말했다. 어서 이 지옥에서 나갑시다. 출구 표시가 없었기에 그는 우리를—실제로는 나탈리아를—뒤따라올 수밖에 없었다. 그 순간 그 눈빛이 역겨움과 분노로 이글이글 타오르고 있었다.

나탈리아는 갑자기 은과 청금석으로 만든 내 팔찌를 보면서 놀라는 척했다. 그건 발파라이소[*]로 신혼여행을 갔을 때, 남편이 선물로 사준 팔찌였다.

"아무래도 우리가 실수한 것 같아. 빨리 어떻게 해야지 안 되겠어." 그녀가 내게 말했다.

"이미 엎질러진 물인데, 어떻게 한다는 거야?"

"얘, 이 세상에서 해결할 수 없는 문제는 죽음뿐이야."

후안 마르틴은 시장에서 강변으로 이어지는 길이 영 마음에 들지 않는 눈치였다. 하기는 그의 눈에는 도시 전체가 더럽고 한심해 보였을 테니까. 그는 팔라시오 데 로스 로페스[**]를 보고도 심드렁한 표정이었다. 그런데 강변

[*] 칠레 중부의 항구도시로, 수도인 산티아고와 가까운 곳에 있다.
[**] 파라과이 대통령궁. 신고전주의 건축양식으로 유명하다.

으로 나오기가 무섭게 그는 우리에게 소리를 지르기 시작했다. 따가운 햇볕 아래에서 수박으로 배를 채워 배만 볼록한 아이들을 보고도, 사람들이 어쩌면 그리도 무심할 수 있지? 그것도 대통령궁 바로 코앞에서 저러고 있는데 말이야. 무슨 이런 엿 같은 나라가 다 있어! 우리는 그런 문제로 그와 싸우고 싶지 않았다. 아순시온은 오랫동안 가난에 찌들었을 뿐만 아니라, 너무 더워 쓰레기 냄새가 사방에 진동을 했다. 하지만 사실 그는 아순시온 때문이 아니라 우리 둘한테 화가 나서 그랬던 것이다. 나는 더 이상 울고 싶은 마음도 없었다. 그의 기분을 달래주기 위해, 우리는 레스토랑을 찾으러 그 주변을 뒤졌다. 그곳은 정부 부처와 사립학교, 대사관, 호텔 등이 즐비한, 말하자면 파라과이의 부자들이 모인 동네였다. 얼마 지나지 않아 우리는 프레시덴테 프랑코 거리에 있는 무니치 레스토랑에 도착했다. 이 거리는 프랑코[*]의 이름을 따서 붙인 건가? 독재자 있잖아? 후안 마르틴이 물었다. 하지만 그것은 수사적인 질문이 아니었다. 레스토랑 안마당에는 거대한 카시아의 성녀 리타 조각상이 세워져 있었다. 한가운데 군인 세 명이 앉아 있는 테이블을 제외하면, 마당은 텅 비어 있었다. 우리는 군인들과 멀리 떨어진 곳에 자리를 잡았다. 혹

[*] Manuel Franco(1871~1919). 파라과이 출신의 정치인이자 변호사로, 1916년에서 1919년 사이에 대통령을 역임했다.

시 저들이 후안 마르틴의 말을 들을지도 모르는 데다, 아순시온에서는 군인들과 가까이 있어봐야 좋을 일이 없었기 때문이다. 콜로니얼풍의 벽 사이로 구름 한 점 없는 파란 하늘이 네모나게 펼쳐져 있었다. 무더운 날씨였지만, 길게 드리워진 그늘 밑은 그런대로 시원했다. 우리 둘은 파라과이 수프를, 후안 마르틴은 샌드위치를 주문했다. 이미 맥주를 많이 마시고 취한—테이블뿐 아니라, 의자 아래에도 빈 술병이 여러 개 있었다—군인들은 종업원에게 예쁘다고 치근덕거리더니, 급기야 그중 하나가 그녀의 엉덩이를 만지기까지 했다. 마치 저질스러운 삼류 영화의 한 장면을 보는 듯했다. 군복의 단추를 죄다 풀고 불룩한 배를 드러낸 그 군인은 입에 이쑤시개를 문 채 괴상망측한 웃음소리를 냈다. 당황한 종업원은 그의 손을 뿌리치면서 물었다. "더 필요한 게 있으세요?" 하지만 그녀는 감히 그들에게 따질 엄두도 내지 못했다. 그들은 모두 허리에 권총을 차고 있었을 뿐 아니라, 다른 무기들을 뒤의 꽃밭에 기대어놓았기 때문이다.

그 순간, 후안 마르틴이 자리에서 벌떡 일어났다. 나는 무슨 일이 벌어질지 짐작이 갔다. 그들에게 여자를 괴롭히지 말라고 소리를 칠 게 뻔했다. 혼자서 영웅 노릇을 하려다가 결국 우리 셋 모두 잡혀갈 테지. 그러곤 독재정권의 감옥에서 밤낮 가리지 않고 혹독한 고문을 받게 될 거고.

어쩌면 저들은 내 머리 색깔과 같이 금발인 음모를 바늘로 찌를지도 몰라. 침을 질질 흘리면서 말할 테지. 이년은 빌어먹을 백인이네. 재수 없는 아르헨티나 년이라고. 하지만 나탈리아는 우리가 보는 앞에서 죽일지도 몰라. 살갗도 까무잡잡한 데다 고분고분하지도 않고, 주술까지 부리니까. 만일 그렇게 된다면, 그건 모두 후안 마르틴 탓이야. 괜히 영웅 심리에 빠져 만용을 부린 대가일 테니까. 아니지. 뜻밖에 일이 쉽게 풀릴지도 몰라. 남자들은 관자놀이에 총을 쏴서 한 방에 죽여버리니까 말이야. 그럼 다 끝나는 거야. 파라과이 군인들은 그렇게 호락호락하지 않아. 암, 그렇고 말고.

나탈리아가 그를 붙잡았다. 저놈들이 무슨 짓을 하려는지 몰라서 그래요? 저 여자를 강간하려고 한다고! 나도 알아요, 하지만 우리가 할 수 있는 일은 아무것도 없어요. 그러지 말고 여길 떠나자고요. 나탈리아는 테이블 위에 돈을 올려놓고 후안 마르틴을 차로 끌고 갔다. 다행히 군인들은 여자를 못살게 구는 데만 정신이 팔려 미처 우리를 보지 못했다. 차에 타자마자, 후안 마르틴은 분노를 참지 못하고 우리를 닦아세웠다. 왜 그렇게 겁쟁이처럼 구는 거야? 당신들 때문에 창피해서 구역질이 난다고. 벌써 오후 6시였다. 시장에서 오래 있었던 데다, 쉴 새 없이 이어지던 남편의 잔소리를 견디면서 강변도로와 시내를 산책하느라 시간 가는 줄 몰랐다. 나탈리아는 가급적 빨리 출발해서 코리엔테스에서 저녁을 먹자고 했다. 그녀는 차에 시동을 걸고 출발했다. 아순시온을 빠져나올 무렵, 해는 머리 위에서 붉게 이글거렸고 과일 장수들은 그늘 밑에 앉아 시원한 음료수를 마시고 있었다.

차가 갑자기 도로 한복판에서 멈춰 섰다. 포르모사* 부근인 듯했다. 달리던 차가 사나운 말처럼 들썩들썩하더니 갑자기 멈춰 서고 말았다. 나탈리아가 다시 시동을 걸려고 했지만, 엔진에서 숨넘어가는 소리가 나면서 덜컹거리다가 이내 잠잠해졌다. 어쩌다 시동이 걸리는 듯하다가도 오래 버티지 못하고 결국 꺼지고 말았다. 어느새 날이 어두워졌다. 그 구간에는 조명 시설이 전혀 없었다. 그보다 더 견디기 어려웠던 것은 정적이었다. 어쩌다 주위를 날아다니는 밤새들과 울창한 밀림처럼 빽빽한 나무 사이로 기어 다니는 벌레들과 저 멀리 지나가는—그래서 우리를 구하러 올 가능성은 전혀 없었다—트럭 소리만 들릴 뿐, 사방은 쥐 죽은 듯 조용했다.

"당신이 나가서 어떤지 좀 살펴봐." 나는 끓어오르는 부아를 꾹 참으며 남편에게 말했다. 최소한 집으로 돌아

* 아르헨티나 포르모사주의 주도로, 아순시온과 맞닿아 있다.

가는 길만이라도 자기가 운전하겠다고 나섰으면 좋으련만, 남편은 입도 뻥긋하지 않았다. 하긴 빈말이라도 나탈리아에게 피곤하지 않느냐고 물어보지 않는 인간한테 그런 것까지 기대한다는 건 무리였다. 나는 운전을 못한다. 나는 왜 아무짝에도 쓸데가 없는 걸까? 돌아가신 엄마가 나를 너무 나약하게 키운 탓일까? 나도 크면 어떤 문제를 나 혼자 해결해야 할 거라는 생각을 왜 아무도 못 했던 걸까? 내가 저런 인간과 결혼한 것도 따지고 보면 혼자 제대로 할 줄 아는 게 없었기 때문이 아닐까? 칠흑처럼 어두웠지만 어렴풋이 보이는 수풀 사이로 반딧불이들이 반짝반짝 빛을 내며 날아다니고 있었다. 사람들은 저 벌레를 흔히 개똥벌레라고 하는데, 나는 그 이름이 너무 싫다. '반딧불이'라는 예쁜 이름을 두고, 왜 그렇게 부르는 걸까? 어릴 때 반딧불이 몇 마리를 잡아 빈 마요네즈병에 넣은 적이 있다. 얼마나 예쁘게 생겼을까? 설레는 마음으로 집에 와서 보니, 너무 볼품이 없었다. 마치 날개 달린 바퀴벌레 같았다. 아무리 그래도 반딧불이는 정말로 축복받은 벌레였다. 날지 않고 가만히 있으면 징그러운 벌레 같아도, 빛을 내며 날아다닐 때는 마치 마술을 보는 듯 신비로운 느낌을 자아내고, 아름다운 동심의 세계로 빠져들게 만든다.

후안 마르틴은 랜턴을 달라고 하더니, 군말 없이 밖으로 나갔다. 그 순간, 희미한 실내등 불빛에 비친 그의 얼굴은 두려움에 질려 있었다. 그가 보닛을 열었을 때, 우리는 배터리를 아끼려고 실내등을 껐다. 그가 뭘 하고 있는지 제대로 보이지 않았다. 그런데 그가 갑자기 보닛을 쾅 소리 나게 닫더니 차 안으로 뛰어 들어왔다. 목으로 땀이 흘러내리고 있었다.

"내 발 앞으로 독사가 지나갔어!" 얼마나 놀랐는지 그는 소리를 질러댔다. 목에 가래가 끓는 것처럼 그의 목소리가 갈라져 나왔다. 나탈리아는 더 이상 못 봐주겠다는 듯이 주먹으로 핸들을 쿵쿵 치면서 그를 비웃었다. 그녀는 킬킬거리고 웃다가 나중에는 눈물까지 질금질금 흘렸다.

"정말 멍청하네." 그녀는 손으로 눈물을 훔치며 그에게 말했다.

"멍청하다니!" 화가 난 후안 마르틴이 고함을 질렀다. "저놈한테 물렸으면 어쩔 뻔했어요? 분명 독사였다고요. 이런 외딴곳에서 말이오!"

"여기서는 아무도 당신을 물지 않을 테니까 너무 겁내지 말아요."

"그걸 당신이 어떻게 알아?"

"그래도 당신보다야 많이 알죠."

우리 셋은 아무 말도 하지 않았다. 그러자 후안 마르틴의 거친 숨소리만 들렸다. 무거운 침묵이 흐르는 가운데 나는 저 남자와 다시는 잠자리를 하지 않겠다고 맹세했다.

설령 내게 총을 들이대고 협박한다고 해도 말이다. 나탈리아는 밖으로 나가면서 벌레가 들어올지 모르니까 창문을 내리지 말라고 했다. 그 안에 그렇게 있다가는 더워서 쪄 죽을 거야. 어쨌든 둘 중 하나겠지. 후안 마르틴은 머리를 쥐어뜯으며 말했다. 죽는 한이 있어도 다시는 여기 오지 않을 거야. 절대로. 알아들었어? 나탈리아는 텅 빈 도로를 따라 걸어갔다. 나는 차 안에서 랜턴으로 그녀를 비추어주었다. 그녀는 뭔가를 골똘히 생각하면서 담배를 피우고 있었다. 나는 몸짓이나 동작만 봐도 그녀가 뭘 하는지 알 수 있었다. 마음이 급해진 후안 마르틴은 다시 시동을 걸어보았지만, 여전히 숨넘어가는 소리만 들렸다. 조금 전보다 소리도 희미해졌고, 더 느리게 돌아가는 것 같았다.

"당신 사촌이 깜박하고 물을 넣지 않은 게 틀림없어." 그가 내게 말했다.

"아냐." 나는 그의 말을 끊고 대답했다. "엔진이 과열되어서 차가 선 게 아니라고. 엔진을 보고도 모르겠어? 대체 뭘 본 거야? 후안 마르틴, 당신은 차에 대해 아무것도 모르잖아." 말을 마친 나는 셔츠를 벗고 브래지어만 입은 채 뒷좌석에 드러누웠다.

오래전 나는 엄마, 그리고 카를로스 이모부와 함께 이 도로를 지나갔던 적이 있다. 그때 무슨 일로 아순시온에 갔는지 기억은 나지 않지만 말이다. 엄마와 이모부는 가는 내내 노래를 불렀다. 그건 분명히 기억난다. 페소아 다리[*] 와 초구이 새,[**] 그리고 밭에서 수확하는 농부에 관한 노래였다. 가는 도중에 갑자기 소변이 마려웠지만, 나무 뒤에 숨어 반바지를 내릴 엄두가 나지 않았다. 그래서 이모부는 부근에 있던 카서비스 센터에 가서 직원에게 화장실 열쇠를 달라고 부탁했다. 나는 열쇠를 들고 건물 옆으로 가서, 트럭 운전사들이 사용하는 자그마한 화장실에 들어갔다. 그런데 그 화장실은 지금도 꿈속에 나타날 정도로 끔찍했다. 말로 표현할 수 없을 만큼 고약한 냄새가 코를 찔렀다. 자세히 보니 하늘색 타일에 손으로 똥을 바른 자국이 여러 군데 남아 있었다. 사람들이 볼일을 보고 나서 화장지가 없으니까 손가락으로 뒤처리를 한 모양이었다. 어쩌면 그럴 수가 있을까? 검은색 변기 뚜껑에는 벌레들이 득실대고 있었다. 주로 메뚜기들이었는데, 귀뚜라미들도 간간이 눈에 띄었다. 벌레들의 윙윙거리는 소리가 귀청을 후벼댔다. 냉장고 모터에서 나는 소음과 비슷했다. 결국 나는 울면서 뛰쳐나오고 말았다. 어쩔 수 없이 건물 옆에서 바지를 내리고 소변을 봤다. 나는 엄마와 이모부에게 아무 말

[*] 아르헨티나 코리엔테스의 입구에 있는 교량으로, 17세기에 건설되었다.

[**] 아메리카 원산지의 새로, 주로 오렌지를 먹고 산다. 아르헨티나 북부와 우루과이, 파라과이 등지에 서식한다.

도 하지 않았다. 변기에 잔뜩 쌓여 있던 똥과 변기 손잡이에 묻어 있던 누런 손자국들, 그리고 갓도 없이 천장에 대롱대롱 매달린 전구에 달라붙어 있던 초록색 메뚜기 떼에 관해서도 일절 입 밖에 내지 않았다. 화장실에 다녀온 후로 어떤 일이 있었는지 전혀 기억나지 않는다. 엄마의 말에 따르면, 그날 밤 콜로니얼풍의 호텔에 묵었는데 쥐들이 정원 여기저기 돌아다녔다고 한다. 하지만 그 호텔은커녕, 이후 비와 우박이 함께 쏟아지는 바람에 출발을 못 한 채 발만 동동 굴렀다는 것도 전혀 기억나지 않는다. 내게 그날 여행은 메뚜기 떼로 뒤덮인 화장실에서 이미 끝났으니까 말이다.

정확히 어디인지는 모르겠지만, 저쪽 어딘가에 불빛이 보이는 것 같아. 거기까지 걸어가볼까? 후안 마르틴이 말했지만, 나는 아무 대답도 하지 않았다. 독사를 보고 기겁해서 달아나던 사람이 무슨 수로 그까지 걸어간단 말인가? 가다가 벌레들이 떼로 몰려들면 어쩌려고. 나탈리아는 담배를 다 피운 것 같았다. 적어도 어둠 속에서 반딧불이처럼 빨갛게 타오르는 불빛이 더 이상 보이지 않는 걸 보면 말이다. 하지만 그녀는 차에 타지 않았다. 그 길로 누군가 지나가기만을 기다릴 모양이었다. 누구든 전화가 있는 곳까지 태워주기만 하면, 아우토모빌 클룹♥에 전화할 수 있을 테니까. 더구나 우리 둘과 차 안에 있을 생각만 해도 끔찍했을 것이다. 반나절 동안이나 후안 마르틴의 등쌀에 시달린 것도 모자라, 찍소리도 못 하고 있던 나를 보고 참느라 힘들었을 텐데, 어찌 그녀를 탓할 수 있으리.

그 순간, 트럭의 불빛이 보이더니 바퀴에서 뽀얀 먼지를 일으키며 다가오고 있었다. 그런데 더우면서도 자주 비가 내리는 통에 땅이 마른 적이 거의 없는 북쪽 지방에서 저렇게 흙먼지가 날린다는 것이 이상했다. 그곳은 늘 습해서 흙이 덩어리져 있기 때문이다. 하지만 트럭은 모래폭풍을 일으키듯이 도착했다. 나탈리아는 형광 안전 삼각대를 도로에 세워두었다. 그러고도 마음이 놓이지 않았던지, 나탈리아는 차로 달려오더니 운전대 위에 있던 랜턴을 가져갔다. 그러곤 도와달라고 소리를 지르며 랜턴을 마구 흔들어대기 시작했다. 차 안에서는 트럭 운전사의 얼굴이 보이지 않았다. 트레일러트럭이었다. 나탈리아는 엔진을 끄지 않은 채 서 있던 트럭의 운전사에게 말하기 위해 발판을 딛고 올라가야만 했다. 2분 뒤, 그녀는 다시 차로 돌아와 지갑과 담배를 집어 들며 말했다. 저 사람이 가장 가까운 서비스 센터로 데려다준다니까, 거기서 아우토모빌 클럽에 전화할게. 저 운전사 말로는 여기가 클로린다[❦] 부근

[❦] 1904년에 설립된 아르헨티나 최대의 자동차 서비스 업체로, 전국적인 서비스 센터 네트워크를 구축하고 있다.

[❦] 아르헨티나 북동부 포르모사주에 있는 도시.

이래. 그리고 자리가 없어서 우리 셋을 다 데려갈 수는 없다네. 트럭은 도착할 때처럼 눈 깜짝할 사이에 어둠 속으로 자취를 감추었다. 그제야 나는 나탈리아에게 물어보려던 말이 떠올랐다. 가장 가까운 서비스 센터에 갔다 오는데 얼마나 걸리는지, 그리고 여기가 클로린다 부근이라면 왜 시내로 가지 않는 건지, 운전사의 말을 그대로 믿어도 되는지, 그사이 우리는 뭘 할지, 또 다른 트럭이나 승용차가 지나가면 세워야 할지 등등 말이다.

"물을 갖다달라고 할 걸 깜박했네." 후안 마르틴이 말했다. 그는 그날 처음 마음에 드는 말을 했다.

그런데 그 말을 듣자 갑자기 가슴이 빠르게 뛰기 시작했다. 혹시 탈수 증세가 나타나 쓰러지기라도 하면 어쩌지? 나는 벌레가 들어오든 말든 창문을 내렸다. 나방이든 풍뎅이든, 귀뚜라미든, 아니면 박쥐든 생각할 겨를이 없었다. 그때 남편이 다시 투덜대기 시작했다. 당신 사촌 말이야, 참 무책임한 사람이네. 똥차가 잘 굴러가는지 확인도 안 하고, 어쩌자고 차도 안 다니는 이 먼 데까지 우리를 데려오느냐고. 출발하기 전에 점검을 했는지 당신이 어떻게 알아? 그의 말에 심사가 뒤틀린 나는 차갑게 쏘아붙였다. 차라리 여기서 그를 죽여버리는 게 수월하겠다는 생각이 들었다. 트렁크에서 드라이버를 꺼내 목을 찌르면 될 테니까. 반면 남편은 나를 죽일 생각이 전혀 없었다. 대신 그는 내가 스스로 무릎을 꿇을 때까지 나를 못살게 굴 심산이었다. 그러면 나는 어떻게든 삶을 바꾸려고 안간힘을 쓰기는커녕, 평생 나 자신만 증오하면서 살 테니까 말이다. 그는 라디오를 켜려고 했다. 그 순간, "안 돼. 조금이라도 배터리를 아껴야 한단 말이야"라는 말이 나도 모르게 튀어나올 뻔했다. 하지만 그가 하고 싶은 대로 하게 내버려두었다. 나는 그의 무분별한 행동이 가져올 결과를 속으로 상상하면서 즐거워했다. 당장이라도 견인차가 도착하면 라디오를 듣는 바람에 배터리가 방전되었다고 설명하느라 쩔쩔맬 그의 모습을 떠올리자 웃음이 나왔다. 밤도 으슥한데 그런 외딴곳에서 라디오를 틀어봤자 뭐가 나오겠는가? 다이얼을 돌리는 곳마다 차마메 음악만 나왔고, 방송국에 전화를 걸어 말비나스 전쟁❦에서 죽은 아들을 떠올리며 눈물을 흘리는 어느 청취자의 애달픈 사연이 흘러나왔다.

그로부터 한 시간 뒤에 정비공들이 도착했다. 예상했던 대로, 그들은 라디오를 켜놓았다고 후안 마르틴을 나무라기 시작했다. 그는 더듬거리며 변명을 늘어놓았다. 하지

❦ 1982년 4월 2일, 아르헨티나 군사정권이 정치적 경제적 위기를 벗어날 목적으로, 아르헨티나 남단의 말비나스섬(영어로는 포클랜드섬이다)을 되찾겠다고 선언하며 침공한 전쟁이다. 이 전쟁은 2개월 만에 아르헨티나군의 항복으로 종료되었으며, 이로 인해 8년 가까이 계속되던 군사 독재정권은 몰락하게 된다. 영어권에서는 이를 포클랜드 전쟁이라고 부른다.

만 정비공들이 수리를 시작하자, 후안 마르틴은 마치 자기가 감독이라도 하듯이 거만한 표정으로 그들을 내려다보았다. 나는 밖으로 나와 나탈리아의 손을 덥석 잡았다.

"있잖아, 그 트럭 운전사가 얼마나 잘생겼는지 몰라. 오베라* 출신의 스웨덴 사람이더라고. 정말 너무 멋있게 생겼어. 오늘 밤 클로린다에서 잘 거라고 하던데, 아무래도 그 남자하고 같이 있을까 봐. 만약 저 차가 굴러가면, 네 멍청이 남편더러 코리엔테스로 몰고 가자고 해." 그녀가 나지막한 목소리로 말했다.

하지만 차는 끝내 시동이 걸리지 않았다. 정비공들은 하는 수 없이 우리 셋이 탄 차를 포르모사의 클로린다까지 견인해야만 했다. 도착한 뒤, 그들은 클로린다의 아우토모빌 클럽에 차를 맡기고 나탈리아가 알려준 호텔로 우리를 데려다주었다. 엠바하도르**라는 이름의 호텔은 하얀색 건물로 콜로니얼풍의 아치가 앞에 세워져 있었다. 하지만 겉으로만 봐도 저 건물 안에서 눅눅한 곰팡내가 풍기고, 뜨거운 물도 나오지 않으리라는 것을 쉽게 짐작할 수 있었다. 그렇지만 그 안에는 하얀 플라스틱 테이블이 놓인 레

* 아르헨티나 동북부의 미시오네스주에 있는 도시. 19세기 초반부터 아르헨티나로 이주하기 시작한 스웨덴인 상당수가 이곳에 정착했다. 실제로 아르헨티나는 세계에서 세 번째로 스웨덴 교민들이 많은 나라이다.

** 엠바하도르Embajador는 영어의 앰배서더, 즉 대사大使라는 뜻이다.

스토랑—오히려 그릴에 가까웠다—이 있었다. 어떤 가족과 혼자 온 손님들 몇몇이 드문드문 앉아 있었다. 들어가면 먼저 목욕부터 하고 내려와서 뭐라도 먹도록 하자. 나는 후안 마르틴에게 말했다.

호텔 직원이 우리에게 객실 열쇠를 주던 순간, 어떤 남자가 프런트로 들어섰다. 트럭 운전사가 틀림없었다. 나탈리아는 어린아이처럼 그에게 쪼르르 달려갔다. 남자는 짧은 금발에 그녀보다 머리 두 개만큼 더 컸고, 근육질의 팔을 가지고 있었다. 그는 우리에게 웃으며 인사를 건넸다. 얼핏 보기에는 매력적이었지만, 사람 속은 알 수가 없는 법이다. 저런 남자라도 변태적 성향이 있거나 아내에게 폭력을 휘두를 수도 있고, 아니면 성폭행을 저지를 수도 있으니까 말이다. 하지만 워낙 잘생긴 터라, 어떤 여자라도 저 남자를 만나면 도로의 왕자라고 여길 것 같았다. 나는 그에게 인사를 건넸다. 후안 마르틴은 손에 열쇠를 든 채 나를 노려보고 있었다. 어디 해볼 테면 계속해보라는 식으로 말이다. 남편이 그러든 말든 나는 계속 그를 쳐다봤다. 나탈리아는 한 시간 뒤에 만나서 식사하자고 내게 소리치며 말했다. 어쩌려고 저러지? 그녀의 들뜬 표정을 보자 씁쓸한 기분이 들었다. 그녀가 싱글거리던 그 바이킹과 함께 한 시간을 보내는 동안 나는 남편의 잔소리를 견뎌야 했다.

방에 들어서자마자 후안 마르틴은 내게 버럭 소리를 질렀다. 알고 있어? 당신은 오늘 단 한 번도 내 편을 들어주지 않았어. 하루 종일 말이야. 내가 무슨 일을 당해도 거들떠보지도 않더군. 그는 계속 고함을 치며 화를 냈다. 그리고 나탈리아 말이야, 뭐 저런 여자가 다 있어? 아무리 그래도 그렇지 처음 만난 놈이랑 어떻게 저럴 수가 있지? 당신도 똑같은 여자야. 저 금발 놈팡이한테 홀딱 빠져서 한시도 눈을 떼지 못하더군. 나도 화를 참지 못하고 그의 말을 맞받아쳤다. 도로에서 오도 가도 못하던 우리를 구해준 사람이 바로 저 금발 놈팡이라고. 고맙다고 인사는 못 할망정 어떻게 그런 심한 말을 할 수 있지? 그러고도 당신이 사람이라고 할 수 있어? 나도 악다구니를 썼다. 비열한 인간 같으니. 비열하다고? 내가? 이 망할 놈의 여편네가 어디서 함부로 입을 놀리는 거야! 그는 소리를 지르더니, 욕실 문을 쾅 소리 나게 닫고 들어갔다. 그는 안에서 다시 욕을 퍼부어대기 시작했다. 뜨거운 물이 나오지 않는 데다, 수건에서도 퀴퀴한 곰팡내가 났기 때문이다. 결국 밖으로 나온 그는 침대에 몸을 던져 벌렁 누워버렸다. 왜 아무 말도 안 하는 거지? 내가 무슨 말을 하기를 원하는 거야? 내가 대답했다. 당신은 지금 당장 나한테서 벗어나고 싶어 하잖아. 그가 말했다. 하지만 당신도 곧 알게 될 테지만, 부에노스아이레스로 돌아가면 다 좋아질 거야. 좋아지지 않으면? 내가 그에게 물었다. 어쨌거나 당신은 그렇게 쉽게 내 곁을 떠나지 못할 거야. 그가 담배에 불을 붙이며 말했다. '어쩌면 지금쯤 그는 손에 담배를 든 채 곯아떨어져 있을지도 몰라.' 나는 찬물로 샤워를 하면서 생각했다. '그런데 담뱃불이 이불에 옮겨 붙어서 불에 타 죽을 수도 있어. 여기, 클로린다 호텔에서 말이야.' 하지만 정작 나와보니, 남편은 저녁을 먹으러 가기 위해 옷을 차려입고 향수까지 뿌린 채 나를 기다리고 있었다. 금발 머리에서 물이 뚝뚝 떨어지고 추위에 온몸을 부들부들 떠는 내 모습이 문득 처량해 보였다.

"미안해." 그가 내게 말했다. "가끔 흥분하면 나도 어떻게 할 수가 없어."

"밥 먹으러 가." 나는 헐렁한 옷을 입고, 머리에 빗질을 하는 둥 마는 둥 하면서 말했다. 갑자기 금발의 트럭 운전사에게 이런 내 모습을, 방금 씻고 나와 헝클어진 머리를 그대로 보여주고 싶었다. 후안 마르틴이 내 입술에 키스를 하려 했을 때, 나는 뺨을 내밀었다. 하지만 그는 아무 말도 하지 않고 내가 원하는 대로 했다.

그릴에는 두 명의 남자와 내 사촌 그리고 금발의 트럭 운전사밖에 없었다. 안으로 들어가자 검은 머리의 여자 종업원이 내게 물었다. 뭘 드실 거예요? 지금은 소갈비하고 초리소, 그리고 샐러드밖에 없어요. 원하시면 조리판[*]은 만들어드릴 수 있어요. 우리는 그녀가 말한 음식을 모두 달라고 했다. 그리고 차가운 탄산음료를 주문했다. 클로린다로 들어오는 길에 자몽 맛 환타를 사 먹었는데도, 시장하기보다 갈증이 났다. 자몽 환타는 내가 제일 좋아하는 탄산음료다. 무슨 이유에서인지 부에노스아이레스에서는 구할 수 없지만, 내륙에 가면 옛날 병에 담겨 판매되고 있다. 그런 걸 보면 어디에선가 여전히 생산되는 모양이다. 리토랄 지역[♛]에서는 어떤 것이든 가장 늦게 사라진다.

남자들은 유령 이야기를 했다. 나탈리아는 금발 운전사 옆에 앉아 담배를 나누어 피우고 있었다. 그는 셔츠 단추를 가슴께까지 시원하게 풀어놓았다. 셔츠 사이로 구릿빛으로 그을린 피부가 드러났다. 한마디로 멋진 남자였다.

"얼마 전에 나도 이상한 일을 겪었어요." 잘생긴 금발의 남자가 말했다.

"어서 말해봐. 여기 자는 사람도 없잖아!" 옆에서 맥주를 마시던 다른 트럭 운전사가 재촉했다. 저 사람은 반쯤

[❦] 베이컨이나 초리소를 속에 가득 채운 샌드위치로, 스페인에서 봄과 여름 야외 축제 때 와인이나 사이다를 곁들여 먹는다. 라틴아메리카 일부에서는 보요 프레냐도bollo preñado라고도 한다.

[♛] 아르헨티나 북동부, 특히 파라과이와 우루과이에 인접한 지역을 가리킨다. 흔히 메소포타미아 지역이라 불리는 미시오네스, 코리엔테스, 엔트레리오스주, 그리고 파라나강과 파라과이강 사이에 있는 포르모사, 산타페, 차코주가 여기에 포함된다.

취한 상태로 트럭을 몰고 온 걸까? 어쩐지 그 도로에서 사고가 자주 일어나더니만, 다 이유가 있었군 그래. 가령 카를로스 이모부는 술에 취했다 싶으면 절대로 운전대를 잡지 않아. 하기야 이모부가 별종에 속하기는 하지. 친구들이나 가족들 사이에도 그런 경우는 아주 드무니까.

"그럼 말해도 돼요?" 금발의 사내가 내 사촌을 보며 물었다. 나탈리아는 조용히 웃으며 고개를 끄덕였다.

알았어요. 그는 자세를 고쳐 앉고 말하기 시작했다. 나는 미시오네스주 오베라 출신인데, 지금도 거기 살고 있어요. 거기서 20킬로미터가량 떨어진 곳에 캄포 비에라라는 마을이 있는데, 야사라는 개천이 흐르고 있죠. 어느 날, 아! 꾸며낸 이야기라고 오해하지는 마세요. 밤이었다면 모를까, 벌건 대낮이었으니까요. 더구나 그날 술은 입에 대지도 않았다고요. 하여간 그날 낮에 나는 작은 트럭을 끌고 일 보러 나갔어요. 그런데 그때 어떤 여자가 다리를 뛰어 건너가고 있었어요. 갑자기 여자가 나타나는 바람에 나는 미처 피할 틈이 없었죠. 핸들을 꺾었다가는 내가 죽게 생겼으니까요. 그때 차가 그 여자를 쳤는지, 둔탁한 느낌이 들었어요. 차에서 내려 뛰어가는데, 등에서 식은땀이 주르륵 흘러내리더군요. 정말이지 그때 생각만 하면 지금도 온몸에 소름이 돋는다니까요. 그런데 그 여자가 쓰러져 있어야 할 곳에 아무도 없는 겁니다. 피는커녕, 범퍼가 우그러져 있지도 않고, 하여간 아무것도 없었어요. 덜컥 겁이 나서 경찰서로 갔죠. 그런데 조서를 작성하는 경찰들의 분위기가 영 떨떠름하더라고요. 나는 일단 그날 볼일을 다음 날로 미루기로 하고, 캄포 비에라에서 지금 여러분에게 말한 대로 진술했죠. 나는 그때 경찰들로부터 충격적인 사실을 알게 됐어요. 군바리들이 그 다리를 만들었는데, 시멘트에 죽은 사람들을 섞었다는 겁니다. 그들이 죽인 사람들인데, 거기에 시신을 숨긴 셈이죠.

그때 후안 마르틴의 긴 한숨 소리가 들렸다. 그는 그런 이야기를 별로 좋아하지 않았다.

"그런 이야기 가지고 장난치지 말아요." 그가 금발의 사내에게 말했다.

"실례지만, 내가 그런 것 가지고 장난을 칠 사람처럼 보입니까? 우리 나라 군바리들이라면 고인들을 거기에 파묻고도 남죠."

우리가 주문한 갈비가 나오자, 후안 마르틴은 허겁지겁 먹기 시작했다. 그들은 고기를 나무 접시에 담아 왔다. 개인적으로 갈비는 도자기보다 나무 접시와 훨씬 더 잘 어울리는 것 같다. 맛도 좋지만, 무엇보다 샐러드기름이 잘 스며들어 고기에 묻지 않기 때문이다. 생각보다 맛이 훨씬 더 좋았다.

금발의 남자는 캄포 비에라에서 그 다리와 개천에 얽

힌 이야기를 수없이 들었다고 했다. 거기만 가면 이상한 일이 일어난다니까요. 그가 말했다. 멀리서 헤드라이트가 보이는데, 한참 지난 뒤에도 자동차는 오지 않아요. 마치 샛길로 빠지기라도 한 것처럼 말이죠. 하지만 거긴 샛길이 전혀 없다고요. 주변이 모두 밀림으로 뒤덮여 있으니까요.

"그 동네 사람들한테 자동차가 감쪽같이 사라졌다고 하면 다들 웃고 말아요." 트럭 운전사 한 명이 웃으면서 말했다. 남편 때문에 무거워진 분위기를 바꿔보려고 하는 것 같았다. 다시 입장이 난처해진 나는 금발의 트럭 운전사를 보고 미소를 지었다. 그의 턱 아래 근사한 보조개가 패어 있었다. 그도 내게 미소를 지었다. 아무쪼록 저 남자가 나탈리아하고 잘되면 좋겠어. 나는 속으로 생각했다. 나탈리아는 여태까지 그랬듯이 저 남자한테도 싫증을 낼 테지. 그러면 그는 처음부터, 그러니까 우리가 호텔 프런트에서 눈이 마주친 그 순간부터 나를 사랑했다는 것을 알게 될 거야. 그렇게만 되면 얼마나 좋을까.

"여기서도 그런 일이 있었다니까요! 아, 여기가 아니라, 도로변 바비큐장이 있는 곳이었죠. 여기서 열 블록 정도 떨어진 곳이에요. 어느 친구가 트레일러하우스를 끌고 어쩌다 거기 오게 되었어요. 작지만 아주 예쁜 집이었죠. 사람들의 말에 따르면, 그는 아들 두 명, 아내, 그리고 장모와 함께 있었답니다. 그런데 장모만 트레일러에 남겨두고 바비큐를 먹으러 갔던 모양이에요. 장모는 몸이 좀 안 좋았는지, 하여간 그래서 차에 있겠다고 했대요."

"그래서 어떻게 됐는데?" 졸려서 눈이 끔뻑끔뻑하던 세 번째 트럭 운전사가 물었다.

"그사이 어떤 놈들이 트레일러하우스를 통째로 훔쳐 갔다지 뭐야. 노인네가 안에 있는데 말이지."

그 말을 듣자 모두 배꼽을 잡고 웃었다. 숯불을 끄던 여자 종업원도 따라 웃었다. 그 남자는 너무 놀란 나머지 경찰서로 달려갔다더라고. 아내가 히스테리를 일으키는 바람에 클로린다에서 꼬박 일주일을 보내야 했대. 경찰이 포르모사 전역을 샅샅이 뒤진 끝에 트레일러하우스를 찾아내기는 했는데, 안에 아무도 없더라는 거야. 싹 다 훔쳐 간 거지. 장모까지 말이야.

"언제 적 일이죠?" 나탈리아가 물었다.

"글쎄요…… 1년쯤 됐을 거예요. 시간 참 빠르죠? 벌써 1년이나 흘렀다니. 정말 희한한 사건이었어요. 내 생각으로는, 도둑놈들이 안에 노파가 있는 줄도 모르고 들어갔던 것 같아요. 노파가 놀라서 죽자, 놈들이 어디다 갖다버린 게 틀림없어요. 누구든 여기 갖다버리면 아무도 못 찾는다고요."

"그 남자가 밤낮 가리지 않고 장모의 이름을 부르며 찾으러 다녔지만, 끝내 나타나지 않았어요." 그때 종업원이 끼어들며 말했다.

"도둑놈들도 결국 못 잡았죠." 트럭 운전사가 말했다. "할머니만 불쌍하게 됐지. 무슨 팔자가 그 모양인지."

그들이 계속해서 장모 실종 사건에 대해 이야기하자 짜증이 난 후안 마르틴은 먼저 실례하겠다면서 방으로 올라가버렸다. 나 먼저 갈게. 그는 나를 보며 말했다. 나는 말없이 고개만 끄덕였다. 하지만 나는 늦게까지 그 자리에 남아 있었다. 그사이 젖은 머리도 다 말라 있었다. 종업원은 필요하면 맥주를 꺼내 먹으라면서 아예 냉장고 열쇠를 우리에게 맡겼다. 그때 나탈리아는 애인의 비행기를 타고 가다가 불길에 휩싸인 집을 본 이야기를 했다. 물론 애인이 아니라, 사촌의 비행기라고 했지만 말이다. 잠시 후, 그녀는 하품을 하면서 먼저 자러 올라가겠다고 했다. 그러자 금발의 트럭 운전사도 따라 올라갔다. 나도 자리에서 일어났지만, 종업원에게 다른 방을 달라고 했다. 남편이 너무 피곤해해서 그래요. 지금 내가 들어가면 아무래도 잠이 깰 것 같아서요. 내일 정비공이 차를 수리해서 가지고 오면 부에노스아이레스까지 혼자 운전해야 하거든요. 그런데 오늘 잠을 설치면 운전하는 데 지장이 있잖아요. 워낙 예민해서 한번 깨면 쉽게 잠을 못 이루는 사람이라서. 물론이죠. 프런트에 있던 직원이—그 호텔에는 여직원들밖에 없는 모양이었다—종업원의 말을 전해 듣고 말했다. 지금은 비수기라서 호텔에 투숙객이 거의 없거든요.

맞아요. 지금은 비수기죠. 나는 그녀의 말에 맞장구를 쳤다. 나는 베개에 머리를 대자마자 곯아떨어졌다. 그런데 꿈속에서 어느 노파가 벌거벗은 몸에 불이 붙은 채로 무너져 내리던 집 안을 이리저리 뛰어다녔다. 나는 집 밖에서 그 노파를 보고 있었지만, 도와줄 수가 없어 발만 동동 굴렀다. 괜히 들어갔다가 대들보가 머리를 덮치거나 불길에 휩싸일 듯했고, 아니면 연기에 질식해버릴 것 같았기 때문이다. 그렇다고 다른 곳에 도움을 청하지도 않았다. 나는 그저 노파가 불에 타는 모습을 멀뚱히 지켜보고만 있었다.

다음 날 아침, 아우토모빌 클룹에서 우리에게 차를 가져다주었다. 정비공들이 고장 원인을 설명했지만, 어차피 나나 나탈리아가 이해하지 못할 거라고 여겼는지 중요한 점만 언급하고 지나갔다. 우리는 다른 건 차치하고 그 차로 코리엔테스까지 갈 수 있는지 알고 싶었다. 물론이죠. 세 시간이면 도착할 겁니다. 그들이 대답했다. 그러곤 자기들이 미처 해결하지 못한 문제가 몇 가지 있는데, 뭔지는 모르겠지만 도착하는 즉시 서비스 센터에 맡겨 손봐야 할 거라고 말했다. 차를 가지고 가면 서비스 센터 직원이 뭐가 문제인지 금방 알 거라는 말도 덧붙였다. 만약 해결이 안 되면 우리한테 연락하세요. 우리는 그들에게 고맙다는 말을 한 뒤, 아침을 먹으러 갔다. 토스트와 밀크커피밖에 없었지만—크루아상도 없었다—그런대로 맛이 괜찮았다. 금발의 트럭 운전사는 두 시간 전에 이미 떠났다고 했다. 나탈리아에게 연락하기로 했다는데, 그녀는 그 약속을 굳게 믿고 있었다. 어젯밤에는 정말 황홀했어. 그녀가 내게 말했다. 얼마나 마음이 따뜻한지 몰라.

나는 그녀가 부러웠다. 나는 반쯤 식은 커피를 홀짝거리며 얼른 눈물을 삼켰다. 그러곤 후안 마르틴을 찾으러 방으로 올라갔다. 하지만 그는 방 안에 없었다. 더군다나 아무도 잔 적이 없는 것처럼 침대도 깨끗하게 정리되어 있었다. 나는 어젯밤 그가 자리에서 일어서던 장면을 다시 떠올려보았다. 사실 그가 정말 방으로 올라갔는지 장담할 수가 없었다. 방은커녕, 그가 호텔에 들어가는 모습조차 보지 못했다. 나는 다시 식당으로 돌아와 나탈리아에게 물어보았다. 어제 호텔로 들어가더라고. 내가 똑똑히 봤어. 그녀가 말했다. 아직 퇴근도 못 하고 프런트에 있던 종업원이 분명하게 말했다. 어젯밤에 열쇠를 가지고 올라가셨어요. 보세요. 안 들어갔으면 열쇠함에 그 방의 열쇠가 걸려 있어야 하는데 없잖아요.

"혹시 산책 나가신 게 아닐까요?" 그녀가 중얼거리듯 말했다.

하지만 그녀는 아침에 그가 내려오는 걸 못 봤다고 했

다. 갑자기 초조해지면서 손이 부들부들 떨리기 시작했다. 나는 나탈리아에게 아무래도 경찰에 신고해야 할 것 같다고 말했다. 하지만 그녀는 시장에서 그랬던 것처럼 머리를 뒤로 묶으면서 말했다. 그건 안 돼. 바보같이 굴지 마. 먼저 떠났나 보지. 살다 보면 그럴 수도 있지 뭘 그래. 그녀는 아무렇지도 않게 말했다.

그녀는 자리에서 일어나더니, 지갑과 가방을 가지러 방으로 올라갔다.

"얘, 왜 그렇게 넋 나간 사람처럼 멍하게 서 있는 거니?"

그녀의 말마따나, 그때 나는 제정신이 아니었다. 나는 황급히 그가 있던 방으로 뛰어 올라갔다. 여행 갈 때마다 그는 세면도구 가방과 칫솔 등을 세면대 위에 가지런히 놓아두는 버릇이 있었다. 욕실을 다 뒤졌지만, 아무것도 나오지 않았다. 샤워기 주변도 바짝 말라 있었다. 수건은 아직 축축했지만, 그건 어제저녁에 내가 쓴 것이었다.

아침인데도 햇볕이 너무 강해서, 우리는 차에 타자마자 선글라스를 꼈다.

"라디오 일기예보에서 비가 올 거라네요." 호텔 프런트에 있던 종업원이 말했다. "그런데 안 올 것 같아요. 하늘이 이렇게 맑은데 설마."

"그래도 비가 좀 왔으면 좋겠어요. 끈적거려서 견딜 수가 없어요." 나탈리아가 말했다.

"그런데 손님 남편분은 찾으셨어요?" 그녀는 마치 내가 그 자리에 없는 것처럼 아무렇지도 않게 물었다.

"아. 오해가 좀 있었어요."

나는 차의 조수석에 자리를 잡았다. 클로린다를 떠나기 전에 우리는 잠시 주유소에 들렀다. 나탈리아는 담배를, 그리고 나는 자몽 맛 환타를 샀다. 어젯밤에 너무 졸려서 다른 이들의 이야기를 거의 듣지 못한 채 눈만 끔뻑거리던 트럭 운전사가 차에 기름을 넣고 있었다. 그는 우리를 보자 먼저 인사를 건넸다. 다들 밤새 잘 쉬셨어요? 그러면서 우리 차의 뒷좌석을 힐끔 돌아보았다. 아마 후안 마르틴을 찾는 모양이었다. 그가 안 보이자 트럭 운전사는 잠시 의아한 표정을 지었지만, 따로 묻지는 않았다. 우리는 그에게 미소를 지으며 작별 인사를 하고 곧장 도로로 나갔다. 정말 폭풍우라도 휘몰아치려는지, 강 너머, 지평선 저 끝에서 시꺼먼 구름이 사납게 몰려오고 있었다.

학기말

우리는 그 아이한테 별 관심이 없었다. 말이 거의 없는 데다, 그렇게 똑똑하지도, 그렇다고 멍청하지도 않고, 얼굴마저 평범한 아이였기 때문이다. 매일 같은 곳에서 본다고 해도, 어느 날 밖에서 만나면 못 알아볼 정도로 평범한 얼굴이었다. 그러다 보니 그 아이의 이름이 쉽게 떠오르지도 않았다. 다만 그 아이한테서 한 가지 눈에 띄는 점은 옷을 정말 못 입는다는 사실이었다. 보는 사람이 다 불쾌할 정도로 엉망으로 입고 다녔다. 그녀가 고른 옷은 오로지 자기 몸을 가리기 위한 방편인 듯했다. 언제나 자기 몸보다 두세 사이즈 큰 옷을 입었을 뿐 아니라, 셔츠 단추를 목깃까지 다 채우고 다녔다. 그리고 바지도 늘 헐렁하게 입어서, 그 아이의 몸매가 어떤지 가늠하기조차 어려웠다. 사실 우리가 그 아이한테 신경 쓴 것은 옷밖에 없었다.

그 아이의 취향이 특이하다느니, 할머니처럼 입고 다닌다느니 하면서, 한마디씩 던질 수 있었던 것도 다 그런 이유 때문이었다. 그 아이의 이름은 마르셀라였다. 물론 그 아이도 모니카나 라우라, 아니면 마리아 호세나 파트리시아처럼 다른 흔한 이름으로 불릴 수도 있었다. 별 관심을 못 받는 아이들의 이름이 대개 그렇듯이 말이다. 그 아이는 불량 학생이었지만, 선생님들에게 혼나는 경우는 거의 없었다. 학교를 밥 먹듯이 빠져도, 이에 대해 왈가왈부하는 이는 아무도 없었다. 그 아이의 집에 돈이 많은지, 부모님이 뭘 하시는지, 심지어 어느 동네에 사는지조차 아는 사람이 없었다.

그 아이는 우리에게 전혀 관심이 없었다.

역사 수업 시간에 어떤 아이가 역겨운 듯이 외마디 비명을 질렀다. 구아다였던가? 그 아이의 옆자리에 앉던 구아다의 목소리였던 것 같다. 선생님이 카세로스 전투❦에 관해 설명하는 동안, 마르셀라는 왼손의 손톱 하나를 뽑아

❦ 1852년 2월 지방 호족 중심의 연방주의자들과 부에노스아이레스를 거점으로 활동하던 중앙집권주의자들 사이에 벌어진 전쟁. 아르헨티나 연방의 총통이자 외교 수장이던 후안 마누엘 데 로사스의 군대가 당시 엔트레리오스주의 주지사이던 후스토 호세 데 우르키사의 연합대군에게 패함으로써, 연방주의의 정치적 헤게모니가 급속하게 붕괴되었다. 카세로스 전투에서 승리를 거둔 우르키사는 1854년 아르헨티나 공화국의 초대 대통령에 올랐다.

버렸다. 그것도 이로 말이다. 마치 가짜 손톱인 것처럼 쑥 하고 빠져버렸다. 손가락에서 피가 철철 흘렀지만, 그 아이는 아무렇지도 않은 듯 가만히 앉아 있었다. 그 장면을 본 몇몇 여자아이들이 울걱대며 토하기 시작했다. 그러자 역사 선생님은 양호 교사를 불러 마르셀라를 양호실로 데려가도록 했다. 그 아이는 이후 일주일간 학교에 나오지 않았지만, 그 이유를 아는 이는 아무도 없었다. 그런데 그 전까지만 해도 있으나 마나 한 존재에 불과하던 그 아이가 다시 학교에 나오면서, 갑자기 유명해졌다. 그 아이가 무서워 슬슬 피하는 여자아이들이 있는가 하면, 그 아이와 친구가 되고 싶다는 아이들도 있었다. 아무튼 그 아이가 한 짓은 우리가 여태 본 것 중에서 가장 기괴한 사건이었다. 그 소식을 들은 일부 학부모들은 학교 측에 회의를 소집해달라고 요청하기도 했다. '정신 이상이 있는' 여자아이가 자기 자녀들과 더 이상 같은 교실에서 공부하지 못하도록 조속히 대책을 세워야 한다는 취지였다. 그때는 학기가, 그러니까 우리의 중등교육 과정이 얼마 남지 않은 시점이었다. 마르셀라의 부모는 아이가 지금 약도 복용하고 병원에서 치료도 받고 있으니까 곧 좋아질 거라고, 앞으로 아무 문제도 일으키지 않을 거라고 다짐을 했다. 다른 학부모들도 그들의 말을 믿을 수밖에 없었다. 하지만 우리 부모는 그들이 뭐라고 하건 전혀 신경 쓰지 않았다. 우리 부모에게 중요한 것은 오로지 내 성적뿐이었다. 다시 말해, 매년 그랬듯이 올해도 내가 전교 1등을 하는 데만 관심이 있었다.

마르셀라는 한동안 잘 지냈다. 처음에는 손가락에 하얀 붕대를 감았는데, 나중에는 일회용 반창고를 붙이고 있었다. 그 아이는 자기 손톱을 뽑은 사건조차 기억하지 못하는 듯했다. 그렇다고 자기에게 다가오는 아이들과 친하게 지낸 것도 아니다. 마르셀라와 친구가 되려고 했던 아이들은 화장실에서 우리를 만나자 머리를 절레절레 흔들었다. 좀 가깝게 지내려고 했는데, 도저히 안 되겠더라고. 만나도 꿀 먹은 벙어리처럼 가만히 있는데 뭘 어쩌겠어. 우리가 무슨 말을 하면 듣기는 하는데, 아무 대꾸도 없이 우리 얼굴만 빤히 쳐다본다고. 그때 그 아이의 눈을 보면 온몸에 소름이 돋더라니까.

그 모든 것이 시작된 곳이 바로 화장실이었다. 마르셀라는 거울에 비친 자기 모습을 바라보고 있었다. 그곳이야말로 그 아이가 실제로 그런 행동을 저지를 수 있던 유일한 장소였다. 다른 곳은 페인트칠이 벗겨져 있거나 지저분했고, 아니면 매직이나 립스틱으로 쓰인 사랑 고백, 혹은 두 여자아이 간에 벌어진 싸움에 관한 욕설 등으로 도배되어 있었기 때문이다. 나는 친구인 아구스티나와 같이 있었다. 우리는 예전에 무슨 일로 말다툼을 벌였는데, 어떻게

든 오해를 풀기 위해 거기서 만났다. 당시 분위기는 상당히 심각했던 것 같다. 그런데 그 순간 갑자기 마르셀라가 옆구리에서(주머니였던 것 같다) 면도칼을 꺼내 들더니, 눈 깜짝할 사이에 자기 뺨을 그어버렸다. 금세 시뻘건 피가 쏟아지기 시작했다. 그렇게 흘러내린 피는 그 아이의 목과 수녀나 따분한 남자처럼 끝까지 단추를 잠근 셔츠를 붉게 물들였다.

우리 둘은 아무것도 할 수가 없었다. 그런데도 마르셀라는 거울 앞에 서서 무덤덤한 표정으로 칼에 베인 자국을 살펴보고 있었다. 그 광경을 보고 가장 놀란 점은 그 아이가 전혀 고통스러워하지 않았다는 사실이다. 아파하기는커녕, 얼굴을 찌푸리거나 눈을 감지도 않았다. 그때 소변을 보고 나온 어떤 여자아이가 "무슨 일이야!" 하고 소리를 지르더니, 자기 손수건으로 지혈하려고 했다. 우리는 그제야 정신이 번쩍 들었다. 아구스티나는 울먹울먹하면서 울음을 터뜨리기 일보 직전이었다. 나는 다리가 후들후들 떨려 제대로 서 있을 수도 없었다. 마르셀라는 손수건으로 얼굴을 꽉 누른 채 거울을 보면서 미소 짓고 있었다. 그 아이의 미소는 아름다웠다. 그 아이의 얼굴도 아름다웠다. 나는 그 아이에게 집까지 데려다주겠다고 했다. 아니면 병원에 같이 가서 상처를 소독하고 꿰매자고 했다. 그녀는 무슨 말을 하려는 듯 입술을 씰룩대더니, 고개를 저으며 택시를 타고 가겠다고 말했다. 우리는 그 아이에게 돈이 있냐고 물었다. 그러자 씩 웃으며 고개를 끄덕였다. 누구든 빠져들 수밖에 없는 아름다운 미소였다. 그 아이는 또 일주일 동안 결석했다. 그 소문은 이미 학교에 쫙 퍼졌다. 만나는 아이마다 그 이야기만 했다. 그 아이가 돌아오자, 모두 얼굴의 반을 가린 붕대를 보지 않으려고 애를 썼지만 마음대로 되지 않았다.

나는 학교에 가면 늘 그 아이 옆에 앉으려고 했다. 어떻든 그 아이가 내게 말을 하고, 속을 털어놓게 만들고 싶었다. 나는 그 아이의 집을 찾아가고 싶었다. 그 아이의 모든 것에 관해 알고 싶었다. 누군가로부터 그 아이를 병원에 입원시키려고 한다는 이야기를 들었다. 나는 안마당에 회색 대리석으로 만든 분수가 있고, 그 주변으로 보라색, 밤색 꽃과 베고니아, 인동덩굴, 재스민이 아름답게 어우러진 병원을 떠올렸다. 지저분하고 칙칙하기 이를 데 없는 정신병원은 상상할 수가 없었다. 대신 여자들이 어딘가를 멍하니 쳐다보고 있는 깨끗하고 아름다운 병원만 떠올랐다. 나는 옆에서—다른 여자아이들도 그 아이를 지켜보고 있었지만, 나는 딱 달라붙어 있었다—그 아이의 동태를 자세히 살폈다. 우리는 모두 놀란 토끼 눈을 하고 그 모습을 지켜보았다. 그 아이가 벌벌 떨기 시작했다. 자세히 보면, 그냥 떠는 게 아니라 깜짝 놀라 몸을 움칠움칠하는 것 같았다. 그러더니 눈에 보이지 않는 무언가를 쫓아버리려는 듯 두 손을 휘휘 내저었다. 마치 무언가가 자기를 때리려고 하는 듯이 말이다. 그러고는 곧 손으로 눈을 가리더니 머리를 세차게 흔들기 시작했다. 선생님들도 그 아이의 이상한 행동을 봤지만, 고개를 돌리고 외면했다. 우리들도 마찬가지였다. 정말 놀라운 장면이었다. 그 아이는 결국 모두가 보는 앞에서 벌러덩 쓰러지고 말았다. 그 모습을 본 **우리가** 다 부끄러워 얼굴이 화끈거렸다.

잠시 후, 그 아이는 자기 머리카락—특히 앞머리—을 쥐어뜯기 시작했다. 그 아이의 걸상 주변으로 힘없는 금발 머리카락이 수북이 쌓여갔다. 그다음 주, 그녀의 머리 사이로 반짝거리는 분홍빛 두피가 어슴푸레하게 보였다.

그 아이가 수업 도중 교실에서 뛰쳐나가던 날, 나는 그 옆자리에 앉아 있었다. 자리를 박차고 나가던 그 아이의 모습을 모두 지켜보고만 있었다. 하지만 나는 그 아이를 뒤쫓아 갔다. 잠시 후, 인기척이 들려 뒤를 돌아보니 아구스티나와 그날 화장실에서 손수건으로 지혈해준 여자아이—이름이 테레였다—가 나를 따라오고 있었다. 적어도 우리 셋은 그 아이에 대해 책임감을 느끼고 있었던 것 같다. 아니면 그 아이가 대체 뭘 하려는지, 그리고 이 모든 일이 어떻게 끝날지 알고 싶었던 건지도 모른다.

이번에도 그 아이는 화장실로 들어갔다. 화장실은 텅

비어 있었다. 마르셀라는 막무가내로 생떼를 부리는 어린 애처럼 고래고래 악을 쓰며 울었다. 그 바람에 얼굴에서 붕대가 흘러내리자, 꿰맨 자국이 훤히 드러났다. 갑자기 그 아이가 변기 하나를 손으로 가리키며 소리를 질렀다. "저리 가. 이제 나 좀 가만히 내버려두고 어서 가란 말이야." 무언가 이상한 분위기가 느껴졌다. 이상하리만큼 주변이 환했던 데다, 평소보다 피와 오줌, 그리고 소독약 냄새가 더 진하게 풍겼다. 나는 그 아이에게 물었다.

"마르셀라, 무슨 일이야?"

"네 눈에는 아무것도 안 보이니?"

"누구 말이니?"

"저 사람 말이야. 변기 위에 있는 저 남자 말이야! 안 보여?"

그 아이는 잔뜩 겁을 먹은 표정으로 나를 바라보았다. 그러나 정신착란을 일으켜 의식이 혼미한 상태는 아닌 게 분명했다. 그 아이는 정말 무언가를 보고 있었다. 하지만 변기 위에는 반쯤 부서진 뚜껑과 잡아당기는 줄 외에 아무것도 없었다. 그런데 그날따라 그 쇠줄은 이상하리만큼 조금도 흔들리지 않았다.

"응. 난 아무것도 안 보이는데. 저 안에는 아무것도 없어." 내가 대답했다.

그 아이는 잠시 머뭇거리더니 내 팔을 붙잡았다. 예전

에는 내 몸에 손도 대지 않던 그 아이가 말이다. 나는 그 아이의 손을 내려다보았다. 아직도 빠진 손톱이 나지 않았다. 아니면 새로 자란 손톱을 다시 뽑아버렸는지도 모른다. 아직 핏기가 빠지지 않은 생살만 보였다.

"안 보인다고? 정말?" 그 아이는 다시 변기 쪽을 쳐다보며 말했다. "저기 있잖아. 저기 말이야. 말을 걸어봐. 아무 말이나 해보라고."

나는 쇠줄이 흔들거릴까 봐 겁이 났다. 다행히 쇠줄은 여전히 미동도 하지 않았다. 마르셀라는 변기를 뚫어지게 쳐다보면서 무슨 소리를 듣고 있는 듯했다. 그 순간, 그 아이의 속눈썹이 거의 다 빠져 있다는 것을 알아차렸다. 그사이 속눈썹도 모두 뽑아버린 모양이었다. 하기는 속눈썹이야 눈썹하고 같이 금방 자랄 테니까. 나는 속으로 생각했다.

"아무 소리도 안 들리니?"

"응."

"방금 너한테 뭐라고 했단 말이야!"

"뭐라고 했는데? 어서 말해봐."

그 순간, 여태 듣고만 있던 아구스티나가 끼어들며 내게 말했다. 이제 그만해. 마르셀라는 그냥 내버려두는 게 좋겠어. 그러곤 내게 물었다. 마르셀라 말이야, 혹시 미친 게 아닐까? 아무것도 없는데 네 눈에 보일 리가 없잖아. 더 이상 저 아이의 장단에 놀아나서는 안 돼. 그나저나 무서워 죽겠어. 아무래도 사람을 불러야 할 것 같아. 갑자기 마르셀라가 아구스티나에게 울부짖으며 말하는 바람에 우리의 대화는 중단되었다. **닥치지 못해, 이 망할 년아.** 그러자 예쁘고 얌전한 테레가 중얼거렸다. 정말이지 이건 **너무 심해.** 그러곤 곧장 누군가에게 도움을 청하러 갔다. 나는 어떻게든 상황을 수습해보려고 했다.

"저 바보들이 뭐라 그러건 신경 쓰지 마, 마르셀라. 뭐라고 했지?"

"자기는 내 곁을 떠나지 않을 거래. 진심으로 하는 말이라고. 그리고 앞으로도 계속 나를 따라다니면서 나를 조종하겠다는 거야. 안 된다고, 그러지 말라고 하고 싶은데, 차마 입이 떨어지지 않아."

"그런데 어떻게 생겼어?"

"남잔데, 영성체 복장을 하고 있어. 뒷짐을 지고 있고, 내내 웃고 있어. 어찌 보면 중국인 같은데, 실제로는 난쟁이야. 머리에는 포마드를 발랐고. 그런데 나한테 계속 이래라저래라 명령을 해."

"뭘 하라고 하는데?"

테레가 여선생님을 설득한 끝에 함께 화장실로 들어왔다. (나중에 테레가 말해준 바에 따르면, 그때 열 명가량의 여자아이가 화장실 문 앞에서 우리가 하는 얘기를 엿듣고 있었다고 한다. 자기들끼리 쉿! 조용히 하라고 하면서 말이다.)

그때 마르셀라는 포마드를 바른 남자가 자기한테 뭘 시키는지 직접 보여주려던 참이었다. 그런데 선생님이 나타나자 당황해서 어쩔 줄 몰라 했다. 그 아이는 바닥에 털썩 주저앉더니, 고개를 절레절레 흔들면서 속눈썹도 없는 눈으로 멍하니 허공만 바라보았다.

그 후로 마르셀라는 끝내 학교에 모습을 드러내지 않았다.

나는 그 아이의 집을 찾아가기로 했다. 주소를 알아내기는 어렵지 않았다. 그 아이가 살던 동네는 한 번도 가본 적이 없었지만, 쉽게 집을 찾았다. 나는 떨리는 손으로 초인종을 눌렀다. 버스를 타고 오는 동안, 혹시 부모님이 나오면 뭐라고 말할지 머릿속으로 수차례 연습했지만 정작 집 앞에 도착하자 아무래도 괜한 짓을 했다는 생각이 들었다. 바보같이 왜 이런 생각을 했을까?

잠시 후, 마르셀라가 문을 열자 나는 너무 놀라서 한동안 아무 말도 하지 못했다. 사실 나는 그 아이가 직접 문을 열어주리라고는—나는 그 아이가 약에 취해 침대에 뻗어 있을 줄 알았다—전혀 예상하지 못했다. 하지만 내가 놀랐던 것은 그 아이의 모습이 예전과 너무 달라졌기 때문이었다. 마르셀라는 양털 모자를 깊숙이—머리를 삭발한 것이 분명했다—눌러쓰고, 자기 몸에 딱 맞는 스웨터와 청바지를 입고 있었다. 아직 자라지 않은 속눈썹만 제외하면, 건강한 여느 여자아이나 다름이 없었다.

그 아이는 나를 안으로 들여보내주지 않았다. 대신 자기가 밖으로 나오더니 대문을 잠가버렸다. 우리 둘은 말없이 거리에 서 있었다. 그날따라 유난히 날씨가 추웠다. 그 아이는 팔짱을 끼고 있었다. 나는 당황해서 어쩔 줄 몰라 하다 결국 귀밑까지 빨개지고 말았다.

"여기 오지 않는 게 좋았을 텐데." 그 아이가 말했다.

"그냥 알고 싶어서."

"뭘 알고 싶다는 거지? 나는 더 이상 학교에 안 나갈 거야. 이제 다 끝났어. 지난 일은 빨리 잊는 게 좋아."

"그 남자가 너한테 뭘 하라고 시키는지 알고 싶어."

마르셀라는 내게 고개를 돌리며 주변의 분위기를 살폈다. 그러곤 창문으로 시선을 돌렸다. 창문에 쳐놓은 커튼은 거의 흔들리지 않았다. 그 아이는 다시 집 안으로 들어갔다. 문을 닫으려다 말고 내게 말했다.

"너도 곧 알게 될 거야. 언젠가 그 남자가 네게 모든 걸 말해줄 테니까. 너한테도 그걸 하라고 할 거야. 조만간."

돌아오는 버스에 앉아 있는데, 전날 밤 이불 속에서 허벅지를 칼로 그어 난 상처가 자꾸 뜨끔거렸다. 아프지는 않았다. 나는 손으로 다리를 살살 주물렀다. 하지만 어느 순간 나도 모르게 세게 눌렀는지, 흘러나온 피가 내 하늘색 청바지에 가느다란 선 하나를 그려놓았다.

우리에게는 한 점의 육신도 없다

길을 건너려던 순간, 그것이 내 눈에 들어왔다. 그것은 사람들이 나무 아래에 버린 쓰레기 더미 사이에 파묻혀 있었다. 치의학과 학생들 짓이 분명해. 나는 생각했다. 참으로 매정하고 어리석기 짝이 없는 인간들이야. 악취미와 사디즘에 물든 데다 오로지 돈밖에 모르는 인간들이니까. 혹시라도 부서질까 봐 두 손으로 조심스럽게 그것을 들어 올렸다. 두개골에는 턱뼈와 치아가 없었다. 그걸 보면 치과 보철학 학생들의 소행이 틀림없었다. 쓰레기는 물론, 나무 주변까지 샅샅이 뒤졌지만, 치아는 나오지 않았다. 거참 아쉽네. 나는 속으로 투덜거렸다. 나는 손에 두개골을 들고 거기서 200미터 떨어진 아파트까지 갔다. 마치 이교도 의식에 참여하기 위해 숲으로 걸어가는 듯했다.

나는 그것을 거실 테이블 위에 올려놓았다. 두개골치

고도 아주 작았다. 어린아이의 것인가? 나는 해부학이나 뼈에 대해서라면 아는 것이 전혀 없다. 가령 나는 두개골에 왜 코가 안 붙어 있는지도 모른다. 내 얼굴을 만져보면 분명 코가 두개골에 붙어 있는데, 왜 저기에는 없는 걸까? 코가 연골이라서 그런 걸까? 아무래도 그건 아닌 것 같다. 물론 코는 깨져도 별로 아프지 않을뿐더러, 뼈가 무른지 쉽게 부러진다는 말이 사실이기는 하지만 말이다. 나는 그 두개골을 좀 더 살펴보았다. 그러던 중, 그 위에 쓰인 이름과 숫자를 발견했다. 〈타티, 1975〉. 대체 무슨 뜻일까? 타티는 이름일 수도 있다. 1975년에 태어난 타티. 그러니까 그 두개골의 주인은 1975년생 타티라는 여성일 가능성이 있었다. 하지만 그 숫자가 꼭 날짜라는 법은 없다. 무슨 분류 번호와 관련이 있는지도 몰랐다. 당사자를 존중하는 뜻에서, 나는 그 두개골에 칼라베라❦라는 이름을 붙여주었다. 남자 친구가 밤에 퇴근하고 돌아왔을 무렵에는 줄여서 베라로 부르기로 했다.

남자 친구는 점퍼를 벗고 의자에 앉을 때까지도 그것을 보지 못했다. 그는 남자치고도 눈치가 없는 편이었다.

그는 두개골을 보자 흠칫 놀랐지만, 자리에서 벌떡 일어나지는 않았다. 그는 워낙 게으르고 움직이기를 싫어해

❦ calavera. 스페인어로 두개골이라는 뜻. 여기서는 화자가 붙인 이름이기 때문에 '칼라베라'로 표기한다.

서 나날이 뚱뚱해지고 있다. 나는 뚱보가 싫은데 말이다.

"이게 뭐지? 진짜야?"

"물론 진짜지." 내가 대답했다. "거리에서 찾았어. 진짜 해골이야."

그가 갑자기 내게 고함을 질렀다. 이런 걸 왜 집에 갖고 와? 이번에는 좀 더 과장된 목소리로 소리쳤다. 이딴 걸 어디서 주운 거야? 혹시라도 이웃들이 들을까 봐 걱정돼서 그에게 목소리를 조금 낮추라고 했다. 나는 하는 수 없이 그에게 자초지종을 얘기했다. 길을 가고 있는데, 나무 아래 저게 버려져 있더라고. 그걸 보고 그냥 지나칠 수가 없었어. 그랬다가는 두고두고 후회할 것 같았거든.

"정신 나갔어?"

"그럴 수도 있겠지." 나는 그렇게 말하고 베라를 방으로 가져갔다.

그는 내가 저녁을 차리려고 나올지도 모른다고 여긴 채 계속 기다렸을 것이다. 하지만 그는 더 이상 먹으면 안 된다. 날이 갈수록 뚱뚱해져서, 이제는 걸을 때 허벅지가 서로 스칠 정도다. 만약 그가 여자 치마를 입고 다니면, 아마 허벅살이 쓸려서 다 벗겨질 것이다. 한 시간이 지나자, 거실에서 내 욕을 하는 소리가 들렸다. 그러더니 전화로 피자를 주문했다. 저 게으름을 어쩐단 말인가. 그는 시내 식당까지 걸어가기가 귀찮아 배달을 시킨다. 이러나저러나 돈은 비슷하게 드니까 내가 상관할 문제는 아니다.

"베라, 저 사람을 어떻게 해야 할지 모르겠어."

베라가 말을 할 줄 안다면, 아마 당장 헤어지라고 할 것 같다. 누구나 다 그렇게 생각할 테니까. 잠자리에 들기 전 침대에 내가 가장 좋아하는 향수를 뿌렸다. 그러곤 베라의 눈 아래와 옆에도 조금 뿌려주었다.

내일은 베라에게 가발을 사줄 생각이다. 남자 친구가 들어오지 못하도록 나는 열쇠로 방을 잠가버렸다.

남자 친구는 자기가 얼마나 놀랐는지 아느냐는 둥, 터무니없는 변명을 늘어놓는다. 그는 거실에서 잔다. 겉으로는 나를 배려하는 것처럼 보이지만, 실은 그렇지 않다. 내 돈으로 산—그는 늘 박봉에 시달린다—소파 겸용 침대가 워낙 좋은 제품이기 때문이다. 그렇게 놀랄 게 뭐 있어? 내가 묻자, 그는 더듬거리며 헛소리만 한다. 당신이 하루 종일 베라하고 방에 틀어박혀 있으니까 그런 거지. 심지어 해골한테 뭐라고 중얼거리기까지 하고 말이야.

그렇게 무서우면 나가면 될 것 아니야. 여기서 당장 나가라고. 나가란 말이야. 나는 화가 치밀어 그에게 한바탕 퍼붓고 만다. 그러자 그의 얼굴이 심하게 일그러진다. 괴로움과 서글픔이 착잡하게 뒤얽힌 그런 표정으로 말이다. 하지만 나도 더 이상 그의 서툰 연기에 넘어가지 않는다. 오히려 당장 방에 들어가서 짐을 싸라고 그의 등을 떠민다. 그는 내 뒤통수에 대고 뭐라고 소리를 지르지만, 이번에는 정말 겁이 나서 그런 것 같다. 방 앞을 지나가다 이상한 느낌이 들어 안을 보니까 베라가 아주 비싼 금발의 가발을 쓰고 있더라고. 자세히 보니까 가늘고 노란빛을 띤 천연 모발이었어. 예전에 소비에트 연방의 일부이던 우크라이나나 대초원지역(시베리아에도 금발이 있던가?)에서 잘라 온 머리카락이 분명해. 모르긴 해도, 가난한 시골 마을에서 떠나기만을 목이 빠지게 기다리던 여자아이의 머리카락이겠지. 나는 가난한 금발 여자가 있다는 것이 왠지 낯설게만 느껴진다. 내가 그 가발을 산 것도 그런 느낌 때문이었는지 모른다. 그리고 형형색색의 발랄한 구슬 목걸이도 사서 베라에게 걸어주었다. 그뿐만 아니라, 나와는 정반대 스타일의 여자들이 작은 불꽃과 장미 꽃잎 사이로 어떤 남자가 찾아오기만을 기다리면서 욕실이나 방에 두는 아로마 캔들을 베라 주변에 둘러놓았다.

그는 마침내 우리 엄마한테 다 알리겠다고 위협하기까지 했다. 나는 정 원하면 그렇게 하라고 했다. 나폴리탄 마스티프 대형견처럼 볼이 축 늘어진 탓인지, 그는 그 어느 때보다 더 뚱뚱해 보였다. 그날 밤, 그는 결국 어깨에 작은 가방을 메고 여행가방 하나를 끌면서 떠났다. 그가 떠난 뒤, 나는 앞으로 밥을 아주 조금만 먹기로, 아니 거의 먹지 않기로 결심했다. 나는 베라가 온전하다면 어떤 모습일지, 또 베라 같은 인간의 육신이 얼마나 아름다운지 생각했다. 잊힌 무덤 속에서 달빛을 받아 반짝거리는 하얀 뼈, 서로 부딪칠 때마다 축제 종소리처럼 달랑거리는 소리를 내는 가녀린 뼈, 숲속의 춤, 죽음의 춤. 남자 친구는 벌거벗은 뼈들이 지닌 영묘하고 숭고한 아름다움과 전혀 관련이 없다. 뼈에 비곗덩어리와 권태만 덕지덕지 붙어 있으니까 말이다. 베라와 나는 앞으로 아름답고 공기처럼 가벼워질 것이다. 베라와 나는 앞으로 이 지상에서 야행성으로 살아갈 것이다. 뼈 위에 부스럼 딱지처럼 달라붙어 있는 흙은 아름답기만 하다. 속은 텅 비어 있지만 즐겁게 춤을 추는 해골들. 우리에게는 한 점의 육신도 없다.

단식을 한 지 일주일이 지나자, 몸이 변하기 시작한다. 우선 팔을 올리면 갈비뼈가 아직 많이는 아니지만 조금씩 드러나 보인다. 나는 꿈을 꾼다. 언젠가 나무 바닥에 앉으면, 엉덩이 대신 뼈가 드러나겠지. 그리고 뼈가 남아 있는 살을 찔러, 앉은 자리에 핏자국이 남을 거야. 그러다 결국 뼈가 살을 찢고 나오겠지.

나는 베라를 위해 장식용 조명을 샀다. 조명이라고 해야 별것은 아니고 크리스마스트리에 다는 장식등이다. 나는 눈이 없는, 그러니까 두 눈이 퀭한 베라의 모습을 더 이상 보고 있을 수만은 없었다. 그래서 궁리를 거듭한 끝에 비어 있는 눈구멍 속에 전구를 넣어보기로 했다. 전구가 여러 색깔로 이루어져 있으니까 베라의 눈에서는 매일 다른 빛이 나올 수도 있을 것이다. 어떤 날에는 빨간빛이, 그 다음 날에는 초록빛이, 그리고 그다음 날에는 파란빛이 나올 수도 있을 테지. 어느 날, 침대에 누운 채 베라를 쳐다보고 있는데, 갑자기 열쇠로 아파트 문을 여는 소리가 들렸다. 엄마가 분명했다. 열쇠를 가진 사람은 엄마밖에 없으니까 말이다. 뚱보 남자 친구가 떠나기 전에, 나는 열쇠를 엄마한테 맡기라고 했다. 나는 엄마에게 인사라도 하려고 침대에서 일어났다. 그리고 차를 끓여 엄마와 함께 마시기 위해 앞에 앉았다. 예전에 봤을 때보다 더 말랐구나. 엄마가 말했다. 남자 친구와 헤어지고 스트레스를 받아서 그래요. 나는 아무렇지도 않게 대답했다. 그러곤 엄마와 나는 한동안 아무 말도 하지 않았다. 엄마가 마침내 먼저 말을 꺼냈다.

"파트리시오가 그러는데, 너 요즘 이상한 것에 빠져 있다면서."

"빠져 있다니요, 어디에요? 엄마, 나한테 차였다고 화가 나서 꾸며낸 이야기니까 귀담아듣지 마세요."

"네가 해골인지 뭔지에 빠져 지낸다고 하던데?"

나는 그 말을 듣고 웃었다.

"헛소리예요. 이번 핼러윈 때 쓰려고 친구들과 보기만 해도 소름 끼치는 의상하고 소품들을 만들고 있다고요. 즐겁게 보내려고 그런 거라고요. 요즘 좀 바빠서 의상을 사러 나갈 시간이 없었어요. 그래서 부두교 장식 벽을 직접 만들었죠. 으스스한 분위기를 내기 위해 다른 것들, 그러니까 검은 양초하고 수정 구슬처럼 생긴 유리구슬도 살 거고요. 무슨 말인지 아시겠어요? 이상한 것에 빠진 게 아니라, 집에서 파티를 하려고 그러는 거라고요."

엄마가 내 말을 듣고 어느 정도 수긍을 했는지 잘 모르겠다. 어차피 엄마의 눈에는 모두 쓸데없는 짓으로 보였을 테니까 말이다. 갑자기 엄마는 베라를 보고 싶다고 했다. 나는 베라를 가지고 나와 보여드렸다. 이런 걸 왜 방에 모셔다두는 거니? 엄마는 보기만 해도 소름이 돋는 모양이었다. 하지만 핼러윈 파티 때 분위기를 내려고 갖다놓은 거라는 말은 철석같이 믿는 눈치였다. 물론 나는 태어나서 파티를 연 적이 단 한 번도 없다. 생일도 끔찍하게 여기는 내가 무슨 이유로 핼러윈 파티를 열겠는가? 그리고 엄마는 내가 파트리시오를 차버리는 바람에 그가 화가 나서 그런 소리를 한 거라는 내 거짓말도 믿는 눈치였다.

엄마는 그제야 마음이 놓이는 듯 집을 나섰다. 아마 한동안은 다시 안 오시겠지. 혼자 있고 싶었는데, 마침 잘 됐어. 아직 베라의 상태가 온전치 못한 것이 자꾸 마음에 걸렸거든. 지금처럼 치아도, 팔도, 척추도 없이 계속 있을 수는 없잖아. 그렇다고 사라진 뼈를 모두 되찾아줄 수도 없는 노릇이고. 지금으로서는 꿈도 못 꿀 일이야. 베라한테 없는 뼈의 이름과 모양을 알려면 우선 해부학부터 공부해야겠어. 그건 그렇고 뼈를 어디서 찾는담? 남의 무덤을 파헤칠 수도 없고, 할 줄도 모르는걸? 아빠는 공동묘지의 무연고자 합동 분묘에 대해 자주 말하시곤 했다. 실외에 있어서 마치 유골 수영장 같다고 했다. 하지만 이제는 그런 것도 다 사라졌을 것 같다. 아직도 그런 게 남아 있다고 해도, 누가 보살핀단 말인가? 옛날에는 의과대학생들이 공부하는 데 필요한 해골과 뼈를 찾으러 거기 가곤 했다는 말을 아빠에게 들은 적이 있다. 요즘은 어디서 뼈를 얻어 공부하는 걸까? 아니면 플라스틱 모형을 사용하는 걸까? 사람의 갈비뼈를 들고 거리를 지나다니기는 어려울 것 같다. 만약 하나라도 찾으면, 파트리시오가 놓고 간 커다란 배낭—그가 날씬하던 시절, 캠핑 갈 때 들고 다니던 것이다—에 넣어 가면 될 듯했다. 따지고 보면 우리는 모두 뼈에 얹혀 걸어 다니는 셈이다. 땅을 깊이 파고, 관에 덮인 시신을 찾기만 하면 된다. 삽을 들고 땅을 파야 한다. 언제나 땅속에서 뼈를 찾아내는, 어디에 뼈를 숨겼는지, 또 어디에 묻어놓고 잊어버렸는지도 귀신같이 아는 개들처럼 말이다.

이웃집 마당

미겔이 이삿짐센터 직원에게 돈을 내고 인사를 하는 동안, 파울라는 여러 개의 책 상자를 옮기느라 힘줄이 솟고 벌게진 손을 물끄러미 내려다보았다. 피곤하고 배도 고팠지만, 새집이 마음에 들었다. 운이 좋은 편이었다. 무엇보다 방이 세 개나 되는데, 월세는 그리 비싸지 않았다. 우선 하나는 서재로 쓰고, 다른 방은 침실로, 그리고 마지막 방은 혹시 올지도 모르는 손님들을 위해 비워두기로 했다. 마당에는 전에 살던 사람이 심어놓은 예쁜 화초와 선인장들이 옹기종기 모여 있고, 진한 초록색 담쟁이덩굴이 벽을 타고 높이 올라가고 있었다. 그들이 가장 마음에 들었던 것은 옥상 테라스였다. 이미 바비큐용 화로도 설치되어 있는 데다, 주인이 반대만 하지 않으면 지붕 달린 별채를 세워도 될 정도로 널찍한 편이었다. 주인한테 말만 잘하면

원하는 대로 고칠 수 있을 것 같았다. 파울라는 집주인을 처음 보았을 때, 다정하고 너그러운 여자라는 인상을 받았다. ("계약서상에는 반려동물을 키울 수 없다고 되어 있지만, 신경 쓰지 마세요. 나도 동물을 무척 귀여워하니까요.") 더구나 한시라도 빨리 집을 세놓고 싶어 하는 눈치였다. 그래서인지 보통 집주인들은 계약할 때 보증인 두 명을 요구하지만, 그녀는 한 명만 보증을 서면 된다고 했다—그래서 미겔의 부모님 한 분이 보증을 섰다—. 그리고 파울라는 당시 직장이 없었기 때문에 미겔의 소득 증명서만 있어도 괜찮다고 했다. 아마 돈이 급히 필요했거나, 집을 오래 비워두면 엉망이 되니까 그 전에 세입자를 구하려는 듯했다.

그런데 미겔은 주인의 태도가 좀 미심쩍었던지, 계약하기 전에 한 번 더 집을 보고 싶다고 했다. 하지만 집에는 아무런 문제가 없었다. 욕실만 해도 커튼에 곰팡이가 슬어서 바꿔야 하는 것 말고는 흠잡을 데가 없었다. 집은 햇볕이 잘 들고 따뜻할 뿐 아니라, 도로에 면해 있는데도 전혀 시끄럽지 않았다. 나지막한 집들이 늘어선 동네는 겉으로 보기에 조용했지만, 상점들과 길모퉁이에 있는 소박한 바에 많은 사람들이 드나드는 등 꽤나 분주한 모습이었다. 미겔은 신경이 너무 예민해져서 그런 것 같다고 털어놓았다. 반면 파울라는 그 집과 여주인을 처음 본 순간 마음에 들었다. 그녀는 이사하기 전부터 책상과 책을 어디에 둘지 이미 다 생각해놓았다. 그리고 편안한 안락의자를 사서 마당에 놓고 커피를 마시면서 공부하고 싶었다. 그녀는 이번 기회에 학위 과정도 마무리 지을 생각이었다. 학위를 받으려면 아직 세 번의 시험이 남아 있는데, 1년 안에 다 마치고 다시 직장에 나갈 계획이었다. 그녀는 태어나서 처음으로 기한을 정하고, 앞으로 몇 달 치의 계획표를 짰다. 목표를 달성하려면 그 집만 한 곳이 없을 듯했다.

파울라와 미겔은 우선 상자를 풀고 주변에 책을 쌓아 놓았다. 방 안이 어질러지자 슬슬 짜증이 나기 시작한 그들은 전화로 피자를 주문했다. 그들은 마당에 라디오를 틀어놓고 피자를 먹었다. 미겔은 이사를 할 때마다 새집에서 보내는 처음 며칠간이 가장 싫다고 했다. 텔레비전과 인터넷도 연결되어 있지 않은 데다, 앞으로 몇 주 동안 여기저기 전화를 걸어 사람들을 불러야 모든 게 해결될 테니 생각만 해도 짜증이 나는 모양이었다. 하지만 이번에는 너무 지쳐 있어서 그런 걱정을 할 여유도 없었다. 그는 담배를 한 대 피운 뒤, 침대에 눕더니만 이불도 덮지 않은 채 금세 잠이 들었다. 파울라도 눈꺼풀이 무거웠지만, 밤하늘의 별을 보면서 음악을 듣기 위해 라디오를 들고 옥상 테라스로 올라갔다. 테라스에서는 대로변 건물들이 가깝게 보였다. 몇 년이 지나면 그녀의 집—그녀는 왠지 그곳이 자기 집처럼 느껴졌다—을 포함해 그 주변이 모두 헐리고, 그 자리에 고층 빌딩이 들어설 거라는 생각이 들었다. 그 동네가 시쳇말로 아직 뜨지는 않았지만, 땅값이 오르는 것은 시간문제였다. 시내에서 멀지도 않은 데다, 지하철역이 근처에 있다. 게다가 조용한 동네라고 소문이 나 있었다. 다른 동네에 별 관심이 없는 만큼, 여기 사는 동안 실컷 즐겨야 할 것 같았다.

옥상 테라스 주변으로 나지막한 담이 둘러져 있었다. 하지만 담 위로 철조망이 쳐져 있었다—주인은 거기서 개를 키운 것이 틀림없었다. 그녀가 동물을 좋아한다는 말을 한 것도 바로 그 때문이었던 것 같다. 하여간 개가 도망가지 못하도록 주변으로 울타리를 쳐놓은 모양이었다—. 그런데 모서리 부분의 철조망이 떨어져 있었다. 그곳에 가니, 어렴풋이나마 이웃집 마당의 일부가, 그러니까 네다섯 개의 빨간 판석이 보였다. 밤이 되니 날씨가 쌀쌀해졌다. 그녀는 침대에 덮는 얇은 담요를 가지러 아래로 내려갔다.

누군가 문을 두들기는 소리에 잠에서 화들짝 깨어난 그녀는 그것이 꿈인지 생시인지 분간할 수도 없었다. 아무래도 악몽을 꾸는 것 같았다. 하지만 그 소리 때문에 온 집이 흔들리는 걸 보면, 커다란 짐승이 발로, 아니면 거인이 솥뚜껑 같은 주먹으로 문을 치고 있는 것이 분명했다. 자리에서 일어난 파울라는 잠시 침대에 걸터앉았다. 얼굴이 화끈거리면서, 목덜미는 땀으로 흥건하게 젖어 있었다. 어둠 속에서 누군가 문을 부수고 들어올 기세로 세게 내리치고 있었다. 그녀는 불을 켰다. 그런 와중에도 미겔은 자고 있었다. 도무지 믿을 수가 없었다. 어디가 아프거나 정신을 잃은 것이 분명했다. 그녀는 그를 흔들어 깨웠다. 그런데 바로 그 순간 문을 두드리는 소리가 더 이상 들리지 않았다.

"왜 그래? 무슨 일이야?"

"아무 소리도 못 들었어?"

"소리라니, 무슨 소리? 왜 우는 거야, 파우?* 무슨 일 있었어?"

"그렇게 시끄러운데 어떻게 계속 잘 수가 있어? 정말로 아무 소리도 못 들었어? 문 두드리는 소리 말이야. 누군지는 모르겠지만, 문을 부서져라 치더라니까!"

"대문을 말이야? 한번 보고 올게."

"안 돼. 가지 마!"

파울라는 자기도 모르게 고함을 질렀다. 마치 겁에 질린 동물처럼 으르렁거리는 소리로 말이다. 미겔은 허겁지겁 바지를 입으며 뒤를 돌아보고 말했다.

"이제 그만해."

* 파울라의 애칭.

그 순간, 파울라는 이를 악물더니 입을 꽉 다문 채 울기 시작했다. 그는 다시 그런 눈초리로 그녀를 바라보았다. 그녀는 미겔이 어떻게 나올지 훤히 알고 있었다. 우선 조바심을 내다가, 마음이 가라앉으면서 지나칠 만큼 너그러워질 것이다. 그러고 나면 미겔은 그녀가 가장 싫어하는 짓, 즉 그녀를 미친 여자로 취급할 것이다. 차라리 죽여버렸으면. 그녀는 생각했다. 만약 문 앞에 있는 이가 무기를 들고 있다면 말이야. 저 멍청이가 정 내 말을 못 믿고 문을 열겠다면, 차라리 죽여버리라고. 그러면 나 혼자 이 집을 독차지하고 살 수 있을 테니까. 저 남자라면 이제 지긋지긋해. 하지만 파울라는 자리에서 일어나자마자 미겔 뒤로 달려가 숨었다. 그러곤 그에게 제발 문을 열지 말라고 사정했다. 그는 그녀의 눈에서 무언가를 보았다. 자기에 대한 믿음을 말이다.

"그럼 옥상에 올라가서 보자고. 거기 가면 거리가 내려다보일 테니까."

"그런데 옥상 테라스에는 철조망이 쳐져 있잖아."

"나도 봤어. 하지만 철조망이 느슨하게 쳐져 있더라고. 치우는 건 어렵지 않겠던데."

미겔은 가볍게 철조망을 치웠다. 사실 그건 담에서 떨어져 있었다. 그녀는 아래를 내려다보았다. 길에는 아무도 없었다. 더구나 가로등이 대문을 비추고 있었기에 잘못 봤을 리도 없었다. 동네 전체가 환한 편이었다. 집 앞에 자동차 두 대가 주차되어 있었지만, 차창을 통해서 보니 안은 텅 비어 있었다. 만약 뒷좌석에 누군가가 웅크리고 숨어 있다면 얘기는 다르겠지만, 그렇게까지 해서 그들을 감시할 사람이 누가 있겠는가?

"이제 그만 내려가자." 미겔이 말했다.

파울라는 울면서 그를 따라 내려갔다. 아직도 분이 안 풀렸지만, 그래도 마음이 한결 홀가분해졌다. 그렇게 생생한 꿈을 꾸었다는 게 신기하기까지 했다. 그것이 정말로 꿈이었다면 말이다. 미겔은 말없이 다시 잠자리에 들었다. 그는 아무 말도 하고 싶지 않았을뿐더러, 괜한 일로 그녀와 말다툼을 하고 싶지도 않았다. 그녀는 오히려 그의 그런 마음이 고맙게 느껴졌다.

다음 날 아침, 문 두드리는 소리가 여전히 귓전에 아른거리고 있었다. 파울라는 모두 악몽 속에서 벌어진 일이었다는 것을 받아들일 수밖에 없었다. 자리에서 일어난 그녀는 출근 준비로 바쁜 미겔을 아무 말 없이 도와주었다. 덕분에 어젯밤 일로 다시 얼굴을 붉힐 필요가 없었다. 그리고 그에게 슬픈 표정을 굳이 숨길 필요도 없었다. 그녀는 많은 사람들처럼 우울증에 시달렸고, 적은 양이기는 하지만 계속 약을 복용했다. 하지만 그 때문에 미겔이 그녀를 환자 취급한다면, 그것은 정말 어불성설이었다. 자기 남편이 그렇게 속이 좁고 편견에 사로잡힌 사람이라는 것을 처음 알았을 때, 그녀는 적지 않은 충격을 받았다. 하지만 최근 들어 모든 것이 분명해졌다. 우울증 초기에, 그는 그녀가 침대에 누워 있기만 해도 잔소리를 퍼부어댔다. 그럴 시간 있으면 차라리 나가서 뛰라고. 아니면 헬스클럽이라도 가든지. 그리고 답답하게 왜 창문을 죄다 닫아놓는 거지? 친구라도 만나러 나가라고. 파울라가 신경정신과에 가서 진료를 받기로 하자, 미겔은 화가 나서 펄펄 뛰었다. 그런 사기꾼들한테 갈 생각일랑 꿈도 꾸지 마. 그런 남편에게 무슨 말을 더 하겠는가? 어쩌면 그녀는 속마음을 다 털어놓을 만큼 그를 믿지 않았는지도 모른다. 심지어 그는 노산이 위험하다거나 그녀 주변에서 이상한 일들이 너무 많이 일어난다는 등의 엉뚱한 이야기를 들먹이면서 아이를 갖자고 하기도 했다. 사실 그 당시만 해도 그녀는 그런 일들이 이상하다고 여기지 않았다. 하지만 우울증 증세가 나아지기 시작할 때, 그러니까 미겔과 계속 같이 살아야 할지 고민하기 시작할 무렵부터 그런 일들이 신경이 쓰이고, 걱정스러워졌다. 미겔은 다른 문제에 대해 편견을 드러낸 적은 없다. 유독 신경정신과 의사들과 정신 질환, 그리고 착란 증세에 대해서만 그릇된 편견을 가지고 있었다. 그들은 얼마 전에 그 문제에 관해 대화를 나눈 적이 있었다. 그 자리에서 미겔은 심각한 상태의 병을 제외하면 모든 감정 문제는 자신의 **의지**로 충분히 극복될 수 있다고 말했다.

"그런 엉터리 이야기가 어디 있어." 그녀가 대꾸했다. "그럼 망상증에 시달리는 사람들도 자기 의지만 있으면 강박적으로 손을 씻지 않을 수 있다는 말이야?"

미겔은 정말 그럴 수 있다고 믿는 눈치였다. 자기가 진정 원하기만 하면 알코올 중독자는 술을 끊을 수 있고, 거식증 환자는 다시 정상적으로 식사를 할 수 있다는 논리였다. 그는 자기 아내가 정신과에 다니고 약을 먹고 있다는 사실을 받아들이기 위해 엄청나게 애를 쓰고 있었다. 그래서 그녀에게 이야기하는 내내 바닥만 내려다보았다. 그는 병원에 다니고 약을 먹어봐야 아무 소용도 없다고, 그리고 조금 견디다 보면 좋아질 거라고 생각했다. 더구나 회사에서 심각한 문제를 겪은 뒤라 우울한 것이 당연하다고 믿었다.

"그런데 미겔, 나는 우울한 게 아니야." 그녀는 차가운 목소리로 대답했다. 게다가 남편이 자신의 마음을 그렇게 몰라주는 것에 대해 수치스러운 기분마저 들었다. 그런 남편을 더 이상 용납하기가 어려웠다.

"알아. 나도 안다니까." 그가 말했다.

파울라는 시어머니—무척 자상해서, 그녀가 좋아했다—가 미겔을 불러 이야기를 나누었던 걸 알고 있었다.

정확히 말하자면, 미겔에게 네 번이나 소리를 질렀다.

"파울리타,[*] 대체 어디서 그런 한심한 자식이 나왔는지 모르겠구나." 시어머니는 커피를 마시면서 파울라에게 말했다. "우리 집에서 그렇게 생각하는 사람은 아무도 없단다. 우리 식구들 중에서 아무도 정신과 치료를 받지 않는다는 건 다 하느님 덕분이지. 그럴 필요가 없었으니까 말이다. 안타깝지만 아무래도 녀석은 병원에 가서 치료를 받아야 할 것 같구나. 며늘아기야, 내가 대신 용서를 빌게."

그녀는 시어머니—이름이 모니카였다—가 암고양이 엘리를 데려오기를 기다리고 있었다. 미겔과 파울라는 엘리가 이사하는 데 거치적거리거나, 혹시 불안해하지나 않을까 싶어 하루 동안 시어머니께 맡기기로 했다. 파울라가 냄비와 프라이팬 그리고 접시를 다 정리하자, 시어머니와 엘리가 도착했다. 파울라가 시어머니께 드릴 커피를 끓이는 동안, 새집이 생소했는지 엘리는 여기저기 코를 킁킁대면서 살피고 다니다가 가끔씩 깜짝깜짝 놀라며 다리 사이에 꼬리를 말아 넣곤 했다.

"집이 아주 예쁘구나." 시어머니가 말했다. "널찍하기도 하고. 무엇보다 안이 환해서 좋구나. 아주 잘 구했네. 부에노스아이레스에서 **이만한 집**을 구하기는 하늘의 별 따기지."

[*] 파울라의 애칭.

시어머니는 마당도 구경하고 싶어 했다. 다음에 올 때 화분을 갖다주겠다고 약속했다. 하지만 시어머니가 가장 마음에 들어 한 것은 옥상 테라스였다. 집 정리가 다 끝나면 내가 고기를 가져올 테니까 여기서 구워 먹도록 하자꾸나. 그녀는 파울라와 고양이에게 입을 맞춘 뒤, 프리지어 꽃 한 다발을 선물로 남기고 떠났다. 파울라는 바로 그런 면 때문에 시어머니를 무척 좋아했다. 아들 집에 놀러 와도 오래 머물지 않았을뿐더러, 의견을 물어보는 경우를 제외하면 이래라저래라 하는 법도 없었다. 더구나 일을 도와주면서 아무 생색도 내지 않았다.

그런데 파울라는 옥상 테라스를 본 후로 엘리 때문에 걱정이 되었다. 중성화 수술을 시켜서 멀리 도망갈 리는 없었지만, 어쨌거나 태어나서 처음으로 다른 집 지붕에 가보고 싶은—전에는 좁은 아파트 안에서만 살았다—마음이 생길 수도 있을 테니까 말이다. 아무리 궁리해도 그 문제를 해결할 방법은 없었다. 담 위에 철조망이 쳐져 있기는 하지만 고양이를 막기는 역부족일 듯했다. 오히려 엘리가 타고 올라가기 좋게 되어 있었다. 날씨가 몹시 무더웠지만, 파울라는 마음이 쓰여서 다시 옥상으로 올라갔다. 하지만 그날따라 아무 생각도 하기가 싫었다. 그녀는 담 위에 걸터앉은 채, 털이 짧은 커다란 회색 고양이 한 마리가 이웃집 마당을 지나가는 모습을 보았다. 녀석이 엘리의 남자 친구가 될지도 모르지. 그녀는 생각했다. 그녀는 고양이를 기르는 이웃을 만나자 괜히 반가운 마음이 들었다. 친해지면 먼저 이 동네에서 유명한 동물병원을 알려달라고 해야겠어. 그리고 엘리가 도망가면 찾아달라고 할 수도 있을 테니 잘됐어.

그날 밤에도 미겔은 전날 있었던 소동에 대해 아무런 언급을 하지 않았다. 그녀로서는 그런 그가 고맙기만 했다. 그들은 맛있는 렌즈콩 스튜를 함께 먹고, 일찍 잠자리에 들었다. 피곤했는지, 미겔은 눕자마자 곯아떨어졌다. 하지만 파울라는 쉽사리 잠이 오지 않았다. 엘리의 소리가 들렸다. 아직 불안감이 가시지 않았는지, 녀석은 집 안을 이리저리 돌아다니면서 발톱으로 상자를 뜯거나 쌓아놓은 바구니와 주방에 올라가기도 했다. 그녀는 문을 두드리는 소리가 나기를 은근히 기다리고 있었다. 깜깜하면 잠이 더 안 올까 봐 그녀는 방으로 이어지는 마당의 불을 켜두었다. 하지만 그날 밤에는 아무도 문을 두드리지 않았다.

그런데 새벽녘에 이상한 느낌이 들어 눈을 떠보니, 침대 발치에 몸집이 아주 작은 이가 앉아 있었다. 처음에는 엘리겠거니 생각했지만, 고양이치고는 너무 컸다. 하지만 그림자밖에는 보이지 않았다. 얼핏 보기에는 어린애 같았지만, 이상하게도 머리털이 하나도 없었다. 머리의 윤곽이 선명하게 보였다. 덩치가 아주 작고 여윈 아이 같았다. 놀랐다기보다 궁금해진 파울라는 자리에서 일어나 앉았다. 그러자 그 아이는 밖으로 달려 나갔다. 그런데 사람이라고 보기에는 동작이 너무 빨랐다. 파울라는 더 이상 생각하고 싶지 않았다. 뛰어나가는 모습만 보면, 엘리가 분명했다. 아무리 봐도 엘리였다. 파울라는 생각했다. '나는 반쯤 잠들어 있어. 그런데 나는 내가 반쯤 잠들어 있다는 사실을 까맣게 몰라. 눈앞으로 아주 작은 요정들이 날아다니고 있잖아. 이런 어처구니없는 생각을 다 하다니!' 쉽게 잠이 오지 않자 그녀는 하는 수 없이 약을 먹었다. 그다음 날, 아주 늦게 일어날 때까지 그녀는 아무것도 알아차리지 못하고 있었다.

그들은 며칠에 걸쳐 상자와 바구니에 있던 짐을 꺼내 하나씩 정리했다. 그사이 문 두드리는 소리도, 난쟁이-고양이도 다시 나타나지 않았다. 그런 걸 보면 이사 스트레스 때문이 분명했다. 파울라는 언젠가 이사하는 것이 사랑하는 사람의 죽음, 해고에 이어 세 번째로 큰 스트레스 요인이라는 글을 읽은 적이 있다. 최근 2년 동안, 그녀는 이 세 가지를 모두 겪었다. 아버지가 돌아가시고 얼마 되지 않아 회사에서 해고당했고, 그 후로 이사를 했으니까 말이다. 그런데도 남편은 의지로 모든 것을 극복할 수 있다고 믿었다. 그녀는 어리석기 짝이 없는 남편을 얼마나 경멸했는지 모른다. 오후에 그녀는 혼자서 짐을 정리하고 청소를 하며, 그리고 틈나는 대로 공부도 하면서 남편과 헤어질까 생각한 적이 여러 번 있었다. 하지만 그 전에 자신의 마음부터 추슬러야 했다. 사회학 학위를 받는 것이 그녀의 첫 번째 목표였다. 여론조사 회사를 운영하는 친구는 그녀가 학위를 따는 즉시 자기 회사의 컨설턴트 자리를 주겠다고 약속했다. 물론 네가 원하기만 하면 그 전부터 일을 시작해도 좋아. 하지만 그녀는 아직 마음의 준비가 되어 있지 않았다. 내년에는 일을 시작할 수 있을 거야. 그리고 앞으로도 미겔과의 관계가 나아지지 않는다면 더는 기대하기 어렵겠지.

그렇게 되면 미겔의 어깨도 한결 가벼워질 것 같았다. 그들은 최소한 1년 전부터 부부 관계를 갖지 않았다. 미겔은 별로 신경 쓰지 않는 눈치였고, 그녀 또한 마음이 내키지 않았다. 그들은 한집에서 조용히 살았지만, 좋은 관계라고 할 수는 없었다. 어쨌든 우리에겐 시간이 필요해. 그녀는 생각했다. 혹시 1년 뒤 갑자기 사이가 좋아질지도 모르니까. 그렇지 않으면 사실상 별거에 들어가겠지. 차라리 그러는 편이 더 나을지도 몰라. 그냥 친구처럼 같은 집에 살면 될 테니까. 요즘 사랑이 식어버린 부부들이 많이 그러듯이 말이야. 지금으로서는 수업을 마치는 게 급선무야. 이제 세 개밖에 남지 않았으니까. 지금까지 공부한 바로는 그렇게 어려울 것 같지도 않아.

그녀가 그것을 본 것은 복사한 자료를 훑어보다 쉴 겸 해서 옥상에 빨래를 널고 있을 때였다. 엘리는 따뜻한 햇볕 속에서 잠들어 있었다. 예상과 달리 엘리는 다른 집 지붕 위를 돌아다니는 데 별 관심이 없었다. 파울라로서는 다행스러운 일이었다. 그녀는 이웃집 마당을 몰래 살펴보고 있었다. 여느 때와 마찬가지로 고작 대여섯 개의 판석, 콜로니얼풍의 집에 깔려 있는 것처럼 오래된 빨간 판석이 눈에 들어왔다. 그녀는 그날 이후로 보지 못한 회색 고양이를 찾고 있었다. 혹시 죽은 게 아닐까? 그사이 그녀는 고양이의 울음소리조차 듣지 못했다. 이웃집에는 안경 낀 남자 혼자 살고 있었는데, 생활이 너무 들쑥날쑥해서 예측할 수가 없었다. 만나면 깍듯하게 인사하기는 했지만, 정이 담겨 있지는 않았다. 하여간 회색 고양이는 보이지 않았다. 그녀가 다시 빨래를 널려고 몸을 돌리는 순간, 이웃집 마당에서 무언가 움직이는 것 같았다. 하지만 그건 고양이가 아니라, 다리였다. 발목에 쇠사슬이 묶인 아이의 맨다리였다. 깜짝 놀란 파울라는 깊은 한숨을 내쉬고 몸을 앞으로 기울였다. 그 순간 하마터면 옥상에서 떨어질 뻔했다. 사람의 다리가 틀림없었다. 잠시 후, 상체의 일부가 보였다. 어른이 아니라 분명 남자아이였다. 아이는 비쩍 마른 데다 벌거벗고 있어서, 희미하게나마 고추도 보였다.

살에는 땟국물이 줄줄 흘러 거의 잿빛으로 보였다. 파울라는 잠시 망설였다. 저 아이에게 소리를 지르고 뛰어 내려가야 할까? 아니면 당장 경찰에 신고하는 게 좋을까? 그녀는 마당에서 쇠사슬을 본 적도—물론 매일 이웃집 마당을 엿본 건 아니지만—어린아이의 목소리를 들은 적도 없었기 때문에 어찌할 바를 몰랐다.

그녀는 아이를 감금하고 있는 이들이 눈치채지 못하도록 고양이를 부를 때처럼 혀로 쯧쯧 하는 소리를 냈다. 하지만 저 아래에서 움직이던 어린아이의 자그마한 몸뚱이는 곧 그녀의 시야에서 사라졌다. 그렇지만 쇠사슬은 대여섯 개의 판석 위로 질질 끌려가고 있었다. 그러던 어느 순간, 아이가 모퉁이 뒤에 멈추었는지 쇠사슬이 제자리에 멈추었다. 도망칠 방법은 없었지만, 그녀가 다시 자기를 불러주기만을 기다리면서 귀를 쫑긋 세우고 있는 것처럼 말이다. 파울라는 두 손을 뺨에 갖다 댔다. 그녀는 오랜 세월 동안 사회복지사로 일했기 때문에 그런 상황에서 어떻게 해야 하는지 잘 알고 있었다. 하지만 1년 동안 여러 가지 일을—회사에서 징계 위원회의 결정을 거쳐 해고되었다—겪다 보니, 그녀는 실종 아동이나 학대 아동을 책임지는 일이라면 이제 몸서리가 났다. 그녀는 계단을 뛰어 내려갔지만, 미처 화장실에 가기도 전에 거실에서 모두 토해내고 말았다. 그 바람에 책을 담아놓은 상자 하나가 엉망이 되어버렸다. 그녀는 자리에 털썩 주저앉아 울음을 터뜨렸다. 그녀의 긴 머리가 바닥에 닿을락 말락 했다. 고양이는 초록색 눈을 둥그렇게 뜬 채, 왜 저러는지 궁금한 듯 고개를 갸웃거리면서 그녀를 쳐다보았다.

맞아. 그날 새벽 침대 발치에 앉아 있던 게 바로 저 아이였어. 그녀는 생각했다. 저 아이가 분명해. 그런데 거기서 뭘 하고 있었던 거지? 가끔 그렇게 풀어줄 때도 있는 모양이야. 이제 어떻게 하지? 그녀가 제일 먼저 한 일은 토사물을 치우고 책을 꺼낸 다음, 냄새나는 상자를 쓰레기통에 버리는 것이었다. 그녀는 이웃집 마당을 엿보기 위해 다시 옥상 테라스로 올라갔다. 쇠사슬은 여전히 그 자리에 있었지만, 아이가 조금 움직였는지 발이 언뜻 보였다. 그건 사람의 발, 아니 어린아이의 발이 틀림없었다. 아동 보호국이나 경찰에 연락할 수도 있었다. 당장 취할 수 있는 방법은 많았지만, 우선 미겔에게 저 아이를 보여주고 싶었다. 사실을 알면 그가 발 벗고 나서서 도와줄지도 모르니까 말이다. 만일 미겔이 자기와 합심해서 저 아이를 위해 무슨 일이라도 할 수 있다면, 그들이 잃어버린 것의 일부라도 되찾을 수 있지 않을까 하는 생각이 들었다. 주말만 되면 차를 타고 어디로든 훌쩍 떠나곤 했던 그 시절, 사람들이 모두 떠난 시골 마을을 찾아 바비큐 요리를 해 먹고 오래된 집 앞에서 사진을 찍거나, 일요일마다 바닥에 매트리스만 깔아놓고 하루 종일 섹스를 즐기다 미겔의 동생이 직접 딴 꿀을 발라 말린 마리화나를 피우던 그 시절의 일부라도 말이다.

파울라는 빈틈없이 행동하기로 마음먹었다. 그녀가 그 아이를 본 것은 이사 온 지 한 달이 되어갈 무렵이었다. 그녀는 아이의 발과 쇠사슬을 보여주기 위해 미겔을 데리고 뛰어 올라가지는 않기로 했다. 어딘가에 묶여 있던 아이가 자리를 옮겼을 수도 있고, 발이나 쇠사슬이 더 이상 안 보일 수도 있었다. 그럴 경우 자칫 미겔의 의심을 살 우려가 있었다. 파울라는 우선 그에게 지금까지 본 대로 이야기해준 다음, 같이 옥상에 올라갈 생각이었다. 당장이라도 그에게 전화를 걸고 싶었지만, 일단 참기로 했다. 그 뒤로 여러 차례 옥상에 올라갈 때마다 쇠사슬이나 쇠사슬에 묶인 발이 보였다. 그녀는 사회복지사로 일할 당시 수도 없이 들었던 이야기들이 떠올랐다. 침대에 묶인 아이들, 쇠사슬에 묶인 아이들, 방에 갇혀 지낸 아이들의 이야기 말이다. 다행히 그녀는 그런 일을 단 한 번도 겪지 않았다. 도시에서는 그런 경우가 드물었다. 사람들의 말에 따르면, 그런 아이들은 절대로 정상적인 삶을 살아갈 수 없다고 했다. 어릴 때 받은 마음의 상처가 너무 큰 탓에 평생 공포 속에서 살아가거나, 고통에 시달리다 결국 이른 나이에 죽는다는 것이다.

그날 저녁, 미겔은 평소보다 조금 일찍 집에 도착했다. 파울라는 그가 의자 위에 가방을 내려놓기도 전에 아이의 얘기를 꺼냈다. 뭐라고? 무슨 소리야? 이해가 가지 않는지 그는 계속 같은 말을 물었다. 하지만 그녀는 아랑곳하지 않고 이웃집 마당에서 쇠사슬에 묶인 아이 이야기를 계속 했다. 아냐. 그건 그렇게 드문 일이 아니라고. 잘 몰라서 그렇지 그런 경우는 꽤 많아. 정신 나간 게 아니라니까. 당장 올라가보자. 올라가자니까. 여보, 내 말 잘 들어. 우리는 저 아이를 어떻게 할지 결정해야 한다고. 그런데 둘이 고개를 빼고 이웃집 마당을 내려다보았지만 아이와 쇠사슬은커녕, 다리나 발도 보이지 않았다. 파울라는 아까 그랬던 것처럼 혀로 쯧쯧 하는 소리를 냈다. 하지만 아이 대신 엘리가 야옹 소리를 내며 다가왔다. 아마 먹을 것을 주려는 줄 알았던지, 잔뜩 기대한 표정이었다. 그때 파울라가 가장 두려워하던 말이 결국 미겔의 입에서 튀어나오고 말았다.

"정말 돌았군." 그는 그녀에게 차갑게 쏘아붙이고 아래로 내려갔다.

주방에 있던 그는 유리컵을 벽에 냅다 집어 던졌다. 주방 안으로 들어선 파울라는 컵이 와장창 깨지는 소리에 놀라 눈을 질끈 감았다.

"정말 모르겠어?" 그가 소리쳤다. "당신은 환각을 본 거라고. 그런데도 정작 본인은 전혀 모르고 있다는 말이야! 당신은 저 집 마당에 어떤 아이가 쇠사슬에 묶여 있을 거라는 망상에 빠진 거야. 물론 당신 눈에는 분명히 보였겠지. 하지만 당신은 헛것을 본 거라고. 저번 직장에서 겪은 마음의 상처 때문에 말이야. 당신은 그때 이후로 망상에 사로잡혀 있는 거라고."

파울라도 물러서지 않고 악을 쓰며 그에게 대들었다. 잘 알지도 못하면서 왜 그래? 두 사람 사이에 고성과 욕설이 오갔다. 그녀는 문을 박차고 나가는 그를 붙잡고 싶었다. 하지만 그 순간, 그녀의 마음이 이상하리만큼 차분하게 가라앉았다. 내가 왜 정말 미친 사람처럼 행동하는 거지? 그래봐야 미겔이 옳다는 걸 증명해주는 것밖에 안 되잖아. 내가 왜 그런 행동을 한 거지? 언젠가부터 미겔은 아무 까닭 없이 나를 의심하기 시작했어. 어쩌면 나와 헤어지고 싶어서 그러는 건지도 몰라. 남편이 나를 정신병자 취급하는데, 나는 왜 내 말이 맞는다고 끝까지 우겼던 걸까? 그건 이웃집 마당에서 그 아이를 이 두 눈으로 똑똑히 봤기 때문이야. 미겔이 내 말을 끝까지 믿지 않겠다면, 하는 수 없지. 그거야 자기 문제일 테니까. 그녀는 다시 옥상 테라스로 올라갔다. 그러곤 담 위에 걸터앉아 아이가 나타날 때까지 기다리기로 했다. 그날 밤, 미겔은 결국 집에 돌아오지 않았다. 하지만 그녀는 그가 오든 말든 크게 신경 쓰지 않았다. 그녀에게는 구해야 할 사람이 있었으니까 말이다. 그녀는 상자에서 랜턴을 꺼내, 다시 옥상 담 위에 앉았다.

다니던 회사에서 해고될 무렵, 그녀는 엄청난 스트레스에 시달렸다. 하지만 미겔은 그런 그녀를 위로해주기는커녕, 용납하지 않으려는 듯했다. 그녀를 쫓아낸 이들처럼—때로는 그녀 자신도 마찬가지였다—미겔도 자기 아내를 등신 같은 여자라고 생각했다. 그 주는 시작부터 험난했다. 파울라는 남부 지방 출신의 아이들이 임시로 머물던 아동 보호소의 책임자였다. 보호소라고 해야 코딱지만 한 데다, 아이들이 노는 방은 습기가 차서 눅눅했다. 오래된 텔레비전 외에는 아이들이 가지고 놀 장난감도 거의 없었다. 그리고 주방 하나와 2층 침대 세 개—그러니까 침대가 여섯 개였던 셈이다—가 놓인 방이 하나 있었다. 보호소 시설이야 그런대로 견딜 만했지만, 아이들을 어떻게 할지가 문제였다. 금요일 저녁—골치 아픈 일은 늘 그때 일어났다—그녀의 휴대전화가 울렸다. 그녀는 너무 피곤해서 잠에 곯아떨어져 있었다. 심각한 문제가 생겼으니까 당장 거기 가달라는 전화였다. 멍한 상태로 운전을 하고 도착한 그녀의 눈앞에 정말 믿을 수 없는 광경이 펼쳐져 있었다. 여섯 살 정도 된 아이들 중에 이미 마약에 중독된 녀석이 하나 있었다. 그 아이는 그녀가 일이 없던 전날 거기 도착했다. 아무도 그 아이를 눈여겨보지 않았지만, 녀석은 이미 마약에 취해 있었다. 그런데 그 녀석이 텔레비전 앞에 똥을 눈 것이다. 더구나 설사를 해서, 거실에는 냄새가 진동을 했다. 그때 두 명의 보육사가 근무하고 있었는데, 그중 한 여자—멍청해서 평소에도 주변 사람들을 애먹이던 여자였다—가 그 아이를 당장 내쫓아버리자고 했다. 그 여자는 규정을 들먹이며 마약에 중독된 아이들까지 보살펴줄 의무가 없다고 주장했다. 그러자 다른 보모가 그녀에게 비난을 퍼붓기 시작했다. 아무리 그래도 그렇지 아이를 내쫓자니, 너무 잔인하잖아요. 더군다나 그건 한 인간을 포기하는 것이나 마찬가지예요. 두 여자는 하마터면 멱살잡이를 하고 싸울 뻔했다. 그사이 아이는 침대 시트에 똥을 잔뜩 묻혀놓은 채, 침을 질질 흘리고 있었다. 파울라는 도착하자마자 두 보육사에게 고함을 질러 진정시켜야만 했다. 그러곤 그들에게 할 일을 일러준 다음, 함께 거실과 침대를 청소—청소를 담당하던 이들은 그다음 날에야 오기로 되어 있었다—해야 했다. 결국 아이를 내쫓아야 된다고 우기던 여자는 다른 곳으로 자리를 옮겼고, 그 아이도 마찬가지였다. 예전에도 그랬던 것처럼, 후임자를 찾는 데 엄청나게 오랜 시간이 걸릴 게 분명했다. 그래서 파울라는 새 보육사가 올 때까지 자기가 그 일을 맡아 하기로 했다. 다른 보모, 그리고 의욕이 넘치는 보조 보육사 안드레스와 함께 하루 열두 시간씩 2교대로 일을 하기로 했다.

수요일에 기어이 또 한 아이가 보호소에서 사고를 치고 말았다. 주방 유리창을 통해 지붕으로 기어 올라가 도망친 모양이었다. 그들은 정오쯤에야 그 아이가 도망친 것을 알았다. 하지만 정확히 언제 달아났는지는 알지 못했다. 그날 파울라는 다시 거리로 나가 자동차 사이를 돌아다니다 남들이 반쯤 먹은 햄버거를 훔치면서 살아갈 아이를 생각하니 온몸이 바들바들 떨렸다. 그 아이는 버스 터미널에서 데려왔는데, 공중 화장실에서 몸을 팔았던 것이 분명했다. 그러다 보니 도시 구석구석 모르는 곳이 없었다. 심지어는 도둑들이나 범죄자들이 어디에 몸을 숨기는지도 알고 있을 정도였다. 아직 일곱 살밖에 되지 않았지만, 그 아이는 산전수전 다 겪은 참전 용사만큼이나 강인했으며—하지만 자존심 따위는 헌신짝처럼 내팽개치고 살았기 때문에 참전 용사와는 비교가 되지 않았다—사투리가 워낙 심해서 그녀보다 경험이 많은 사회복지사들이나 다른 아이들만 알아들을 수 있었다.

그 아이는 그날 밤 어느 병원에 있었다. 비야21 지구❦를 순찰하던 경찰들이 아이를 발견해 그들에게 연락했다. 그 동네는 마약에 중독된 열두 살짜리 여자아이들이 트럭에 올라타 운전사들의 성기를 빨아주고 받은 돈으로 마약

❦ 부에노스아이레스 동남쪽에 위치한 동네. 수도에서 인구가 가장 많고 크나, 마약 중독자들이 많아 우범지대로 유명하다.

을 사는 곳이다. 그 아이는 병원에 있었다. 마약에 취한 상태로 길을 건너다 차에 치여 병원에 실려 온 것이다. 다행히 상태는 나쁘지 않았다. 어디 한 군데 부러지지 않고 약간의 타박상만 입었다. 파울라는 그 아이를 보러 가지 않았다. 대신 안드레스가 병원에 갔다. 나중에 그 아이도 결국 다른 시설로 옮겨졌다. 파울라는 점점 그 일이 자신이 감당하기에 너무 버겁다는 생각이 들기 시작했다. 조금만 한눈을 팔아도 아이들은 도망치기 일쑤였다. 그다음 날, 다섯 살짜리 여자아이가 들어왔다. 그 아이는 발견될 당시 어떤 남자와 여자—아이의 부모는 아니다—가 데리고 있었는데, 매우 지치고 더러운 모습이었다. 그 아이는 친부모를 찾을 때까지나 법원에서 판결이 날 때까지 임시 보호소에 머물 예정이었다. 여자아이는 아동 보호소를 거친 다른 아이들과 마찬가지로 아무 말도 하지 않고 눈치만 살폈다. 텔레비전을 보고 웃던 아이는 갑자기 배가 아프다고 했다. 그러면서 갑자기 말이 많아지더니 환각 증상을 일으켜 횡설수설하기 시작했다. 가령 부에노스아이레스 식물원에서 알게 된 고양이-소년은 어릴 때부터 짐승들과 함께 산 탓인지, 눈이 노랗고 어두운 곳에서도 앞을 잘 볼 수 있다고 했다. 여자아이는 고양이를 무서워하기는커녕 너무나 좋아했다. 고양이-소년은 아이의 친구였다. 그리고 그 아이는 예전에 엄마를 잃어버렸다고 했다. 여자아이는 자기가 어디에 살았는지조차 모르고 있었다. 집에 기차를 타고 갔던 건 분명한데, 어떤 노선이었는지는 기억하지 못했다. 그때 본 기차역을 떠올려보라고 하자, 아이는 부에노스아이레스에서 가장 큰 두 역을 뒤섞어 설명했다. 파울라와 동료들은 그 정도면 조만간 아이의 부모를 찾을 수 있을 것으로 기대했다.

다음 금요일, 파울라는 야간 근무라 아동 보호소에서 밤새 혼자 있었다. 미겔은 그녀가 야간 근무를 한다고 하자 불같이 화를 냈다. 그녀는 후임자가 올 때까지 어쩔 수 없다고—거짓말을 한 것도 아닐뿐더러, 그녀도 야근이라면 몸서리가 쳐졌다—사정했지만, 소용이 없었다. 아동 보호소에는 착한 여자아이와 말수는 적었지만 행실이 반듯한 여덟 살짜리 남자아이가 있었다. 파울라는 그날 밤 10시에 출근해, 안드레스와 근무를 교대했다. 아이들은 모두 잠들어 있었다. 보호소 근무 외에도 밤마다 아이들을 찾아 거리를 순찰하느라 일주일 내내 고생했던 안드레스는 파울라를 보자, 같이 맥주를 마시면서 마리화나 담배를 피우자고 했다. 파울라는 고개를 끄덕였다. 그들은 라디오를 켰다. 이웃 사람들도 다 들을 만큼 라디오 소리가 컸지만, 그녀는 딱 적당한 것 같았다. 벨이나 전화 소리는 물론, 잠에서 깬 아이들이 칭얼거리는 소리도 들을 수 있을 정도였으니까 말이다. 그들은 두어 시간 동안 맥주를 마시면서 웃고 떠들었다. 그녀는 자기가 무엇을 하는지 분명히 알고 있었다. 그때까지도 자기가 나쁜 짓을 하고 있다고는 믿지 않았다. 물론 적절한 행동은 아니었지만, 일주일 내내 너무 힘들었기 때문에 잠깐 한숨을 돌리면서 긴장을 풀 필요가 있었다. 두 사람은 직장 동료로서 망중한을 즐기고 있었을 뿐이다.

그 순간 주방에 들어온 감독관의 싸늘한 시선을 영원히 잊지 못할 것 같다. 그녀는 안으로 들어오자마자 라디오 전선을 뽑아버리더니 다짜고짜 그들에게 고함을 질렀다. 당신들 여기서 뭐 하는 짓들이야. 젠장, 지금 무슨 짓을 하는 거냐고! 이런 빌어먹을 인간들이 있나. 무엇보다 '빌어먹을 인간들'은 그녀가 마음속에 깊이 담아두었던, 진심에서 우러나온 말이었다. 눈 깜짝할 사이에 벌어진 일이라, 그들은 술과 마약에 약간 취한 상태에서 그녀의 말을 그대로 받아들일 수밖에 없었다. 두 사람은 졸지에 현행범 신세가 되고 말았다. 보호소에서 나는 아이의 울음소리를 들은 이웃 사람이 감독관에게 연락을—이웃집 남자는 그녀의 전화번호를 가지고 있었다—했던 모양이었다. 그럴 리가 없을 텐데요. 지금 파울라가 근무하고 있거든요. 그녀는 의아한 생각이 들어 이웃 사람에게 말했다. 하지만 이웃 남자는 여자아이가 울고 있는데, 음악을 너무 크게 틀어놓아서 못 듣는 것 같다고 말했다. 음악이라는 말을 듣자 감독관은 왠지 불길한 느낌이 들었다. 보호소에 도둑이 들었거나, 무언가 심각한 일이 벌어졌을지 모른다는 생각이 들었다. 허겁지겁 달려와보니 자기가 예상했던 일은 아니지만, 정말 심각한 일이 벌어지고 있었다. 착한 여자아이가 2층 침대에서 떨어져 발목뼈가 부러지는 바람에 악을 쓰며 울고 있었다. 말수가 적던 남자아이는 침대에서 그 아이를 멍하니 내려다보고만 있을 뿐, 누구에게 도움을 청할 생각을 하지 않았다. 더구나 주방에서는 귀청이 떨어질 정도로 큰 음악 소리가 났다. 누가 들으면 거기서 파티를 벌이는 줄 알았을 만큼 시끄러웠다. 그녀는 주방 문을 열자 대경실색할 수밖에 없었다. 살면서 화를 낸 적이 거의 없던 그녀였지만, 맥주 두 병과 재떨이에서 타고 있던 마리화나 담배를 보자 피가 거꾸로 솟는 듯했다. 그들만을 믿고 의지하던 여자아이가 적어도 30분 동안 고통을 못 이겨 비명을 지르고 있는데도, 파울라와 안드레스는 멍청이들처럼 웃고 떠들고 있으니 그럴 만도 했다.

징계 위원회가 열리자, 그녀는 인정사정 봐주지 않았다. 그녀는 감독관 자격으로 두 사람에 대한 해고를 권고했다. 그녀는 경력이 풍부한 데다, 주변의 존경을 받고 있던 인물이었다. 그녀는 두 사람에게 소명할 기회도 주지 않고 즉시 파면했다. 하기는 그런 기회를 주었다고 한들, 무슨 할 말이 있었겠는가? 스트레스를 받아서 그랬다고?

아니면 거리에서 엄마를 잃어버린 그 여자아이하고 열차에 숨어 있다가 발견된 그 남자아이 때문이라고? 두 아이가 평소 아무 말썽도 부리지 않고 잘 지내서 방심했다고 할까? 그 무렵만 해도 미겔은 그녀를 따뜻하게 감싸주었다. 지금 당신 마음이 어떤지 잘 알고 있어. 그 사람들이 괜히 일을 크게 만들어서 그런 거야. 엄밀하게 따지면 자기들이 당신을 너무 심하게 부려먹어서 그렇게 된 거지. 미겔은 징계 위원회까지 따라왔을 뿐만 아니라, 호통을 치며 그녀를 나무라지도 않았다. 하지만 그녀는 남편이 무슨 생각을 하는지 잘 알고 있었다. '잘려도 싸지.' 그간의 경험에 비추어볼 때, 그의 머릿속으로 그런 생각밖에 안 떠올랐을 테니까. 어떤 면에서 그녀는 잘려 마땅했다. 오갈 데 없는 아이들을 돌보아야 되는 사람으로서 너무 무책임하고 뻔뻔한 짓을 저질렀으니까 말이다.

해고되고 나자, 그녀에게 우울증이 찾아왔다. 침대에 한번 누우면 일어나질 못했고, 식사도 거르고 씻지도 않은 채 늘 울기만 했다. 일반적인 수준의 우울증이었지만, 한번은 약과 술을 함께 먹고 거의 이틀 동안 잠을 잤을 정도로 증세가 심해진 적도 있었다. 하지만 신경정신과 의사는 그녀가 자살을 시도했을 가능성은 없다면서 굳이 입원까지 할 필요는 없다고 단정했다. 다만 미겔에게 한동안만이라도 그녀가 약을 언제, 얼마나 복용하는지 주의 깊게 관찰하라고 당부했다. 미겔은 무척이나 힘들고 부담스러운 일이라도 되는 듯이 마지못해 고개를 끄덕였다. 하긴 그에게야 결코 쉬운 일은 아닐 테지. 파울라는 생각했다. 그런데 그는 의사 앞에서 허풍을 떨었다. 예전에는 증세가 꽤나 심각하더니만, 그래도 그만저만하다고요. 이제 거의 다 나은 것 같아요. 미겔이 그녀를 미친 여자 취급한 것은 다른 이유 때문이 아니다. 자기 아내가 가엾은 여자아이를 내팽개쳤다는 사실을 용서할 수 없었기 때문이다. 게다가 그 아이의 고통스러운 울음소리와 부러진 발목, 그리고 술 냄새를 풍기며 웃고 떠들었을 아내의 모습이 뇌리에서 사라지지 않았기 때문이다. 그가 아내에게 정이 떨어진 것은 바로 그 때문이었다. 아내에게서 평소와 너무 다른 모습을 보았기 때문이었다. 그날 이후, 그는 아내와의 잠자리도 거부했고, 아이를 갖고 싶어 하지도 않는 듯했다. 그는 아내와 뭘 어떻게 해야 할지 판단이 서지 않았다. 하룻밤 사이에 파울라는 성녀—위험에 처한 어린아이들을 엄마처럼 자상히 돌봐주던 사회복지사—에서 술에 취해 쿰비아를 듣느라 바닥에 떨어져 울고 있던 아이를 내팽개칠 정도로 냉정하고 잔인한 공무원으로 전락하고 말았다. 그의 눈에 그녀는 악독한 고아원 원장으로 비쳤다.

결국 두 사람 사이의 관계는 사실상 파탄에 이르렀다. 하지만 그녀는 여전히 무언가를 할 수 있었다. 우선 쇠사슬에 묶인 아이를 구할 수 있었다. 무슨 일이 있어도 그 아이만큼은 구하고 싶었다.

그날 밤, 미겔은 끝내 집에 돌아오지 않았다. 그 아이는 물론, 쇠사슬 또한 흔적도 없이 사라져버렸다. 파울라는 옥상 테라스에 서서 이웃집 마당의 판석을 물끄러미 내려다보았다. 잠시 후, 아래층에서 자동 응답기 소리가 들렸다. 남편의 목소리였다. 지금 어머니 댁에 있는데, 할 얘기가 있으니 전화를 달라는 메시지였다. 그리고 며칠간 거기에 머무를 것이란 말도 덧붙였다. 좋을 대로 하라지. 파울라는 생각했다. 밤인데도 날이 더웠다. 엘리는 밤새 그녀 곁에 있었다. 그녀는 아침 햇살에 눈이 부셔서 잠이 깰 때까지 엘리를 안고 이불 위에서 잤다. 엘리는 일어나자마자 평소처럼 물을 달라고 울었다. 파울라가 수도꼭지를 틀자, 녀석은 거기서 떨어지는 물을 받아 마셨다. 다른 고양이들과 마찬가지로, 엘리도 수도꼭지에서 흘러내리는 시원한 물을 좋아했다. 그 순간, 까칠까칠한 혀를 내밀고 물을 마시는 녀석을, 검은 바탕에 하얀 얼룩무늬가 있는 예쁜 엘리를 보자 파울라는 참았던 눈물을 터뜨리고 말았다. 그녀는 미겔보다 엘리를 더 사랑했다.

아이는 분명 마당에 없었다. 그때 이웃집 옆문이 열리는 소리를 듣고, 파울라는 옥상을 가로질러 뛰어갔다. 이웃집 남자였다. 그는 집에서 나와 큰길가로 걸어가고 있었다. 아이의 아버지일까? 혹시 아이를 노예처럼 가두어놓은 것은 아닐까? 그녀는 더 이상 아무 생각도 하고 싶지 않았다. 무엇에 홀리기라도 한 듯, 그녀는 저 집에 들어가보기로 작정했다. 옥상에서 마당으로 뛰어내릴 수도 있을 것 같았다. 그녀는 그 집에 들어갈 수 있는 방법을 밤새 궁리했다. 고양이처럼 영리해져야 돼. 우선 담 위로 뛰어내린 다음, 거기서 마당에 있는 오래된 물건—물탱크일까? 철제 원통인 걸 보면 그럴 가능성이 높았다—위로 뛰어내리면 되겠지. 만약 아이를 찾으면 집 안에 들어가서 경찰에 신고하면 될 테니까.

마당까지 들어가기는 예상보다 쉬웠다. 그때 그녀는 딴생각이 들었다. 마음만 먹으면 이웃집이나 우리 집을 터는 것은 아무 일도 아니라는 생각 말이다. 하지만 그녀는 일단 급한 일부터 마치고 그 문제는 나중에 다시 생각해보기로 했다.

마당에서 안으로 들어가는 문이 두 개 있었다. 하나는 거실로 들어가는 문이고, 다른 하나는 주방으로 이어져 있었다. 아이의 흔적이라고는 눈 씻고 찾아봐도 없었다. 쇠사슬은커녕, 밥이나 물을 담는 통도, 더러운 찌꺼기조차 없었다. 그와는 반대로 소독약과 표백제 냄새가 코를 찔렀다. 누군가 물로 마당을 청소한 모양이었다. 그렇다면 아이는 집 안에 있는 것이 틀림없었다. 그녀가 미겔과 말다툼을 벌이는 동안, 아니면 아침에 잠에 곯아떨어져 있었을 때 남자가 그 아이를 밖으로 데리고 나간 것이 아니라면 말이다. 이런 바보 같으니! 이런 상황에서 늘어지게 잠이나 자다니 말이야!

그녀는 주방으로 들어갔다. 안이 너무 어두워서 한 치 앞도 분간할 수가 없었지만, 불이 켜지지 않았다. 그녀는 마당에 있는 것을 포함해서 집 안의 모든 차단기 스위치를 올려보았다. 그 집에는 아예 전기가 들어오지 않았다. 겁이 덜컥 났다. 주방에는 심한 악취가 진동했다. 그녀를 극도로 흥분한 상태로 만든 아드레날린도 코를 찌르는 냄새를 막지는 못했다. 하지만 조리대와 식탁은 깨끗한 편이었다. 파울라는 냉장고를 열어보았다. 마요네즈와 접시에 담긴 슈니첼, 그리고 토마토가 있었을 뿐, 특별히 이상한 점은 없었다. 그리고 찬장을 열자, 눈을 뜰 수 없을 정도로 지독한 냄새가 풍겼다. 그 순간, 눈이 시큰거리면서 눈물이 나고, 목으로 쓴 물이 올라왔다. 속이 뒤집힐 듯 울렁거렸지만, 그녀는 어떻게든 토하지 않으려고 안간힘을 썼다. 잘 보이지는 않았지만, 짐작이 가고도 남았다. 찬장 안에는 썩은 고기가 가득 들어차 있었다. 구더기들이 고기 위를 하얗게 뒤덮은 채 꿈틀거렸다. 그런데 그것이 어떤 고기인지 전혀 분간할 수가 없었다. 그 남자가 먹지 않아 결국 썩어버린 소고기인지, 아니면 다른 것인지 말이다. 사실 거기서는 인간의 형체는커녕, 그 어떤 것도 알아보기 어려웠다. 그 고기는 어둠 속에 잠긴 채 자신의 죽음을 경험하고 자라나고 있는 것 같았다. 마치 찬장에서 피어난 버섯처럼 말이다. 그녀는 더 이상 견딜 수가 없어 찬장 문도 닫지 않고 밖으로 뛰어나갔다. 그녀는 이제라도 자신의 흔적을 모두 지운 다음, 문을 닫고 집으로 돌아갈까도 생각했다. 안 돼. 이제 와서 그럴 순 없어. 어떻게든 되겠지.

집의 나머지 부분, 즉 복도와 방 두 개도 모두 어두컴컴했다. 파울라는 그 남자의 것으로 보이는 방에 들어갔다. 그 방에는 창문이 없었다. 어둠 속에서 깔끔하게 정돈된 침대가 어렴풋이 보였다. 더구나 2월, 한여름인데도 두꺼운 이불이 덮여 있었다. 사방의 벽은 섬세한 무늬가 그려진 벽지로 도배되어 있었다. 작은 기호가 마치 거미줄처럼 복잡하게 이어져 있는 듯했다. 파울라는 손으로 벽을 더듬다가 깜짝 놀랐다. 벽에서 꺼끌꺼끌한 페인트의 촉감이 느껴졌기 때문이다. 그녀는 벽으로 다가가 자세히 보았다. 놀랍게도 그건 벽지가 아니었다. 벽은 비슷비슷하고 반듯한 글씨로 빼곡히 채워져 있어 빈 공간이 거의 없을 정도였다. 처음에 벽지 무늬로 여겼던 것이 사실은 글자였던 것이다. 어두워서 어떤 글인지 알아보기가 어려웠다. 우선 날짜가 눈에 띄었다. 〈3월 20일〉. 그녀는 또 다른 날짜를 중얼거리며 읽었다. 〈12월 10일〉. 그리고 몇 단어가 눈에 들어왔다. 〈잠들었다〉 〈파란색〉 그리고 〈이해력〉. 그녀는 라이터를 찾으려고 주머니를 뒤졌지만, 그날따라 가지고 오지 않았다. 주방에 가면 라이터가 있겠지만, 다시 거기 가기는 싫었다. 어둠이 눈에 익으면 어느 정도는 읽을 수 있을 듯했다. 하지만 몇 분이 지나자, 식은땀이 등줄기를 타고 흘러내리면서 머리가 깨질 듯이 아프기 시작했다. 그녀는 그 무시무시한 집에서, 절대 들어오지 말았어야 할 집에서 정신이라도 잃을까 봐 두려웠다. 만약 그날 밤, 발목이 부러진 그 예쁜 아이, 특히 앰뷸런스에 태우고 갈 때 증오심으로 타오르던 그 아이의 눈빛—그 아이는 모든 게 그녀 탓이라는 걸 알고 있었다. 그 아이에게 그녀는 거리만큼이나 나쁜 사람이었다—만 대수롭지 않게 여겼더라도, 이웃집 마당에서 얼핏 본 그 아이 때문에 이런 고생을 사서 할 필요가 없었을 것이다. 하지만 저 미치광이와 사는 것이 사실이라면, 아이는 회복되거나 정상적인 생활로 돌아오기는커녕 파멸의 늪에서 영원히 헤어나지 못할 것이다. 이 세상에서 그녀가 할 수 있는 가장 자비로운 일은 그 남자를 만나는 즉시 죽여버리는 것이었다.

그녀는 거실로 갔다. 그곳 또한 텅 빈 채 깔끔하게 정리되어 있었다. 그런데 안으로 들어가는 순간, 밤색 가죽 소파에 놓인 쇠사슬이 눈에 띄었다. 게다가 마당으로 이어지는 거실에는 불이 켜져 있었다. 그녀는 용기를 내 입을 뗐다.

"안녕?" 그녀는 소곤거리듯이 말했다. "너 거기 있니?"

그 집이 워낙 큰 데다 쥐 죽은 듯 고요했기 때문에 굳이 소리를 지를 필요는 없었다. 그녀는 잠시 기다렸지만, 아무 소리도 들리지 않았다. 그녀는 유리문이 달린 서재로 다가갔다. 수북이 쌓인 서류 더미가 문을 통해 어렴풋이 보였다. 하지만 문을 열자, 그녀는 한편으로 실망감이 밀려오는 동시에, 온몸에 소름이 돋았다. 그것은 서류 더미가 아니라, 아직 내지 않은 전기, 가스, 전화 요금 청구서였다. 그것들은 연도별로 가지런히 정리되어 있었다. 이 사실을 아는 사람이 정말 아무도 없었을까? 중산층이 사는 동네에 이렇게 사는 사람이 있다는 것을 아무도 모를 수가 있었을까? 그렇다면 공과금 청구서 사이에 다른 서류가 끼어 있을 가능성도 있었다. 하지만 시간이 촉박했던 터라 파울라는 우선 책부터 뒤져보기로 했다. 모두 60년대에 나온 의학서적으로, 크고 무거운 데다 반지르르한 광택지에 도판이 실려 있었다. 그녀가 처음 넘겨본 책에는 아무런 흔적이 없었다. 하지만 두 번째 책에는 무언가가 있었다. 해부학 책이었는데, 여성의 생식기관을 다룬 부분에 누군가 초록색 볼펜으로 낙서를 해놓았다. 귀두에 가시가 난 커다란 남자의 성기와, 커다란 연녹색의 눈을 가진 아기가 자궁에서 자기 손가락을 빠는 대신 음탕한 표정을 지으며 성기를 핥고 있는 그림이었다. 마치 '이게 뭐지?'라고 소리치는 듯한 표정이었다. 그 순간, 현관문 쪽에서 열쇠 돌리는 소리가 들리자, 그녀는 책을 바닥에 내동댕이쳤다. 그녀는 팬티와 바지가 축축해지는 느낌이 들었다. 그녀는 마당으로 뛰어가 물탱크를 타고 올라갔다. 안 돼. 아무래도 떨어질 것 같아. 손에 땀이 나서 자꾸 미끄러진다고. 점점 힘이 빠지고 있어. 하지만 그녀는 워낙 두려웠던 탓인지 눈 깜짝할 사이에 옥상에 도착했다. 그녀는 계단을 뛰어 내려가, 마당으로 이어지는 문을 열쇠로 잠갔다. 아무리 그래도 그 남자를 막을 수는 없을 것 같았다. 그녀가 자기 집에서 뛰쳐나가는 소리를 들었을 테고, 악취가 나는 찬장 문까지 열어둔 것도 모자라 책에 있던 낙서까지 보았으니 분명 뒤를 쫓아왔을 것이다. 그 책에는 또 어떤 그림이 있었을까? 벽에 써놓은 글자는 대체 뭘 의미하는 거지? 그럼 아이는? 혹시 문을 열고 들어온 게 그 아이였을까? 아니면 내가 봤던 게 아이가 아니라, 그 남자였을지도 모르잖아? 그 남자가 가끔 발에 쇠사슬을 묶고 왔다 갔다 하는 걸 좋아할지도 모르고 말이야. 어쩌면 그 남자였는지도 몰라. 옥상에서 마당까지 거리가 있는 데다, 아이들에 대한 강박관념 때문에 내 눈에는 어린아이처럼 작게 보였는지도 모르지. 쇠사슬에 묶인 아이가 존재하지 않는다고 생각하니 한편으로 마음이 놓이기도 했다. 하지만 아직 안심하기는 일렀다. 오히려 저 미치광이는 그렇게 위험한 인물이 아닐지 몰라. 내가 자기 집에 몰래 들어간 걸 알아도 대수롭지 않게 여길지도 모른다고.

하지만 파울라는 그렇게 생각하지 않았다. 그 집에서 얼핏 봤던 것들이 하나둘씩 머리에 떠올랐다. 의자 위에 있던 것은 아무래도 가발 같았다. 그리고 벽지에 쓰인 글은 그녀가 전혀 모르는 언어였다. 아니면 그 남자가 만든 언어거나, 특별한 의미 없이 몇 개의 단어를 묶어놓은 것인지도 모른다. 마당에 심은 화초들은 바싹 말라 있는데, 계속 물을 주었는지 흙은 축축했다. 화초들이 왜 말라 죽었는지 이해할 수도, 받아들일 수도 없다는 듯이 말이다.

그때처럼 미겔이 미웠던 적은 없었다. 이런 상황에서 어떻게 나를 홀로 내버려둘 수가 있지? 도와주지는 못할망정 몰아세우기나 하고 말이야. 남자가 어쩌면 그렇게 비겁할까. 문제가 생겼는데 해결하려 들기는커녕 도망이나 치고 말이야. 겨우 달아난 곳이 엄마 품이라니! 파울라는 그에게 전화를 걸었다. 제기랄.

"여기 없는데." 시어머니가 전화를 받았다. "아가야, 너 괜찮은 거니?"

"아뇨, 어머니. 별로예요."

한동안 어색한 침묵이 이어졌다.

"그 아이 휴대전화로 걸어보지 그래? 그건 그렇고, 아무 일도 없을 테니까 걱정하지 말거라."

그녀는 전화를 끊었다. 미겔은 벌써 몇 시간째 휴대전화를 꺼놓은 상태였다. 그런 일을 겪을 때마다 파울라는 아버지가 그리웠다. 그녀의 아버지는 성미가 까다롭고 자상하지도 않았지만, 매사에 맺고 끊음이 분명하고 과단성이 있었다. 사소한 일로 화를 내거나 무서워하는 일이 결코 없었다. 그때 파울라는 뇌종양으로 돌아가신 어머니를 보살필 당시 아버지의 모습이 떠올랐다. 어머니가 고래고래 소리를 질러대도, 아버지는 눈 하나 까딱하지 않았다. 더구나 그는 아내에게 괜찮으니까 안심하라고 말한 적도 없었다. 상태가 안 좋은데, 그렇지 않다고 우겨봐야 아무 소용도 없다는 이유에서였다.

아버지가 한 말은 지금 상황에 딱 들어맞았다. 무언가 나쁜 일이 일어나려고 하는데, 그렇지 않다고 우겨봐야 무슨 소용이 있겠는가?

그녀는 그의 휴대전화로 다시 한번 연락을 했지만, 여전히 전원이 꺼져 있다든가 아니면 통화 불능 지역이라든가 하는 소리만 흘러나왔다. 그때 어디선가 엘리의 소리가 들렸다. 화가 났는지 으르렁거리더니만, 곧 미친 듯이 울어대기 시작했다. 고양이의 울음소리는 방에서 났다. 파울라는 거기로 달려갔다.

어떤 남자아이가 엘리를 품에 안고 있었다. 그 아이는 침대 위에 앉은 채 그녀를 빤히 바라보았다. 연녹색 눈에 빨간 실핏줄이 거미줄처럼 얼기설기 돋아 있었고, 지방이 많아 두툼한 눈꺼풀은 잿빛이었다. 마치 정어리 눈처럼 보였다. 아이의 몸에서 심한 악취가 풍겼다. 방 안에 지독한 냄새가 진동했다. 아이는 머리털도 없는 데다 너무 말라서 살아 있다는 것이 놀라울 따름이었다. 아이는 몸집에 비해 지나치게 큰 손으로 무지막지하고 난폭하게 고양이를 쓰다듬고 있었다. 다른 손으로는 고양이의 목을 꽉 붙잡고 있었다.

"고양이를 당장 내려놓지 못해!" 파울라가 소리쳤다.

이웃집 마당에서 봤던 아이였다. 발목에 쇠사슬을 묶어놓은 흔적이 고스란히 남아 있었다. 어떤 데에서는 여전히 피가 흘렀고, 상처가 곪아 고름이 나오는 곳도 있었다. 그녀의 목소리를 듣자, 아이는 씩 웃었다. 그때 그녀는 아이의 이를 보았다. 끝을 줄로 갈았는지, 이가 삼각형 모양이었다. 화살촉 같기도, 작은 톱 같기도 했다. 아이는 재빠르게 고양이를 입으로 가져가더니, 톱날 같은 이빨을 엘리의 배에 깊이 박아 넣었다. 엘리는 숨넘어가는 소리로 비명을 질렀다. 아이는 이빨로 고양이의 배를 파헤치더니, 안에 코를 쑤셔 박고 내장을 빨아 마셨다. 파울라는 눈앞에서 엘리가 죽어가는 모습을 지켜봐야만 했다. 고양이는 분노로 이글이글 타오르면서도 겁먹은 눈빛으로 주인을 바라보며 서서히 죽어갔다. 파울라는 도망가지 못했다. 아이가 고양이의 부드러운 내장을 다 파먹는 동안, 그녀는 아무것도 할 수 없었다. 마침내 이빨이 등뼈에 부딪히자, 아이는 고양이의 시체를 방 한구석으로 내던져버렸다.

"왜 그런 거니?" 파울라가 아이에게 물었다. "넌 대체 누구야?"

하지만 아이는 그녀의 말을 알아듣지 못했다. 아이는 천천히 자리에서 일어났다. 다리는 뼈만 앙상하게 남은 반면, 성기는 비정상적으로 컸다. 얼굴은 엘리의 피와 내장, 그리고 부드러운 털로 뒤범벅되어 있었다. 그 아이는 침대에서 무언가를 찾는 듯했다. 그것을 찾자, 아이는 천장의 전등을 향해 들어 올렸다. 마치 파울라에게 분명하게 보여주려는 듯이 말이다.

그것은 대문 열쇠였다. 아이는 쩔렁거리는 소리가 나게 열쇠를 흔들며, 웃음을 지어 보였다. 그러곤 피비린내를 풍기며 트림을 했다. 파울라는 당장이라도 달아나고 싶었지만, 악몽이라도 꾸는 건지 한 발짝도 움직일 수 없었다. 다리는 천근만근 무거운 데다, 몸을 돌릴 수조차 없었다. 눈에 보이지 않는 무언가가 그녀를 방문에 단단히 고정시킨 것 같았다. 하지만 꿈이 아니었다. 꿈속에서는 통증이 느껴지지 않으니까 말이다.

검은 물속

경찰은 고개를 빳빳이 세우고 도도한 눈빛으로 주변을 둘러보면서 들어왔다. 그리고 그날따라 한쪽 손목에 수갑을 차지 않은 채 입가에 기분 나쁜 웃음을 흘리고 있었다. 그녀는 그가 어떤 인간인지 익히 잘 알았다. 언제나 고압적이고 남을 무시하는 태도가 몸에 배어 있었다. 그녀는 그런 유의 사람들을 수도 없이 봤다. 그녀는 나름대로 최선을 다했지만, 저런 유의 사람들 중 단 몇 명만 유죄 판결을 받았다.

"앉으세요." 그녀가 그에게 말했다.

검사 사무실은 1층에 있었고, 창문으로는 건물 사이의 허공 외에 아무것도 보이지 않았다. 그녀는 오래전부터 사무실과 관할 구역을 변경해달라고 상부에 요청해놓은 상태였다. 그녀는 100년도 더 된 그 건물의 칙칙한 분위기가 너무 싫었다. 그리고 부에노스아이레스 남부 지구의 빈민가에서 일어나는 사건을 담당하는 것도 이제 신물이 났다. 거기서 발생하는 사건은 늘 가난, 그리고 불행한 운명과 얽혀 있었기 때문이다.

경찰관이 자리에 앉자, 그녀는 마지못해 비서에게 커피 두 잔을 갖다달라고 부탁했다.

"오늘 왜 이 자리에 왔는지 잘 알고 있을 거예요. 그리고 제게 모든 것을 다 말해야 될 의무가 없다는 것도요. 그런데 왜 변호사하고 같이 오지 않았죠?"

"혼자서도 충분히 제 입장을 변호할 수 있습니다. 더구나 저는 결백하니까요."

검사는 한숨을 내쉬면서 반지를 만지작거렸다. 이와 똑같은 장면을 여태까지 몇 번이나 봤을까? 그때마다 경찰관들은 그녀의 면전에서 모든 혐의 사실을 완강하게 부인했다. 가난한 아이들을 살해했다는 증거가 명백한데도 말이다. 남부 지구의 경찰관들은 사람들을 보호하기보다 청소년들을 잔인하게 살해하곤 한다. 때로는 아이들이 자기들에게 '협조하기'를 거부한다고—대부분 마약을 훔쳐 자기들에게 갖다달라거나, 경찰이 압수한 마약을 팔아달라고 하는 부탁이다—죽이지만, 자기들을 배신했다고 처치하는 경우도 적지 않다. 그들이 가난한 청소년들을 잔인하게 살해하는 이유는 수도 없이 많을 뿐 아니라, 대부분

비열하기 짝이 없다.

"여기 형사님의 대화를 녹취한 테이프가 있어요. 한번 들어보시겠습니까?"

"그 문제에 대해서는 아무 말도 하지 않겠습니다."

"아무 말도 안 하시겠다. 그럼 한번 들어봅시다."

그녀의 컴퓨터에 녹취 파일이 저장되어 있었다. 그녀가 파일을 열자, 스피커에서 경찰관의 목소리가 흘러나왔다. "사건 종결. 놈들은 헤엄칠 줄 안다. 이상."

"그게 어쨌다는 겁니까?" 경찰관은 콧방귀를 뀌며 물었다.

"대화 시간과 내용으로 미루어 짐작건대, 당신은 적어도 두 아이가 리아추엘로강*에 내던져졌다는 것을 알고 있었다는 얘기죠."

피나트 검사는 벌써 두 달째 그 사건을 수사하고 있었다. 그사이 그녀는 경찰관들이 사실을 자백하도록 회유도 해보고 으름장을 놓기도 했다. 그리고 무능하기 짝이 없는 판사들과 전임 검사들 때문에 분통을 터뜨린 적도 한두 번이 아니다. 그녀는 결국 공식적인 경로로 얻은 몇 안 되는

* 원래 명칭은 마탄사리아추엘로강Río Matanza-Riachuelo으로, 하구 쪽은 리아추엘로, 그리고 나머지는 마탄사강으로 불린다. 이 강은 부에노스아이레스주에서 발원하여 동쪽으로 흐르다 리오델라플라타강과 합류한다.

최종 진술 중 일치하는 부분을 모아 사건을 재구성할 수 있었다. 15세 된 에마누엘 로페스와 야밀 코르발란은 콘스티투시온에서 춤을 추다 리아추엘로 강변의 비야 모레노에 있는 집으로 돌아오는 길이었다. 두 소년은 버스비가 없어서 집까지 걸어가고 있었다. 그때 34지구 경찰서❦ 소속 형사 두 명이 그들 앞을 막아섰다. 그러곤 그들이 거리 매점을 털려고 했던 걸 다 알고 있으니 순순히 자백하라고 윽박질렀다. 야밀의 몸에서 나이프가 나오기는 했지만, 그가 가게를 털려고 한 의사가 있었는지는 전혀 확인되지 않았다. 더군다나 아무 신고도 들어오지 않은 상태였다. 경찰들은 이미 술에 취해 있었다. 그들은 두 소년을 리아추엘로 강변으로 끌고 가 정신을 잃을 때까지 폭행을 가했다. 그런 다음 시멘트 계단으로 질질 끌고 가, 리아추엘로강을 가로지르는 다리 전망대로 올라갔다. 거기서 그들은 두 소년을 강으로 밀어버렸다. "사건 종결. 놈들은 헤엄칠 줄 안다. 이상." 그 사건으로 기소된 두 경관 중 하나인 쿠에스타—지금 사무실에서 그녀와 마주하고 있는 그 인물이다—가 무전기로 했던 말이다. 그런데 멍청한 인간은 녹음된 내용을 지워달라고 상황실에 부탁하지도 않았다. 그녀는 오랜 세월 동안 검사 생활을 하면서 그런 일에

❦ 부에노스아이레스의 남부 누에바폼페아에 있는 경찰서. 이 지역은 원래 노동자들이 밀집해 살던 곳으로 탱고의 고향이기도 하다.

는 이미 이골이 나 있었다. 잔인한 행동과 멍청한 짓거리를 동시에 저지르는 경찰들에 대해서 말이다.

야밀 코르발란의 사체는 다리로부터 1킬로미터 떨어진 곳에서 발견되었다. 그런데 그 무렵, 리아추엘로 강물은 흐름이 거의 멈춘 상태였다. 플라스틱과 기름 찌꺼기, 공업 약품 등 부에노스아이레스의 쓰레기가 한꺼번에 떠내려오는 바람에 강물이 흐르지 못해 죽어가고 있었다. 사체 부검 결과, 소년이 시꺼먼 강물에서 헤엄쳐 나오려고 애를 쓴 흔적이 발견되었다. 하지만 팔에 힘이 빠져 결국 익사하고 말았다. 경찰은 몇 달 동안이나 소년의 죽음을 단순한 사고사로 처리하려고 했다. 그러던 중, 갑자기 한 여인이 증인으로 등장하면서 사건은 급반전을 맞았다. 여인은 그날 밤, 누군가 외치는 소리를 들었다고 증언했다. "저들이 나를 강에 밀었어요. 살려주세요. 누가 좀 도와달라고요!" 소년은 물에 빠져 허우적거리면서 소리를 질렀다. 하지만 여인은 그를 구해줄 엄두도 내지 못했다. 보트라도 있으면 모를까, 맨몸으로는 그 아이를 꺼낼 수 없었다. 불행하게도 그녀는 물론, 이웃 사람 그 누구도 보트가 없었다.

반면 에마누엘의 사체는 결국 찾지 못했다. 하지만 부모는 그날 밤 자기 아들이 야밀과 함께 외출한 것이 분명하다고 잘라 말했다. 그로부터 얼마 후, 강변에 구두 한 켤

레가 떠올랐다. 외국에서 수입한 비싼 구두인 걸로 봐서는 그의 것이 틀림없었다. 그가 얼마 전 가게에서 훔친 것이 분명했다. 그날 밤, 그는 디스코텍의 여자아이들에게 잘 보이려고 그 구두를 신고 갔다. 그의 엄마는 그 구두를 금방 알아보았다. 그녀는 무슨 이유에서인지 모르겠지만 예전부터 쿠에스타와 수아레스 경관이 자기 아들을 계속 쫓아다녔다고 밝혔다. 에마누엘이 실종된 그 주에 피나트 검사는 그의 어머니를 사무실로 불러 조사했다. 그녀는 조사받는 내내 울면서 아들이 몇 차례 도둑질을 하고 마약을 한 건 사실이지만, 본성은 착한 아이였다고 말했다. 그도 그럴 것이, 어릴 때 아버지가 집을 나가버리는 바람에 찢어지게 가난하게 산 데다, 그 아이는 구두와 아이폰처럼 텔레비전에 나오는 물건을 죄다 갖고 싶어 했으니 어쩌겠어요. 아무리 그래도 그렇게 물에 빠져 죽을 만큼 큰 죄를 지은 것도 아니잖아요. 아이가 그 더러운 물에서 헤엄쳐 나오려고 안간힘을 쓰는데, 거기 있던 경찰들은 도와주기는커녕 오히려 낄낄대면서 구경만 했대요. 인간의 탈을 쓰고 어떻게 그럴 수가 있죠?

그럼요. 그렇게 죽을 만큼 중죄를 지은 건 아니죠. 피나트 검사가 그녀에게 말했다.

"검사님, 저는 아무도 물에 빠뜨리지 않았어요. 이제부터 검사님한테 아무 말도 안 할 겁니다."

"좋을 대로 하세요. 그런데 이번에 합의를 하면 결과적으로 당신이 조금이라도 감형을 받을 수 있는 기회였어요. 우리는 시신이 어디 있는지 알고 싶어요. 만약 당신이 정보를 준다면 잘은 몰라도, 어쩌면 규모가 작은 교도소나 성직자 동으로 갈지도 몰라요. 잘 알겠지만, 이왕이면 일반인들보다 성직자들과 함께 갇혀 있는 편이 더 낫겠죠."

경찰관은 기분 나쁜 웃음을 흘렸다. 그녀를, 그리고 죽은 아이들을 비웃었다.

"고작 이런 문제로 감옥에서 오래 썩을 것 같아요?"

"무슨 수를 써서라도 당신이 오랫동안 못 나오게 할 겁니다."

그녀는 하마터면 평정심을 잃을 뻔했다. 그녀는 주먹을 꼭 움켜쥐었다. 한동안 그녀는 무서운 눈초리로 그를 노려보았다. 그러자 그가 입을 열었다. 조금 전과는 전혀 다른 목소리였다. 빈정거리는 투가 전혀 없이 진지했다.

"차라리 불이 나서 그 빈민가가 다 타버렸으면 좋겠어요. 아니면 모두 물에 빠져 죽든지. 당신 같은 사람들은 그 안에서 무슨 일이 벌어지고 있는지 전혀 몰라요. 눈곱만큼도 모른단 말이에요."

그 빈민굴이라면 그녀도 어느 정도는 알고 있었다. 마리나 피나트가 검사가 된 지도 벌써 8년이나 지났다. 굳이 그럴 필요까지 없었지만 그녀는 검사에 부임하자마자 그 동네를 여러 차례 방문했다. 물론 그녀도 다른 동료 검사들처럼 책상에 앉아 사건을 조사할 수 있었다. 하지만 그녀는 수사 보고서를 읽기보다 현장에 나가 사람들을 만나는 것이 더 좋았다. 그녀가 발로 열심히 뛰어다닌 덕분에 1년도 채 지나지 않아 가죽 공장 부근에 살던 가족들이 크롬과 독성 폐기물을 강물로 불법 방류하던 공장을 상대로 제기한 집단소송에서 승소하는 쾌거를 이루었다. 그것은 아주 포괄적이면서도 복잡한 손해배상 형사재판이었다. 강 가까이에 살면서 오랫동안 그 물을 마신 가정의 아이들은—비록 엄마들이 물을 끓여 독성 물질을 제거한다고 했지만—희귀한 병에 걸리거나 3개월 만에 암으로 세상을 떠나기도 했다. 그리고 피부에 끔찍한 발진이 생겨 팔과 다리가 문드러지는 경우도 있었다. 그리고 어떤 아이들은 기형을 가지고 태어나기 시작했다. 팔이 더 달려 있거나 (팔이 네 개나 달린 경우도 있었다) 코가 고양이처럼 펑퍼짐하기도 했고, 앞을 못 보는 눈이 관자놀이 쪽으로 붙어 있기도 했다. 당황한 의사들이 그런 선천성 기형을 두고 뭐라고 했는데, 그 용어가 정확히 기억나지 않았다. 그런데 그중 한 명이 '돌연변이'라고 했던 건 기억났다.

사건을 조사하는 동안, 그녀는 빈민가의 사제인 프란시스코 신부를 알게 되었다. 그는 젊은 주임 신부로, 로만 칼라를 일절 착용하지 않았다. 이 동네 사람들은 아무도 성당에 오지 않아요. 그가 그녀에게 말했다. 그는 성당 식당을 극빈층 아동들을 위한 급식소로 이용하면서, 힘닿는 데까지 아이들을 도와주려고 했다. 하지만 목회 활동은 거의 포기한 상태였다. 이젠 신자들도 거의 남지 않은 데다, 있다고 해봐야 모두 나이 드신 할머니들뿐이었다. 그 빈민가의 대다수 주민들은 아프리카 브라질 숭배 의식[✿]을 따르거나, 아니면 성 게오르기우스[✿✿]나 성 엑스페디토처럼 자기 개인 성인을 숭배하여 골목마다 작은 제단을 세워놓았다. 그건 나쁘지 않은데, 이젠 더 이상 미사를 드리지 않는다는 게 문젭니다. 그가 말했다. 이따금씩 몇몇 할머니들이 미사를 올리려고 오시는 경우를 제외하면 말이죠. 마리나의 눈에는 70년대의 혁명 투사를 연상시키는 수염과 긴 머리, 그리고 온화한 미소 뒤로 이미 지쳐 있고 깊은 절망 속에서 몸부림치는 선량한 젊은 사제의 모습이 어른거렸다.

화가 난 경찰관은 신경질적으로 문을 쾅 닫고 나갔다.

[✿] 아프리카에서 브라질로 끌려온 노예들에 의해 계승 발전된 종교. 주로 아프리카 서부에서 발생한 요루바교나 기타 전통 종교에서 비롯된 것이다.

[✿✿] 초기 기독교의 순교자이자 14성인 가운데 한 사람.

비서는 몇 분 동안 문 앞에 서서 망설인 끝에 조심스럽게 문을 두드렸다. 누군가 면담을 요청하면서 기다리고 있음을 알리기 위해서였다.

"오늘은 안 되겠어요." 검사가 말했다. 경찰과 이야기할 때면 늘 그랬듯이, 그날도 지칠 대로 지친 데다 분노가 치밀어 올랐기 때문이다.

하지만 비서는 고개를 저으며 간절하게 애원하는 눈빛으로 그녀를 바라보았다. 그러곤 어렵게 말을 꺼냈다.

"부탁드립니다, 검사님. 만나보시는 게 좋을 것 같아요. 모르시겠지만……"

"그럼 이번이 마지막이에요."

비서는 고개를 끄덕이며 그녀에게 눈빛으로 감사를 표했다. 마리나는 그날 저녁 집에 가서 뭘 해 먹을지, 아니면 외식을 하러 가는 게 좋을지, 속으로 궁리하고 있었다. 자동차가 공장에 가 있는 터라 자전거를 타고 가면 될 것 같았다. 1년 중 밤이 가장 아름답고 시원한 시기였다. 그녀는 한시라도 빨리 퇴근하고 싶었다. 나가면서 친구에게 전화를 걸어 맥주라도 한잔하고 싶은 마음이었다. 그리고 그날을 빨리 잊고 싶었다. 또 그 아이의 사체가 어디선가 나타나 사건이 빨리 종결되었으면 하는 마음뿐이었다.

그녀는 면담이 끝나자마자 나가려고 열쇠와 담배, 그리고 몇 가지 서류 등을 가방 안에 쑤셔 넣었다. 그때 아직 어린 나이인데 임신한 여자아이가 사무실로 들어왔다. 이름을 밝히고 싶어 하지 않은 그 아이는 피골이 상접할 정도로 몸이 말랐다. 마리나는 책상 아래 있는 미니 냉장고에서 코카콜라 하나를 꺼내 아이에게 건네주며 말했다. "무슨 일로 왔는지 얘기해보렴."

"에마누엘이라는 사람은 지금 동네에 있어요." 여자아이가 콜라를 홀짝홀짝 마시면서 말했다.

"임신 몇 개월이지?" 마리나는 손가락으로 아이의 배를 가리키며 물었다.

"몰라요."

저런 아이들은 모르는 게 당연했다. 배 모양으로 봐서는 6개월쯤 된 듯했다. 아이의 손가락은 화상을 입어 문드러진 데다, 끝에 누런 얼룩이 져 있었다. 파코 파이프 자국이었다. 배 속의 아이는 살아서 태어난다고 해도 이미 무슨 병에 걸려 있든지, 아니면 기형을 가지고 있거나 마약에 중독된 상태일 것이다.

"에마누엘을 어디서 알게 됐니?"

"우리 동네에서 그를 모르는 사람은 없어요. 모레노에서 잘 알려진 집이거든요. 나도 장례식에 갔었어요. 그리고 에마누엘은 우리 언니와 섹스 파트너였고요."

"그럼 네 언니는 지금 어디 있지? 언니도 그 사람을 만난 거야?"

"아뇨. 언니는 거기 살지 않아요."

"그래서?"

"사람들이 그러는데, 에마누엘이 강물에서 나왔대요."

"강물에 빠진 그날 밤에 말이니?"

"아니에요. 그걸 알려드리려고 오늘 온 거라고요. 한 2주 전쯤 나왔다고 하더라고요. 그러니까 돌아온 지 얼마 안 됐어요."

마리나는 갑자기 등골이 오싹했다. 마약 중독자들이 대부분 그렇듯이, 여자아이의 동공도 확대되어 있었다. 사무실의 희미한 불빛 아래, 썩은 고기를 파먹는 벌레들처럼 아이의 눈 전체가 검게 보였다.

"돌아왔다니, 그게 무슨 소리지? 그 아이가 어디 갔더란 말이니?"

그러자 아이는 어이없다는 표정으로 그녀를 쳐다보았다. 웃음을 억지로 참느라 아이의 목소리가 갈라졌다.

"아니라니까요! 가긴 어딜 가요? 강물에 있다가 돌아왔다고요. 그 사람은 그동안 내내 강 속에 있었어요."

"너, 거짓말하는 거지?"

"아뇨. 검사님한테 알려드려야겠다 싶어서 온 거예요. 에마누엘도 검사님을 만나고 싶어 해요."

그녀는 그 아이가 마약 파이프 때문에 얼룩진 손가락을 어떻게 움직이는지 안 보려고 애를 썼다. 아이는 마치

관절이 없는 연체동물처럼 손가락을 자유자재로 꼬았다. 혹시 저 아이도 기형아, 그러니까 오염된 강물 때문에 선천적인 기형을 가지고 태어난 게 아닐까? 아니다. 그러기에는 나이가 너무 많았다. 그렇다면 돌연변이 현상이 언제부터 나타난 걸까? 어떤 것이든 가능할 것 같았다.

"에마누엘은 지금 어디 있니?"

"철길 뒤편의 어떤 집에 숨어 있어요. 거기서 친구들과 함께 지내고 있다고요. 다 말씀드렸으니까, 돈 주셔야죠? 이런 건 말해주면 검사님이 돈을 준다고 하더라고요."

그녀는 아이를 사무실에 조금 더 잡아두기 위해 이런 저런 얘기를 나누었다. 하지만 아이에게서 더 이상은 알아낼 수 없었다. 에마누엘 로페스는 리아추엘로강에서 나왔어요. 아이가 말했다. 그가 미로처럼 꾸불꾸불한 동네 골목길을 걸어가는 걸 다 봤다고요. 그와 마주친 사람들은 겁이 나서 걸음아 나 살려라 하고 도망갔대요. 직접 본 사람들의 말로는, 느릿느릿하게 걸어갔는데 몸에서 지독한 악취가 풍기더래요. 심지어는 그의 엄마조차 그를 반기지 않았다고 하더라고요. 그 말을 듣고 마리나는 깜짝 놀랐다. 결론적으로 에마누엘은 동네 안쪽 구석, 그러니까 지금은 사용하지 않는 철길 뒤의 폐가에 숨어 지낸다는 얘기였다. 여자아이는 마리나가 수고비 조로 주려고 손에 들고 있던 지폐를 날름 낚아채 갔다. 아이의 탐욕스러운 행동을 보자, 마리나는 다소 마음이 놓였다. 그녀는 그 아이의 말이 모두 거짓이라고 생각했다. 저 아이는 그 살인마들의 동료 경관이 보낸 것이 분명했다. 아니면 그들이 직접 보낸 건지도 모른다. 제대로 지키지는 않겠지만, 어쨌든 그들은 가택 연금 상태니까 말이다. 만일 두 아이 중 한 명이라도 살아 있다면, 공소 유지가 불가능해질 수도 있었다. 기소된 경찰관들은 자기들이 어떻게 두 어린 도둑들을 고문하다가 리아추엘로강에서 '헤엄'치게 만들었는지 많은 동료들에게 떠벌리고 다녔다. 그래서 그녀는 수개월에 걸친 줄다리기 끝에 많은 돈을 주기로 약속하고, 몇몇 동료들로부터 그런 이야기가 오갔다는 증언을 들을 수 있었다. 이로써 그들의 범죄 사실이 소명된 셈이었다. 하지만 이 시점에서 죽은 아이가 살아 있는 것으로 밝혀진다면, 범죄 사실이 하나 줄어들게 될 뿐만 아니라, 그녀가 여태껏 해온 조사도 의심을 살 수밖에 없었다.

그날 저녁, 마리나는 왠지 불안한 마음이 들어 새로 생긴 식당에서—맛있다고 소문이 났지만 서비스는 형편없었다—대충 끼니를 해결하고 서둘러 아파트로 돌아왔다. 차분히 생각해보면, 임신한 여자아이는 돈을 받아내려고 온 것이 확실했다. 하지만 그 아이의 이야기는 거짓말로 치부해버리기에 너무 사실적이었다. 생생한 악몽처럼 말이다. 그날 밤, 그녀는 깊은 잠을 이루지 못했다. 밤이 깊어갈수록 죽었지만 살아 있는 그 아이의 손이 물에서 나와 강기슭에 닿은 모습이, 그리고 살해된 지 몇 달 만에 강물에서 유령으로 돌아온 그의 모습이 떠올랐다. 그녀는 그 아이가 강물에서 나온 뒤 몸에 묻은 기름때를 떨다가 손가락 몇 개가 툭 하고 떨어지는 꿈을 꾸었다. 그녀는 살 썩는 냄새가 코를 찌르는 느낌이 들자 잠에서 깨어났다. 혹시라도 퉁퉁 부어 전염병에 걸린 듯한 그 손가락들이 이불 위에 떨어져 있지나 않은지 겁이 덜컥 났다.

그녀는 그 동네에 사는 사람들에게 연락을 하려고 새벽이 될 때까지 기다렸다. 하지만 에마누엘의 엄마와 프란시스코 신부는 전화를 받지 않았다. 처음에는 이상한 생각이 들지 않았다. 부에노스아이레스에서도 휴대전화가 연결이 안 되는 경우가 허다하던 때라, 그 동네는 더 말할 나위도 없었다. 그런데 사제 식당과 양호실도 전화를 받지 않자, 그녀는 조바심이 나기 시작했다. 그녀는 그제야 이상한 느낌이 들었다. 그곳에는 유선전화가 설치되어 있었기 때문이다. 혹시 지난 태풍으로 전화선이 끊어진 게 아닐까?

그녀는 하루 온종일 전화를 했지만, 끝내 연락이 닿지 않았다. 그녀는 비서에게 두통이 심해 집에 가서 수사 보고서를 읽겠다는 핑계를 대면서, 그날 오후에 잡혀 있던 일정을 모두 취소해달라고 부탁했다. 그녀의 부탁이라면 늘 잘 들어주던 비서는 그날 예정된 회의와 심문 일정을 모두 취소했다. 그날 저녁, 그녀는 스파게티를 만드는 동안, 다음 날 그 동네를 직접 찾아가기로 마음먹었다.

지난번에 찾아온 이래로 도시의 남부, 푸엔테모레노 다리로 이어지는 대로는 하나도 변한 것이 없었다. 부에노스아이레스는 서서히 무너져 내리고 있었다. 문 닫은 가게들과 누가 들어오는 것을 막기 위해 벽돌로 막아놓은 창문들, 그리고 70년대에는 건물을 화려하게 장식했지만 이제는 녹슨 거리 표지판들이 제일 먼저 눈에 띄었다. 몇몇 옷가게, 수상쩍은 정육점, 그리고 성당 등은 아직 그 자리에 남아 있었다. 물론 지난번에 왔을 때 성당은 문을 닫은 상태였다. 택시에서 보니, 성당 문은 여전히 굳게 닫혀 있었다. 사람들이 떠나 텅 빈 대로는 죽음의 그림자가 드리워진 것처럼 을씨년스러웠다. 마치 커다란 가면처럼 대로의 양옆을 가리고 있는 건물들 뒤로 가난한 이들이 모여 살고 있었다. 그리고 리아추엘로강 양옆으로 펼쳐진 빈터에 수천 명의 사람들이 집을 지었다. 허술하게 지어 보기에도 아슬아슬한 판잣집부터 벽돌과 시멘트로 그럴싸하게 지은 연립주택에 이르기까지 다양했다. 다리에 가면 좌우로 길게 이어진 빈민가가 보였다. 흐름을 멈춘 채 시커멓게 변한 강을 에워싸면서 길게 이어지던 빈민가는 저 멀리 강이 구부러진 곳, 즉 버려진 공장 굴뚝이 늘어선 곳에서 사라져버렸다. 오래전부터 리아추엘로강을 정화해야 한다는 얘기가 있었다. 리아추엘로강은 플라타강의 지류로, 어쩌다 부에노스아이레스로 들어와 지난 100년 동안 온갖 종류의 쓰레기를 품에 안고 남쪽으로 빠져나갔다. 그런데 그중에서도 가장 심각했던 것은 도축장에서 나온 오물이었다. 그녀는 리아추엘로강에 갈 때마다, 어릴 적 아버지가 들려주던 이야기를 떠올리곤 했다. 그녀의 아버지는 잠깐 동안이었지만, 강변의 냉동창고에서 일한 적이 있었다. 그는 소에서 살과 뼈를 추려낸 다음 남은 것과 소의 몸속에서 나온 똥이나 엉겨 붙은 풀을 어떻게 강물에 버리는지 상세하게 설명해주었다. "버리고 나면 강물이 시뻘게진단다. 모르는 사람들이 보면 기겁을 하고 놀라 자빠질 거야."

그녀의 아버지는 리아추엘로강이 속에서부터 썩어 들어가는 바람에 얼마나 지독한 악취가 풍기는지도 알려주었다. 부에노스아이레스는 늘 습하고 바람이 많이 부는 편이어서 며칠 동안이나 악취가 코를 찔렀다고 했다. 결국 강물에 산소가 부족해지는 결과를 초래하고 말았다. 일종의 산소 결핍증이지. 아버지가 그녀에게 말했다. 유기물질은 물속에 녹아 있는 산소를 소비하면서 살아간단다. 그녀의 아버지는 마치 화학 선생님처럼 점잔을 빼며 설명하곤 했다. 아버지에게는 간단하고 재미있었는지 몰라도, 그녀는 무슨 말인지 도무지 이해할 수가 없었다. 하지만 도시를 둘러싸고 있는 저 강이 근본적으로 죽은 것이나 마찬가지라는 말은 잊을 수가 없었다. 부패가 심해서 강물이 숨을 쉴 수가 없는 지경이라는 것이었다. 리아추엘로가 세계에서 가장 심하게 오염된 강이라는 점에 대해서는 전문가들도 이견이 없었다. 어쩌면 중국에도 그런 정도로 오염된 강이 있을지 모른다. 오염에 있어서만큼 세계에서 아르헨티나와 견줄 수 있는 유일한 나라는 중국뿐이다. 하지만 중국은 세계에서 가장 산업화된 나라들 중 하나라지만, 아르헨티나는 아무런 이유 없이, 재미 삼아서 수도를 둘러싸고 있는 강을 오염시켰다. 잘만 관리했으면 가장 아름다운 산책로가 될 수도 있었던 강을 말이다.

하필 그런 강 주변에 만든 것이 비야 모레노라니, 마리나는 생각만 해도 기분이 우울해졌다. 막다른 곳에 몰린 사람들만이 악취가 진동하는 저곳에 살려고 왔다.

"손님, 다 왔습니다."

생각에 잠겨 있던 그녀는 운전사의 목소리에 화들짝 놀랐다.

"아직 300미터 더 가야 하는데요." 그녀는 마치 변호사나 경찰관들을 만날 때처럼 착 가라앉은 목소리로 쌀쌀맞고 퉁명스럽게 대답했다.

하지만 운전사는 고개를 절레절레 흔들며 아예 시동

을 꺼버렸다.

"손님, 저 동네 안은 절대로 못 들어갑니다. 제발 여기서 내리세요. 그런데 정말 혼자 저기에 들어가실 겁니까?"

운전사는 정말 겁에 질린 목소리로 물었다. 네. 그녀는 그에게 대답했다. 사실 그녀도 죽은 아이들의 변호사에게 연락해 같이 가자고 했다. 하지만 그는 미룰 수 없는 선약이 있다고 말했다. "피나트 검사님, 정신 나갔어요?" 그의 놀란 목소리가 수화기에서 흘러나왔다. "그럼 내일 같이 갑시다. 오늘은 정말 안 돼요." 그 말을 듣자 그녀는 눈앞이 아찔해졌다. 대체 뭐가 무서워서 저러는 거지? 나도 그 동네에 여러 번 가봤다고. 그것도 벌건 대낮에 말이야. 아는 사람도 많고. 아무도 나를 해코지하려고 들지 않을 거야.

그녀는 승차 거부로 택시 회사 사장을 고발하겠다고 으름장을 놓았다. 사법 당국의 여자 공무원을 그런 곳에 혼자 내리게 한다는 것은 있을 수도 없는 일이었다. 갖은 수를 다 써봤지만, 운전사는 꿈쩍도 하지 않았다. 물론 그녀가 충분히 예상했던 일이었다. 꼭 필요한 경우가 아니라면, 그 누구도 푸엔테모레노에 가까이 가려 하지 않았다. 너무나 위험한 곳이었기 때문이다. 거기에 가는 날이면 그녀도 사무실이나 법정에서 입던 맞춤옷 대신, 청바지와 검은색 셔츠를 입었다. 그리고 차비와 전화기 외에는 아무것도 들고 가지 않았다. 특히 휴대전화는 그 동네에 사는 이들과 급히 연락을 취할 일이 생기거나 습격을 당할 경우 누군가에게 중요한 정보를 알려주기 위해 꼭 필요했다. 물론 셔츠 안쪽에 무기—그녀는 총기 사용 허가증이 있었다—도 숨겨놓고 있었다. 하지만 등에 손잡이와 총열의 윤곽이 완전히 드러나지 않을 만큼 철저하게 숨기지는 않았다.

그녀는 다리 왼쪽, 그러니까 버려진 건물 옆쪽에 있는 축대를 따라 내려가서 동네로 들어갈 수도 있었다. 이상하게도 옆의 건물에는 아무도 들어와 살지 않았다. 습기가 차서 곰팡이가 잔뜩 슨 건물 벽에는 마사지와 타로 점, 그리고 세무사 사무실과 대출업체의 광고판만 어지럽게 붙어 있었다. 하지만 그녀는 우선 다리로 올라가야겠다는 생각이 들었다. 그곳에 가서 경찰에 의해 살해된 에마누엘과 야밀이 마지막으로 봤던 장면을 직접 보고 싶었다.

시멘트 계단은 더럽기도 했지만, 오줌과 먹다 버린 음식에서 비롯된 악취가 코를 찔렀다. 그녀는 계단을 거의 뛰다시피 올라갔다. 마리나 피나트는 이미 사십 줄에 들어섰지만, 몸 상태가 좋은 편이었다. 그녀는 아침마다 조깅을 했다. 그래서인지 법원 직원들은 그녀를 보고 나이에 비해 '젊게 보인다'면서 자기들끼리 쑥덕거리곤 했다. 하지만 그녀는 그렇게 수군거리는 소리라면 질색을 했다. 기분이 좋아지기는커녕, 오히려 불쾌하기만 했다. 나는 예뻐

지고 싶은 게 아니야. 강철처럼 단단하고 강해지고 싶은 거라고.

그녀는 경찰관들이 아이들을 내던진 전망대로 올라갔다. 시커멓게 썩은 강을 물끄러미 내려다보았다. 그녀는 아이들이 그 높은 곳에서 흐름을 멈춘 강으로 떨어지는 모습을 상상할 수 없었다. 그리고 등 뒤로 번개처럼 지나간 자동차 운전자들이 왜 그 장면을 못 봤는지 도무지 이해할 수가 없었다.

다시 아래로 내려온 그녀는 버려진 건물의 축대를 통해 동네로 들어갔다. 빈민가로 들어서는 입구에는 당황스러울 정도로 무거운 적막이 흐르고 있었다. 동네는 쥐 죽은 듯 고요했다. 이 세상이라고는 믿어지지 않을 정도로 짙은 정적만이 감돌고 있었다. 요즘은 가장 이상을 지향하는—혹은 가장 순진한—사회복지사들조차 여기를 위시한 어떤 빈민촌도 가기를 꺼린다. 특히 이곳은 국가에 버림받은 채, 몸을 숨겨야 하는 범죄자들의 소굴이 되고 말았다. 위험해서 사람들이 오기를 기피하는 곳이기는 하지만, 이 동네에는 다양하면서도 유쾌한 소리가 울려 퍼지곤 했다. 늘 그랬다. 여러 가지 다양한 음악 소리가 뒤섞여 흘러나왔다. 빈민가 특유의 느리고 육감적인 쿰비아, 카리브 리듬과 뒤섞여 시끌벅적한 레게 음악, 그리고 어디서든 들을 수 있는 산타페[♈]의 쿰비아 리듬과 감미롭고, 때로는 격정적인 가사. 그뿐만 아니라, 배기관을 떼어내어 출발할 때 굉음을 내는 오토바이와 거리를 오가면서 흥정을 하고, 걸어가면서 이야기를 나누는 사람들. 어디 가나 빠지지 않고 등장하는 바비큐 화로와 그 위에서 지글거는 초리소, 소 심장, 닭고기. 빈민촌에는 언제나 사람들과 뛰어다니는 아이들, 모자를 쓰고 맥주를 마시는 젊은이들, 그리고 개들로 바글거렸다.

그렇지만 푸엔테모레노 빈민가는 라이추엘로강만큼이나 죽어 있었다.

마리나가 뒷주머니에서 전화를 꺼내는 순간, 전깃줄과 널어놓은 빨래에 가려 어둑어둑한 골목길에서 누군가 자기를 몰래 엿보고 있는 듯한 느낌을 받았다. 강가에 다닥다닥 붙어 있는 집에는 모두 페르시아나가 쳐져 있었고, 전날 비가 내린 탓에 군데군데 물웅덩이가 패었다. 그녀는 진흙탕에 빠지지 않으려고 조심조심 걸었다. 하지만 전화를 거는 동안 그녀의 마음은 몹시 불안하고 다급해졌다.

프란시스코 신부는 여전히 전화를 받지 않았다. 에마누엘의 어머니도 마찬가지였다. 그녀는 길을 잘 기억하고 있었기에 누구의 도움을 받지 않아도 성당을 찾을 수 있을

♈ 아르헨티나 동북부에 위치한 주로, 농축산물의 집산지로 유명하다.

듯했다. 그녀는 마침내 작은 성당의 입구에 도착했다. 이곳은 대부분의 교구 성당과 비슷했다. 지름길을 따라가는데, 평소와는 다른 이상한 느낌이 들었다. 그날따라 가우치토 힐과 이에망자[❦] 같은 대중의 성자들은 물론, 늘 성모상을 모셔놓던 작은 제단도 찾아볼 수가 없었다.

골목길 모퉁이를 돌아서자 노란색으로 칠한 집이 나타났다. 그녀는 그 집이 또렷하게 기억났다. 사라지지 않고 제자리에 남아 있는 그 집을 보고 나니 한결 마음이 놓였다. 하지만 모퉁이를 돌아서기 전에 그녀는 첨벙첨벙하는 희미한 발자국 소리를 들었다. 누군가 그녀를 뒤쫓고 있었다. 그녀는 뒤로 몸을 홱 돌렸다. 기형을 가진 아이가 서 있었다. 그녀는 그 아이를 금방 알아보았다. 어떻게 그 아이를 몰라볼 수 있겠는가. 어릴 때도 추하게 생긴 얼굴이었지만, 시간이 흐르면서 더욱 흉측한 모습으로 변해 있었다. 코는 고양이처럼 펑퍼짐한 데다, 눈은 양쪽 관자놀이 쪽으로 벌어져 있었다. 아이는 천천히 입을 벌렸다. 아마 그녀를 부르려고 하는 듯했다. 그런데 아이는 이가 하나도 없었다.

몸은 여덟 살에서 열 살 정도 되어 보이는데, 이가 하

❦ 오늘날 나이지리아 남서부 지역에 살던 요루바 부족의 종교에 등장하는 물의 여신. 라틴아메리카로 유입된 후, 이에망자는 검은 성모 마리아와 혼합되어 나타나기도 한다.

나도 없었다.

아이가 가까이 다가왔다. 아이가 바로 옆까지 오자, 그녀는 기형이 얼마나 심해졌는지 확인할 수 있었다. 곤봉지棍棒指[*]가 생긴 손가락은 오징어 꼬리(아니면 오징어 다리였나? 그녀는 다리인지 꼬리인지 늘 헷갈렸다)처럼 가늘었다. 아이는 그녀의 옆에 멈추어 서지 않았다. 마치 그녀를 안내라도 하려는 것처럼 성당까지 쉬지 않고 걸어갔다.

성당도 이미 폐가처럼 흉물스럽게 변해 있었다. 하기는 예전부터도 하얀색의 허름한 건물에 불과했다. 그곳이 성당임을 알려주는 유일한 표시는 지붕 위에 세워놓은 철십자가뿐이었다. 십자가는 그 자리에 계속 있었지만, 지금은 노란색으로 칠해져 있는 데다 누군가 노랗고 하얀 화관花冠으로 장식해놓았다. 멀리서 보면 데이지 꽃 같았다. 하지만 깨끗하던 성당 벽은 지저분한 낙서와 얼룩으로 뒤덮여 있었다. 가까이 다가가서 보니, 의미 없이 갈겨쓴 글자였다. 〈YAINGNGAHYOGSOTHOTHHEELGEBFAITHRODOG〉. 벽에 쓰인 글자는 모두 똑같은 순서로 배열되어 있었지만, 도무지 무슨 뜻인지 알 수가 없었다. 기형을 가진 아이가 성당 문을 열자, 그녀는 옆구리에 차고

[*] 손가락 끝이 뭉툭하게 굵어져서 곤봉의 끄트머리 모양으로 되는 증상. 심장병이나 만성 기관지 확장증 등의 호흡기병을 앓는 사람에게 나타난다고 한다.

있던 권총에 손을 갖다 댄 채 안으로 들어갔다.

건물은 이제 더 이상 성당이라고 할 수도 없을 지경이었다. 물론 신도들이 앉는 나무 벤치나 제단은 예전에도 없었으며, 프란시스코 신부가 이따금씩 미사를 올릴 때 사용하던 테이블 하나와 의자 몇 개가 고작이었다. 하지만 이제는 그런 것들마저도 없이 텅 비어 있었다. 더구나 더러운 벽에는 밖에 쓰인 것과 같은 글자들로 도배가 되어 있었다. 〈YAINGNGAHYOGSOTHOTHHEELGEBFAITHRODOG〉. 벽에 붙어 있던 십자가상도 어디론가 사라지고 없었다. 예수 그리스도와 루한의 성모 성심 성화聖畫도 마찬가지였다.

제단 자리에는 막대기 하나가 서 있었는데, 흔히 볼 수 있는 철제 화분에 못으로 고정되었다. 그 끝에는 소머리가 매달려 있었다. 성당 안에 살 썩는 냄새가 풍기지 않는 것을 보면, 그 우상은—그 순간, 그녀는 그것이 이교도의 우상임을 깨달았다—최근에 갖다놓은 것이 틀림없었다. 그 머리는 갓 잡은 소에서 나온 듯했다.

"오지 말았어야 할 곳에 결국 오고 말았군요." 신부의 목소리가 들렸다. 그는 그녀를 뒤따라 성당으로 들어왔다. 그의 초라한 행색으로 보아, 무언가 엄청나게 힘든 일을 겪고 있는 것이 분명했다. 그사이 신부는 눈에 띄게 여위었고 꾀죄죄하기 이를 데 없었다. 게다가 면도를 못 했는지 수염이 덥수룩하게 길었으며, 머리는 기름이 잔뜩 끼어서 물에 젖은 것처럼 보였다. 하지만 가장 충격적인 사실은 그가 술에 절어 있었다는 점이다. 가까이 다가오자 술 냄새가 확 풍겼다. 그가 성당 안으로 들어오자, 마치 더러운 바닥에 위스키를 병째로 쏟아부은 듯 역한 냄새가 코를 찔렀다.

"오지 말았어야 할 곳에 결국 오고 말았다고요." 그는 같은 말을 되풀이했다. 그러곤 곧바로 휘청하면서 넘어지고 말았다. 마리나는 그제야 바닥을 보았다. 바닥에는 아직 굳지 않은 핏방울이 문에서 소머리까지 이어져 있었다.

"프란시스코 신부님, 이게 뭐죠?"

신부는 아무 말도 하지 않았다. 대신 성당 한쪽 구석에서 잠자코 있던 기형아가 힘겹게 말을 꺼냈다.

"죽은 사람이 자기 집에서 기다리고 있어요. 꿈을 꾸면서 말이죠."

"모자란 놈들이 하는 말은 늘 저런 식이라고요!" 신부가 소리쳤다. 그러자 팔을 뻗어 그를 일으키려고 하던 마리나는 깜짝 놀라 뒷걸음질 쳤다. "저 더럽고 역겨운 저능아들 말이오! 저놈들이 당신한테 **임신한 창녀 계집애**를 보냈죠? 그 일 때문에 여기 오겠다고 마음먹은 겁니까? 나는 당신이 그렇게 어리석은지 몰랐어요."

그 순간, 저 멀리서 북소리가 들려왔다. 사육제 준비를 하는 모양이네. 그렇게 생각하자 그녀는 다소 마음이 놓였다. 지금이 2월이니까. 맞아, 딱 그때야. 매년 이맘때면 동네 사람들은 사육제 행렬과 거리 공연[*]을 연습하기 위해 모이곤 하니까. 아니면 철로 변에 있는 축구 경기장에서 벌써 사육제를 열고 있는지도 모르지.

(철길 뒤편의 어떤 집에 숨어 있어요. 거기서 친구들과 함께 지내고 있다고요. 그런데 신부는 임신한 여자아이가 나를 찾아왔다는 것을 어떻게 알았을까?)

사육제 공연을 준비하고 있는 게 틀림없어. 매년 요맘때 거리에서 공연을 하는 것이 이 동네의 전통이니까. 예년보다 조금 이른 것 같기는 한데, 지금이라고 못 할 것도 없지. 그렇다면 소머리는? 그건 이 동네의 마약 밀매상이 프란시스코 신부를 협박하려고 보낸 선물일 거야. 프란시스코 신부가 자기들을 경찰에 신고하는 것도 모자라, 마약에 중독된 아이들을 빼내 사회로 되돌려 보내려고 하니까 얼마나 눈엣가시 같겠어. 그들로서는 손님들은 물론 부하들마저 빼앗기는 셈이니 그럴 만도 하지.

"프란시스코 신부님, 어서 여기를 빠져나가야 돼요." 그녀가 말했다.

[*] 기독교 국가에서 사순절 직전에 사흘 내지 일주일에 걸쳐 행해지는 축제. 아르헨티나에서는 마을 사람들이 악기를 연주하거나 장단에 맞춰 춤을 추면서 행렬을 펼친다.

하지만 신부는 씩 웃기만 했다.

"나도 그러려고 했죠. 나도 애를 썼단 말이오! 하지만 여기서 한 발짝도 나갈 수가 없어요. 그건 당신도 마찬가질 겁니다. 그 아이가 강물 속에 잠들어 있던 것을 모두 깨웠단 말이에요. 저 소리 안 들립니까? 죽은 자들을 위한 저 북소리 말이에요!"

"저건 사육제 거리 공연이에요."

"공연이라고요? 당신 귀에는 저것이 공연하는 소리로 들립니까?"

"신부님은 지금 취했어요. 그리고 임신한 여자아이가 나를 찾아왔던 건 어떻게 알았죠?"

"저건 사육제 공연이 아니에요."

신부는 담배에 불을 붙이기 위해 잠시 말을 멈추었다.

"나는 오랜 세월 동안 썩어 문드러진 이 강이 우리의 기질을 단적으로 보여준다고 생각했어요. 미래 따위는 생각하지도 말자. 쓰레기는 모두 여기 내버리자. 어차피 강물에 다 떠내려갈 테니까! 결과가 어떻든 일절 생각하지 말자. 뭐 이런 식이죠. 모두가 천하태평인 정도로만 여겼어요. 하지만 지금은 생각이 달라졌어요, 마리나. 이 강을 오염시킨 모두에게 책임이 있었던 거예요. 그들은 무언가를 감추려고 했어요. 세상에 나타나거나 알려져서는 안 되는 무언가를 말이죠. 그래서 기름과 진흙탕으로 그 위를 덮어버린 거라고요! 그것도 모자라 이제는 배로 강을 뒤덮어버렸단 말입니다! 그 많은 배를 거기다 묶어놓았다고요!"

"대체 무슨 말을 하는 거죠?"

"모르는 척하지 말아요. 당신은 절대 멍청한 사람이 아니니까. 경찰관들은 이곳 사람들을 강물에 집어 던지기 시작했죠. 그거야 그런 짓을 하고도 남을 정도로 멍청한 인간들이니까요. 그들이 강물에 빠뜨린 사람들 대부분이 목숨을 잃었어요. 그런데 결국 여러 사람들이 그것을 찾아내고 만 거죠. 이 강에 어떤 일이 일어나고 있는지 알아요? 판잣집에서 나오는 똥과 하수구에서 쏟아내는 오물이, 아니 쓰레기란 쓰레기는 죄다 저 강으로 흘러들고 있단 말이에요! 온갖 쓰레기와 오물이 켜켜이 쌓이면서 강은 결국 죽었거나 잠들어버린 거죠. 따지고 보면 그게 그거라고요. 내가 볼 때 잠과 죽음은 매한가지예요. 사실 사람들이 상상도 못 할 일을 하기 전까지는 그럭저럭 버틸 만했죠. 그런데 언제부턴가 사람들이 저 검은 물속에서 허우적거리기 시작했다고요. 그러다 결국 저 검은 물속에 잠들어 있던 그것을 깨우고 만 거죠. '에마누엘'이 무슨 뜻인지 알아요? '신은 우리와 함께 있다'❦는 의미예요. 그런데 지금 우

❦ 에마누엘, 혹은 임마누엘은 『이사야서』 7장 14절에 등장하는 인물이다. '임마누', 즉 '우리들과 함께 있다'와 신을 의미하는 '엘'을 조합한 이름으로, '신은 우리와 함께 있다'는 의미를 지닌다.

리가 말하는 신이 무엇이냐가 문제죠."

"지금 당신이 헛소리를 하고 있다는 게 가장 큰 문제라고요. 안 되겠어요. 신부님을 여기서 당장 빼내야겠어요."

신부는 갑자기 자기 눈을 벅벅 문지르기 시작했다. 마리나는 각막이 터지지나 않을지 걱정스러웠다. 그때 앞을 못 보는 기형아가 뒤돌아서더니 그들에게 등을 보인 채, 이마를 벽에 기댔다.

"그들은 나를 감시하기 위해 저 아이를 보낸 겁니다. 그들의 아들이니까요."

마리나는 눈앞에서 대체 무슨 일이 벌어지고 있는 것인지 이해하려고 애를 썼다. 그녀가 보기에 신부는 빈민가에서 자기를 미워하는 이들에게 괴롭힘을 당한 나머지 결국 미쳐버리고 만 것 같았다. 저 기형아는 가족에게 버림받은 것이 분명했다. 아무 데도 의지할 곳이 없다 보니 늘 신부 뒤만 졸졸 쫓아다니는 것 같았다. 지금쯤 동네 사람들은 고기를 구울 석쇠와 악기 등을 들고 사육제 행사에 갔을 것이다. 그 모든 것이 소름 돋을 정도로 무서웠지만, 그렇다고 현실적으로 불가능한 일은 아니었다. 죽었지만 살아 있는 아이는 없었고, 죽은 자들을 위한 의식 같은 것도 없었다.

(그런데 왜 성당 안에는 성상이나 종교화가 하나도 없을까? 그리고 그녀가 묻지 않았는데, 왜 신부는 에마누엘 얘기

를 불쑥 꺼낸 것일까?)

아무려면 어때. 당장은 여기를 나가는 게 급선무야. 마리나는 생각했다. 그녀는 신부의 팔을 붙잡고 그를 부축해서 나가려고 했다. 그는 술에 너무 취해서 혼자 걸을 수조차 없었다. 하지만 그게 실수였다. 신부는 몸도 제대로 가누지 못할 만큼 술에 취해 있었지만, 그녀에게서 권총을 낚아챘다. 동작이 얼마나 날래고 정확하던지 그녀는 이를 미처 알아차리지도 못했다. 그녀로서는 어떻게 해볼 도리가 없었다. 바로 그 순간, 기형아가 몸을 홱 돌리더니 입을 벌리며 고함을 질렀지만 아무 소리도 나지 않았다.

신부는 그녀에게 총을 겨누었다. 그녀는 지푸라기라도 잡고 싶은 심정으로 성당 안을 이리저리 두리번거렸다. 가슴이 두방망이질 치고, 입 안이 타들어가는 것 같았다. 빠져나갈 길이 없었다. 너무 취한 상태라 총알이 빗나갈 수도 있었다. 그러나 공간이 너무 좁아서 그렇게 되기를 바라기는 무리였다.

"당신을 죽이고 싶지는 않아요. 오히려 고마운 마음을 전하고 싶을 따름이에요."

그는 그녀를 겨누고 있던 총을 거두면서 힘없이 팔을 아래로 떨어뜨렸다. 그러더니 갑자기 팔을 들어 올려 입속에 총구를 넣고 방아쇠를 당겼다.

총소리에 마리나는 한동안 귀가 먹먹해졌다. 갈가리

찢긴 신부의 뇌가 의미 없이 휘갈겨 쓴 글자를 뒤덮어버렸다. 그때 아이가 정확치 않은 발음으로 중얼거렸다. "죽은 사람이 자기 집에서 기다리고 있어요. 꿈을 꾸면서 말이죠." 마리나는 신부를 살펴볼 엄두도 내지 못했다. 입에 총을 쏘았으니, 살아 있을 리 만무했다. 그녀는 떨리는 손으로 그에게서 총을 빼냈다. 자신의 흔적이 여기저기에 남아 있는 이상, 그를 죽였다는 혐의를 피하기는 어려울 것 같았다. 빌어먹을 신부 같으니. 제기랄! 지옥 같은 이 동네에 왜 내 발로 걸어 들어왔을까? 대체 누굴 찾겠다고, 무엇을 밝히겠다고 여기까지 왔던 거지? 피로 얼룩진 손에 들고 있던 총이 바들바들 떨렸다. 손에 피를 벌겋게 묻히고 어떻게 집에 갈 수 있을까? 우선 손을 씻을 물을 찾아야 했다.

그녀는 성당 밖으로 나오고 나서야 비로소 자기가 울고 있다는 것을 알았다. 그리고 동네도 조금 전처럼 쓸쓸하게 비어 있지 않았다. 총소리에 귀가 먹먹해진 탓에 북소리가 계속 저 멀리서 들리는 줄로만 알았다. 하지만 그것은 착각이었다. 거리 공연단이 성당 앞을 지나가고 있었다. 그런데 자세히 보니 그것은 거리 공연단이 아니라, 부활절 행렬이었다. 행렬 속의 사람들은 봉고와 시끄러운 큰 북을 쉴 새 없이 두드렸다. 가느다란 팔에 연체동물처럼 흐느적거리는 손가락을 가진 기형아들이 앞장서서 걸어갔고, 거의 탄수화물로 된 음식만 먹어 몸매가 망가진 여인들이—대부분 뚱뚱했다—그 뒤를 따랐다. 남자들은 거의 없다시피 했지만, 놀랍게도 마리나가 아는 경찰관들이 몇몇 눈에 띄었다. 심지어는 포마드를 잔뜩 바른 검은 머리에 경찰 제복을 입은 수아레스의 모습도 언뜻 보였다. 가택 연금 상태인데, 몰래 빠져나온 모양이었다.

그들 뒤로 우상을 모신 침대가 지나가고 있었다. 매트리스 위에 분명 그것이 있었다. 그것이 무엇인지 잘 보이지는 않았지만, 비스듬히 누워 있었다. 사람만 한 크기였다. 언젠가 마리나는 부활절 행렬에서 이와 비슷한 장면을 본 적이 있다. 그때 거기에는 피투성이가 된 채 십자가에서 방금 내려진 예수 그리스도상이 하얀 아마포에 싸여 관처럼 생긴 침대에 누워 있었다.

당장이라도 그들과 반대편으로 도망가야 했지만, 마리나는 오히려 행렬 쪽으로 다가갔다. 침대 위에 누워 있는 것이 무엇인지 꼭 보고 싶었기 때문이다.

죽은 자가 꿈을 꾸면서 기다리고 있다.

무거운 침묵이 흐르는 행렬 속에서는 북소리만 들렸다. 그녀는 목을 길게 빼고 우상 쪽으로 다가섰지만 침대가 너무 높이, 아니 불가사의할 정도로 높이 있었다. 그녀가 더 가까이 다가가려 하자, 한 여인이 밀쳤다. 마리나가 아는 여자였다. 그녀는 에마누엘의 어머니였다. 마리나는 그녀를 붙잡으려고 했지만, 그녀는 알아들을 수 없는 몇 마디의 말을 웅얼거렸다. 집 앞의 어두컴컴한 강바닥과 강가에 묶어둔 배들에 관한 이야기인 듯했다. 그러더니 갑자기 마리나를 머리로 받으며 떨쳐냈다. 그 순간, 행렬 속의 사람들이 일제히 "나, 나, 나"를 외치기 시작하자, 침대 위에 누워 있던 것이 꿈틀거렸다. 그러더니 환자처럼 잿빛을 띤 한쪽 팔이 침대 아래로 힘없이 늘어졌다. 마리나는 썩어 문드러진 손에서 손가락이 떨어져 나가던 꿈이 떠올랐다. 마리나는 손에 총을 쥔 채 정신없이 도망쳤다. 그녀는 어린 시절 이래로 한 번도 해본 적이 없던 기도를 하면서 달렸다. 그녀는 축대와 강변으로 나가기 위해 언제 무너질지 모르는 집들 사이로, 그리고 미로처럼 얽힌 골목길을 따라 달렸다. 그때 검은 강물이 사납게 출렁거리는 듯 보였지만 그녀는 모른 체하고 지나쳤다. 절대 그럴 리 없었다. 이미 썩을 대로 썩어 숨도 못 쉬고 죽어 있는 강물이 어떻게 출렁일 수 있단 말인가? 잔물결이 강가를 찰싹거리지도, 바람이 불어도 꿈쩍 않는 강인데. 소용돌이가 일지도, 모든 것을 집어삼킬 듯 거세게 흐르지도, 갑자기 물이 불어나지도 않는데 말이다. 흐르지도 않는 강물이 무슨 수로 불어나겠는가? 마리나는 뒤도 안 돌아보고 다리 쪽으로 내달렸다. 불길한 북소리를 듣지 않으려고, 그녀는 피로 물든 손으로 귀를 꽉 막았다.

초록색 빨간색 오렌지색

2년 전쯤 그는 내 컴퓨터 화면 속에서 초록색, 빨간색, 혹은 오렌지색 불빛으로 변해버렸다. 나는 그를 보지 못한다. 나뿐만 아니라, 아무도 자기를 못 보게 한다. 그래도 나한테는 어쩌다 한 번씩 말을 하지만, 절대로 자기 카메라를 켜지 않는다. 그래서 그가 여전히 머리가 긴지, 새처럼 여위었는지 알 길이 없다. 마지막으로 그를 봤을 때, 지나치게 큰 손에 손톱을 길게 기른 채 침대 위에 웅크리고 앉아 있는 모습이 영락없는 새였다.

열쇠로 방문을 걸어 잠그기 전, 그는 보름 동안 감전된 것처럼 머릿속이 찌릿찌릿한 통증에 시달렸다고 말했다. 항우울제 복용을 중단할 때 흔히 나타나는 부작용인데, 마치 머릿속으로 전류가 흐르는 듯한 느낌이 들어. 그의 말에 따르면, 무언가에 팔꿈치를 부딪혔을 때처럼 머릿속이 찌르르했다고 한다. 하지만 나는 그의 말을 그대로 믿지 않았다. 내가 어두컴컴한 그의 방을 찾아갔을 때, 그는 그 밖에 스무 가지도 넘는 항우울제의 부작용을 일일이 설명했다. 마치 의학 개론서를 줄줄이 읊는 것 같았다. 주변에 항우울제를 복용하는 사람은 많지만, 보통은 살이 찐다든가 이상한 꿈을 꾸거나 하루 종일 잠만 잔다든가 하지, 머릿속으로 전기가 흐른다는 말은 금시초문이었다.

당신은 꼭 그렇게 별나게 굴어야 직성이 풀리지. 어느 날 오후, 내가 그에게 말했다. 그는 듣기 싫다는 듯 팔로 눈을 가렸다. 볼 때마다 드라마 같은 이야기만 듣다 보니 이제는 그라면 진절머리가 났다. 그날 오후, 와인을 반병 비우고 나서 그의 바지와 팬티를 내리고 입으로 그의 성기를 부드럽게 애무하던 기억이 떠오른다. 대담한 행동에 나 자신도 흠칫 놀랐지만 슬며시 오기가 솟구쳤다. 나는 손으로 그의 성기를 감싸 쥐고 위아래로 움직이기 시작했다. 그가 더 이상 참을 수 없도록 점점 더 빠르게 손을 움직였다. 그러자 그는 내 머리에 손을 갖다 대면서 신음하듯 말했다. “아무리 그래봐야 소용없을 거야.” 그 말을 듣자 나는 분노가 치밀어 올라 와인병을 침대에 집어 던지고 밖으로 나가 버렸다. 그러곤 일주일 동안 그를 찾아가지 않았다. 그 뒤 다시 만났을 때 우리는 그 일을 절대 입 밖에 꺼내지 않았고, 나는 침대 위에 남은 벌건 얼룩을 한 번도 쳐다보지 않았다. 나는 더 이상 그를 사랑하지 않았다. 다만 그가 아무런 이유 없이 자신의 우울증을 지나치게 부풀리고 있다는 것을 알려주고 싶었을 따름이었다. 그에게 화를 내보기도 하고, 자신을 속이지 말라고 나무라기도 했지만, 아무 소용이 없었다.

그는 결국 방 안에만 틀어박혀—그의 방에는 화장실과 샤워기가 갖추어져 있었다—지냈다. 그러자 그의 어머니는 저러다 자살할지도 모른다는 생각이 들었는지, 내게 전화를 했다. 무슨 일이 있어도 그가 그런 생각을 먹지 않게 해달라고 울면서 사정을 했다. 그녀나 나로서는 저러다 영원히 세상과 담을 쌓고 사는 건 아닐지 알 수가 없었다. 나는 문틈으로 말을 해보고, 문도 두드려보았다. 또 틈날 때마다 전화를 걸어보기도 했다. 그의 정신과 의사도 나와 똑같이 했다. 나는 며칠만 지나면 그가 다시 문을 열고 나와 평소처럼 집 안을 어슬렁거리며 돌아다닐 거라고 생각했지만, 그건 큰 오산이었다. 2년이 지난 지금까지도 나는 매일 밤 초록색, 빨간색, 오렌지색 불빛이 화면에 나타나기만을 기다린다. 그러다 며칠 동안 회색 불빛이 나타날 때면 겁이 덜컥 난다. 그는 자신의 이름인 마르코를 절대 사용하지 않는다. 언제나 M으로 통한다.

우울증에 걸린 사람들은 대개 무자비한 편이다. 마르

코는 여전히 어머니 집에 얹혀살고 있다. 어머니는 하루 네 끼를 지어 쟁반에 담아 그의 문 앞에 갖다놓는다. 그녀가 그토록 지극정성으로 아들을 대하는 것은, 그가 문자메시지로 그렇게 해달라고 했기 때문이다. 그리고 그 뒤에 이런 메시지도 덧붙였다. '나를 볼 생각은 꿈도 꾸지 마세요.' 그녀는 그가 원하는 대로 내버려두었다. 그녀는 몇 시간이고 아들이 나오기만을 기다렸지만, 그는 꿈쩍도 하지 않았다. 마르코에게 배고픔 따윈 큰 문제가 되지 않았다. 그의 어머니는 그를 밖으로 나오게 하려고 며칠 동안 그를 굶길 생각도 했다. 그리고 의사의 조언에 따라, 인터넷 선을 끊어버리기도 했다. 하지만 마르코는 가까스로 이웃집 와이파이를 연결하는 데 성공했다. 이를 지켜보던 어머니는 미안한 생각이 들어 다시 선을 연결해주었다. 하지만 아들은 그런 어머니에게 고마워하지도, 무엇을 해달라고 부탁하지도 않는다. 그의 어머니는 이따금씩 나를 집으로 초대한다. 하지만 나는 절대 초대에 응하지 않는다. 그가 우리의 대화를 방에서 엿듣고 있는 모습을 상상만 해도 소름이 끼치기 때문이다. 그래서 나는 그의 어머니와 함께 우리 아파트 부근에 있는 카페로 가곤 한다. 그렇지만 만날 때마다 늘 같은 이야기만 했다. 그 아이가 치료를 안 받겠다고 하면 어쩌지? 하나밖에 없는 자식을 내쫓을 수도 없는 노릇이고. 못난 엄마 탓에 아이가 저렇게 됐으니 그

저 미안할 따름이지. 그렇지만 마르코한테 무슨 일이 있었던 건 아니야. 나는 물론이고, 남편도 그 아이를 때리거나 구박한 적이 없으니까. 그렇다고 어릴 때 무슨 성적 학대를 받은 것도 아니야. 우리 가족이 바다로 휴가 갔을 때 찍은 사진 봤지? 배트맨 옷을 입고 찍은 사진 말이야. 그때만 해도 이 세상에서 가장 사랑스러운 아이였지. 그리고 마르코는 어릴 적부터 축구를 좋아해서 앨범에 붙이려고 축구 선수가 나온 스티커를 모았어. 그럴 때마다 나는 그의 어머니에게 말했다. 어머니, 지금 마르코는 아파요. 그리고 그가 그렇게 된 건 그 누구의 잘못도 아니고요. 그건 뇌에 무슨 문제가 생긴 거라고요. 뇌의 화학 작용이나 유전자에 결함이 생겨서 그런 건지도 몰라요. 가령 마르코가 암에 걸렸다고 쳐봐요. 그래도 어머니 탓에 그렇게 됐다고 생각하실 거예요? 어머니 때문에 그가 우울증에 걸린 건 아니에요.

그녀는 마르코가 나에게 이야기를 하느냐고 묻는다. 나는 사실대로 말한다. 네, 이야기한다기보다는 컴퓨터로 채팅을 해요—마르코는 갈수록 말이 적어지더니 결국 인터넷 속으로 사라지고 말았다. 사실 마르코는 화면에서 깜박거리는 글자에 지나지 않았다. 가끔은 내가 대답하기도 전에 사라지는 경우도 있었다—. 하지만 어떻게 지내는지, 기분이 어떤지, 무엇을 하고 싶은지, 나한테 그런 이야기는 일체 안 해요. 사실 방에 틀어박히기 전과 전혀 딴사람이 된 것 같았다. 예전에는 병원 치료나 알약, 집중력 감퇴, 기억력이 떨어져 결국 학업을 포기한 이야기, 편두통, 그리고 밥을 안 먹어도 시장기를 느끼지 못하는 기분 등, 지나치다 싶을 만큼 말을 많이 했다. 그런데 요즘 그는 자기가 하고 싶은 얘기만 한다. 디프웹❦이라든지, 붉은 방, 아니면 일본 귀신 이야기 같은 것 말이다. 하지만 그의 어머니에게 이런 이야기까지 다 털어놓지는 않는다. 그래서 나는 그가 온라인으로 본 책이나 영화에 관해 이야기를 나눈다고 둘러댄다. 휴. 그녀가 길게 한숨을 내쉰다. 그러니 인터넷 선을 끊을 수가 없지. 그 아이와 삶을 이어주는 유일한 수단이니 말이야.

그 아이를 삶에 연결시켜줘야 해. 할 수 있는 데까지 해봐야 돼. 마음을 더 단단히 먹고 말이야. 그녀는 언제나 이런 말만 한다. 사실 그녀는 좀 우둔한 편이다. 그래서 나는 그녀를 만날 때면 늘 묻는다. 무슨 근거로 제가 마르코를 방에서 나오게 할 수 있다고 믿으시는 거죠? 그러면 그녀는 방문을 두드려봐 달라, 그에게 나오라고 사정이라도 해달라고 부탁한다. 가끔은 그녀의 간곡한 청에 못 이겨 그렇게 한다. 밤에 채팅에서 나를 만나면 그는 이런 메시

❦ 검색 엔진에 포착되지 않는 사이트.

지를 보낸다. '바보같이 굴지 마. 엄마가 뭐라고 하든 신경 쓰지 말라고.' 왜 내가 그를 밖으로 나오게 할 수 있다고 믿으시죠? 내가 물으면, 그녀는 멍하게 넋을 놓고 커피에 우유를 따르다가, 결국 뜨거운 크림 거품을 만들어버리기 일쑤다. 그 아이가 행복해하는 모습을 마지막으로 본 게 너하고 둘이 오붓하게 있을 때였단다. 그녀는 말을 마치고 고개를 숙인다. 싸구려 염색약을 사용하는지, 머리카락 끄트머리는 밝은색인 데 반해 뿌리는 언제나 하얗게 세어 있다. 그런데 그녀의 말은 사실이 아니다. 마르코와 나는 말없이 무기력하게 살았다. 그와 사는 동안, 나는 틈날 때마다 그에게 묻곤 했다. 무슨 문제라도 있어? 대체 왜 그러는 거야? 그러면 그는 아무것도 아니라고 짧게 대답하거나, 침대에 걸터앉아 자기는 영혼 없는 껍데기일 뿐이라고 소리를 질러댔다. 그럴 때마다 나는 그를 노려보며 한마디 쏘아붙였다. 연속극이 따로 없어. 이유 없이 버럭 화를 내다가 결국 술에 취해 울고불고 난리를 치니 말이야. 어쩌면 그가 어머니에게 행복하게 살고 있다고 둘러댔는지도 모른다. 아니면 그녀 혼자 그렇게 믿고 싶었는지도 모른다. 그도 아니면, 그는 자신의 우울하고 슬픈 기분이 원할 때까지, 아니 영원히 내 곁을 따라다니게 될 거라고 생각했는지도 모른다. 원래 우울증을 앓는 사람들은 무자비하니까 말이다.

오늘 당신 같은 사람들에 관한 글을 읽었어. 새벽녘 나는 그에게 메시지를 보냈다. 당신은 히키코모리야. 그게 뭔지 당신은 알 거야, 그렇지? 자기 방에서 나오지 않으려 하고, 어쩔 수 없이 가족이 부양해주는 일본 사람들 말이야. 그런데 대학이나 사회생활 같은 거대한 조직의 부담감을 견디지 못한다는 것 외에는 정신적 질병이나 장애를 앓는 건 아니래. 그리고 부모들도 그들을 내쫓지 않아. 다른 나라에서는 거의 발견되지 않는 증상이 일본에서는 전염병처럼 전국적으로 퍼지고 있대. 어쩌다 밖으로 나오는 경우도 있는데, 대부분 밤에 혼자 슬쩍 나온다는 거야. 가령 먹을 걸 찾으러 나온다든지 하는 거지. 그런데 당신처럼 엄마한테 밥을 해달라고 하는 경우는 없다는 거야.

나도 가끔 밖에 나가. 그가 대답했다.

나는 의심스러운 생각이 들어 잠시 머뭇거렸다.

언제?

엄마가 일하러 나갈 때. 아니면 새벽에. 엄마는 수면제 먹고 자니까, 내가 나가도 몰라.

설마.

혹시 일본인들의 가장 좋은 점이 뭔지 알아? 귀신들을 분류할 줄 안다는 거야.

몇 시쯤 나오는지 말해봐. 그때 만나게.

아이들 귀신은 일본어로 자시키와라시*라고 해. 그런

데 나쁜 요괴로 여기지는 않는 모양이야. 일본에서 악귀는 주로 여자 혼령들이야. 여자 원혼들은 대부분 끔찍한 모습을 하고 나타나는데, 가령 몸이 반 토막 나서 상체만 질질 끌고 다니는 귀신도 있대. 그리고 그들은 자기 모습을 본 사람이 있으면, 반드시 따라가서 죽인다는 거야. 아니, 그녀들이라고 해야 하나? 또 우부메[**]라는 엄마 귀신들도 있어. 여자들이 출산하다가 죽으면 우부메가 된다고 하더군. 아이들의 물건을 훔치기도 하지만, 반대로 아이들에게 사탕을 주는 우부메도 있나 봐. 그리고 바다에서 죽은 귀신은 따로 있어.

잠깐이라도 만나게 몇 시에 나오는지만 말해.

나간다는 건 거짓말이야.

순간 화가 치밀어 올라 나는 채팅창을 닫아버렸다. 하지만 화면에 여전히 초록색 불이 들어와 있는 걸 보면 그는 아직 접속 중인 모양이었다. 앞으로는 어머니가 일하는 사이에 당신이 나오는지 보려고 집 앞에 서서 여섯 시간씩 기

[*] 자시키와라시(좌부동자座敷童子)는 일본에 전해 내려오는 정령으로, 자시키(다다미 방)나 창고에 사는 귀신을 말한다. 보통은 어린아이라고 하지만 나이는 3세부터 15세에 이르기까지 다양하다. 그 집 사람들에게 장난을 치거나 아이들과 놀아주기도 하고, 그들을 본 사람은 행운과 재물을 얻게 된다는 이야기가 있다.

[**] 임산부의 모습을 한 일본 요괴. 임산부가 출산을 하지 못하고 죽었을 때 그대로 매장해버리면 우부메가 된다고 한다.

다리지는 않을 거야. 나는 다짐했고, 실제로 그렇게 했다.

90년대에 인터넷을 쓰려면 우선 하얀색 케이블을 컴퓨터에서—거실을 가로질러—전화 단자까지 길게 연결해야만 했다. 인터넷으로 만난 친구들은 진짜처럼 느껴졌다. 그래서 혹시라도 접속이 끊어지거나 갑자기 전기가 나갈 때면 불안해서 견딜 수가 없을 정도였다. 그러면 상징주의와 글램 록,❦ 데이비드 보위, 매닉 스트리트 프리처스, 영국의 오컬티스트들과 라틴아메리카 독재정권 등에 대해 이야기를 나눌 친구들을 찾을 수가 없었기 때문이다. 내 기억에 방 안에만 틀어박혀 살던 여자 친구가 하나 있었다. 스웨덴 친구였는데, 영어를 완벽하게 구사할 줄 알았다—나는 온라인상에서 아르헨티나 친구를 거의 만나지 않았다—. 나는 대인공포증을 가지고 있어. 그녀가 말했다. 그런데 그녀의 이름이 뭐였는지 기억나지 않는다. 그리고 그녀의 메일도 옛날 컴퓨터 안에 저장되어 있는데, 고장이 나서 복구할 수가 없다. 그 아이는 유럽 밖에서 구할 수 없는 다큐멘터리 비디오테이프와 CD 등을 스웨덴에서 보내주기도 했다. 그런데 그녀에게 소포를 받고 나자

❦ 1970년대에 영국에서 시작된 록 음악으로, 화려한 의상과 화장 등 외관적인 특징을 강조했다. 대표적인 뮤지션으로는 영국의 데이비드 보위와 스위트, 그리고 미국의 뉴욕 돌스 등이 있다.

궁금해졌다. 밖에는 일절 안 나간다고 했는데, 우체국에는 어떻게 간 거지? 어쩌면 여태 거짓말을 했는지도 몰라. 그런데 소포는 스웨덴에서 보낸 것이 분명했다. 그렇다면 자기가 사는 곳을 거짓말하지는 않은 셈이다. 나는 지금도 스웨덴 소인이 찍힌 우표를 가지고 있다. 하지만 그녀가 보내준 비디오테이프에는 곰팡이가 슬어 있고, CD는 이미 오래전부터 재생되지 않는다. 그녀는 인터넷의 유령이 되어 영원히 사라져버렸다. 그녀의 이름을 잊어버린 이상, 그녀를 다시 찾기는 불가능하다. 그녀 말고 다른 친구들도 있었다. 가령 리아스는 미국 포틀랜드 출신인데, 퇴폐주의와 슈퍼히어로의 열렬한 팬이었다. 사실 그녀와 나는 로맨스를 나누던 사이였다. 그녀는 내게 앤 섹스턴[♈]의 시를 보내주기도 했다. 그리고 영국의 헤더라는 아이도 있는데, 지금도 연락을 주고받는 사이다. 그녀는 자기에게 조니 선더스[♉]를 알려주었다고 연락할 때마다 내게 고마움을 표한다. 또 여러 명의 남자와 사랑에 빠졌던 키퍼와 내게 아름다운 시를 써서 보내주던 여자아이도 있다. 기억은 안 나지만 형편없는 몇 편의 시, 예를 들어 「우울한 나의 사람my

♈ Anne Sexton(1928~1974). 미국의 시인으로, 우울증과의 싸움, 자살 충동 등에 대한 자기 고백풍의 시로 잘 알려져 있다. 『살거나 죽거나*Live or Die*』로 1967년 시 부문 퓰리처상을 받았다.

♉ Johnny Thunders(1952~1991). 미국의 기타리스트이자 싱어 송라이터로, 1970년대 초반 뉴욕 돌스의 멤버로 인기를 끌었다.

blue someone」 따위를 제외하면 모두 감동적이었다. 우울한 나의 사람. 언젠가 마르코는 그 여자아이들을 찾아주겠다고 했다. 이미 연락이 끊긴 친구들을 모두 말이다. 방 안에 갇혀 살다 보니 해커가 되었다고 했다. 나는 차라리 잊고 지내겠다고 말했다. 인터넷에서 말로 알게 된 사람들을 잊는다는 것이 왠지 객쩍게 여겨졌기 때문이다. 그들과 연락을 주고받던 동안에는 어떤 친구보다 더 강한 우정을 느꼈지만, 이제는 전혀 모르는 사람들보다 더 멀게 느껴진다. 더구나 나는 그들이 조금 무섭기까지 하다. 예전에 페이스북을 뒤지다가 리아스를 찾았다. 그녀가 나의 친구 신청을 흔쾌히 받아주자, 나는 너무 반가운 나머지 곧바로 인사의 글을 보냈지만 아무 답장도 오지 않았다. 우리는 더 이상 대화를 나누지 않았다. 아마 나를 전혀 기억하지 못하거나, 기억이 가물가물한 모양이었다. 마치 꿈속에서 나를 알게 된 것처럼 말이다.

마르코는 전혀 무섭지 않다. 디프웹에 대해서 이야기를 할 때만 빼면 말이다. 그는 틈날 때마다 디프웹을 알 필요가 있다고 주장한다. 늘 그렇게 말한다. 그걸 알아야 해. 디프웹은 검색 엔진에 나오지 않는 사이트를 말한다. 디프웹의 세계는 우리가 일상적으로 사용하는 웹보다 훨씬 더 거대하지. 아마 5천 배는 더 클걸. 그는 어떻게 디프웹에 접속하는지 나름대로 열심히 설명해준다. 하지만 나는 그게 무슨 말인지 당최 이해할 수도 없을뿐더러, 그럴 때마다 지루하기 짝이 없다. 거기에 뭐가 있지? 나는 마지못해 그에게 묻는다. 거기서는 주로 마약하고 무기를 팔지만, 성매매도 할 수 있어. 그가 말한다. 난 그런 것들에 대해서는 별 관심이 없어. 하지만 꼭 보고 싶은 게 몇 가지 있는데, 그중 하나가 바로 붉은 방이야. '붉은 방'이라는 이름의 채팅방이 있는데, 들어가려면 돈을 내야 돼. 사람들 말로는 고문당하는 여자가 있는데, 호리호리한 체격의 흑인 남자가 그녀를 난폭하게 다루다 결국 유방을 터뜨려버린다더군. 그러고 나서 여러 명의 남자가 달려들어 그녀가 죽을 때까지 강간한다는 거야. 심지어 고문 장면을 담은 영상을 비디오에 담아 팔기까지 한다더라고. 그리고 여자의 비명 소리를 녹음한 오디오 파일도 파는데, 전혀 사람의 소리 같지 않아서 한번 들으면 잊을 수가 없다는 거야. 그 밖에도 RRC도 알고 싶어. 그게 뭔데? 실제 강간 커뮤니티Real Rape Community의 줄임말이지. 거기에는 일정한 규칙이 없어. 거기서는 어린아이들을 굶기기도 하고, 아이들한테 강제로 수간獸姦을 하도록 시킨다고 하더군. 그것도 모자라 아이들의 목을 조르고 강간을 한다더라고. 어쩌면 웹의 세계에서 가장 흉악한 곳일 거야. 어쩌면 이미 없어졌는지도 몰라. 요새는 시체들과 섹스를 하는 사이트도 생겼다고 해.

시체들보다 어린아이들과 섹스하는 게 훨씬 더 악랄한 짓이야. 나는 그에게 메시지를 보낸다.

그거야 그렇지. 마르코가 대답한다.

대체 아이들의 시체를 어디서 꺼내는 거지?

아이들의 시체가 있는 곳이면 어디든 가겠지. 그런데 왜 사람들은 아이들이라면 무조건 좋아하고, 보살펴주려고 하는지 모르겠어.

혹시 당신 아이한테 무슨 짓이라도 한 거야?

내가 그런 짓이나 할 사람으로 보여? 절대 그런 일 없어. 당신은 늘 같은 것만 물어보는군. 다짜고짜 윽박지르기나 하고.

내가 보기에, 그 디프웹인가 뭔가 하는 건 다 꾸며낸 말 같아. 그런 건 다 누구한테서 들은 거지?

거짓말이 아니라니까. 유명 일간지에도 관련 기사가 나왔으니까 한번 찾아보라고. 주로 청부 살인자를 고용하거나, 마약을 사려고 그런 사이트를 찾는다는 글이야. 당신 같은 보통 사람들이 말이지.

중학교 2학년 때, 나는 헤나로 머리를 검게 물들인 적이 있다. 임시로 염색한 거라, 머리에 별다른 손상이 없을 줄 알았다. 하지만 두피에 벌건 얼룩이 지고, 항암 치료를 받는 환자처럼 머리가 한 움큼씩 빠졌다. 다행히 학교에서는 별말이 없었다. 하기는 정신 나간 짓을 하는 여자아이들한테 학교도 이골이 났을 테니까. 특히 그 나이 또래의 여자아이들한테는 그런 일이 다반사니, 그러려니 했을 것이다. 모범생이 아닌데도, 역사 선생님은 내게 잘 대해주었다. 어느 날 오후, 수업이 끝나고 집에 가려는데 선생님이 나를 불렀다. 그러더니 대뜸 자기한테 딸이 하나 있는데, 만나고 싶지 않느냐고 물었다. 내 기억에 선생님은 담배를 피우면서 몸을 떨고 있었다. 지금이야 여자 선생님이 학생 앞에서 담배를 피우는 것을 낯부끄럽게 생각하지만, 20년 전만 해도 아무렇지 않게 여겼다. 내가 대답하기도 전에 선생님은 검은색 파일을 꺼내더니 내게 보여주었다. 파일 안에는 낱장의 종이가 링에 끼워져 있었는데, 각 장마다 그림과 글이 담겨 있었다. 검은 머리에 검은 옷을 입은 여인이 가을 낙엽이나 무덤 위에 앉아 있거나, 숲으로 들어가는 그림이었다. 연필로 그린 늘씬하고 아름다운 마녀도 있었다. 또 결혼식이나 첫 영성체를 할 때처럼 머리에 베일을 쓴 채 손에 거미를 들고 있는 여자 그림도 있었다. 아래 쓰인 글은 일기나 시 같았다. 그중 한 구절이 지금도 기억난다. '네 손으로 내 잇몸을 잘라주면 좋겠어.'

"이건 내 딸의 공책이야." 선생님이 말했다. "애가 도통 밖으로 나오질 않으려고 한단다. 그런데 왠지 너하고는 친구가 될 수 있을 것 같아서 말이다."

그때는 그 아이가 그림을 아주 잘 그린다는 생각이 들었다. 그리고 그런 그림을 그리는 아이라면 나한테는 별 관심이 없을 거라는 생각도 했다. 나는 선생님에게 아무 대답도 하지 않았다. 사실 무슨 말을 해야 할지 막막하기만 했다. 나는 부모님이 기다리고 계신다고 기어들어가는 목소리로 어물거리기만 했다. 하지만 그건 거짓말이었다. 나는 집까지 혼자 걸어갔다. 집에 들어가자마자, 나는 엄마에게 그 이야기를 했다. 엄마는 아무 말도 하지 않았다. 하지만 잠시 후 엄마는 방에 들어가더니 문을 잠그고 어디론가 전화를 했다.

그 이후로 선생님은 수업에 나오지 않았다. 그날 엄마가 통화한 사람은 교장 선생님이었다. 사실 그 선생님에게는 자식이 없었다. 살았든 죽었든 간에, 마녀를 그리는 딸도 없었다. 모든 게 거짓말이었다. 내가 모든 사실을 알게 된 것은 그로부터 오랜 세월이 지나서였다. 그런데 그때 엄마는 그 선생님이 아픈 딸을 보살피기 위해 자격증을 따려고 학교를 그만둔 거라고 말했다. 그래서 나는 있지도 않은 딸의 존재에 대해 전혀 의심하지 않았다. 교장 선생님도 엄마와 똑같은 말만 했다. 나는 오랫동안 방 안에만 틀어박혀 있는 여자아이를 떠올리곤 했다. 심지어는 나이 든 독신 여자의 손으로 검은 옷과 숲, 그리고 무덤 그림을 따라 그리려고도 했다.

그 여자 선생님의 성姓이 뭐였는지 기억나지 않는다. 마르코에게 부탁하면 네티즌 수사대의 능력을 십분 발휘해 선생님을 찾아낼 수도 있으리라. 하지만 이제는 다 잊고 싶다. 어느 날 오후, 수업이 끝난 뒤 나를 자기 집으로 데려가려던 그 쓸쓸한 여인을 말이다. 무엇을 하려고 그랬는지는 모르겠지만……

마르코가 초록색 불빛으로 나타나는 경우가 점점 줄어들고 있다. 대기 상태인 오렌지색 불빛이 더 좋은 모양이다. 채팅방에 접속은 되어 있지만, 왠지 갈수록 멀어지는 느낌이 든다. 차라리 회색 불빛에 더 가까운 것 같다. 회색 불빛은 침묵과 죽음을 의미한다. 요즘 들어, 내게 메시지를 보내는 횟수가 점점 줄어들고 있다. 물론 그의 어머니는 그런 사실을 전혀 모른다. 예전처럼 계속 대화를 나누고 있다고 그녀한테 거짓말을 하고 있기 때문이다. 내가 보낸 메시지가 수북이 쌓여 있다. 어쩌다 새벽에 일어나 확인해보면, 그의 답장이 와 있는 경우도 종종 있다.

그러던 어느 날 밤, 다시 한번 초록색 불빛이 켜지더니, 그가 먼저 말을 건다. 지금 당신과 대화를 나누고 있는 게 정말 나인지 어떻게 알지? 그에게는 내가 안 보인다. 그래서 체면 차리지 않고 마음껏 울 수도 있다. 요즘에는 죽은 사람을 복제할 수 있는 프로그램도 있어. 그가 메시지를 보낸다. 그 프로그램은 우선 인터넷 여기저기에 흩어져 있는 어떤 이의 정보를 모두 모은 다음, 그걸 분석해서 일종의 대본을 만든다더군. 그러곤 그 대본에 따라 활동한다는 거야. 요즘 당신한테 자주 오는 맞춤식 광고와 크게 다르지 않은 셈이지.

당신이 진짜 마르코가 아니라 기계라면, 그런 말을 할 리는 없겠지.

그건 그렇지. 그가 채팅창에 쓴다. 그런데 내가 정말 기계가 되면 말이야, 당신이 대화하고 있는 이가 나인지 아니면 기계인지 어떻게 알 수 있을까?

그걸 내가 어떻게 알겠어. 내가 대답한다. 하지만 그런 로봇은 아직 없잖아. 영화에서나 나올 법한 이야기지.

어쨌든 멋진 생각이잖아. 그가 쓴다.

나는 그의 말에 동의하고 기다린다. 그런데 그는 더 이상 할 말이 없는지 아무 메시지도 보내지 않는다. 붉은 방과 원한을 품은 귀신에 대해서도 말이다. 그로부터 영원히 연락이 안 온다고 해도 나는 그의 어머니에게 거짓말을 할 작정이다. 우리가 나눈 대화라고 그럴듯하게 꾸며서 알려줄 것이다. 어떻게든 그녀가 희망을 잃어버리는 일은 없도록 해야 할 테니까. 어젯밤에 마르코한테서 연락이 왔는데요, 방에서 나오고 싶대요. 커피를 마시면서 그녀에게 그렇게 이야기해야지. 어머니가 수면제를 먹고 주무시는 동안 밖으로 나오기를 기대해볼 거예요. 그가 나오기만 하면 앞으로 그의 방문 앞에 식사가 쌓이지도 않고, 방문을 부술 일도 없을 테니까요.

우리가 불 속에서 잃어버린 것들

첫 번째는 지하철 여인이었다. 그 문제에 대해서, 아니면 적어도 여성들이 스스로 불 속에 뛰어든 것이 그 여인의 영향 때문인지를 놓고 논쟁을 벌인 이들이 있었다. 하지만 그건 분명한 사실이었다. 지하철 여인은 혼자서 부에노스아이레스 지하철 여섯 노선을 돌아다니며 혼잣말을 하듯 자신에 관한 이야기를 늘어놓았다. 그때만 해도 뜻을 같이하기 위해 그녀를 따라다니는 사람은 아무도 없었다. 어쨌든 그녀의 모습은 잊을 수 없는 기억으로 남아 있다. 몸 전체에 심한 화상을 입어 팔과 얼굴이 추하게 일그러져 있었다. 그녀는 화상에서 회복하는 데 얼마나 오랜 시간이 걸렸는지 장황하게 설명했다. 감염 때문에 몇 달을 병원에서 보내는 동안 말로 다 할 수 없을 만큼 고통스러웠다고 했다. 말을 하는 그녀의 입에는 입술이 아예 없었고, 뭉개진 코는 대충 세워놓기만 했다. 눈도 한쪽밖에 없었는데, 나머지는 속이 빈 채로 움푹 패어 있었다. 얼굴 전체와 머리, 그리고 목에는 주름이 거미줄처럼 얽히고설켜 있어 쭈글쭈글한 적갈색 가면을 뒤집어쓴 것처럼 보였다. 목덜미에 아직 한 타래의 긴 머리가 남아 있었는데, 오히려 그것 때문에 얼굴이 더 가면처럼 보였다. 그곳은 머리에서 화상을 입지 않은 유일한 부위였다. 간신히 불길을 피한 손은 원래 가무잡잡한 데다, 구걸한 돈을 만지작거리느라 늘 더러웠다.

그녀는 아주 대담한 수법으로 돈을 구걸했다. 열차에 타서, 안이 별로 붐비지 않고 대부분 자리에 앉아 있으면 승객들에게 다가가 뺨에 입을 맞추며 인사했다. 어떤 이들은 역겨운 듯 얼굴을 피했고, 가느다란 비명을 지르는 이도 있었다. 물론 그녀의 입맞춤을 흔쾌히 받아주는 이들도 있었지만, 대부분은 팔의 털이 곤두설 정도로 몸서리쳤다. 여름이라 맨살에 오돌토돌 돋은 소름이 보이기 마련이다. 그걸 보면, 그녀는 씩 웃으며 땟국이 흐르는 손으로 쭈뼛 선 털을 어루만졌다. 그러곤 으스스한 목소리로 말했다. 자, 이제 진정해야지. 소문이 자자한 탓에, 그녀가 열차에 타기만 하면 내리는 사람들도 있었다. 그녀의 수법을 잘 아는 이들이라면 어떤 일이 있어도 그 끔찍한 입맞춤만큼은 피하고 싶었을 테니까 말이다.

더군다나 지하철 여인은 늘 몸에 딱 달라붙는 청바지와 안이 비치는 블라우스에, 날씨가 더우면 굽이 높은 샌들을 신고 다녔다. 그리고 언제나 팔찌와 목걸이도 차고 있었다. 그렇다고 그녀의 몸매가 육감적이었다는 건 절대 아니다. 그녀의 모습이라면 생각만 해도 기분이 불쾌해질 정도였으니까.

그녀가 사람들에게 돈을 구걸하는 이유는 분명했다. 그렇다고 성형수술을 받기 위해 돈을 모으고 있었던 건 아니다. 수술을 받아도 원래 모습으로 돌아갈 수 없다는 것은 본인이 누구보다 더 잘 알고 있었다. 그건 오로지 집세, 식비 등 생활비를 벌기 위해서였다—얼굴이 워낙 흉하게 일그러진 터라 그녀에게 선뜻 일자리를 주려는 이가 아무도 없었다. 사정이 그렇다 보니, 그녀로서는 사람들과 마주칠 필요가 없는 일자리조차 얻기가 불가능했다—. 병원에서 보낸 시절의 이야기가 다 끝나고 나면, 그녀는 자기 몸에 불을 지른 남자의 이름을 말해주었다. 후안 마르틴 포치. 그녀의 남편이었다. 그 무렵 그들은 결혼한 지 3년째였고, 자식은 없었다. 그는 아내가 자기 몰래 바람을 피우고 있다고 믿었다. 그건 사실이었다. 그녀는 남편을 버리고 떠날 참이었다. 수상한 낌새를 알아차린 그는 이를 막기 위해 아내의 삶을 완전히 망가뜨려버렸다. 다른 남자와 떠나는 것은 꿈도 못 꿀 정도로 처절하게 말이다. 그녀가 잠든 사이 그는 얼굴에 알코올을 뿌린 다음, 라이터를 갖다 댔다. 화상이 너무 심한 나머지 그녀는 아무 말도 하지 못한 채 병원에 누워 있었다. 모두들 그녀가 얼마 버티지 못하고 죽을 것으로 여겼다. 그 틈을 이용해 포치는 아내가 실수로 자기 몸에 불을 붙인 거라고 주장했다. 그의 말에 따르면, 부부 싸움 도중 그녀가 알코올을 몸에 엎질렀는데, 몸이 마르기도 전에 담배를 피우려다가 불이 붙었다고 했다.

"그런데 모두 남편 말을 믿더라고요." 지하철 여인이 웃으며 말했다. 입술이 없다 보니 파충류의 입 같았다. "우리 아빠까지도 그 말을 믿었을 정도니까요."

죽을 줄로만 알았던 그녀가 기적적으로 회복해 말을 할 수 있게 되자, 제일 먼저 사건의 진실을 밝혔다. 그래서 남편은 지금 교도소에 수감되어 있다고 했다.

그 여자가 열차에서 내리고 나면, 아무도 화상을 입은 여자에 대해 이러쿵저러쿵하지 않았다. 하지만 언제나 열차가 덜커덩거리며 흔들리는 소리와 여기저기서 수군거리는 소리에 의해 사람들을 무겁게 짓누르던 침묵이 서서히 깨지기 시작했다. 구역질이 나려고 하는군. 무서워 죽는 줄 알았어. 저 여자가 꿈속에 나타날 것 같아. 저러고 어떻게 살지?

어쩌면 그 모든 일이 지하철 여인으로 인해 벌어진 것

은 아닐지도 몰라. 실비나는 그런 생각이 들었다. 하지만 그 여인을 보고 나서 우리 가족도 어렴풋이나마 그런 생각을 하기 시작했다. 어느 일요일 오후, 실비나는 어머니와 함께 영화를 보고 집으로 돌아오는 길이었다—둘이 함께 외출하는 일이 거의 없었기에, 이는 극히 드문 경우였다—. 그날도 열차에 탄 지하철 여인은 승객들에게 일일이 입을 맞추고 자기 이야기를 늘어놓기 시작했다. 이야기가 끝나자, 그녀는 승객들에게 감사를 표하고 다음 역에서 내렸다. 그런데 그날은 이상하게도 평소처럼 거북하고 수치스러운 침묵이 이어지지 않았다. 그녀의 모습이 사라지자마자, 스무 살도 채 안 되어 보이는 남자아이가 구시렁거리기 시작했다. 생긴 건 흉측해가지고 어디서 사기를 치는 거야. 더러워 죽겠네. 궁상맞게 뭐 하는 짓이야. 그것도 모자라 그녀를 계속 조롱했다. 실비나는 그 순간 어머니의 모습을 잊을 수가 없다. 훤칠한 키에 늘 회색 단발머리를 하고 다녀 평소 카리스마와 힘이 넘치는 강렬한 인상을 풍기던 어머니는 자리에서 벌떡 일어나더니, 그 아이가 있는 곳으로 성큼성큼 걸어갔다. 언제나 그렇듯이 열차가 심하게 흔들렸지만, 어머니는 조금도 비틀거리지 않고 주먹으로 그 아이의 코를 냅다 갈겨버렸다. 졸지에 결정타를 맞은 녀석은 코피를 흘리며 소리를 질렀다. 이 할망구가 노망이 들었나. 하지만 어머니는 아파서 코를 붙잡고 우는 아이나, 그녀를 나무랄지 아니면 거들어줄지 정하지 못한 채 머뭇거리던 승객들에게 아무런 반응도 보이지 않았다. 실비나는 그때 어머니의 표정을 잊지 못한다. 어머니는 주변을 빠르게 훑어보더니, 그녀에게 눈짓으로 신호를 보냈다. 다음 역에서 열차 문이 열리자마자, 두 사람은 뒤도 안 돌아보고 뛰쳐나갔다. 실비나는 몸이 좋지 않아 곧장 지쳤고—그녀는 달리기만 하면 곧바로 기침을 했다—그녀의 어머니 역시 이미 예순 살이 넘은 노인이었지만 말이다. 그들을 뒤쫓는 이는 아무도 없었다. 하지만 둘은 인파로 발 디딜 틈이 없던 코리엔테스와 푸에이레돈 거리의 교차로에 도착할 때까지 그런 사실을 까맣게 모르고 있었다. 그들은 경비원이나 경찰을 피하고 따돌리기 위해 사람들 속으로 숨어들었다. 200미터를 뛰어간 후에서야 그들은 비로소 안전하다는 것을 깨달았다. 어머니는 그제야 마음이 놓이는 듯 길 한복판에서 큰 소리로 웃기 시작했다. 그녀는 모처럼 활짝 웃던 어머니의 얼굴을 잊을 수가 없었다.

그러나 분신 의식이 유행병처럼 번져나가기 시작한 것은 루실라 사건이 터지고 나서부터였다. 루실라는 모델이라 아름답기도 하지만, 무엇보다 독특한 매력이 있는 여자였다. 텔레비전 인터뷰를 할 때는 다소 산만하고 순진해 보이기까지 하지만, 어떤 질문에도 대담하고 똑 부러지게 대답했다. 그녀가 유명세를 타기 시작한 것도 다 그런 이유 때문이었다. 하지만 그녀가 처음부터 유명했던 것은 아니다. 그녀가 사람들의 입에 오르내리기 시작한 것은 우니도스 데 코르도바 축구 클럽의 7번 선수이던 마리오 폰테와 연인 관계임을 공식적으로 발표하면서부터였다. 2부 리그에 속해 있던 우니도스 데 코르도바는 뛰어난 선수들이 두 시즌 동안 최고의 활약을 펼친 끝에 마침내 1부 리그로 승격했다. 그중에서도 단연 두각을 나타낸 마리오는 유럽 유수의 클럽에서 러브콜을 받았지만, 자기 팀에 대한 충성심을 내세우며 이를 단호하게 거절했다—물론 일부 전문가들에 따르면, 서른두 살이라는 적지 않은 나이와 유럽 리그의 수준을 감안할 때 바다를 건너가서 처참하게 실패하기보다 여기에 남아 영원히 전설로 기억되는 편이 마리오에게 훨씬 더 나을 거라고 했다—. 루실라는 마리오에게 홀딱 반한 듯했다. 여러 대중매체가 그들을 취재하려고 열띤 경쟁을 벌였지만, 정작 본인들은 별로 개의치 않았다. 그녀는 여성으로서 부족한 것이 없어 세상에 부러울 게 없었지만, 다만 삶에서 극적인 요소나 사건이 없다는 점이 아쉬웠다. 그녀는 최고 조건으로 광고 계약을 따냈을 뿐 아니라, 모든 패션쇼의 대미를 장식했다. 한편 마리오는 최고급 승용차를 구입했다.

그러던 어느 날 새벽, 평탄하기만 하던 그녀의 삶을

한순간에 뒤바꿔버린 사건이 일어나고 말았다. 이른 새벽, 마리오와 동거하던 아파트에서 그녀가 들것에 실려 나왔다. 그녀는 몸의 70퍼센트에 화상을 입었다. 다들 그녀의 상태가 너무 심각해서 살기가 어려울 거라고 입을 모았다. 그녀는 일주일을 버텼다.

실비나는 당시 뉴스 기사와 사무실에서 동료들이 나누던 대화 중 일부만 기억하고 있었다. 싸움을 벌이던 중 감정이 격해진 나머지 그가 그녀의 몸에 불을 붙인 것이다. 지하철 여인과 마찬가지로 마리오도 침대에 누워 있던 그녀의 몸 위로 알코올 한 병을 다 부어버렸다. 그런 다음 성냥을 그어 그녀의 벌거벗은 몸에 불을 붙였다. 그녀의 몸에서 벌겋게 타오르던 불길을 몇 분간 지켜보던 그는 마침내 이불로 그녀를 덮어버렸다. 그러곤 병원에 전화를 걸어 앰뷸런스를 불렀다. 지하철 여인의 남편처럼 그도 그녀가 자기 몸에 불을 붙인 거라고 태연하게 말했다.

그런 이유로 여성들이 스스로 불길 속으로 뛰어들었지만, 그 사실을 곧이곧대로 받아들이는 이는 아무도 없었어. 실비나는 버스를 기다리면서—누군가가 여전히 자기를 뒤쫓을지 몰랐기 때문에 그녀는 어머니를 찾아갈 때도 절대 자기 차를 이용하지 않았다—그런 생각을 했다. 이 세상 사람들은 여자들이 자기 남자들을 감싸주고 지켜주면서도 여전히 그들을 무서워한다고 믿고 싶어 했으니까.

그리고 여자들이 너무 큰 충격을 받은 나머지 사실 그대로 말할 수 없었다고 믿었던 거지. 하여간 사람들은 여자들이 스스로 불 속으로 뛰어든다는 얘기를 쉽게 납득할 수 없었던 거야.

이제는 분신 사건이 매주 한 건씩 일어났지만 이에 대해 무슨 말을 해야 할지, 어떻게 이를 막을지 아는 이는 아무도 없었다. 늘 그래왔던 것처럼 경찰이 시내 곳곳을 돌아다니며 검문검색을 강화했을 뿐이다. 정부는 분신 사태의 확산을 막기 위해 수단과 방법을 가리지 않았지만 아무 소용이 없었다. 언젠가 한번은 거식증에 걸린 친구가 실비나에게 이런 말을 한 적이 있다. 아무도 우리한테 먹으라고 강요할 권리는 없어. 아니야. 실비나가 그녀에게 말했다. 정 안 되면, 링거 주사를 놓을 수도 있으니까. 그거야 그렇지만, 하루 온종일 우리를 감시할 수는 없어. 안 보는 사이에 링거고 뭐고 다 끊어버리면 되니까. 아무리 철저하게 감시한다고 해도 24시간 내내 우리 곁에 붙어 있을 수는 없어. 그 사람들도 자야 할 테니까 말이야. 그건 그렇지. 그런 말을 하던 학교 동창은 결국 세상을 떠나고 말았다. 실비나는 가방을 무릎 위에 얹고 자리에 앉았다. 그녀는 버스에 탔을 때 앉을 자리가 나면 가장 반가웠다. 서서 가다 보면 무엇보다 소매치기가 몰래 가방을 열어 그 안에 뭐가 들어 있는지 볼까 봐 두려웠기 때문이다.

이처럼 수많은 여성이 불에 타고서야 비로소 분신 의식이 본격적으로 시작되었다. 그건 전염병과도 같은 겁니다. 가정 폭력 전문가들은 기회가 있을 때마다 신문이나 잡지, 라디오나 텔레비전 등에 나와 그렇게 말하곤 했다. 지금 상황에서 이런 말씀을 드리기가 상당히 조심스럽습니다. 물론 국민들에게 여성 살해에 대한 경각심을 불러일으켜야 합니다만, 다른 한편으로는 이에 따른 모방 범죄가 확산되고 있는 마당이라서 말입니다. 청소년들 사이에서 자살이 전염병처럼 퍼져나가는 것과 유사한 현상이라고 말씀드릴 수 있겠습니다. 그들의 우려대로, 남자들이 자기 연인이나 아내, 정부의 몸에 불을 지르는 사건은 전국적으로 급속히 퍼져나가고 있었다. 대부분의 경우 (적어도 수많은 남자들의 영웅이던) 폰테처럼 알코올을 이용했지만, 염산을 사용하는 이들도 있었다. 가장 끔찍했던 것은 노동자들이 고속도로 한복판에서 시위를 하느라 타이어 더미에 불을 질러놓았는데, 어떤 남자가 그 속으로 여자를 던져버린 사건이었다. 하지만 실비나와 그녀의 어머니는 로레나 페레스와 그 딸이 불에 타 죽은 사건이 벌어지고 난 뒤에서야 처음으로—한 마디 의논도 없이 제각각—여성들의 집단행동에 가담하기 시작했다. 그 사건 이후, 첫 번째 분신 사건이 일어났다. 한 아버지가 이미 고전이 되어버린 방법으로 아내와 딸의 몸에 알코올을 붓고 불을 붙인 뒤,

스스로 목숨을 끊었다. 실비나와 어머니는 생면부지인 모녀를 만나기 위해, 아니면 적어도 문 앞에서 시위라도 할 작정으로 병원에 찾아갔다. 실비나는 병원 앞에서 우연히 어머니를 만났다. 거기에는 지하철 여인도 와 있었다.

하지만 이제 그녀는 지하철에서처럼 더 이상 혼자가 아니었다. 다양한 연령대의 여성들이, 아직 불에 타지 않은 많은 여성들이 그녀와 뜻을 같이하기 위해 자리를 지켰다. 언론사와 방송사의 카메라가 속속 도착하자, 지하철 여인과 동지들은 플래시 세례를 받으며 천천히 앞으로 나아갔다. 그녀가 자신이 겪은 이야기를 토해내자, 여자들은 고개를 끄덕이며 열렬한 박수를 보냈다. 지하철 여인은 마지막으로 생각만 해도 끔찍하지만 놀라운 이야기를 꺼냈다.

"앞으로 상황이 바뀌지 않으면, 남자들은 습관적으로 그런 짓을 저지르게 될 겁니다. 그러면 대부분의 여성들은 나처럼 되고 말 거예요. 목숨을 건진다면 말이죠. 그렇게 되면 꽤나 멋있지 않을까요? 새로운 시대의 아름다움이 될지도 모르잖아요."

카메라와 기자들이 현장을 떠나자, 실비나의 어머니는 지하철 여인과 그녀의 동지들에게 다가갔다. 예순 살이 넘은 여인도 여러 명 눈에 띄었다. 실비나는 인도에 텐트를 치고, 〈더 이상 우리 몸에 불을 지르지 말라〉는 구호가 적힌 피켓을 만들면서 철야농성을 할 거라는 여자들을 보고 깜짝 놀랐다. 실비나도 현장에 남기로 했다. 다음 날 아침, 그녀는 한숨도 못 자고 곧장 출근했다. 그런데 회사 동료들은 모녀가 불에 탔다는 사실조차 모르고 있었다. 이젠 웬만한 일에는 놀라지도 않는군. 그녀는 속으로 중얼거렸다. 그들은 불에 탄 어린 딸아이의 이야기를 듣고 조금 놀라기는 했지만, 그뿐이었다. 그녀는 오후 내내 어머니에게 문자 메시지를 보냈지만, 답장이 오지 않았다. 실비나의 어머니는 평소에도 문자 메시지를 잘 볼 줄 몰랐던 터라 그렇게 놀라지는 않았다. 밤에 어머니 집으로 전화를 걸었지만, 여전히 받지 않았다. 계속 병원 앞에 계시는 걸까? 그녀는 어머니를 찾으러 갔지만, 그곳에 진을 치고 있던 여성들은 모두 떠나고 없었다. 내버린 매직펜과 빈 과자 상자만이 바람에 휘날리고 있었다. 폭풍우가 다가오고 있었다. 창문을 열어놓고 왔다는 생각이 떠오르자, 실비나는 서둘러 집으로 돌아갔다.

그 모녀는 결국 밤사이 세상을 뜨고 말았다.

실비나는 3번 국도 주변 벌판에서 열린 첫 번째 분신 의식에 참가해서 현장을 지켜보았다. 당시만 해도 사회적인 보안 대책이 아직 초보적인 수준에 머물러 있던 터라, 경찰 당국과 〈불타는 여성들〉 사이의 쫓고 쫓기는 숨바꼭질이 계속되고 있었다. 그러다 보니 여성들의 집단적인 움직임에 대해 사람들은 여전히 반신반의하는 분위기였다. 그러던 중, 사람이 살지 않는 파타고니아 지방의 벌판에서 이상한 사건이 일어났다. 한 여성이 자신의 승용차 안에서 불에 타 숨진 채 발견된 것이다. 경찰 조사에 따르면, 그 여자가 자신의 차에 휘발유를 뿌리고 운전석에 앉은 다음, 라이터를 켰다는 것이다. 다른 흔적은 전혀 없었다. 사건 현장에는 다른 자동차의 바퀴 자국도 없었고—그런 황무지에서 자동차 바퀴 자국을 은폐한다는 것은 애당초 불가능한 일이다—그곳을 걸어서 빠져나간 흔적도 없었다. 경찰은 자살로 결론지었다. 하지만 경찰조차 납득하기 어렵다고 할 만큼 이상한 자살 사건이었다. '여성들이 스스로 불길 속으로 뛰어드는 사건이 연이어 일어나자, 그 여인도 이에 영향을 받아 스스로 몸에 불을 지른 것으로 보입니다. 아랍이나 인도에서나 일어날 법한 일들이 왜 아르헨티나에서 벌어지고 있는지, 우리로서는 도무지 이해할 수가 없어요.'

"나쁜 놈들 같으니. 실비니타,[✢] 우선 앉기나 해." 어머니의 친구인 마리아 엘레나가 그녀에게 말했다. 그녀는 도시에서 멀리 떨어진 시골에서, 그러니까 소 떼와 콩으로 둘러싸인 오래된 가족 농장에서 스스로 분신한 여성들을

✢ 실비나의 애칭.

비밀리에 치료해주는 병원을 운영하고 있었다. "그런데 그 여자는 왜 우리한테 연락하지도 않고 그랬는지 알다가도 모를 일이야. 어쩌면 더 이상 살고 싶지 않아서 그랬는지도 모르지. 그거야 그녀의 권리니까. 그런데 그 개자식들은 뻔뻔스럽게도 여자들을 불태우는 건 아랍이나 인도 같은 데에서나 일어나는 일이라고 지껄이고 있어."

케이크에 넣을 복숭아 껍질을 까고 있던 엘레나는 자리에서 일어서며 손을 닦았다. 그러곤 실비나를 빤히 바라보았다.

"얘야, 불을 지르는 건 남자들이란다. 그들은 예전부터 우리 여자들을 불태웠지. 이제부터는 우리 스스로 몸에 불을 지를 거란다. 그렇지만 우리는 절대 죽지 않아. 이제는 우리 몸의 상처를 당당하게 보여줄 거라고."

그 케이크는 불 속에 뛰어든 뒤 1년을 버텨낸 〈불타는 여성들〉 소속의 한 여성을 축하하기 위해 만든 것이다. 분신 의식에 참가한 여성 중에는 보통 병원에 가서 치료를 받으려는 이들도 일부 있었지만, 대부분 비밀 치료소를 택했다. 마리아 엘레나가 운영하던 비밀 치료소 같은 곳이 여러 개 있었다. 실비나는 도대체 그런 곳이 몇 군데나 있는지 짐작도 가지 않았다.

"문제는 사람들이 우리 말을 믿으려 하지 않는다는 거야. 우리가 스스로 선택해서 불 속에 뛰어드는 거라고 백

날 말해봤자 아무 소용이 없어. 당장 여기 입원한 여자들에게 증언을 해달라고 부탁하고 싶은 마음이 굴뚝같지만, 그럴 수도 없는 노릇이고."

"그럼 의식을 치르는 장면을 직접 촬영하면 되잖아요." 실비나가 말했다.

"물론 나도 생각해봤지. 하지만 그럴 경우 여자들의 사생활을 침해하는 꼴이 되잖아."

"그렇기는 하죠. 그런데 자기 모습을 보여주고 싶어 하는 여자들도 있지 않을까요? 그런 이가 있으면 부탁을 해보는 거죠. 만약 얼굴을 드러내고 싶지 않은 경우에는 복면이나 눈가리개를 착용하고 불 속으로 들어가라고 하면 되고요."

"그런데 저들이 영상을 보고 장소를 알아내면 어떡하지?"

"아이참 마리아 아주머니도. 팜파는 어디든 다 똑같다고요. 허허벌판에서 의식을 치르면, 거기가 어딘지 귀신도 모를 거예요."

그렇게 해서 자신의 분신 장면을 유포하고 싶어 하는 여성이 나타나면, 실비나가 그 현장을 촬영하기로 엉겁결에 결정했다. 그 후 한 달도 채 지나기 전에 마리아 엘레나는 어떤 여성과 연락이 닿았다. 오로지 실비나만이 전자 장비를 소지한 채 분신 의식에 참석할 수 있었다. 실비나는 승용차를 타고 의식 현장에 도착했다. 이런 일에는 자기 차를 이용하는 편이 훨씬 더 안전할 듯싶어서였다. 3번 국도는 어쩌다 트럭이 지나다닐 뿐, 거의 텅 비어 있었다. 그녀는 음악을 들으면서 가급적 아무 생각도 하지 않으려고 했다. 부에노스아이레스 남쪽의 저택에 자리 잡은 또 다른 비밀 치료소의 원장이던 어머니에 대해서 아무 생각도 하지 않으려 애썼다. (실비나의 어머니는 비록 나이는 들었지만, 회사에만 틀어박혀 여성들의 움직임에 가담하기를 꺼리던 그녀보다 훨씬 더 용감하고 대담했다.) 그녀는 또한 어릴 적에 돌아가신 아버지, 선량했지만 약간 무능했던 아버지를 떠올리지도 않았다. ("내가 네 아버지 때문에 이런 일을 한다고는 생각하지 마." 언젠가 어머니는 병원 겸 집 안마당에 앉아 쉬는 동안, 실비나가 가져온 항생제를 살펴보면서 말했다. "네 아버지는 아주 좋은 분이셨어. 단 한 번도 나를 힘들게 한 적이 없으니까 말이야.") 또 얼마 전에 헤어진 남자 친구의 얼굴을 떠올리지도 않았다. 어머니가 본격적으로 행동에 나서기 시작할 무렵, 이를 알아차린 실비나는 그와 헤어지기로 마음먹었다. 자칫 그로 인해 그녀 자신과 어머니의 신변이 위태로워질 수도 있었기 때문이다. 마음은 아팠지만, 불가피한 결정이었다. 또 그 와중에 자신이 사사건건 걸고넘어져—언제부터 여성들이 산 채로 불 속에 뛰어들 권리를 가지게 된 거죠? 무슨 이유로 내가 당신들의 말을 따라야 하는 거예요? 이렇게 따져 물을 것 같았다—내부에 분란만 일으키다 결국 여성들의 뜻을 배신하는 건 아닌지에 대해서도 생각하지 않으려 했다.

의식은 해 질 녘에 거행되었다. 실비나는 일반 카메라의 동영상 녹화 기능을 이용했다. 전화는 일체 사용할 수가 없던 데다, 그녀에게는 성능이 좋은 카메라도 없었다. 카메라를 새로 살까도 생각해봤지만, 그럴 경우 자칫 경찰의 추적을 당할 위험이 있어 포기했다. 그녀는 의식을 하나도 빠짐없이 녹화했다. 여자들은 벌판 주변에서 마른 나뭇가지를 주워 1미터 이상 쌓고 거기에 신문지와 휘발유를 뿌린 다음, 불을 붙였다. 그곳은 벌판 한복판이었다. 주변에 작은 숲과 집 한 채가 서 있어 국도에서는 그 의식이 보이지 않았다. 오른쪽으로 뻗은 길이 하나 있는데, 너무 멀어 아무것도 안 보일 것 같았다. 그곳에는 마을 사람들은커녕, 인부들조차 얼씬거리지 않았다. 아직 정해진 시간이 되지 않았다. 마침내 해가 지자, 의식을 치르기로 한 여자가 불을 향해 걸어갔다. 천천히. 실비나도 카메라를 들고 촬영을 시작했다. 그 여자는 눈물을 흘리고 있었다. 실비나는 그녀가 곧 후회하지나 않을지 걱정스러웠다. 그녀는 의식 때 사용할 노래를 직접 선택했다. 주변을 둘러싸고 있던 여인들—열 명 남짓했다—이 그 노래를 불렀다. '네 몸이 불을 향해 가네. 자, 이제 시작이군. / 곧 불길이 네 몸을 집어삼키리라. 털끝 하나 건드리지 않고 집어삼키리라.' 하지만 그녀는 후회하지 않았다. 여자는 마치 수영장에 들어가듯, 불 속으로 천천히 걸어 들어갔다. 그러곤 한치의 망설임도 없이 불 속으로 자취를 감추었다. 그녀가 자신의 의지에 따라 하는 행동이라는 점에는 의심의 여지가 없었다. 물론 주술적이고 충동적이기는 하지만 그녀는 분명히 자신의 뜻에 따라 움직이고 있었다. 그녀는 20분 정도 불 속에 있었다. 정해진 시간이 다 되자, 석면 방화복을 입은 두 여인이 불 속으로 들어가 그녀를 꺼내 비밀 치료소로 데려갔다. 실비나는 치료소 건물이 보이기 전에 촬영을 중단했다.

그날 밤, 그녀는 촬영한 동영상을 인터넷에 올렸다. 다음 날 확인해본 결과, 조회 수가 수백만 건이 넘어 있었다.

실비나는 버스를 탔다. 어머니는 이제 더 이상 도시 남쪽의 비밀 치료소를 운영하지 않았다. 분신한 어떤 여자의 부모들이 분노를 참지 못하고 쳐들어와서 100년도 넘은 그 석조 저택—한때는 요양원이었다—안에 무엇이 숨겨져 있는지 알아냈기 때문이다. 비밀이 탄로 나자, 그녀의 어머니는 다른 곳으로 이사를 갈 수밖에 없었다. 다행히 〈불타는 여성들〉 소속이지만 실비나처럼 약간 거리를 두고 활동하던 이웃집 여인이 미리 귀띔해준 덕분에 경찰의 수색만큼은 피할 수 있었다. 〈불타는 여성들〉의 도움으로 그녀는 벨그라노[^*]의 비밀 치료소에서 간호사로 활동했다. 수사가 지지부진하자 경찰은 치료소로 의심되는 곳을 불시에 급습하는 등, 대대적인 검거 작전을 펼치기 시작했다. 그렇게 1년 동안 잔뜩 움츠린 채 보내면서 여성들은 외딴곳보다 도심이 더 안전하다는 것을 깨닫게 되었다. 마리아 엘레나의 치료소도 결국 강제 폐쇄되었다. 그 농장이 분신 의식의 현장으로 이용되었다는 어떤 증거도 나오지 않았지만 말이다. 시골에서는 잡초와 낙엽을 태우는 것만큼 흔한 일도 없었을뿐더러, 어디를 가든 불에 그을린 바닥과 풀이 나오니 증거를 찾기는 불가능했다. 판사들은 조금이라도 의심스러운 구석이 있으면 재까닥 수색 영장을 발부해주었다. 많은 항의를 받기는 했지만, 가족이 없는 여성이나 홀로 거리를 배회하는 여성들이 일차적인 검문 대상이 되었다. 그런 자가 눈에 띄기만 하면, 경찰은 때와 장소를 가리지 않고 그들의 가방이나 핸드백, 혹은 자동차 트렁크를 수색했다. 분신 사건이 늘어나자, 경찰의 추적도 더 집요해졌다. 일반 병원에 입원한 여성들의 수를 집계해보면, 다섯 달에 한 번꼴로 일어나던 분신 의식이 최근 들어 일주일에 한 번꼴로 대폭 늘어났음을 알 수 있었다.

[^*]: 부에노스아이레스 북쪽에 위치한 구로, 상업 시설과 주택이 밀집되어 있다.

학교 동창이 실비나에게 말했던 것처럼, 무엇보다 여자들은 놀랄 정도로 감시를 잘 피하면서 살아왔다. 시골의 벌판은 여전히 넓디넓어서, 인공위성으로도 내내 감시하기가 불가능했다. 게다가 모든 것은 저마다 가치를 지니는 법이다. 수 톤에 달하는 마약을 버젓이 밀반입하는 나라에서, 차들이 휘발유를 조금 더 많이 넣고 다닌다고 한들 무슨 수로 막을 수 있겠는가? 이와 마찬가지로 시골에 가면 나뭇가지들이 지천에 널려 있는 이상, 분신 의식 또한 막을 길이 없을 것이다. 그리고 여자들은 언제나 마음속에 욕망을 품고 살아가는 존재다.

어떤 방법으로도 이를 막을 수는 없을 겁니다. 어느 텔레비전 인터뷰에서 지하철 여인이 말했다. 그러니까 이왕이면 밝은 면을 보도록 하세요. 그녀는 파충류처럼 생긴 입을 씰룩이며 웃었다. 다른 것은 몰라도 여성 인신매매만큼은 이 세상에서 사라질 테니까요. 불에 타 괴물처럼 변한 여자에게 욕정을 느낄 남자가 어디 있겠어요? 그리고 언제 자기 몸에 불을 지를지 모르는 미친 아르헨티나 여자들을 좋아할 남자는요? 그런 여자들이라면 언제든지 손님한테도 불을 지를 수 있을 테니까요.

어느 날 밤, 실비나는 어머니에게 연락이 오기를 기다리고 있었다. 실비나는 어머니의 부탁을 받고 항생제를 구하기 위해 〈불타는 여성들〉의 활동가들이 일하는 병원을 일일이 돌아다녔다. 그런데 갑자기 헤어진 남자 친구가 보고 싶어졌다. 그녀의 입에서는 위스키 냄새가, 그리고 코에서는 담배 냄새와 화상 치료에 사용하는 소독 거즈의 냄새가 진하게 풍겼다. 특히 거즈 냄새는 뭐랄까, 살이 타는 냄새처럼 절대 가시지 않았다. 말로 표현하기는 어렵지만, 우선 휘발유 냄새가 나다가—뒷맛이 개운치 않지만—콧속이 화끈거리고 뜨거워서 한번 맡으면 절대 잊을 수가 없다. 실비나는 그의 목소리라도 듣고 싶었지만 꾹 참았다. 지난번에 길을 가다가 우연히 다른 여자와 함께 있는 그를 보았지만, 이상하게 생각할 것은 없었다. 혹시라도 경찰들에게 검문검색을 당할까 봐 여자들은 웬만하면 혼자 공공장소에 나오기를 꺼렸으니 말이다. 분신 사건이 들불처럼 퍼져나간 후로 모든 것이 변했다. 몇 주 전부터 분신 의식을 치르고 살아남은 여자들이 세상에 모습을 드러내기 시작했다. 그들은 당당하게 거리로 나와 버스를 타고, 슈퍼마켓에서 물건을 샀다. 그리고 택시와 지하철을 타고, 은행에 가서 계좌를 만들었다. 또 노천카페에 앉아 추하게 일그러졌지만 오후의 햇살을 받아 환하게 빛나는 얼굴을 드러낸 채, 뭉개진 손가락으로—가끔 손가락 마디가 없는 경우도 있었다—찻잔을 들고 여유롭게 커피를 즐겼다. 저런 여자들에게도 일자리를 줄까? 남자들과 괴물처럼 변한 여자들이 한데 어우러져 사는 세상, 그런 이상적인 세계는 언제쯤 올까?

실비나는 감옥에 갇힌 마리아 엘레나를 찾아갔다. 처음에 실비나와 어머니는 다른 죄수들이 그녀를 못살게 굴지나 않을까 심히 걱정스러웠다. 하지만 예상과는 달리 이상할 정도로 잘 대해준다고 했다. "틈날 때마다 저 여자들이랑 이야기를 나누거든. 남자들이 예전부터 우리 여자들을 불에 태워 죽였다고 말이야. 자그마치 400년 동안이나 우리를 태워 죽였다고! 처음에는 무슨 말인지 전혀 못 알아듣더라고. 마녀 재판에 대해서도 아는 게 전혀 없었으니까. 이 나라의 교육이 다 썩어빠져서 그래. 그래도 이제는 내 말에 많은 관심을 보이고 있어. 못 배워서 그렇지, 진실을 알고 싶어 한다고."

"뭘 알고 싶어 하는 거죠?" 실비나가 물었다.

"음, 분신 의식이 언제쯤 끝날지 알고 싶어 하더구나."

"언제쯤 끝날 걸로 보세요?"

"얘는 내가 그걸 어떻게 알아. 하지만 나는 말이다, 영원히 안 끝나면 좋겠어!"

말이 면회실이지 허름한 창고나 다름이 없었다. 테이블 하나당 의자가 세 개씩 놓여 있었다. 하나는 재소자용이고, 나머지 두 개는 방문자를 위한 것이었다. 마리아 엘레나는 시종일관 나직한 목소리로 말했다. 저쪽에 앉아 있던 간수를 믿을 수 없었기 때문이다.

"여성들이 종교재판에서 사냥당한 마녀들의 숫자만큼 분신을 하면 저절로 의식이 끝날 거라고 하는 여자아이들도 있단다."

"그럼 엄청나게 많잖아요." 실비나가 놀라며 말했다.

"역사학자들마다 의견이 달라서 확실하게 말하기는 어려울 거야." 그녀의 어머니가 끼어들었다. "수십만 명에 이를 거라고 주장하는 이들이 있는가 하면, 4만 명 정도라고 하는 이들도 있으니까."

"4만 명이라고 해도 엄청나게 많은 거잖아요." 실비나가 중얼거렸다.

"400년 동안 다 더한 거니까 그렇게 많다고 볼 수는 없지." 어머니는 담담하게 말했다.

"엄마, 6세기 전만 해도 유럽의 인구가 그렇게 많지 않았다고요."

분노가 치밀어 오르면서, 실비나의 눈에 눈물이 가득 고였다. 마리아 엘레나는 입을 열고 무슨 말인가 하기 시작했다. 하지만 실비나는 아무 말도 하지 않고 듣기만 했다. 엘레나의 말이 끝나면, 어머니가 말을 이어받았다. 교도소 면회실의 희미한 불빛 속에서 두 사람의 대화가 계속되는 동안, 실비나는 가만히 듣고만 있었다. 분신을 하기에 우리는 너무 늙었어. 불 속에 들어가면 살아나지 못할 거라고. 감염 때문에 1초도 버티기 어려울 거야. 그런데 실비니타, 너는 언제쯤 할 생각이니? 네가 결심만 한다면 정말 아름다운 의식이 될 것 같구나. 진정한 불꽃으로 변하는 네 모습이 말이다.

한국어판 저자 후기

사람들은 나를 만나면 왜 공포와 환상을 그렇게 좋아하는지 묻는다. 하지만 그건 어떤 작가도 제대로 대답할 수 없는 질문이다. 글쓰기는 상당 부분 기술적인 측면이어서, 마음만 있으면 충분히 배우고 익힐 수 있다. 하지만 문학의 충동은 근본적으로 불가사의하다. 왜 춤을 추는 대신 글을 쓸까? 나는 개인적으로 책보다 음악을 더 좋아한다. 그렇지만 음악을 통해서는 나를 정확히 표현할 수 없다. 노래가 가장 완벽한 예술 형식으로 보이지만, 나는 여전히 언어와 씨름하고 있다. 장르 또한 하나의 언어다. 그것은 정신의 기능 방식이자 사유 방법이다.

나는 모든 종류의 책을 좋아하지만, 공포와 환상 이야기에는 왠지 편안하고 익숙하게 느껴지는 무언가가 있다. 스티브 래스닉 템과 멜라니 템 부부는 「지붕의 남자」*

라는 탁월한 단편에서 이렇게 말하고 있다. "내가 어둡고 음울한 소설을 쓰는 이유는 세상에서 괴물들과 함께 살아가는 방법을 익히는 데 도움이 되기 때문이다." 이는 내가 왜 공포와 환상을 좋아하는지에 대한 한 가지 가능한 답변이 될 수는 있겠지만, 모든 진실을 담고 있지는 않다. 나는 그 질문에 대한 답이 있다고 생각하지 않는다. 나는 언제나 스릴 있고 소름 끼치면서도, 어둡고 환상적인 단편을 쓰고 싶어 했다. 하지만 실제로 그런 작품을 쓰는 방법을 터득하기까지, 다시 말해 라틴아메리카의 여성 작가가 스페인어 문학 전통에서 거의 없다시피 한 장르의 작품을 쓰기 위해 무엇이 필요한지를 깨닫기까지 엄청나게 오랜 시간이 걸렸다. 물론 라틴아메리카 문학에서는 보르헤스, 코르타사르,[*] 실비나 오캄포,[*] 암파로 다빌라[*]와 같은 환상 문학의 전통도 있고, 가르시아 마르케스의 마술적 사실주의와 같은 작품도 있는가 하면, 후안 룰포[*]와 그의 기이한 유령들처럼 어느 것으로도 분류할 수 없는 작가들도 있다.

[*] 스티브 래스닉 템(Steve Rasnic Tem, 1950~)은 미국의 작가로, 그의 단편은 프란츠 카프카, 레이 브래드버리, 레이먼드 카버의 세계와 비견되는 것으로 평가받고 있다. 멜라니 템(Melanie Tem, 1949~2015)은 미국의 유명 공포 소설 작가로, 래스닉 템의 부인이다. 「지붕의 남자The man in the ceiling」(2000)는 템 부부가 함께 쓴 작품으로, 호러 및 다크 판타지 계열의 단편소설이다.

[*] Julio Cortázar(1914~1984). 환상 문학의 새로운 영역을 개척한 아르헨티나 작가.

하지만 공포/호러 단편의 전통은 별개의 문제다. 그것은 당신의 상상력과 당신의 언어, 그리고 당신이 사는 곳의 지리적, 민족적 특징을 공유하는 문학을 구축하고 있는 또 다른 작가들을 찾아가고 발견해야 하는 자리다. 만약 그런 작가가 없다면, 약간 혼란스러울 수도 있을 것이다. 그런 경우라면 다시 창조해야 한다. 다시 말해, 몇 안 되는 선구자들의 안내를 받으며 그들을 찾아야만 한다. 그렇다고 아직 다 끝난 것은 아니다. 그것은 일부분에 지나지 않으니까 말이다. 공포 그 자체를 찾는 일이 남아 있다. 우리들의 공포. 그것은 거의 대부분 역사적이고 사회적인 공포다. 가령 국가 폭력, 1976년에서 1983년 사이—내가 어렸을 적이다—3만 명의 고귀한 목숨을 앗아 간 군사 독재, 폭력 사건, 경제적 사회적 불안정, 그리고 일상생활의 위험성과 불확실성. 그뿐 아니라, 광기, 중독, 불안한 공간으로서의 가정과 같이 내적인 공포도 있다. 어떤 경우든 나는 공포의 전통적인 장소, 즉 흉가/폐가, 유령들, 러브크래프트와 스티븐 킹에 대한 헌사獻詞, 그리고 마녀들을 절대로 포기

* Silvina Ocampo(1903~1993). 보르헤스, 비오이 카사레스와 함께 활동한 아르헨티나 작가.
* Amparo Dávila(1928~2020). 멕시코 출신의 작가로, 환상적이고 기괴한 세계를 다룬 단편소설로 잘 알려져 있다.
* Juan Rulfo(1917~1986). 멕시코의 소설가로, 멕시코 혁명을 죽음과 유령의 관점에서 다룬 『페드로 파라모』가 대표작이다.

하지 않는다(혹은 다루고 있다). 『우리가 불 속에서 잃어버린 것들』에서 나는 킹이 공포 급소들[*]이라고 부른 것에 더해 공포의 모든 도상圖像을 이용했다. 예를 들어, 「아델라의 집」은 흉가/폐가 모티브를 되살린 작품이지만, 보디호러[**]의 느낌이 나는 도시 괴담이기도 하다. 그러나 실제 공포는 아이의 실종, 즉 미지의 힘에 의해 현실에서 어디론가 끌려갔을—이는 또한 아르헨티나와 라틴아메리카 대륙에서 빈번히 발생했던 실종 사건을 가리키기도 한다—가능성이다. 도시 괴담은 「오스테리아 호텔」에서도 군사독재 시대의 유령들과 함께 등장한다. 이 작품은 성에 눈뜬 두 여자아이를 다루고 있는데, 이야기 중간중간에 과거의 기억과 흔적들이 메아리처럼 되돌아온다. 마치 과거라는 시간은 우리가 더 이상 자라지 못하도록 절대로 지나가

[*] 스티븐 킹의 소설은 현대인의 삶에서 공포의 급소들phobic pressure points, 즉 일상생활의 공포를 주로 활용한다. 공포 압력점은 최근 호러 영화에서 볼 수 있듯이, 주로 개인적 공포증(가령 귀신이나 유령, 혹은 뱀 등)에 근거한 두려움을 말한다. 하지만 개인적 공포증은 그 증세를 가진 사람에게만 적용되는 한계를 지니기에, 러브크래프트와 킹과 같은 작가들은 조금 더 넓은 범위의 두려움, 즉 비정상적인 것과 초자연적인 것으로 표현되는 정치적, 사회적, 심리적 두려움을 활용한다. 킹은 개인적 압력점과 대비해서 이를 국가적 급소들national pressure points이라고 부른다.

[**] 신체의 충격적인 파괴 및 변형을 의도적으로 보여주는 호러의 하위 장르. 사지 절단, 돌연변이, 좀비, 전염병, 신체의 비정상적인 움직임 등이 여기에 해당된다.

지 않는 것처럼 말이다. 그리고 「거미줄」에서 나는 마녀일 수도, 아닐 수도 있는 두 여인을 보여주는 도구로 실종 소재를 이용했다. 하지만 이 작품의 바탕을 이루는 것은 무엇보다도 군사 독재, 즉 파라과이의 국가 폭력과 저주, 저주받은 장소, 그리고 유령 이야기들이다.

그렇다고 내가 역사에서 두려움과 공포만 발견하는 것은 아니다. 이 책에 실린 작품 대부분에서 주인공은 여성이고, 육체와 청소년기, 욕망과 권력, 죄책감 등을 다루고 있다. 「우리에게는 한 점의 육신도 없다」는 두개골, 결국 죽음과 사랑에 빠진 여성이 주인공으로 등장하는데, 근본적으로는 거식증/단식에 관한 이야기다. 나는 이 작품을 유머가 담긴 이야기로, 아니면 적어도 그런 톤의 이야기로 풀어나가기로 했다. 그런데 의학이나 자립 노력, 혹은 오토픽션[*] 이야기에 흔히 등장하는 정신병으로 인한 유폐/감금의 경우, 판에 박힌 듯 지루한 무언가가 있다. 모든 속박에서 풀려난 육체는 우리와 다른 언어, 일종의 자유, 그리고 자신만의 고유한 문학적 목소리를 가진다. 「학기말」에서 나는 광기와 자기 신체 절단, 즉 육체 손상을 모티브로 삼았다. 내 작품에 등장하는 여성 인물은 대부분 청

[*] autofiction. 자전自傳적 내용을 허구로 표현하는 형식으로, 우리나라에서는 팩션faction이라고도 한다.

소년들이다. 청소년 시기는 일종의 괴물이 되는 것이나 다름없다. 다시 말해, 이성을 잃고 고독에 잠기며 죽음을 우습게 아는가 하면, 불쾌한 행동을 일삼아 혐오의 대상이 되기도 하고 때로는 타락의 구렁텅이에 빠지는 경우도 있다. 내가 보기에, 심각한 경제 위기를 겪은 나라에서 청소년기를 보내는 사람들은 모든 것이 하루아침에 사라질 수도 있다는 공포감에 사로잡히게 된다. 「마약에 취한 세월」은 청소년들의 무절제한 행동 외에도 그러한 불안 심리를 다루고 있다. 이 작품에서 아이들이 부모들을 증오하는 이유는 그들이 자신의 미래를 파괴했을 뿐 아니라, 아무것도 보장해줄 능력이 없었기 때문이다.

「우리가 불 속에서 잃어버린 것들」에서는 항의의 표시로 자신의 몸을 불태우는 급진주의적인 여성 단체를 그리기 위해 SF 소설에서 아이디어를 얻었다. 이 단체의 여성들은 남성우월주의에 의한 폭력에 대응하기 위해 새로운 여성성과 새로운 육체를 만들어낸다. 나는 특히 밸러드[*]와 클라이브 바커[**]의 작품 세계에 착안해서 이 작품을 썼다. 일부 독자들은 이 작품이 급진주의 단체에 대한 비판

[*] James Graham Ballard(1930~2009). 영국의 소설가로, 뉴웨이브 과학소설 운동의 일원이다. 대표작으로 『물에 잠긴 세계』 『헬로 아메리카』 등이 있다.

[**] Clive Barker(1952~). 영국의 소설가, 영화감독, 시각예술가로 호러 연작 소설인 『피의 책*Books of blood*』으로 세계의 주목을 받았다.

의 성격을 띠고 있다는 지적을 했다. 하지만 나는 그런 생각을 전혀 한 적도 없을뿐더러, 지금도 그렇게 생각하지 않는다. 내가 보기에 그건 무의미한 지적이다. 이 책에 실린 모든 작품이 그러하듯이, 여기에서도 그 단체의 운동에 대해 양면적인 태도를 취하는 어떤 여성의 관점에서 이야기를 풀어나가기 때문에 여러 가지 다양한 읽기가 가능하다. 주인공 여성은 운동에 협력하지만, 적극적으로 참여하지는 않는다. 폭력은 넓은 의미에서 내가 자주 다루는 주제들 중의 하나다. 하지만 내가 특별히 중요성을 부여하는 것은 불평등에 의해 발생하는 폭력이다. 이 책에서 그런 폭력을 다루고 있는 작품은 실제 사건을 소설화한 「검은 물속」과 제물로 바치기 위해 한 어린아이를 살해한 사건에서 영감을 얻은 「더러운 아이」 두 편이다.

많은 비평가들은 내가 특정 장르의 작가로 분류되는데 신경을 쓰는 것이 아닌지, 또는 공포 소설이 마이너 장르라는 생각이 안 드는지 자주 묻곤 한다. 하지만 나는 무게가 있는 본격 문학과 하위 문학이 따로 있다고 생각지 않는다. 이 세상에서 그 어떤 것도 유령, 개인적이든 정치적이든 트라우마에 갇혀 사는 존재, 그리고 자신이 얻지 못한 정의를 요구하면서—스스로 고통을 달랠 수도 없고, 악순환의 고리를 끊지도 못한 채, 오로지 자기의 말을 들어주기를 바라는 마음으로—자기 이야기를 반복해서 늘어놓는 사람보다 더 진지한 것은 없다. 그것은 아동 문학이나 오락의 세계에만 국한되어서는 안 되는 아주 강력하고 효과적인 메타포다. 따라서 성인이 되었다고 해서 이러한 이야기를 외면해서는 안 된다. 어떤 경우라도 우리에게서 상상력을 빼앗아 가는 것은 정당화될 수 없기 때문이다. 여기서 SF 소설의 선구자 어슐러 K. 르 귄❦이 미국에서 가장 중요한 문학상 중 하나인 〈전미도서상〉 시상식에서 피력한 수상 소감을 인용하고자 한다. "우선 지난 50년 동안 이 아름다운 상이 소위 리얼리즘 작가들에게만 돌아가는 것을 지켜봐야만 했던 동료 작가들과 SF 및 환상 문학 작가들에게 이 상을 바치고 싶습니다. 앞으로 힘든 시대가 오면, 우리는 대안적인 삶과 또 다른 존재 방식을 내다볼 줄 알고, 심지어 진정한 희망의 터전을 상상할 줄 아는 작가들의 목소리를 간절히 원하게 될 것으로 봅니다. 우리는 자유를 기억하는 작가들이 필요하게 될 겁니다. 시인들, 몽상가들, 그리고 더 거대한 현실을 그리는 리얼리스트 작가들 말입니다."

❦ Ursula Kroeber Le Guin(1928~2018). 미국 과학소설과 환상 문학의 대가로, 판타지 소설인 『어스시 연대기』와 SF 소설인 『헤인 연대기』 시리즈가 대표작이다. 2014년 르 귄이 전미도서상 공로상을 받았을 때 밝힌 수상 소감은 많은 이들을 감동시킨 바 있다.

마지막으로 내 작품의 결말에 관해 언급하고자 한다. 이 책에 실린 대부분의 작품들은 편하고 뻔한 결말로 끝나지 않는다. 그와는 반대로 우리 시대에 걸맞은 결말로 마무리된다. 우리는 불확실성의 시대에 살고 있다. 작가로서 우리가 독자들에게 가장 솔직하게 말할 수 있는 것은 우리는 아무것도 모른다는 사실이다. 삶은 불가사의하고 예측 불가능하다. 문학 또한 마찬가지다. 논리적으로는 도저히 설명할 수 없는 근본적인 미스터리가 우리의 일상에 존재하는 것 같다. 그런 점에서 현실은 장르와 유사하다. 우리 작가들은 삶과 현실을 일목요연하게 설명할 수 없다는 점을 인정해야만 한다. 마음의 안정을 가져다주는 것은 작가가 할 일이 아니다. 우리 작가들에게는 그 어떤 임무도 없다. 하지만 우리가 해야 될 일이—비록 그것이 하찮은 것이라고 해도—있다면, 그것은 의문이 생기도록 만드는 것이다. 나는 미스터리를 언급했지만, 그것을 해결하려고 하지는 않는다. 나는 설명할 수 없는, 불가사의한 것 속에 계속 머물고 싶다. 이처럼 우리의 삶에서 일어나는 일은 대부분 설명할 수 없다.

2020년 5월,

마리아나 엔리케스

작품 해설

죽은 자가 꿈을 꾸면서 기다리고 있다 :
공포의 집과 괴물-여성

1. 마리아나 엔리케스의 문학 세계에 관해서

오늘날 아르헨티나 문단은 1970년대에 태어난 작가들의 등장과 더불어 또 한 번의 부흥기를 맞이하고 있다. "아르헨티나의 새로운 소설Nueva narrativa argentina"[✤] 세대의 작가들 중에서도 특히 여성 작가들의 약진이 두드러진다. 그중에서도 마리아나 엔리케스(1973)와 베라 히아코니Vera Giaconi(1974), 그리고 사만타 슈웨블린Samanta Schweblin(1978)은 우리의 일상 뒤에 도사리고 있는 어둠의 그림자, 즉 공포를 서로 다른 각도와 방식으로 그리고 있

✤ "아르헨티나의 새로운 소설"에 대해서는 Elsa Drucaroff, *Los prisioneros de la torre: Política, relatos y jóvenes en la postdictadura*(Buenos Aires: Emecé, 2011); Beatriz Sarlo, "Ficciones argentinas: 33 ensayos"(Buenos Aires: Mardulce, 2012) 참조.

다. 정치적, 역사적, 실존적 차원이 뒤섞인 공포와 두려움은 독특한 메타포—괴물이나 주술은 물론 기계로 표현되기도 한다—를 구성하며 평온해 보이는 우리의 삶을 불확실성이라는 극단으로 끌고 간다.

아르헨티나의 작가이자 언론인인 마리아나 엔리케스는 1973년 부에노스아이레스에서 태어났다. 그녀는 부에노스아이레스 근교의 라누스에서 할머니로부터 전설과 주술, 그리고 북부 지방의 의식儀式에 관한 이야기를 들으며 유년시절을 보냈다. 몇 년 후, 가족과 함께 라플라타시로 이주한 작가는 문학과 펑크 문화를 접하면서 새로운 세계에 눈뜨게 되었다. 대립적이기까지 한 고전문학과 대중문화라는 두 요소는 서로를 부단히 넘나들며 엔리케스만의 독특한 세계를 창조해내는 데 이바지했다. 한편, 라플라타국립대학교에서 언론학과 사회 커뮤니케이션학을 전공한 그녀는 현재 일간지《파히나/12》문화 및 예술 섹션을 담당하는 부편집장이기도 하다.

그녀의 창작 생활은 비교적 이른 나이에 시작되었다. 어린 시절부터 북아메리카 작가들—러브크래프트부터 스티븐 킹, 그리고 M. 존 해리슨부터 셜리 잭슨에 이르기까지—을 폭넓게 읽은 덕분에 그녀는 공포 문학 장르뿐 아니라, 아르헨티나의 전통적인 환상 문학 또한 한 단계 더 높은 곳으로 발전시켰다. 엔리케스는 스물한 살에 당시 청소년들의 불안정한 삶과 알코올, 마약, 록 음악 등을 다룬 장편소설 『내려가는 것이 최악이다*Bajar es lo peor*』(1995)를 발표함으로써 문단에 발을 내디뎠다.[*] 당시 비평계의 반응은 그다지 호의적이지 않았지만, 예상외로 엄청난 판매 부수를 기록하며 큰 성공을 거두었다. 이 소설은 1990년대 아르헨티나의 암울한 경제 상황과 절망적인 현실에서 벗어나고자 하던 청소년들에게 교과서 같은 역할을 했다고 한다.

오랜 공백기를 거친 뒤, 작가는 에메세 출판사에서 자신의 두 번째 장편소설인 『완벽하게 사라지는 방법*Cómo desaparecer completamente*』(2004)을 펴냈다. 그리고 1년 뒤, 그녀는 첫 단편인 「저수지El aljibe」를 발표한다. 주술사가 행하는 주술을 보고 충격과 두려움에 빠진 어린 소녀의 이야기를 다룬 이 작품은 어린 시절 할머니로부터 들은 옛날이야기에서 영향을 받은 것으로 보인다. 이 시기부터 엔리케스는 공포/호러 장르, 특히 공포 단편에 집중하기 시작하는데, 그 결실로 나온 것이 그녀의 또 다른 대표작인 『침대에서 담배를 피우면 위험한 것들*Los peligros de fumar en la cama*』(2009)이다. 이 작품은 국가에 의해 자행된 폭력/테러를

[*] 작가에 따르면, 이 소설의 원고를 친구 언니가 보고 아르헨티나 최대 출판 그룹인 플라네타 출판사의 후안 포른Juan Forn에게 보냈는데, 곧바로 출판을 결정했다고 한다.

그 중심 주제로 삼고 있다는 점에 있어서 서구의 고딕소설이나 공포 장르와 차별점을 가지고 있다.

2016년 엔리케스는 아나그라마 출판사에서 『우리가 불 속에서 잃어버린 것들』을 펴냄으로써 아르헨티나를 벗어나 세계적인 수준의 작가로 발돋움한다. 많은 언어로 번역 출간된 이 작품은 작품성을 인정받아 스페인어 부문 〈바르셀로나시 문학상〉을 받았다. 엔리케스는 『침대에서 담배를 피우면 위험한 것들』과 『우리가 불 속에서 잃어버린 것들』을 거치면서 국가 폭력이 남긴 효과/영향으로서의 공포라는 주제를 천착하기 시작한다. 작가가 보기에 아르헨티나—그리고 라틴아메리카—는 "이중적 현실이라는 불길한 느낌"[*]을 풍긴다. 정상적인 일상은 폭력과 피로 얼룩진 현실, 즉 "절단된 신체"를 은폐하고 묻어버리지만, 군사 독재의 공포와 위협은 지금도 여전히 "유령"처럼 도시 위를 떠다닌다. 군사 독재 시대의 공포와 기억은 강처럼 흐르면서 도시를 점령한다.[**] 이 두 작품을 통해 공포는 단순한 대중문학의 소재에서 벗어나 사회적 정치적 타자—시체와 유령—를 긴 잠에서 깨워 현실을 뒤흔들고 전복시키는 메타포가 된다.

[*] Ricardo Piglia, "Los pensadores ventrílocuos", Raquel Angel(ed.), *Rebeldes y domesticados: Los intelectuales frente al poder*(Buenos Aires: Ediciones El cielo por asalto, 1992), p.35.

2019년 엔리케스는 어느 아버지와 아들의 이야기를 다룬 『우리 몫의 밤*Nuestra parte de noche*』을 출간하는데, 이 소설로 아나그라마 출판사가 주최하는 〈에랄데상〉 소설 부문을 수상한다. 잔인한 제의를 통해 영생을 추구하는 아프리카 비밀 조직의 영매가 되도록 부름받은 아들은 아버지와 함께 부에노스아이레스에서 카타라타스로 가로질러 가지만, 군사 독재 시대이기에 수많은 위기와 두려움을 겪게 된다. 이 소설은 국가 폭력의 공포가 영원히 계속될 것 같기만 하던 시대를 초자연적인 공포와 결합시킴으로써 공포 문학의 새로운 장을 연 것으로 평가받고 있다. 이 작품을 통해 엔리케스는 "위대한 라틴아메리카 소설"의 전통을 계승할 수 있는 작가로 인정받았다. 그 밖에도 작가는 켈트 신화에서 모티브를 얻어 대중문화를 다룬 소설 『이것은 바다다*Este es el mar*』(2017)를 발표했다. 이 작품은 어떤 가수를 스타의 반열에 올려놓기 위해 "주인공을 도와주는 요정들hadas madrinas"이 "살인 요정hadas asesinas"로 둔갑하

❦ 마리아나 엔리케스는 도시와 강이라는 메타포에 중요한 의미를 부여한다. "강은 메타포임과 동시에 지리적 경계다. 그런데 (…) 강은 사실적인 것과 환상적인 것 사이를 구분하는 아주 거북하게 느껴지는 경계를 의미하기도 한다. (…) 그 경계에서 현실은 불길한 것으로 용해된다." Mariana Enriquez, "Mariana Enriquez on Political Violence and Writing Horror", Interview on April 18, 2018, *Literary Hub*, https://lithub.com/mariana-enriquez-on-political-violence-and-writing-horror/

는 내용의 공포 소설이다. 그리고 군사 독재 시대의 "말할 수 없는 것"을 다룬 『돌아온 아이들*Chicos que vuelven*』(2010)도 있다. 그 밖에 논픽션으로 아르헨티나의 여류 문인 실비나 오캄포를 다룬 전기 『여동생 : 실비나 오캄포의 초상*La hermana menor: Un retrato de Silvina Ocampo*』(2014)과 공동묘지 여행기인 『누군가 네 무덤 위를 걷고 있다 : 나의 공동묘지 여행기*Alguien camina sobre tu tumba: Mis viajes a cementerios*』(2013), 그리고 『켈트 신화*Mitología celta*』(2003) 등을 발표하기도 했다.

2. 『우리가 불 속에서 잃어버린 것들』의 세계 : "죽은 자가 꿈을 꾸면서 기다리고 있다"

『우리가 불 속에서 잃어버린 것들』에 수록된 대부분의 작품에서 가장 두드러지게 나타나는 점은 형체만 남은 가정, 그중에서도 특히 아버지의 부재라는 모티브다. 예를 들어 「더러운 아이」와 「초록색 빨간색 오렌지색」 「우리에게는 한 점의 육신도 없다」의 경우, 아버지는 애당초 존재하지 않는 텍스트의 검은 구멍으로 남아 있다. 대신 어머니의 존재가—물론 이 작품들에서는 양극단으로 나타나지만—아버지의 기표記標를 차지하면서 자식의 삶을 지배한다. 그리고 「우리가 불 속에서 잃어버린 것들」에서도 강인하고 활동적인 어머니가 살아생전 무능한 존재였던 아버지의 빈자리를 채운다. 반면 「마약에 취한 세월」에서는 아버지들이 등장하지만, 모두 술에 취해 살거나 "어리석고 우스꽝스러운" 존재에 불과하다. 어머니에 의해 제거된 아버지. 하지만 결핍된 존재로서의 남성은 단지 아버지에만 국한되는 것이 아니라, 남편으로 확산된다. 「거미줄」의 후안 마르틴과 「이웃집 마당」의 미겔처럼 여성 주인공들의 마음을 이해하려고 노력하기는커녕, 자신들의 기준에 맞춰 여성의 존재를 규정하려고 한다. 이들 또한 부재하는 아버지들처럼 소설의 논리에 의해 텍스트에서 제거된다. (특히 후안 마르틴은 파라과이 아순시온에 갔다가 돌아오는 길에 주인공인 "나"와 사촌 나탈리아에 의해 제거된다.)♈ 그리고 방 안에만 틀어박힌 채 바깥세상과 담을 지고 사는 은둔형 외톨이 마르코는 결국 컴퓨터 채팅 화면의 점으로 소멸되어가거나(「초록색 빨간색 오렌지색」), 남자 친구가 마약에 취한 여자 친구들에 의해 죽임을 당하기도 한다(「마약에 취한 세월」).

♈ 사실 결말에 무슨 일이 일어났는지는 분명히 밝혀지지 않은 채 암시만 되고 있을 뿐이다. 작가는 다음과 같이 말한다. "나도 그들이 후안 마르틴에게 무슨 짓을 했는지 모릅니다. 그저 내가 추측한 줄거리에 불과하니까요. 어쨌든 그들은 그에게 뭔가를 했어요." Mariana Enriquez, "Mariana Enriquez on the fascination of ghost stories", Interview on December 12, 2016, *The New Yorker*.

따라서 『우리가 불 속에서 잃어버린 것들』은 오랫동안 여성들의 삶에 잠재되어 있던 거대한 리비도가 분출됨으로써 이를 가두어온 억압적인 가부장제적 사회에 대해 징벌의 공격을 가하는 텍스트라고 봐도 무방할 것이다. 조금 더 대담하게 말하자면, 마리아나 엔리케스의 작품에 등장하는 여성 인물들은 파괴적이고 공격적인 여성성, 즉 "바기나 덴타다vagina dentada"의 면모를 드러내고 있다. "이빨 달린 여성의 성기"를 의미하는 바기나 덴타다는 원래 거세 공포—여성의 성기는 거세된 성기다—가 전치된 환상이지만, 이와 동시에 거세하는 성기로서 남성의 폭력을 응징하는 새로운 여성성—혹은 여성 주체—의 등장을 표상하기도 한다. 결국 부재하는 아버지와 남편은 여성의 "공격 본능"[❦]에 의해 제거된 셈이다. 여성 인물들은 그동안 갇혀 있던 성적 욕망과 환상을 해방시킨다. 이러한 욕망은 사람들을 유혹하지만, 동시에 두려움을 일으킨다. 대부분의 공포 장르와 마찬가지로, 이 작품 또한 유혹과 공포, 그리고 사랑과 증오가 뫼비우스의 띠처럼 하나로 연결되어 있다. 하지만 이러한 양가적 감정은 현실이라는 벽에 부딪히게

❦ David Pirie, *A heritage of horror. The English gothic cinema 1947~1972*(London, 1973), pp.218~219; 프랑코 모레티, 『경이로움의 징후들. 공포의 변증법』, 조형준 옮김(서울: 새물결 출판사, 2014), 50쪽 재인용.

되면서 사회적 터부를 억압할 수밖에 없는 결과를 초래한다. 억압된 감정과 충동은 의식으로 되돌아오면서 불안과 두려움의 징후로 나타난다. 이러한 징후가 바로 "억압된 것의 회귀"인데, 이를 통해 주체는 불안감과 두려움의 원인이 "자신 안에 있다는, 즉 자신이 두려워하는 괴물을 만들어낸 것은 바로 자신"❦이라는 상황에 직면하게 된다.

억압된 감정은 그 자체가 아니라 "괴물이나 추물醜物", 즉 무시무시한 것—프로이트의 용어를 빌리자면, 두려운 낯설음das Unheimliche의 "가면"(「아델라의 집」)을 쓰고 의식으로 떠오른다. 마리아나 엔리케스의 작품에서 가장 자주 등장하는 이미지는 "집"이다. 하지만 그 집은 우리가 생각하는 아늑하고 편안한 공간이 아니라, 파괴되고 허물어진 폐허, 즉 "흉가casa abandonada"다. 언제나 "커다란 짐승이 발로, 아니면 거인이 솥뚜껑 같은 주먹으로 문을"(「이웃집 마당」) 치고 죽은 자들이 "유령으로 돌아오는"(「검은 물속」) 악몽이나 다름없다. 이를 가장 잘 드러내주는 작품은 「아델라의 집」이다. 몇십 년째 방치된 집, 집이라기보다 "빈껍데기"에 가까운 그 건물은 아이들—아델라, 파블로, 그리고 클라라—의 마음을 사로잡는다. 유혹과 공포.❦❦

❦ 프랑코 모레티, 앞의 책, 52쪽.

❦❦ 유혹과 공포의 주제가 가장 탁월하게 형상화된 작품으로는 「검은 물속」과 「더러운 아이」 그리고 「이웃집 마당」 등을 들 수 있다.

아델라는 유리 장식장이 있는 방에서 아직 나오지 않았던 모양이다. 그 아이는 문 앞에 선 채로 우리에게 오른손을 흔들었다. 그러곤 갑자기 몸을 돌리더니, 옆에 있던 문을 열고 들어가면서 잠가버렸다. 오빠가 달려가 손잡이를 돌려보았지만, 문은 굳게 닫혀 있었다. 나는 그때 파블로 오빠가 무슨 생각을 하고 있었는지 잘 안다. 오빠는 아델라가 들어간 방문을 열기 위해, 밖에 놓아둔 가방 안의 연장을 가져오려고 했다. 나는 그 아이를 꺼내고 싶지 않았다. 나는 당장이라도 그 집을 나가고 싶은 마음에 오빠를 따라 뛰어나갔다. 밖에는 비가 내리고 있었다. 그리고 메마른 풀밭 여기저기에 흩어져 있던 연장은 비를 맞아 어둠 속에서 반짝이고 있었다. 누군가가 가방을 뒤져 그것들을 꺼낸 모양이었다. 오빠와 나는 놀라 눈이 휘둥그레진 채로 한동안 꼼짝도 않고 서 있었다. 그런데 바로 그 순간, 누군가가 안에서 문을 닫아버렸다.

윙윙거리던 소리도 더 이상 나지 않았다.

하지만 결국 그 집은 아델라를 집어삼키고 말았을 뿐 아니라, 그 후유증으로 정신이 이상해진 파블로는 스물두 살의 젊은 나이에 열차에 뛰어들어 스스로 생을 마감한다. 이처럼 엔리케스의 작품에서 집은 모든 것을 탐욕스럽게 집어삼키거나 "괴물"로 둔갑시키는(「이웃집 마당」) 죽음과 공포의 공간, 아니 억압된 욕망의 공간으로 나타난다.

"여자들은 언제나 마음속에 욕망을 품고 살아가는 존재"(「우리가 불 속에서 잃어버린 것들」)인 이상, "집"은 또한 여성의 공간이다. 달리 말하자면, "집"은 바기나 덴타다라는 공격적이고 포식적인 여성성이 지배하는 공간이자, 여성의 억압된 욕망이 투영되는 자리다. 결국 "집"이라는 공간에서는 "하얀 그림자"(「마약에 취한 세월」) 유령이 출몰하거나 모든 것이 "괴물"로 변형된다. "괴물처럼 변해버린 여자들"(「우리가 불 속에 잃어버린 것들」). 엔리케스의 작품에서 가장 자주 등장하는 괴물은 바로 "고양이-소년"의 형상이다.

이웃집 마당에서 봤던 아이였다. 발목에 쇠사슬을 묶어놓은 흔적이 고스란히 남아 있었다. 어떤 데에서는 여전히 피가 흘렀고, 상처가 곪아 고름이 나오는 곳도 있었다. 그녀의 목소리를 듣자, 아이는 씩 웃었다. 그때 그녀는 아이의 이를 보았다. 끝을 줄로 갈았는지, 이가 삼각형 모양이었다. 화살촉 같기도, 작은 톱 같기도 했다. 아이는 재빠르게 고양이를 입으로 가져가더니, 톱날 같은 이빨을 엘리의 배에 깊이 박아 넣었다. 엘리는 숨넘어가는 소리로 비명을 질렀다. 아이는 이빨로 고양이의 배를 파헤치더니, 안에 코를 쑤셔 박고 내장을 빨아 마셨다. 파울라는 눈앞에서 엘리가 죽어가는 모습을 지켜봐야만 했다. 고양이는 분노로 이글이글 타오르면서도 겁먹은 눈빛으로 주인을 바라보며 서서히 죽어갔다. 파울라는 도망가지 못했다. 아이가 고양이의 부드러운 내장을 다 파먹는 동안, 그녀는 아무것도 할 수 없었다. 마침내 이빨이 등뼈에 부딪히자, 아이는 고양이의 시체를 방 한구석으로 내던져버렸다. (…) 아이는 천천히 자리에서 일어났다. 다리는 뼈만 앙상하게 남은 반면, 성기는 비정상적으로 컸다. 얼굴은 엘리의 피와 내장, 그리고 부드러운 털로 뒤범벅되어 있었다. (「이웃집 마당」)

누군가 그녀를 뒤쫓고 있었다. 그녀는 뒤로 몸을 홱 돌렸다. 기형을 가진 아이가 서 있었다. 그녀는 그 아이를 금방 알아보았다. 어떻게 그 아이를 몰라볼 수 있겠는가. 어릴 때도 추하게 생긴 얼굴이었지만, 시간이 흐르면서 더욱 흉측한 모습으로 변해 있었다. 코는 고양이처럼 펑퍼짐한 데다, 눈은 양쪽 관자놀이 쪽으로 벌어져 있었다. 아이는 천천히 입을 벌렸다. 아마 그녀를 부르려고 하는 듯했다. 그런데 아이는 이가 하나도 없었다.

> 몸은 여덟 살에서 열 살 정도 되어 보이는데, 이가 하나도 없었다. (「검은 물속」)

언제나 파괴와 죽음의 냄새를 풍기며 등장하는 "고양이-소년"은 도착적 욕망을 드러내는 메타포다. 이 메타포는 "의식적 정신이 받아들일 수 없다고 판정함으로써 어쩔 수 없이 억압되어온(따라서 존재조차 알려지지 않았던) 욕망과 두려움을 '여과'하고 견딜 수 있는 것"♈으로 만들어주는 수단이다. 따라서 공포 문학에서 괴물-메타포는 무의식적 내용을 "표현하는 동시에 은폐한다."♉

> 그들은 무언가를 감추려고 했어요. 세상에 나타나거나 알려져서는 안 되는 무언가를 말이죠. (「검은 물속」)

따라서 마리아나 엔리케스의 소설에서 서사는 꿈의 방식으로 전개될 수밖에 없다. 그의 작품에서 가장 많이 등장하는 표현은 바로 "꿈" 혹은 "악몽"이다. 꿈/악몽은 현실의 질서를 뒤흔들고 일상 속에 잠복하고 있는 혼란과 어둠의 세계를 풀어놓는다. 무의식, 혹은 억압된 것은 늘 이

♈ 프랑코 모레티, 앞의 책, 54~55쪽.

♉ 앞의 책, 55쪽.

러한 방식으로 텍스트의 표면으로 떠오르면서, 작품의 긴장과 서스펜스를 극대화시킨다. 주인공이 꾸는 꿈은 언제나 "고양이-소년"의 형상과 대칭을 이룬다. 가령 "손톱은 물론 이도 없이, 입에서 피를 흘리고 있고 손에서도 피가 뚝뚝 떨어지는 모습"(「아델라의 집」)으로 등장하거나 "그 아이가 강물에서 나온 뒤 몸에 묻은 기름때를 떨다가 손가락 몇 개가 툭 하고 떨어지"고 "살 썩는 냄새가 코를 찌르는"(「검은 물속」) 느낌에 꿈에서 깨기도 한다.[❦] 그리고 질주하던 트럭에 "아이의 배가 깔리면서 축구공처럼 터지는 모습"이라든지 "거리 한복판에는 아이의 머리만 덩그러니 남아" 있는데 "아이는 여전히 눈을 동그랗게 뜬 채, 웃고 있었다"(「더러운 아이」)는 등의 섬뜩하면서도 그로테스크한 내용이 주를 이룬다.

그런 의미에서 "마약에 취한" 상태는 꿈/악몽과 동전의 앞뒤를 이루는 관계로 볼 수 있다. 「이웃집 마당」과 「검은 물속」에서처럼 어린아이들이 마약에 중독되어 있는가 하면, 「더러운 아이」에서는 "마약쟁이 엄마들"이 등장하기도 한다. 그리고 「마약에 취한 세월」의 아이들은 마약에 취

❦ 『우리가 불 속에서 잃어버린 것들』에서는 뾰족한 것, 즉 줄로 끝을 간 듯한 이빨이나 손톱 등의 이미지가 자주 등장한다. 이는 남근에 대한 욕망과 두려움이 동시에 드러난 메타포로 보는 것이 타당할 것이다.

해 "집 안에 눈알이 둥둥 떠다닌다"거나 "키가 몇 센티미터 밖에 안 되는 난쟁이들이 자꾸 자기 목에 화살을 쏘아댄다고 하소연"하고, "황소일 수도 있었고, 아니면 이빨처럼 날카로운 뿔이 달린 멧돼지일지도" 모르는 "무언가가 우리를 추적하는 느낌"이 들기도 한다. LSD를 복용한 인물들은 급기야 "손가락이 떨렸고, 손을 눈앞에 갖다 대면 손톱이 파랗게" 보이는 집단 환각/광기를 일으키며 살인을 저지르기도 한다.

> 그리고 우리들은 손에 칼을 쥐고 그를 에워싸고 있었다. 공포에 사로잡힌 그는 밖으로 달아나려고 했지만, 문을 찾지 못했다. 안드레아가 그의 뒤를 쫓아가며 무슨 말을 하려고 했지만, 그는 전혀 알아듣지 못했다. 펑크 가수 남자 친구는 가까스로 안마당에 나갔지만, 화분에 발이 걸려 넘어지고 말았다. 그는 땅바닥에 주저앉아 얼굴이 새파랗게 질린 채 바들바들 떨기 시작했다. 그가 겁에 질려서 그랬을 수도 있고, 아니면 경기를 일으켰던 건지도 모른다. 음악이 끝나도 주변은 여전히 어수선했다. 누군가는 큰 소리로 웃으며 고함을 질렀고, 전갈이 기어 다니는 환각에 비명을 지르는 이도 있었다. 어쩌면 집에 들어온 벌레나 작은 동물을 보고 놀란 것인지도 모른다.

우리는 펑크 가수를 둘러싼 채 서 있었다. 그는 눈을 반쯤 감고, 가슴이 피투성이가 된 채 바닥에 쓰러져 꼼짝도 하지 않았다. 파울라는 장난감처럼 생긴 칼을 청바지 주머니에 집어넣었다. (「마약에 취한 세월」)

꿈과 악몽은 마약과 도취를 통해 자연스럽게 "주술"과 초자연적인 세계로 연결된다. "빨간 천이 여러 개 걸리고, 주변으로 자그마한 빨간 깃발도 꽂혀" 있는 가우치토 힐의 제단과 "저 너머"에 "빨갛고 검은 촛불이 켜진 작은 해골 성상聖像, 즉 산 라 무에르테"(「더러운 아이」)가 도시와 문명의 억압된 욕망을 분출시킴으로써 일상의 질서를 교란시킨다. 이제 더 이상 안정된 것은 없다. 죽은 것이 깨어나고, "상상할 수도 없는 일"이 눈앞에 벌어지면서 현실의 질서는 그 근본부터 전복되고, 공포는 극대화된다.

행렬 속의 사람들은 봉고와 시끄러운 큰북을 쉴 새 없이 두드렸다. 가느다란 팔에 연체동물처럼 흐느적거리는 손가락을 가진 기형아들이 앞장서서 걸어갔고, 거의 탄수화물로 된 음식만 먹어 몸매가 망가진 여인들이—대부분 뚱뚱했다—그 뒤를 따랐다. 남자들은 거의 없다시피 했지만, 놀랍게도 마리나가 아는 경찰관들이 몇몇 눈에 띄었다. (…) 그들 뒤로 우상을 모신 침대가 지나가고 있었다. 매트리스 위에 분명 그것이 있었다. 그것이 무엇인지 잘 보이지는 않았지만, 비스듬히 누워 있었다. 사람만 한 크기였다. (…) 그 순간, 행렬 속의 사람들이 일제히 "나, 나, 나"를 외치기 시작하자, 침대 위에 누워 있던 것이 꿈틀거렸다. 그러더니 환자처럼 잿빛을 띤 한쪽 팔이 침대 아래로 힘없이 늘어졌다. 마리나는 썩어 문드러진 손에서 손가락이 떨어져 나가던 꿈이 떠올랐다. (「검은 물속」)

이제 굳건하게 보이던 현실이 무너지고 "잠과 죽음"이 하나가 되는 세계, 단순한 부정과 파괴가 아니라 새로운 생명이 싹을 틔우는 창조와 생성의 세계가 도래하기를 기다리고 있다.❦ 「검은 물속」에서 기형을 가진 아이가 중얼

❦ 이를 가장 분명하게 드러내주는 것은 바로 "거식증"의 모티브다. 「더러운 아이」의 "나"처럼, 「우리에게는 한 점의 육신도 없다」의 "나"에게 있어 거식증은 임상적인 증상이라기보다, "잠과 죽음"이 하나가 된 상태, 즉 자유로움에 대한 욕망을 표현한다. "베라 같은 인간의 육신이 얼마나 아름다운지 생각했다. 잊힌 무덤 속에서 달빛을 받아 반짝거리는 하얀 뼈, 서로 부딪칠 때마다 축제 종소리처럼 달랑거리는 소리를 내는 가녀린 뼈, 숲속의 춤, 죽음의 춤. (…) 베라와 나는 앞으로 아름답고 공기처럼 가벼워질 것이다. 베라와 나는 앞으로 이 지상에서 야행성으로 살아갈 것이다. 뼈 위에 부스럼 딱지처럼 달라붙어 있는 흙은 아름답기만 하다. 속은 텅 비어 있지만 즐겁게 춤을 추는 해골들. 우리에게는 한 점의 육신도 없다." (「우리에게는 한 점의 육신도 없다」)

거리듯, "죽은 자가 꿈을 꾸면서 기다리고 있다."

엔리케스의 작품 세계가 기존의 공포/호러 장르와 갈라지는 지점이 바로 이곳이다. 그는 공포의 원인과 결과를 개인의 심리적 현상에서 벗어나 역사적 사회적 차원으로 밀고 올라간다. 여기서 가장 주목할 만한 점은 "괴물"-메타포의 기능이다. 일반적으로 작가의 의도로 독자들에게 전달되는 메타포와 달리, 엔리케스의 작품에서 메타포는 더 이상 수사학적 문채가 아니라 실질적인 인물로 부상한다. 토도로프가 적절하게 지적했듯이, "종종 초자연적인 것이 나타나는 이유는 비유적 의미를 문자 그대로 받아들이기 때문이다".[1] 이는 메타포를 "현실의 한 요소로 간주"함으로써, "특정한 지적 구성물—메타포와 그 안에 표현되어 있는 이데올로기—이 실제로 물질적인 힘, 독립적인 실체가 되어 메타포 사용자의 합리적 통제를 벗어나게"[2] 된다는 것을 의미한다. 결국 『우리가 불 속에서 잃어버린 것들』에 출몰하는 괴물-메타포는 단순한 비유에서 벗어나—규정할 수는 없지만—스스로 살아 움직이는 힘으로,

[1] Tzvetan Todorov, *The fantastic: A structural approach to a literary genre*(Ithaca, 1975), pp.76~77; 프랑코 모레티, 앞의 책, 58쪽에서 재인용.

[2] 프랑코 모레티, 앞의 책, 59쪽.

그리고 현재로 밀려오는 미래의 그림자로 변신한다. (사실 이는 아르헨티나의 특수한 문학 전통, 즉 "상상에 의해 만들어지고, 희망에 의해 추출"[1]되는 세계, 다시 말해 "환상의 세계가 실재의 세계 속으로 침투"[2]하기 시작하면서 어떤 권력도, 어떤 억압도 없는, 끊임없이 변하고 유동하는 세계를 꿈꾸는 보르헤스의 문학과 현실을 움직이기 위해 "행동하는 소설, 거리로 뛰쳐나간 소설"[3]을 꿈꾸는 마세도니오 페르난데스의 형이상학을 계승한 것이다.) 결국 현실이 메타포에 반영될 뿐 아니라, 메타포가 현실을 넘나들며 실제적인 힘으로 움직이는 셈이다.

작품에서 괴물-메타포를 살아 움직이게 만드는 원동력은 바로 시간이다. 마리아나 엔리케스의 작품은 서사의 시간이 과거나 현재에 묶여 있지 않고, 기억-회상을 통해 부단히 뒤섞임으로써 독특한 이야기의 흐름을 만들어낸다. 이를 단적으로 드러내주는 작품은 「오스테리아 호텔」이다. 로시오는 아버지가 당한 모욕을 앙갚음하기 위해 친구인 플로렌시아와 함께 오스테리아 호텔에 숨어 들어가

[1] 호르헤 루이스 보르헤스, 「틀뢴, 우크바르, 오르비스 테르티우스」, 『픽션들』, 황병하 옮김(서울: 민음사, 1994), 41쪽.

[2] 앞의 책, 42쪽.

[3] Macedonio Fernández, *Museo de la Novela de la Eterna*(Buenos Aires: Ediciones Corregidor, 1975), p.51.

객실 침대 매트리스 속에 몰래 고기 조각을 집어넣어 썩게 만들 계획이었다. 나중에 고기 썩는 냄새가 진동을 하면 이상한 소문이 퍼져 호텔의 경영에 타격을 주려는 심산이었다. 그런데 둘이서 일을 하던 중에 기이한 일이 벌어진다.

> 그런데 그때 밖에서 무슨 소리가 들리자 둘은 깜짝 놀라며 몸을 웅크렸다. 너무 갑작스럽기도 했지만, 도저히 있을 수 없는 일이었다. 분명 승용차나 소형 트럭의 엔진 소리였는데, 어찌나 시끄럽던지 거리에서 난 것이라고는 믿어지지 않았다. 녹음된 소리가 틀림없었다. 그런데 잠시 후, 다른 자동차 소리가 들리더니 누군가가 쇠막대기 같은 것으로 페르시아나를 두드리기 시작했다. 시끄러운 엔진 소리와 창문 두드리는 소리도 모자라, 이제는 오스테리아 건물 주변으로 몰려드는 사람들의 발자국 소리와 고함치는 소리까지 들렸다. 겁에 질린 로시오와 플로렌시아는 어둠 속에서 꼭 껴안은 채 비명을 질렀다. 그곳으로 달려온 사람들은 창문과 페르시아나를 일제히 두드렸고, 트럭인지 밴인지 승용차인지는 모르겠지만 하여간 자동차 헤드라이트로 그들이 있는 방 안을 비추었다. 페르시아나 틈으로 헤드라이트 불빛이 새어 들어왔다. 그 자동차는 아예 정원 위로 올라와 있었다. 건물 앞에서는 사

람들이 부산하게 뛰면서 손과 쇠막대기 같은 것으로 쉴 새 없이 유리창을 두드렸다. 그리고 사람들이 연이어 고함치는 소리가 들렸다. 누군가가 말했다. "자, 어서 서둘러!" 그때 유리창이 깨지는 소리가 나면서 사람들이 더 크게 소리치기 시작했다.

과거 경찰학교 병영으로 사용되던 오스테리아 호텔에 군사 독재 시대의 악몽 같은 기억들이 현실로 변해 나타난 것이다. 작가의 말처럼, "이 작품은 성에 눈뜬 두 여자아이를 다루고 있는데, 이야기 중간중간에 과거의 기억과 흔적들이 메아리처럼 되돌아온다. 마치 과거라는 시간은 우리가 더 이상 자라지 못하도록 절대로 지나가지 않는 것처럼 말이다."(「한국어판 저자 후기」) 이와 같이 시간의 유동적 흐름 속에서 과거가 현재로 침입해 들어옴으로써 현실의 질서를 단번에 교란시킨다. 그리고 "파라과이의 군사 독재와 국가 폭력이 남긴 공포 이야기"인 「거미줄」에서도 과거의 "유령들"이 저주받은 장소에 나타나고, 「파블리토가 못을 박았다 : 페티소 오레후도를 떠올리며」처럼 희대의 살인마 페티소 오레후도의 "유령"이 부에노스아이레스 범죄자 및 범죄 투어 버스에 나타나 주인공인 가이드를 빤히 쳐다보는가 하면, 「우리가 불 속에서 잃어버린 것들」에서처럼 수백 년 동안 남성들에 의해 불태워진 여성의 육체에 대한 기억이 현재로 떠오르기도 한다. “결국 저 검은 물속에 잠들어 있던 그것”을, 폭력에 의해 우리의 육체에 문신처럼 새겨진 과거의 기억을 현재로 되살려냄으로써 “말할 수 없는 것”에 형체를 부여한다.

이처럼 괴물-메타포의 힘에 의해, 그리고 시간의 자유로운 뒤섞임을 통해 굳건하게 버티고 서 있던 금기의 장벽이 무너지기 시작한다. 서사가 삶의 가장자리에서, 현실의 경계에서 마주치는 것은 바로 터부, 즉 정치적인 금기와 성적인 금기다. 이 두 가지 터부가 모여드는 곳이 동성애라는 문제다. 실제로 우리는 『우리가 불 속에서 잃어버린 것들』의 많은 작품에서 동성애라는 모티브를 쉽게 발견할 수 있다. 앞서 말한 바대로, 아버지 부재는 결국 여성 인물들의 오이디푸스 콤플렉스의 고착 현상을 낳고, 이로 인해 주체는 남성과 여성의 성적 정체성 사이에서 갈등을 겪게 된다. 이와 더불어 아버지-남편, 즉 남성 일반에 대한 혐오—인물들의 결혼생활은 한결같이 불행하다—가 동성애를 유발한다는 것은 일견 당연해 보이기까지 한다. 「오스테리아 호텔」에서 플로렌시아와 로시오(“그녀는 단이 풀어진 청 반바지와 하얀 셔츠 차림에 머리를 풀고 있었다. 테이블 아래 가방이 있었다. 플로렌시아는 그녀의 뺨에 입을 맞추고 자리에 앉으려는데, 그녀의 맨다리에서 눈을 뗄 수가 없었다. 금빛 솜털에 저녁 햇살이 비추자, 마치 다리에서 헤어오일이 흘러내리는 것처럼 보였다."), 그리고 「학기말」에서 "나"와 마르셀라의 관계는 모두 동성애에 의해—물론 텍스트에는 명확하게 드러나지 않는다—지배되고 있다. 하지만 이들의 동성애는 남성 혐오처럼 공격적인 방향을 취하고 있지 않다. 오히려 작가는 가부장제적인 폭력성의 근원을 남성 개인이 아니라, 자본주의의 탐욕과 독재정치의 가학성에서, 그리고 "불평등에 의해 발생하는 폭력"(「저자 후기」)에서 찾는다. 따라서 마리아나 엔리케스의 동성애는 자본주의 체제와 현실 정치의 폭력성에 맞서는 보다 근원적인 투쟁, 즉 여성(남성)들의 연대적 저항을 지향한다. 전국에서 들불처럼 일어나는 여성들의 분신 투쟁을 그린 「우리가 불 속에서 잃어버린 것들」이 그러한 면모를 가장 분명하게 보여준다. 결국 여성-괴물은 부당한 모든 차별을 넘어서서, 그리고 모든 환멸과 절망을 견뎌내며 새로운 세계를 향해 나아가려는 "진정한 불꽃"임을 알 수 있다.

> 몇 주 전부터 분신 의식을 치르고 살아남은 여자들이 세상에 모습을 드러내기 시작했다. 그들은 당당하게 거리로 나와 버스를 타고, 슈퍼마켓에서 물건을 샀다. 그리고 택시와 지하철을 타고, 은행에 가서 계좌를 만들었다. 또 노천카페에 앉아 추하게 일그러졌지만 오

후의 햇살을 받아 환하게 빛나는 얼굴을 드러낸 채, 뭉개진 손가락으로—가끔 손가락 마디가 없는 경우도 있었다—찻잔을 들고 여유롭게 커피를 즐겼다. 저런 여자들에게도 일자리를 줄까? 남자들과 괴물처럼 변한 여자들이 한데 어우러져 사는 세상, 그런 이상적인 세계는 언제쯤 올까? (「우리가 불 속에서 잃어버린 것들」)

엄지영

옮긴이 엄지영

한국외국어대학교 스페인어과를 졸업하고, 동 대학원과 스페인 콤플루텐세 대학교에서 라틴 아메리카 소설을 전공했다. 옮긴 책으로 발레리아 루이셀리의 『무중력의 사람들』, 알베르토 푸겟의 『말라 온다』, 리카르도 피글리아의 『인공호흡』, 루이스 세풀베다의 『자신의 이름을 지킨 개 이야기』 『느림의 중요성을 깨달은 달팽이』, 로베르토 아를트의 『7인의 미치광이』, 페데리코 가르시아 로르카의 『인상과 풍경』, 마세도니오 페르난데스의 『계속되는 무』 등이 있다.

우리가
불 속에서
잃어버린 것들

지은이 마리아나 엔리케스
옮긴이 엄지영
펴낸이 김영정

초판 1쇄 펴낸날 2020년 6월 22일
초판 2쇄 펴낸날 2020년 7월 31일

펴낸곳 (주)현대문학
등록번호 제1-452호
주소 06532 서울시 서초구 신반포로 321(잠원동, 미래엔)
전화 02-2017-0280
팩스 02-516-5433
홈페이지 www.hdmh.co.kr

ISBN 979-11-90885-15-7 03870

* 책값은 뒤표지에 있습니다.
* 이 도서의 국립중앙도서관 출판예정도서목록(CIP)은 서지정보유통지원시스템 홈페이지(http://seoji.nl.go.kr)와 국가자료종합목록 구축시스템(http://kolis-net.nl.go.kr)에서 이용하실 수 있습니다. (CIP제어번호: CIP2020022695)